盘瓠神话丛书

吴晓东 主编

盘瓠神话资料汇编

（第3版）

周翔 编著

学苑出版社

图书在版编目（CIP）数据

盘瓠神话资料汇编 / 周翔编著 . — 3 版 . — 北京：学苑出版社，2021.4

ISBN 978-7-5077-6173-3

Ⅰ . ①盘… Ⅱ . ①周… Ⅲ . ①神话—作品集—中国—古代 Ⅳ . ①I276.5

中国版本图书馆CIP数据核字（2021）第072423号

责任编辑：陈　佳
封面设计：齐立娟
版式设计：逸品书装
出版发行：学苑出版社
社　　址：北京市丰台区南方庄2号院1号楼
邮政编码：100079
网　　址：www.book001.com
电子信箱：xueyuanpress@163.com
联系电话：010-67601101（营销部）、010-67603091（总编室）
印 刷 厂：英格拉姆印刷(固安)有限公司
开本尺寸：880mm×1230mm　　1/32
印　　张：17.5
字　　数：383 千字
版　　次：2018年10月第1版　2019年10月第2版　2021年4月第3版
印　　次：2021年4月第1次印刷
定　　价：80.00元

《盘瓠神话丛书》
总　序

何为盘瓠神话？有狭义与广义两种不同的界定。从学术史来看，最初的盘瓠神话仅指应劭《风俗通义》、干宝《搜神记》等文献中所记载的那个神话类型，即有"许诺—立功—嫁女—繁衍后代"等主要母题的神话类型。这个类型在艾伯华的《中国民间故事类型》中被称为"狗的传说"。这一类型的主角一般是一只犬，有的区域也演变为蛙。就名称来说，犬往往称为盘瓠，也有别的名称，比如翼洛、邦尕等。随着田野调查的深入，与盘瓠有关的神话新资料不断出现，比如瑶族中流传的渡海神话。此神话说到瑶族先民在迁徙渡海时遭遇大风大浪，在祈求盘瓠保佑之后，得以平安逃生，从此瑶人过盘王节以酬谢盘王。这个用来阐释盘王节来源的神话明显不属于传统上盘瓠神话所指的那个类型，但因与盘瓠有关，也被学者们纳入盘瓠神话的范畴，不过已经不是传统意义上的狭义盘瓠神话，而是广义的盘瓠神话。凡是与盘瓠相关的神话，都可以纳入广义盘瓠神话的范畴。

自东汉应劭在其《风俗通义》中记载盘瓠神话以来，一直受到历代文人的关注与研究。宋代罗泌在《路史》中就有《论盘瓠之妄》，比较详细地论证盘瓠神话之非真实性。但是，盘瓠神话的历史虽然不短,许多问题却远未解决,有关其起源、流变、接受、认同、仪式等等问题,至今依然众说纷纭。而这些问题与流传此神话的民族息息相关,亟须加以研究,比如在瑶族某些地区,盘瓠问题依然敏感。之所以敏感,是因为盘瓠神话被视为族源神话,而盘瓠是犬。历史上到底发生了什么?为什么会发展到目前这种状况,其来龙去脉是怎样的?至今仍然没有一个满意的答案。

盘瓠神话不仅至今依然与流传地区的民众息息相关,而且在神话学中影响也很大,但是在梳理盘瓠神话研究的学术史过程中,发现盘瓠神话的研究与它的影响并不相匹配。目前的研究主要集中在零散的论文、调研报告,以及不多的几本论文集。截至2018年7月5日,在中国知网上用篇名搜索"盘瓠"一词,出来的文章也就202篇,用主题搜索则为627篇。论文集有3种,即1988年泸溪县民族事务委员会编的《盘瓠研究与传说》,1990年张永安主编的《盘瓠研究》,以及2017年"中国神话学"课题组编的《盘瓠神话文论集》。比较系统地研究盘瓠神话的专著相当少,仅有农学冠的《盘瓠神话新探》(1994)。因此,很有必要加强盘瓠神话的系统研究。2017年,中国社会科学院启动了学科建设的登峰战略,此计划分为优势学科、重点学科、特殊学科三类。民族文学研究所承担的重点学科名为"中国神话学",课题组由吴晓东、王宪昭、毛巧晖、周翔、李斯颖等五人组成。中国神话学的研究范畴很广,其方方面面的研究要靠学界同人一起一点一点地添砖加瓦,我们课题组只能从某个点切入,由点及面,逐渐铺开。经过多次讨论,选择了从影响深远的盘瓠神话入手,并准备编写一套"盘瓠神话丛书",以此来带动盘瓠神话的系统研究。

这套丛书拟从资料汇编、学术史梳理、文本分析、语境研究等几个方面进行编辑与撰写，以构建盘瓠神话研究的小型"专题库"。

每一类型神话的研究，都离不开其所依赖的文本资料基础。盘瓠神话的资料除了历代汉文献的记载之外，还有田野调查中从各个民族搜集到的大量口头文本与图像。就目前掌握的资料看，盘瓠神话不仅在众人所熟知的苗族、瑶族、畲族当中流传，而且在黎族、彝族、仡佬族以及台湾少数民族等其他诸多民族中均有存在，甚至在日本、东南亚诸国也有发现。从近些年的研究看，绝大多数学者的研究资料局限于苗、瑶、畲这三个民族。资料的不足，势必会影响学者的判断，得出不科学的结论。本套丛书中的《盘瓠神话资料汇编》，即对传统上狭义的盘瓠神话类型进行了全面搜集，展示不同民族、不同地区的异文，为盘瓠神话研究夯实基础。

任何专业的研究，都需要在厘清其学术史的前提下进行。不仅要理解前人是在怎样的国家话语下从事这方面的研究，更要了解前人在哪些方面提出了问题，提出了什么样的观点，这些观点是否已经解决了问题，如果没有解决，缺陷在哪里，应该做怎样的修补，等等。学术犹如建高楼，一层一层往上垒砌，直至封顶。

神话是一种叙事，它是故事性的、文学性的，文本分析是神话研究的核心内容。纵观神话学史，无论是为了解释某一神话的起源、流变，抑或别的目的，都离不开神话文本的分析。文本分析促成了许多学派的产生，比如芬兰的历史地理学派，此学派广泛搜集故事异文，通过比较研究故事情节之差异，从地理上确定这些故事最初的发源地和传播路线，同时根据故事情节由简到繁的变化，探寻其原型。此学派造就了诸如阿尔奈（Antti Aarne）、安德森（Walter Anderson）、汤普森（Stith Thompson）这样的一些民间文艺学大师。再比如以列维-斯特劳斯（Claude Lévi-Strauss）为代表的结构主义学派，此学派通过文本分析，发现规律与秩序，在神话研究中取得了十分显著的成绩。盘瓠神话的系统研究，显然不可能脱离文本分析这一核心内容。

盘瓠神话目前依然在诸多民族中流传，是活态神话。在流传的过程中，有许多与之相随相伴的民俗事象，比如盘王祭祀、跳黄泥鼓舞等。神话文本与民俗事象互为表里，往往是同一内容的不同表述。民俗事象可以视为神话文本的语境，对语境的研究，可以更为准确地解释神话本身的内涵。这方面研究成绩显著的有以弗雷泽（James George Frazer）为代表的仪式学派——弗雷泽透过仪式来理解神话，将神话的起源、意义、本质与仪式紧密地联系在一起。显然，在盘瓠神话的研究中，民俗事象的借用，必定是一把利器。

吴晓东
2018年7月于北京

编写说明

本书按照所收集的盘瓠神话资料类型，共分五编，各编的排列顺序与整理原则简要介绍如下：

一、第一编收录中国各民族流传的盘瓠神话，依所属民族首字汉语拼音音序排序。其下按神话故事采录或流传省份的汉语拼音音序排列，同省份的再依故事典型性排列。

二、第二编收录以韵文体形式流传的盘瓠神话，亦按所属民族首字的汉语拼音音序排序。限于篇幅，一些比较长的文本如《黎族祖先歌》《瑶族盘王大歌》等，仅节选与盘瓠神话密切相关的部分。

三、第三编收录汉文古籍中记载的盘瓠神话，大部分从《中国基本古籍库》电子资源数据库（版权所有为北京爱如生数字化技术研究中心）中经检索而摘录，按照古籍编撰时间先后排序。为保证准确性，文字使用繁体字。电子版本无句读，本书参考现行较为通用的纸版图书添加了句读，原文中明显的错字用（ ）加以校正。

四、第四编收录瑶族《过山榜》中记载的盘瓠神话，所据版本为2016年中国国际广播出版社出版的《过山榜选编》。《过山榜》是瑶族民间流传的文书，在传抄过程中或有错讹、文理不通顺、汉字瑶音及自造字等情况存在，《过山榜选编》在整理过程中尽可能保持《过山榜》原貌，只对明显的错别字以及带有侮辱性的称谓用（ ）加以校正；对缺漏字用〔 〕加以补充；对脱漏之处用〔……〕表示；对明显的缺字用□代替；对意思不明确的字、句用（？）表示；对汉字瑶音的字句加注。《过山榜》，又名《南京平王敕下古榜文》《过山榜文》《榜文》《评王券牒》《评皇券牒》等，本书依照《过山榜选编》的编辑原则，原本照录，不予统一。

五、第五编收录国外流传的盘瓠神话，按照日本、泰国顺序排列。

六、附图"浙江省景宁县鹤溪街道敕木山村蓝氏横轴祖图长联"（绘制年代不详，分上下卷）。本书所据为丽水学院中国畲族文献资料中心所藏复制品。

需要特别交代的是，因汇编资料来源较多且距今有一定历史，在采录信息、文本格式上多有差别，编者在整理、汇编过程中尽量予以形式上的统一；凡未尽统一处，以及随文注释、附记的处理，均以尊重原始材料样貌为准则。

目录

导　论 ／ 001

叙事情节与社会功能：盘瓠神话流传与
　　变异辨析 ／ 002

山与海的想象：盘瓠神话中有关族源解释的
　　两种表述 ／ 030

第一编　中国各民族流传的盘瓠神话 ／ 049

朝鲜族盘瓠神话 ／ 050

　　满洲人为什么头上留长发 ／ 050

仡佬族盘瓠神话 ／ 052

　　十弟兄 ／ 052

　　缕金狗的传说 ／ 054

汉族盘瓠神话 ／ 056

　　神　犬 ／ 056

　　黄犬治病 ／ 058

　　犬　婿 ／ 059

　　伏羲的来历 ／ 062

001

盘　葫　/ 064

人狗配婚　/ 067

黎族盘瓠神话　/ 069

天　狗　/ 069

青青和红红　/ 074

苗族盘瓠神话　/ 077

乃拐妈苟　/ 077

神母狗父　/ 080

神犬揭榜　/ 084

海南五指山苗族盘瓠神话　/ 085

奶国马狗　/ 086

马媾取谷种　/ 089

关于吃鼓藏的传说　/ 091

辛女岩　/ 092

盘瓠和辛女　/ 095

辛女溪村的来历　/ 097

侯家村的来历　/ 099

仡佬坪村的来历　/ 101

神犬盘瓠　/ 103

盘瓠的故事　/ 105

盘瓠龙船节的来历　/ 107

盘瓠庙的传说　/ 109

绥宁苗族盘瓠神话　/ 114

苗人、汉人、彝人的来历　/ 115

苗族的起源 / 120

苗族为什么住高山 / 121

畲族盘瓠神话 / 123

高辛和龙王 / 123

畲族姓氏及世居山脚的来历 / 128

畲族女人衫里有两个皇帝印 / 131

畲女衫内两个皇帝印 / 132

凤凰装束的由来 / 133

猎捕舞 / 134

福建福安县、霞浦县畲族盘瓠神话 / 136

龙犬驸马 / 137

畲族祖先盆大护 / 145

广东省潮安县凤凰镇石古坪村畲族盘瓠神话 / 149

盘瓠王 / 150

三公主的传说 / 153

亢金龙 / 173

盘瓠的传说 / 175

"祭祖舞"的由来 / 177

盘瓠出世 / 178

柴爿舞的由来 / 180

三公主的凤凰装 / 183

高辛皇帝封畲氏 / 192

浙江苍南县畲族盘瓠神话 / 195

盘蓝雷钟鼓 / 196

畲族四姓的来历 / 199

畲族起源传说 / 200

台湾布农人盘瓠神话 / 204

公主与狗 / 204

台湾太鲁阁人盘瓠神话 / 207

太鲁阁人的来历 / 207

土家族盘瓠神话 / 208

狗带谷种 / 208

瑶族盘瓠神话 / 211

甘基王 / 211

舞火狗 / 225

盘瓠王 / 228

盘王的传说 / 234

神犬的传说 / 243

广西金秀盘瑶盘护王神话 / 246

广西都安瑶族关于蓝公狗的传说 / 247

广西修仁县崇仁乡山子瑶的祖先传说 / 249

广西龙胜红瑶盘瓠神话 / 250

平王与盘王 / 251

贵州荔波青裤瑶传说 / 254

贵州榕江板瑶关于御犬的传说 / 255

盘　瓠 / 256

关于祭祀盘王跳长鼓舞的来历 / 258

龙犬盗谷种 / 259

织机帽和花边衣　/ 261

　　湖南资兴茶坪瑶族盘王传说　/ 263

彝族盘瓠神话　/ 266

　　贵州威宁彝族神话（节选）　/ 266

　　彝族磋姐仪式的由来　/ 268

　　彝家人为什么不吃狗肉　/ 269

　　彝族为什么住在高山上　/ 271

　　天涯寻谷　/ 273

藏族盘瓠神话　/ 275

　　粮种和锅庄舞的来历　/ 275

壮族盘瓠神话　/ 277

　　蛙婆节　/ 277

　　埋蚂蚄节的传说　/ 280

　　皇帝变蛤蟆　/ 283

第二编　以韵文体形式流传的各民族盘瓠神话　/ 287

黎族祖先歌（节选）/ 288

蟾蜍歌　/ 319

高皇歌（浙江）　/ 325

高皇歌（广东）　/ 342

盘古歌　/ 345

狗王歌　/ 353

畲族祖源古歌　/ 359

瑶族盘王歌　/ 363

005

跳盘王 / 367

瑶族师公神书"盘王护唱用"(节选) / 375

瑶族历史源流歌 / 377

瑶族盘王大歌(节选) / 383

蚂蜴歌 / 388

壮族蚂蜴歌 / 391

第三编 汉文古籍中记载的盘瓠神话 / 399

(晋)干宝撰《搜神记》 / 400

(晋)干宝撰《搜神记》 / 401

(晋)郭璞撰《山海经传》 / 402

(南北朝)范晔撰李贤注《后汉书》 / 402

(南北朝)郦道元撰《水经注》 / 403

(唐)杜佑撰《通典》 / 404

(唐)樊绰撰《蛮书》 / 405

(唐)欧阳询撰《艺文类聚》 / 406

(唐)释道世撰《法苑珠林》 / 406

(唐)徐坚撰《初学记》 / 407

(宋)乐史撰《太平寰宇记》 / 408

(宋)李昉撰《太平御览》 / 408

(宋)罗泌撰《路史》 / 410

(明)陈士元撰《江汉丛谈》 / 412

(明)莫旦撰《大明一统赋》 / 414

(清)鄂尔泰修杜诠纂《(乾隆)贵州通志》 / 414

（清）茆泮林辑《玄中记》 / 415

（清）欧樾华撰《（同治）韶州府志》 / 416

（清）张庆长撰《黎岐纪闻》 / 416

（清）里人何求纂《闽都别记》 / 417

（民国）刘锡蕃著《岭表纪蛮》 / 417

第四编　瑶族《过山榜》中记载的盘瓠神话　/ 419

南京平王敕下古榜文 / 421

过山榜文 / 424

榜　文 / 427

评王券牒 / 431

评王券牒 / 438

评皇券牒 / 445

过山榜 / 450

评皇券牒 / 452

平王券牒 / 457

过山图（节选） / 463

万福攸同　兰桂腾芳（节选） / 466

过山牒 / 468

猺（瑶）人出世根底 / 474

评皇券牒 / 480

评王券牒 / 485

评王券牒 / 489

过山榜 / 495

平王胜〔牒〕榜文给照（印）　/ 506
过山照　/ 517
评王券牒书传为记　/ 521
评皇券牒　/ 526

第五编　国外流传的盘瓠神话　/ 531

日本冲绳犬婿故事　/ 532
泰国清莱府清堪县瑶族的犬祖的故事　/ 538

后　记　/539

附　图

浙江省景宁县鹤溪街道敕木山村蓝氏横轴祖图长联

导论

叙事情节与社会功能：盘瓠神话流传与变异辨析*

据考证，汉文典籍中最早记载盘瓠神话的是东汉应劭的《风俗通义》，不过原文已佚失，现存最早且最完整的文本当属晋朝干宝《搜神记》中的记载，后世《后汉书》《水经注》《通典》《蛮书》《艺文类聚》《法苑珠林》《初学记》《太平寰宇记》《太平御览》《路史》等古籍中收录的文本也多据此，细节上或有些许不同，但主要情节大体一致。《搜神记》中所载如下：

> 高辛氏有老妇人，居于王宫。得耳疾历时，医为挑治，出顶虫，大如茧。妇人去后，盛以瓠蓠，覆之以盘。俄尔顶虫乃化为犬，其文五色，因名"盘瓠"，遂畜之。时戎吴盛强，数侵边境，遣将征讨，不能擒胜。乃募天下有能得戎吴将军首者，购金千斤，封邑万户，又赐以少女。后盘瓠衔得一头，将造王阙。王诊视之，即是戎吴。"为之奈何？"群臣皆曰："盘瓠是畜，不可官秩，又不可妻，虽有功，无施也。"少女闻之，启王曰："大王既以我许天下矣，盘瓠衔首而来，

---

* 本文部分内容以《叙事情节与社会功能：盘瓠神话流传与变异辨析》为题发表于《民间文化论坛》2018 年第 3 期。

为国除害，此天命使然，岂狗之智力哉！王者重言，霸者重信，不可以子女微躯，而负明约于天下，国之祸也。"王惧而从之，令少女随盘瓠。盘瓠将女上南山，山草木茂盛，无人行迹。于是女解去上衣，为仆鉴之结，着独力之衣，随盘瓠升山入谷，止于石室之中。王悲思之，遣往视觅，天辄风雨，岭震云晦，往者莫至。盖经三年，产六男六女。盘瓠死后，自相配偶，因为夫妻。织绩木皮，染以草实。好五色衣服，裁制着用，皆有尾形。经后母归，以语王。王遣追之男女，天不复雨。衣服褊褳，言语侏离，饮食蹲踞，好山恶都。王顺其意，有诏赐以名山广泽，号曰"蛮夷"。蛮夷者，外痴内黠，安土重旧。以其受异气于天命，故待以不常之律。田作贾贩，无关缴符传、租税之赋。有邑君长，皆赐印绶。冠用獭皮，取其游食于水。今即梁、汉、巴、蜀、武陵、长沙、庐江群夷是也。用糁杂鱼肉，叩槽而号，以祭盘瓠，其俗至今。故世称"赤髀横裙，盘瓠子孙"。[①]

艾伯华在《中国民间故事类型》中将盘瓠神话定义为"狗的传说"类型，但这一类型名称难以体现出盘瓠神话的特点。本书沿用盘瓠神话这一名称，以《搜神记》中的文本作为底本，凡属包含有"许诺—立功—嫁女—繁衍后代"四个线性发展情节单元链的神话文本都纳入本书的资料范围。

[①]（晋）干宝撰，李剑国辑校：《新辑搜神记》卷二四·294"盘瓠"，北京：中华书局，2007年，第401—402页。此版本与《中国基本古籍库》所收明《津逮秘书》本在个别字词上有所差别。

盘瓠神话的主角一般是一只名为盘瓠的狗；也有别的名称，比如苗族神话中狗的名字叫"翼洛""马媾""邦尕"等；又或者没有名称，直接说是一只狗、一只黄狗、一只大狗。在壮族和瑶族的一些神话文本中，主角变成了青蛙，壮族神话中青蛙叫"龙王宝"，瑶族神话中青蛙叫"甘基王"，海南苗族流传的《蟾蜍歌》传唱的主角是蟾蜍。此外还有一些文本中的主角直接就是人的形象，这应该是比较晚近才发生的变化。笔者新近发现一则台湾澎湖马公岛上流传的盘瓠神话，主角则变成了猴子。

之前学界一般认为盘瓠神话是苗、瑶、畲三族的族源神话，相关研究也多在此视野内展开，而较少关注到在我国其他少数民族地区以及汉族地区其实也有丰富多样的盘瓠神话流传。就目前收集到的神话文本来看，盘瓠神话的流传地域还是比较广的，除汉族地区之外，苗族、瑶族、畲族、土家族、仡佬族、彝族、藏族、壮族、黎族、朝鲜族以及台湾布农人、太鲁阁人生活地区都有分布，本书目前搜集到的盘瓠神话文本有83篇。还有一些以韵文体形式流传的史诗、古歌、歌谣，同样讲述盘瓠神话的内容，如《黎族祖先歌》、畲族《高皇歌》、瑶族《盘王歌》、壮族《蚂蜴歌》、海南苗族《蟾蜍歌》等，本书也搜集到十几个文本。此外，在瑶族、畲族地区还保存着一些世代传承的珍贵民间文献，比如用文字记录下盘瓠神话的瑶族《过山榜》、畲族《高皇歌》歌本、畲族族谱谱序等，还有以图画形式表现盘瓠神话的畲族祖图。

从盘瓠神话流传的地域、民族以及流传形式来看，其影响范围还是比较大的，为了更好地厘清盘瓠神话的起源、流变、传播、认同等问题，下面将对不同民族、不同地域流传的盘瓠神话的叙事情节与社会功能之异同进行比较,并结合神话的流传地域和民族文化语境进行辨析。

盘瓠神话叙事情节比较分析

将盘瓠神话做专题研究的话,比较各民族盘瓠神话具体情节的异同是基础性的工作。情节是指按照因果逻辑关系组织起来的一系列事件,盘瓠神话之所以会在不同民族中有丰富的异文存在,是因为不同民族的讲述者把一些"表面上看来偶然的沿着时间先后顺序出现的事件用因果关系加以解释和重组"①。而这样的叙述安排内含着讲述者对于情节内在关系的主观阐释,也体现其情感倾向。以《搜神记》文本为例,盘瓠神话一般包括以下情节单元:1.盘瓠神奇出生;2.王张榜许诺有能立功者将公主许配;3.盘瓠立功;4.王欲反悔,公主坚持践行诺言;5.盘瓠与公主结合;6.两人避世而居,繁衍后代。在不同民族流传的神话文本中,这些情节单元并非都与《搜神记》一一对应,比如"盘瓠神奇出生"这一情节单元就不是所有的神话都讲述,"王欲反悔"的情节单元亦是如此。此外,在"盘瓠与公主结合后避世而居,繁衍后代"之后,很多民族演绎出繁复的后续情节,有的甚至还套合了别的神话文本。在此选择进行比较分析的叙事情节的标准,主要看其是否具有典型性,是否能体现其所流传地区或民族的文化特征,并不限定在"许诺""立功""嫁女""繁衍后代"四个关键情节单元。

---

① 童庆炳主编:《文学理论教程》,北京:高等教育出版社,1998年,第212页。

（一）盘瓠的神奇出生

《搜神记》中对于盘瓠的出生如此描述："高辛氏有老妇人，居于王宫。得耳疾历时，医为挑治，出顶虫，大如茧。妇人去后，盛以瓠篱，覆之以盘。俄尔顶虫乃化为犬，其文五色，因名'盘瓠'，遂畜之。"① 这一情节单元在很多民族的神话中都已丢失，或者只是一两句话带过，畲族神话却对此发挥了充分的想象力。主角同为龙犬，广西金秀瑶族神话《盘瓠王》中只是简单说："皇宫里养有一只身披二十四道斑纹的龙犬，名叫盘瓠。"② 广东潮州畲族神话《龙犬驸马》却用了一大段话来描写："古时候，高辛帝宫有个左耳奇大的大耳婆。一天，高辛帝请御医替大耳婆治耳病。御医用一把小银勺在她的耳朵里一抠，不料抠出一只蛋来。群臣把蛋拿到宫中的一座楼上，惹得天上的凤凰领着地上的百鸟，日夜在它四周跳舞唱歌。看这情景，高辛帝知道这是祥瑞之物，欢喜万分，就叫御医把蛋打开。蛋一打开，蛋里跳下一只五彩小犬来。小犬养了八个月，身长八尺八，身高四尺四，是个龙犬。"③《龙犬驸马》的一则异文说高辛王的右耳坠里挑出一颗小白蛋，小白蛋长大后飞来一只凤凰鸟把白蛋啄开，从中跳出一只小麒麟。④ 另一篇畲

---

① （晋）干宝撰，李剑国辑校：《新辑搜神记》卷二四·294"盘瓠"，北京：中华书局，2007年，第401页。
② 《盘瓠王》，《中国民间故事集成·广西卷》，北京：中国ISBN中心，2001年，第93页。
③ 《龙犬驸马》，《中国民间故事集成·广东卷》，北京：中国ISBN中心，2006年，第13—14页。
④ 参见《龙犬驸马》异文，《中国民间故事集成·广东卷》，北京：中国ISBN中心，2006年，第15—17页。

族神话《高辛和龙王》则是说高辛皇帝耳朵痒了三年治不好,从里面扒出一条三寸长的金虫来,放在金盘里,一天一夜长大了,浑身五彩斑纹,能在水里游,能在天上飞,能大能小,高辛称他为"龙王"。高辛被番王围攻时,龙王化作一只麒麟跑到番营中咬掉了番王的头颅。① 孟令法曾对畲族神话中的盘瓠形象进行分析,认为其经历了"星宿—茧卵—龙麒—龙(龙犬)—兽首人身—人(现代)"的复杂变化过程。② 畲族神话《盘瓠出世》则完全包含了上述因素,它是这样描述的:

> 当时,高辛皇帝与刘宫女在百花亭吃酒。忽间,天边皓③了一下,一颗流星火龙闪闪地溜落来,映得地下雪银丝白。这颗流星,从远到近,闪进百花亭,可比一个银圈,在刘宫女的腰腹间旋了三圈,不见了。过了十个月,刘宫女养崽了,皇帝快活呀,就叫洗崽娘④端来金盘接生。"哇"的一声,一个白白壮壮的姆崽落金盘。洗崽娘把洗停当,温在刘宫女身边。到了第七日,刘宫女把姆崽揽来吃奶,这姆崽只一滚,原旧翻落床中,双脚一伸,双手一划,就变成一个八尺长的大人,一骨碌坐起来,叫了一句"阿娘"。刘宫女吓了一跳:"啊,你怎么成大人了?""阿娘,我是'天生崽',

---

① 参见《高辛和龙王》,谷德明编:《中国少数民族神话》,北京:中国民间文艺出版社,1987年,第203—209页。
② 孟令法:《畲族图腾星宿考——关于盘瓠形象传统认识的原型批评》,温州大学硕士学位论文,2013年,第8页。
③ 皓:畲语,亮。
④ 洗崽娘:畲语,接生婆。

是太白金星放我落凡投胎的，名叫亢金龙，是二十八星宿里的一位，特来相帮保江山。"刘宫女听了这番话，才明白那日百花亭吃酒遇到的那回事，就对皇帝讲明。皇帝勿信，掀起罗帐一看，这天生崽一声"阿爹"，叫了起来，溜落地板坪，跪在高辛帝面前不起来，要阿爹给他取名字。皇帝笑了笑，连连称赞他聪明伶俐。暗忖这崓崽生落是用金盘接的，又是天星落凡，百花亭吃酒时，毫光白花花好比金瓠草，只七日就成了大人，不禁脱口说："你就叫盘瓠吧。"①

相较于其他民族神话中关于盘瓠出生的简略化处理，畲族神话对盘瓠的神奇出生如此渲染，或许是因为畲族一直将盘瓠神话作为族源神话来演述，记录在谱牒之中，刻画在祖图之上，而畲族历史上是一个不断迁徙的民族，为了凝聚族群认同，他们特别强调宗族观念，重视民族的根本，所以在叙述族源时引入"神圣叙事"来消除"污名化"、歧视性说辞的影响。

（二）盘瓠立功的三种主要情节类型

笔者之前做过分析，认为可以根据立功情节的不同将盘瓠神话分为立战功、取谷种、治病三种亚类型。② 其中立战功型最为常见，汉族、畲族、瑶族绝大部分盘瓠神话和贵州台江苗族地区搜集到的盘瓠神话，以及彝族盘瓠神话都属于这一类，相比《搜

---

① 文成县畲族民间文学集成编委会编：《中国民间文学集成·浙江省温州市文成县畲族卷》，内部资料，1988年，第16—17页。
② 参见周翔：《台湾原住民盘瓠神话类型与来源研究》，《江汉论坛》2017年第8期。

神记》记载，民间则发挥了大胆的想象。

河南南阳地区流传的神话《伏羲的来历》说："那黄狗卧在一只大白龟的龟盖上，白龟有碾盘那么大。大家正在奇怪，一忽儿刮起了狂风，只刮得飞沙走石，天昏地暗。说也奇怪，风那么大却不刮宛丘国的人，专刮房黄王的人马。有的刮起来掉在地上摔死，有的掉水里淹死，房黄王只好领着残兵败将逃跑了。"①

湖南江永县千家峒瑶族乡的瑶族神话《盘瓠》中说："盘瓠没要一兵一卒，独自翻山越岭，到了平王的京都。平王平日最喜欢打猎，当他带领军士和猎犬来到城郊围猎时盘瓠趁机钻进了猎犬队里。围猎开始了，盘瓠施起神威，把那些野兔、山鸡、黄鼠狼一只一只叼到平王马前。平王大喜，把盘瓠留作随身猎犬。忽然他觉得有点肚胀，下马来到一个僻静的地方'解手'。盘瓠悄悄跟过去，一口咬脱他的鸡巴，他惨叫一声，当场死去。盘瓠叼着平王的头来见高王。"② 1979 年采录于广西金秀县六巷乡古陈村的瑶族神话《盘瓠王》主要情节与此类似，说的是番王如厕时，龙犬趁着四下无人，猛然咬下番王的睾丸，番王昏倒在地。龙犬又赶紧将番王的头颈咬断，衔着血淋淋的头颅，冲出王宫渡海回国。③

畲族盘瓠神话《龙犬驸马》说：海对岸的夷番房突王带兵过来骚乱，朝廷屡战屡败。高辛帝只好出榜招贤，说谁能打败番

---

① 《伏羲的来历》，张振犁编著：《中原神话通鉴》第一卷，郑州：河南大学出版社，2017 年，第 217—219 页。
② 《盘瓠》，《中国民间故事集成·湖南卷》，北京：中国 ISBN 中心，2002 年，第 18 页。
③ 参见《盘瓠王》，《中国民间故事集成·广西卷》，北京：中国 ISBN 中心，2001 年，第 93—96 页。

王，就可以在三个公主中任选一个做老婆招为驸马。榜在城门楼前贴出好几天，都没人揭榜。正当皇帝、大臣急得团团转时，龙犬突然跑上来，一口把榜撕下。龙犬对高辛帝说："我有阳战之术，变化无穷。"龙犬辞别了皇帝，渡海来到番邦。番王用好酒好菜招待它吃，还留它在宫中睡觉。龙犬趁番王酒醉未醒，发狠咬下他的头颅，然后跳海逃跑，顺利渡海回国。番兵失掉了首领，乱作一团，再也不敢欺负邻国了。①《高辛和龙王》说：番王领兵来围高辛和他的人民，高辛就带着人民爬上封金山。番王不退兵，高辛张贴榜文说：谁能杀掉番王，谁就娶我的三公主、继承我的王位、得到我的仓库。龙王咬下榜文，去见高辛。龙王就地一滚，变成一只麒麟向番营跑去，一直跑到番王跟前。番王抚摸着麒麟笑了，摆酒庆贺三天。番王醉得伏在桌上睡了。麒麟窜上去一口咬掉番王头，脚一蹬，跑回来了。高辛见杀了番王，带兵杀下山，把敌人消灭了。②

贵州台江地区（苗语黔东方言区）流传的苗族盘瓠神话也属于立战功型。故事说很久以前，有一个王正登基接位。这时有位非常勇猛的敌人来攻打他。朝中没有一个人能够抵挡，死伤的人很多。王把大官小官（文臣武将）们叫来商量。他说："谁要是把这个敌将杀了，我就把女儿嫁给他。"结果还是没人能够战胜。不久王的脸上忽然长了个肉瘤，越长越大，后来自个儿掉下

---

① 参见《龙犬驸马》，《中国民间故事集成·广东卷》，北京：中国ISBN中心，2006年，第13—14页。
② 参见《高辛和龙王》，陈玮君整理，谷德明编：《中国少数民族神话》，北京：中国民间文艺出版社，1987年，第203—209页。

来了。他拿了顶帽子将它盖在桌子上。过后不久,王揭开帽子一看,肉瘤变成了一条小狗,王就给它起个名字叫"邦尕"。后来小狗慢慢长成了大狗,有一天它把那个敌将的头衔了来。①

瑶族盘瓠神话的主角虽然是一只蚂蚜(蛤蟆),但身怀绝技,杀敌立功。比如《甘基王》中说:只见甘基纵身一跃,跳上一棵大树尖上,"割!割!割!"地大叫几声,天空顿时乌云翻滚,下起暴雨来。暴雨一连下了七天七夜,那些兵勇被淋得无法睡觉,个个累得有气无力。他们又气又恨,用斧头砍倒那棵树,想把甘基掀下来杀死他。但大树一倒,甘基又"嗖"一声飞到了另一棵树上。兵勇们把所有的树木都砍光了,甘基立即跳下地里来,跑到火塘里,用嘴含起一块火炭,纵身飞进么理国的皇宫放火焚烧。兵勇们慌成一团,急忙奔向皇宫救火,哪知火势越烧越猛,结果将皇帝和将士全部烧死了。②

关于取谷种型和治病型,是否会因其与《搜神记》所载出入较大,而让人产生能否归入盘瓠神话的疑义?事实上,在神话传播的过程中,不同讲述者会根据自己的喜好增减或者改变情节单元,但只要作为基干的主要情节单元链结构稳定,我们仍将其视为同一类型。施爱东最早在《孟姜女故事的稳定性与自由度》一文中提出了故事"节点"的说法,此后又具体指出:"故事的节点网络构成了一个自足的逻辑体系……节点就成了同题故事中最稳定的因素。而只要故事家不篡改故事的节点,任何相容母题的

---

① 今旦:《台江苗族的盘瓠传说》,《贵州民族研究》1987年第3期。
② 参见《甘基王》,《中国民间故事集成·广东卷》,北京:中国ISBN中心,2006年,第869—877页。

进入，都不会影响到同题故事逻辑结构的变化。无论是在节点之上，还是节点之间，都存在巨大的想象空间，可以让故事家们充分地驰骋自己的文学想象，随人所愿地增添新的故事母题。要之，在故事的传承与变异过程中，传承的稳定依赖于节点的稳定，变异的随意是指节点之外的随意。"[1]"立功"这一情节单元就可视为盘瓠神话的"节点"，无论立功的主角是谁，无论立功的方式如何，只要情节顺着"许诺—立功—嫁女—繁衍后代"的线性逻辑结构发展，就都可视为盘瓠神话。

狗取谷种的神话在很多民族中都有流传，尤其是西南地区，独龙族、傈僳族、哈尼族、羌族、普米族、藏族、彝族、壮族、布依族、侗族、水族、仡佬族、土家族、苗族、瑶族、畲族等十几个少数民族中几乎都有关于狗取谷种的神话。学界一般认为主要有三个原因使得这一神话类型的分布如此广泛，其一是人类最早饲养的动物是狗，其二是谷穗形似狗尾，其三是狗可能曾经是这些民族祖先的图腾。[2]

目前见到苗族、瑶族、土家族神话中出现了将狗立战功、咬下敌方将领首级的情节替换为狗取谷种的情节，其原因或许是因为狗取谷种相比较而言更为熟悉和常见，所以在神话流传的过程中，讲述者或是出于偏好或是出于讲述方便，将内容替换了。值得注意的是，取谷种型盘瓠神话分布的地域主要集中在湖南

---

[1] 施爱东：《孟姜女故事的稳定性与自由度》，《民俗研究》2009年第4期。
[2] 参见陶阳、钟秀：《中国创世神话》，上海：上海人民出版社，1989年，第278—279页；王光荣等编：《民族民间文学原理》，桂林：广西师范大学出版社，1993年，第129页。

西部、南部以及与之相邻的贵州东南部地区，比如湖南湘西泸溪县苗族神话《盘瓠和辛女》、湘西凤凰县苗族神话《马媾取谷种》、湖南邵阳绥宁县苗族地区也有类似的神话流传，此外还有湖南邵阳常宁县瑶族神话《龙犬盗谷种》、贵州黔东南岑巩县土家族神话《狗带谷种》。由此可见，这一类神话的产生具有地域共同性。

还需要说明的是，彝族神话《谷种的来历》、藏族神话《狗皮王子》虽然与取谷种型盘瓠神话有很大一部分内容相似，但这两则神话的情节单元链是"英雄取得谷种—英雄被天神惩罚变成狗—狗与公主结合并变成人"，与盘瓠神话的情节单元链有一定的差别，所以暂不将其归入盘瓠神话这一类型，不过二者或许有发生学上的关联。

治病型盘瓠神话流传于仡佬族、黎族以及台湾的布农人、太鲁阁人、排湾人、卑南人以及凯达格兰人生活地区。① 贵州遵义仡佬族神话《十弟兄》说土王的女儿下身长了烂疮，黄狗用嘴舔好了。② 另一则异文说土王的女儿腿上长了一个恶疮，土王家的黄狗揭下榜文，用嘴舔好了姑娘的恶疮。③ 海南白沙县黎族神话《天狗》讲述天狗爱慕天皇的女儿"婺女"，黄蜂帮天狗的忙，咬

---

① 仡佬族、黎族、布农人、太鲁阁人的神话文本书已收录，排湾人、卑南人以及凯达格兰人的资料信息来自［俄］李福清：《神话与鬼话——台湾原住民神话故事比较研究》，北京：社会科学文献出版社，2001年，第355、357页。
② 《十弟兄》，《中国民间故事集成·贵州卷》，北京：中国ISBN中心，2003年，第64—65页。
③ 参见毛星主编：《中国少数民族文学》中卷，长沙：湖南人民出版社，1983年，第793页。

伤了婆女的腿，天狗舔好了伤口。① 台湾布农人神话《公主与狗》说公主患了皮肤病，身体溃烂发脓。一只公狗用舌头舔公主的全身上下治好了她的病。② 广东雷州半岛海康县流传的《神犬》神话说："神狗以舌舔着公主的疮，舔着舔着，毒疮流脓了，大腿的肿块慢慢地消失了。神狗含着一口疮脓走了出去。公主苏醒过来，觉得很舒服，微微一笑，国王看了十分高兴。一会儿，神狗又进来，从嘴里吐出嚼烂的草药，敷在公主的毒疮上，摇了摇尾巴就出去了。药到病除，公主能够坐起来了。神狗天天如此，专心给公主治病，过了七天，公主的病全好了。"③ 很明显，这则神话也属于治病型盘瓠神话，虽然故事讲述者并没有强调这是哪个民族的神话，我们暂且将其归入汉族神话，但雷州半岛与海南岛隔海相望，或许是受了地域传播的影响。同样还有台湾澎湖马公市的神话《美国人的由来》说的是猴子上高山顶采茶叶煎茶水，治好了太后的病。于是猴子娶了公主，坐船漂到美国繁衍后代。④ 这则神话的故事结构和台湾布农人、太鲁阁人的神话十分相似，

---

① 参见《天狗》，《中国民间故事集成·海南卷》，北京：中国ISBN中心，2002年，第18—19页。

② 《公主与狗》这则神话同时收录于达西乌拉弯·毕马、达给斯海方岸·娃莉丝：《布农族神话与传说》，台中：晨星出版有限公司，2003年，第37—39页；[俄]李福清：《神话与鬼话——台湾原住民神话故事比较研究》，北京：社会科学文献出版社，2001年，第351—353页。

③ 《神犬》，《中国民间故事集成·广东卷》，北京：中国ISBN中心，2006年，第17—18页。

④ 参见夏敏：《闽台民间文学》，福州：福建人民出版社，2009年，第186—187页。原载王甲辉、过伟主编：《台湾民间文学》，上海：上海文艺出版社，2005年，第386页。

令人费解的是"猴子"和"后代是美国人"这两个重要情节单元的出现似乎带有一些随意性。

虽然同为治病型盘瓠神话,仡佬族和黎族的讲述与星象产生了关联,仡佬族神话说"天上的两个星宿楼(娄)星和女星也下凡到人间土王家,楼(娄)星变成一只黄狗,女星变成了土王的女儿"①。黎族神话中提到的婺女指婺女星,即"女宿"。相传此星常在海南岛黎母山降现,因名黎婺,音讹黎母,黎族人们将此星当作天帝之女下凡。②这一情节与畲族神话相似,把盘瓠的出生过程定位在"星宿下凡",并且都指明了盘瓠形象的"娄宿"原型,此外畲族神话还有盘瓠乃亢金龙(二十八星宿之东方青龙系亢宿)下凡的说法。③布农人神话则没有与星象有关的内容。

畲族神话《三公主的传说》和《亢金龙》中虽然也出现了治病的内容,但只是插入的一段情节。《三公主的传说》中说三公主给高辛王治耳病,从中爬出来一条金虫,再化身为龙犬;《亢金龙》说番王因头颈骨上长烂疮张榜求医,盘瓠揭榜给番王治好烂疮,取得他的信任后再趁醉割下了番王的头。但故事的主干情节还是盘瓠凭借立战功而最终迎娶公主。

除了立战功、取谷种、治病这三种主要立功情节外,还发现了其他两种立功情节:打鼓和找玉印(玺)。如四川三台县汉族神

---

① 《十弟兄》,《中国民间故事集成·贵州卷》,北京:中国ISBN中心,2003年,第64—65页。

② 孙有康、李和弟搜集整理:《五指山传》,北京:中国国际广播出版社,2016年,第5页。

③ 详见孟令法:《畲族图腾星宿考——关于盘瓠形象传统认识的原型批评》,温州大学硕士学位论文,2013年。

话《人狗配婚》说一个姑娘做了一个很大的石鼓，对天下所有的飞禽走兽说，谁能擂响这石鼓，她就嫁给谁。于是，大家都跑来擂鼓。可是，大家都试过了，谁也没有擂响。后来一只大黄狗把大鼓给擂响了。① 朝鲜族盘瓠神话说："从前黄帝轩辕氏有一个最爱的女儿，为了选女婿而用绳做一个大鼓挂在门前，布告说，如果有人打这个大鼓使鼓声传到内庭去便收他做女婿。某一天有了鼓声，出来一看，见是狗在打鼓。叫它再打，它又举起脚来，真的发出像皮大鼓一样的声音。"② 这段关于狗打鼓的情节与前面狗擂响石鼓的情节相近。之后，狗变形为人的过程被妻子窥破，未能完全变成人，留下了毛发。这一情节单元则与畲族、瑶族、土家族神话类似。找玉印（玺）的立功情节主要流传在湖南湘西泸溪县。苗族神话《辛女岩》中说：高辛王的玉印不见了，四方寻找，找不到，请部下的臣子找也找不到，眼看帝王做不成，他心急如焚，急忙贴告示："哪个把玉印找得还我，职务提升，还愿将吾女儿许配于他。"告示贴出好久没有人找得。辛女叫盘瓠去，盘瓠点点头，四面八方地找呀找，找呀找，从阴沟里面找到了，衔回来交给高辛王。③ 还有两则异文《侯家村的来历》和《仡佬坪

---

① 《人狗配婚》，《中国民间故事集成·四川卷》，北京：中国ISBN中心，1998年，第48页。
② 这则朝鲜神话收录于日本学者今西龙《朱蒙传说与老獭稚传说》（西田直二郎主编：《内藤博士颂寿纪念史学论丛》，弘文堂，1930年）一文中，转引自钟敬文：《槃瓠神话的考察》，苑利主编：《二十世纪中国民俗学经典·神话卷》，北京：社会科学文献出版社，2002年，第100页。
③ 《辛女岩》，《中国民间故事集成湖南卷·湘西土家族苗族自治州分卷》，内部资料，1989年，第26—27页。

村的来历》。

（三）盘瓠变形与公主结合

《搜神记》中讲述盘瓠与公主结合后在南山石室中避世而居，后生六男六女自相婚配。但在畲族、瑶族、土家族、壮族、台湾布农人神话中增加了动物主角变形为人的情节。畲族神话《龙犬驸马》中说高辛帝限龙犬七天之内变成人才把三公主嫁给他。龙犬要求关在房间里七天七夜不能有人来看他，但善良的三公主担心龙犬，在第六天偷看，结果天机泄露，龙犬的身子变成了人，头还没变化，成了人身犬首。① 瑶族神话《盘瓠王》说龙犬和三公主结婚后白天是条狗，晚上却是美男子，他身上的斑毛是件灿烂的龙袍。龙犬说只要将他放在蒸笼里蒸七天七夜，便可脱掉全身的毛变成完人。蒸到六天六夜时，公主担心蒸死丈夫，揭开盖子看看，龙犬果然变成了人。但因蒸的时间不够，头部和脚胫还有毛，只好用布缠裹起来。② 土家族神话《狗带谷种》说寨老的女崽翠翠与狗结婚喝交杯酒时，狗一下子变成一个很英俊的小伙子，除了嘴上下左右两边长有几根毛毛外，与别的小伙子没有什么两样。③ 台湾布农人的神话《公主与狗》说头目让狗在三十天之内变成人，才把公主嫁给他。狗离开皇宫走到山上森林里的岩洞内，到了第廿八天，狗已经快要变成人了，只剩下头未变成人形，发

---

① 参见《龙犬驸马》，《中国民间故事集成·广东卷》，北京：中国 ISBN 中心，2006 年，第 13—14 页。
② 参见《盘瓠王》，《中国民间故事集成·广西卷》，北京：中国 ISBN 中心，2001 年，第 93 页。
③ 参见《狗带谷种》，《中国民间故事集成·贵州卷》，北京：中国 ISBN 中心，2003 年，第 68 页。

现兵丁监视它,生气大骂要把约定的日期延期一天。第三十一天的晚上,头目召集众人开会,狗变成了人参加,没有人发现,狗就走到公主房间和公主结合了。①

广东连南县瑶族神话《甘基王》说蛤蟆甘基打败么理国后向皇帝寻讨三公主,可皇帝不肯把三公主嫁给他,公主十分崇敬甘基,偷偷来到河边想见他,结果发现甘基脱掉了蛤蟆皮,变成了一个十分英俊的小伙子。皇帝不相信公主说的,甘基于是走进后宫脱去蛤蟆衣,现出了英俊的模样。皇帝问他为什么以前不把难看的蛤蟆衣脱下来,甘基说这是天神赐的宝衣,穿上它就能耍法术,呼风唤雨。皇帝用龙袍跟甘基换,谁知一穿上就脱不下来,变成了一只癞蛤蟆。②广西天峨县壮族神话《蛙婆节》说青蛙龙王宝打败敌军班师回朝后,皇帝把公主嫁给他,并封他为镇殿大将军。龙王宝当了大将军,不穿朝服,照旧披着青蛙皮。满朝文武百官议论纷纷,皇太后更是不高兴,认为青蛙皮难看,有损皇家威严,趁龙王宝熟睡,偷偷将青蛙皮丢进火里烧掉,没想到龙王宝因此一命归天。③

盘瓠神话中的变形情节其实还应该包括前面讨论过的盘瓠由虫(蚕、蛋)变化成犬。不过在盘瓠与公主结合这一环节发展出变形为人的情节应是出于对人兽婚避讳的原因。"人兽婚"是

---

① 参见达西乌拉弯·毕马、达给斯海方岸·娃莉丝:《布农族神话与传说》,台中:晨星出版有限公司,2003年,第37—39页。
② 参见《甘基王》,《中国民间故事集成·广东卷》,北京:中国ISBN中心,2006年,第869—871页。
③ 参见《蛙婆节》,《中国民间故事集成·广西卷》,北京:中国ISBN中心,2001年,第342页。

神话中常见的情节单元，还对后世的文人创作产生了深远影响，例如魏晋南北朝的志怪小说，还有作为经典流传的《聊斋志异》。远古时代人兽婚所具有的生存、崇拜、繁衍等各方面的重要意义和神圣性，在后世流传中逐渐失去了最初存在的语境，所以神话中才会出现动物变形为人的情节设置，来重新确立其合理性。

盘瓠神话的社会功能

马林诺夫斯基认为，"神话的功能，既不是解释的，也不是象征的，它乃是一种非常事件的叙述，这事件的发生，即从此建立了一部落的社会秩序、经济组织、技术工艺，或宗教巫术的信仰和意识。它的功能就在于它能用往事和前例来证明现存社会秩序的合理，并提供给现存社会以过去的道德价值的模式，社会关系的安排，以及巫术的信仰等"①。"繁衍人类"这一情节单元虽然是盘瓠神话最后一个关键节点，但从其在各民族流传情况及后续情节发展来看，涉及姓氏、服装、纹饰、饮食、住所、民间信仰、节日、仪式、禁忌、地方风物等诸多方面，也因此成为研究盘瓠神话之社会功能的重要资料。

（一）姓氏来源

盘瓠神话之所以被视为畲族和瑶族的族源神话，也是因为畲族和瑶族的姓氏都来源于盘瓠神话。关于畲族四姓由来的解释在广大畲族地区基本一致："高辛王的三公主与盘瓠结婚，次年便

---

① [英]马林诺夫斯基著，费孝通译：《文化论》，北京：华夏出版社，2002年，第79页。

生小孩。小孩落地时孜孜地取来了一个盘子,将婴孩盛在里面,于是三公主赐这孩子姓盘。第三年,三公主又生了个男孩。婴儿落地时,盘瓠又蹦又跳地取来了一只篮子,把婴儿盛在里面,于是三公主赐这孩子姓篮(现在写作蓝)。第四年,三公主又生了个男孩,这孩子落地时,恰好天上响起了隆隆的雷声。在三公主的眼里,这是雷公喜欢孩子的表示,于是赐这孩子姓雷。后来,三公主又生了一个女儿,这个孩子落地时,不知从什么地方传来殷殷的钟声,三公主赐这孩子姓钟。这就是畲族四姓的来由。"①有的畲族地区因为没有了盘姓,就把内容变为三个男孩姓篮、钟、雷,女孩则没有提及姓氏。②

"十二姓瑶族"的说法来自《搜神记》中"盘瓠与公主生下六男六女"的讲述。盘瓠和三公主在南京十宝殿生下六男六女,盘瓠王要他们学打猎、学耕织,练得谋生本领。评王和王后听闻很宽慰,送去大批金银、粮食,供女儿、女婿和外孙们享用;还颁给榜牒一卷,赐盘瓠儿女为瑶家十二姓:即盘、沈、包、黄、李、邓、周、赵、胡、雷、冯、唐;又下令各地官吏:凡盘瓠子孙所居的山地,任其开垦种植,一切粮赋差役全免。③虽然不同地区流传的神话所说的十二姓氏略有不同,但几乎无一例外地将盘姓置于首位。

---

① 《畲族民间故事选·三公主的故事》,转引自农学冠:《盘瓠神话新探》,南宁:广西人民出版社,1994年,第78页。
② 参见《高辛和龙王》,谷德明编:《中国少数民族神话》,北京:中国民间文艺出版社,1987年,第203—209页。
③ 参见《盘瓠王》,《中国民间故事集成·广西卷》,北京:中国ISBN中心,2001年,第95页。

"畲族四姓""十二姓瑶民"来源于盘瓠神话,在漫长的文化传承中,姓氏成为一条不曾间断的纽带,维系着族群认同,同时也深刻影响了畲族、瑶族民众对于盘瓠神话的接受,他们还通过文字或者绘画的方式将盘瓠神话固化下来,形成了瑶族《过山榜》和畲族祖图这两种十分独特的民族民间文献。

(二)服装纹饰

《搜神记》中提到盘瓠与公主"织绩木皮,染以草实。好五色衣服,裁制着用,皆有尾形"[①]。"故世称'赤髀横裙,盘瓠子孙'"的所谓"经典"说法也说明了服饰的重要性。许多民族的盘瓠神话都会解释民族服饰的花纹和样式。福建罗源县一则神话中关于畲族女性凤凰装束的来历追溯到盘瓠与三公主成亲时,高辛帝后娘娘赐给三公主一顶非常美丽珍贵的凤冠和一件镶着宝珠的凤衣,祝福女儿像凤凰鸟一样给生活带来吉祥。后来盘瓠一家搬到广东凤凰山居住,凡生下女儿,都赐予凤凰的装束,以至成为风俗流传下来,延续至今。[②] 福建福安县一则神话解释畲族女性衣服上为什么有两个"皇帝印"图案。这一独特的纹饰也是因为盘瓠与三公主要离开高辛帝定居凤凰山,高辛皇帝拿出御印,将自己的衣衫和女儿的衣衫对在一起,盖上一个印,印的一半留在女儿衣衫上,另一半留在皇帝自己衣衫上。高辛帝还不放心,又在

[①] (晋)干宝撰,李剑国辑校:《新辑搜神记》卷二四·294"盘瓠",北京:中华书局,2007年,第402页。

[②] 参见《凤凰装束的由来》,《中国民间故事集成·广东卷》,北京:中国ISBN中心,2006年,第494—495页。

女儿肩内再印上一个大印,作为自家人永久的印记。①

湖南资兴瑶族女性头戴漂亮的织机帽,身穿精美的花边衣,这一习俗也归因于对金毛犬救主恩情的纪念。"瑶家妇女世代不忘金毛犬救主的恩情,她们头上戴了织机帽,穿上了金色的花边衣。织机帽两边的飘带,表示金毛犬的耳朵。金绣的彩色花边衣,表示金毛犬的绒毛。"②广西金秀县瑶族神话解释瑶族为什么缠头布裹脚套时说是因为龙犬变成人时被公主打破禁忌,蒸的时间不足,只好把有毛的头部和脚胫用布缠裹起来。③

(三)民间信仰、仪式与节日

畲族、苗族、瑶族、彝族、土家族盘瓠神话与民间信仰、仪式有密切的关联。神话的传承必须与民间信仰的存续、祭仪系统的存续以及作为群体的整个社会成员对神话功能的需求度的存续等要素相连属。④

湖南麻阳民间流传的苗族盘瓠神话讲述了麻阳苗族龙舟节的由来,说奶夔(高辛女)和马狗(神犬)相婚配而繁衍了六子六女,孩子们一直不知道父亲是谁,到处打听,直到问到水牛,水牛告诉他们看门的马狗就是他们的父亲,他们感到很羞耻,回家后就把马狗杀了。等到高辛女回来后,看到马狗不在,问子女

---

① 参见《畲族女人衫里有两个皇帝印》,《中国民间故事集成·广东卷》,北京:中国 ISBN 中心,2006 年,第 495 页。

② 《织机帽和花边衣》,《中国民间故事集成湖南卷·资兴市资料本》,内部资料,1988 年,第 165—167 页。

③ 参见《盘瓠王》,《中国民间故事集成·广西卷》,北京:中国 ISBN 中心,2001年,第 93 页。

④ 李子贤、李莲:《试论活形态神话的传承》,《民间文化论坛》2017 年第 1 期。

们,才知道真相,哭着告诉他们父亲的英雄事迹,孩子们划着小船寻找父亲的尸体。因此苗乡每年都要举行盘瓠龙舟祭,其中最重要的一项仪式就是接龙祭祖,而且祭祖的祭物一般都是水牛,就是因为水牛透露了真相,人们便以水牛谢罪。[①] 此即苗族椎牛仪式。贵州台江苗族神话说狗(邦尕)死去后,妻子把它拿来停放在正房,拿些树坨兜让孩子们敲打,守灵一天一夜。时间一久尸体生蛆了,(蛆爬满地)孩子们用脚去踩;有一个孩子还生火让烟子把蛆熏落下来。王得知后说狗的功劳大,要用这地方最大的水牯牛祭祀。每十三年拿大水牯祭祀一回,这就是流传至今的苗族"吃鼓藏"。[②]

  云南宣威彝族丧葬仪式中有一个"蹉蛆"的仪式,同样来源于盘瓠神话。据说黄狗被儿子误射中箭死后,母亲告诉儿子实情,全家悲悼。过了几天,弟兄们商量好到山间去埋葬老黄狗的尸体,走到岩边时尸体已腐烂,臭气熏人,乌鸦正啄肉吃,蛆一个个地滚到岩下,他们过去都一一蹉死,并用石子投击乌鸦。所以彝族开丧时要举行"蹉蛆"的仪式,就是当日"蹉蛆赶老鸦"的意思。[③]

  畲族葬礼上的"祭祖舞""柴月舞"也是来源于盘瓠神话:"龙王被一只野山羊撞死了,尸体从高山上摔下,挂在石壁树杈上。家中人找了三天才找到龙王,见他的尸体被挂在万丈高崖石

[①] 参见刘丽:《论锦江盘瓠龙舟节》,《四川理工学院学报》(社会科学版)2009年第6期。

[②] 参见今旦:《台江苗族的盘瓠传说》,《贵州民族研究》1987年第3期。

[③] 参见马绍房、傅玉声:《宣威河东营调查记》,《西南边疆》1940年第8期。

壁树杈上，取又取不下来，家中人就用各种工具敲打驱赶鸟兽。后来子子孙孙都跪下，天仙帮助放落下来。家中人悲痛不已，取回尸体，设立灵堂，在灵堂前拿各种工具（弓、角、刀、铃）边哭边舞。意为在驱赶野兽及妖魔鬼怪不能再伤害龙王，也不能再啄龙王的肉。就这样，以祭祖的形式形成了现在的畲族民间舞蹈'祭祖舞'。"①

瑶族每年农历十月十六日的盘王节在民间影响很大，盘王节又称"歌堂节""跳长鼓舞""还盘王愿"等。还愿仪式有大、中、小之分。请师公做法事，跳唱盘王歌。跳盘王时设有祭坛，祭坛上挂神像，神像中央为盘王……众唱"子孙打起黄泥鼓，鼓声咚咚震山岗，鼓声不停歌不断，世代传唱盘瓠王……"叙唱内容为盘瓠神话歌。② 广东龙门县瑶族每年农历八月十五晚都举行"舞火狗"，由未婚的姑娘装扮火狗，穿黄姜叶制作的衣裙，插上香火，载歌载舞，穿村过寨，尽情欢乐。年轻男女对唱情歌，寻找心上人。这一活动也是为了感念蓝田瑶民的始祖神犬养育之恩，据说当年神犬与公主举行婚礼就在农历八月十五晚上。③ 畲族祭祀仪式上悬挂画有盘瓠犬形象的"祖图"，供"狗头杖"，参加祭典仪式的人戴狗头狗尾帽，唱"狗皇歌"。④

---

① 《"祭祖舞"的由来》，水亭圣山畲族乡文化志编纂委员会编：《水亭圣山畲族乡文化志》，内部资料，1988年，第96—97页。

② 农学冠：《盘瓠神话新探》，南宁：广西人民出版社，1994年，第70页。

③ 参见《舞火狗》，《中国民间故事集成·广东卷》，北京：中国ISBN中心，2006年，第703—705页。

④ 万建中：《传说记忆与族群认同——以盘瓠传说为考察对象》，《广西民族学院学报》（哲学社会科学版）2004年第1期。

贵州岑巩县土家族有神龛供狗、年三十夜要喂狗吃年庚饭的习俗；广西天峨县壮族每年正月末到二月初举行隆重的祭蛙活动，又称蛙婆节。这些流传有序、仪式完整的民间信仰、祭祀、节庆活动，无疑是盘瓠神话传承至今最重要的原因。

（四）地方风物传说

盘瓠神话与地方风物传说相结合以湘西苗族地区最为典型。湘西凤凰、花垣、吉首三地交界的腊尔山有盘瓠洞，洞内有自然形成的狗形石，因此附近的苗族民众经常到此进香拜祭。沅陵县有大狗山、狗公山，也是崇拜祭祀盘瓠的遗址。泸溪县苗族神话《盘瓠与辛女》说辛女"哭哭啼啼，披头散发，来到江边，弯腰曲背地站在一块石头上眼望江中，寻找丈夫尸体。她哭干了眼泪，变成了一个石人，人们叫它辛女娘娘岩。托天、托地俩见母亲对黄狗这样情深，就沿江往下寻找。路上有人告诉他们黄狗已流过滩了，那滩便叫流狗滩。兄弟俩追呀追呀，来到一个深潭边，看见了黄狗的尸体，可一股漩水把它旋下了潭底，再也没见出来了，这潭便叫沉狗潭。兄弟俩只得回去。从此，苗家的后代子孙们永远纪念着辛女和盘瓠"①。此外，泸溪还有辛女桥、辛女溪、辛女滩、辛女宫、辛女庙、狗岩山等地名。民众在介绍地方风物的同时将盘瓠神话传播开来，这些地名也为盘瓠神话的流传提供了具象的空间。

此外还有盘瓠神话用以解释彝族为什么住高山，畲族为什么住山脚，黎族、台湾太鲁阁人为什么纹面，瑶族为什么不吃狗

---

① 《盘瓠和辛女》，《中国民间故事集成·湖南卷》，北京：中国ISBN中心，2002年，第19—20页。

肉、吃新米时为什么要先喂狗,河南淮阳汉族为什么喜欢泥泥狗,什么原因导致汉族与其他少数民族不一样(仡佬族和苗族神话)等。

以上分别从情节模式与社会功能的角度对盘瓠神话在不同民族、不同地域的流传情况进行辨析。从传播学的角度来看,之所以会有如此多的异文存在,也是因为传播人群类别的多样性决定了其情节变化有无数的可能。但这种变化并不是混乱与无序的,大浪淘沙,只有适合大众传播、易于被民众接受的情节才得以保留下来。施爱东在研究梁祝故事时总结有三个普适性的标准在故事传播中起到了类似物竞天择的作用:1.是否反映了民众普遍的审美理想或表达了他们的感情意愿;2.是否具有情节发展的逻辑合理性;3.是否能与传统的知识结构或地方性知识结构相兼容。[①]而这三个标准恰好也符合盘瓠神话在各民族流传的事实。

以往关于盘瓠神话的研究多在某一民族内部或关系紧密的几个民族之间进行,研究视野有一定的局限性。盘瓠神话作为一种神话类型,其原型、起源、传播、变异等诸多问题都值得深入探究。随着我们关注范围的扩大,更多的来自不同民族的材料被纳入进来,潜藏在文本背后的相关文化信息也被发掘出来。

在收集盘瓠神话的过程中,同时发现其他一些神话类型或许和盘瓠神话有密切的相关性,例如蚕马神话和蛤蟆儿子的故事,艾伯华在《中国民间故事类型》中就曾把三者联系起来。蚕马神话

---

① 施爱东:《故事的无序生长及其最优策略——以梁祝故事结尾的生长方式为例》,《民俗研究》2005年第3期。

最早见于三国吴人张俨《太古蚕马记》，盘瓠神话最早见于东汉应劭《风俗通义》，后二则神话都被收入晋人干宝的《搜神记》。我们可以把蚕马神话的情节简单概括为：承诺婚事—马立功—悔婚—马皮卷女飞走—化为蚕虫，盘瓠神话的情节简单概括为：虫化为犬—承诺婚事—犬立功—悔婚—犬与女结合。通过比较我们可以看出，在两则神话中有三个主要情节是对应的："承诺婚事""立功""悔婚"。"马皮卷女飞走"这个情节其实也隐晦地表明了"马与女结合"，而这与"犬与女结合"的情节也是对应的。"化为蚕虫"作为蚕马神话的结尾，"虫化为犬"则成为盘瓠神话的开头。①从二者的发展演变来看，蚕马神话的基本情节结构比较稳定，主要流传于汉族地区。其实早在明代就有文人关注到蚕马神话与盘瓠神话的相似性。明周祈撰《名义考十二卷》卷十"物部·马头娘"中就提到"有谓高辛氏募得犬戎将吴将军头以少女娶盘瓠皆此类也"②。在道光版贵州《安平县志》中提及《后汉书·西南夷传》中记载之盘瓠神话时，也认为"其说与马蚕娘相类"③。近代最早把蚕马神话与盘瓠神话联系起来进行比较的学者是沈雁冰，他于1925年1月在《小说月报》（第16卷第1号）发表了《中国神话的研究》，之后钟敬文发表《马头娘传说辨》（《民间文艺》1927年第6期）与之进行商榷。当代学者关注的不太多，吴晓东近年来

---

① 参见吴晓东：《从蚕马神话到盘瓠神话的演变》，《黔南民族师范学院学报》2006年第1期。
② （明）周祈：《名义考十二卷》，《中国基本古籍库》电子资源数据库收民国湖北先正遗书本。
③ 黄家服、段志洪主编：《中国地方志集成·贵州府县志辑》44，《（道光）安平县志》，成都：巴蜀书社，2006年，第116—117页。

就二者的关系研究发表了数篇论文,《从蚕马神话到盘瓠神话的演变》(《黔南民族师范学院学报》2016年第1期)认为蚕马神话和盘瓠神话从情节构成来看,具有内在联系。从故事的合理性来看,蚕马神话在前,盘瓠神话在后,是从蚕马神话发展而来。在蚕马神话的流传演变过程中,马变异为犬,形成了蚕犬神话,并进一步演化为目前的盘瓠神话。

蛤蟆儿子的故事在江浙、两广及西北地区流传广泛。前文也提到壮族、海南苗族及部分瑶族地区的盘瓠神话中主角是青蛙,这一类型的分布地域主要是在两广地区,所以二者的关联也很值得研究。

盘瓠神话在国外的流传情况也值得关注。瑶族是一个不断迁徙的民族,早在十二三世纪期间,瑶族的一部分已经显示出朝东南亚方向移动的趋势。现今,在越南北部、老挝北部、泰国北部及缅甸的掸邦等地的大山中都有从中国迁徙过去的过山瑶分散居住。根据日本学者竹村卓二收集的材料,1933年,松本信广抄译了越南河内旧法国远东学院所藏《凉山省禄平州蛮书》的《世代源流刀耕火种·评皇券牒》(属于越南北部东京地方的大小板蛮所有)。1969年至1974年,竹村卓二本人参与了白鸟芳郎率领的上智大学调查组,在泰国北部发现了两部《评皇券牒》,其中一部属优勉瑶所有,题为《评皇券牒·过山防身求远》。这两部《评皇券牒》与20世纪30年代胡耐安在广东北部过山瑶地区采录的《评皇券牒》是据同一底本转写的。[①] 此外,1953年,约翰·

---

① [日]竹村卓二著,金少萍、朱桂昌译:《瑶族的历史和文化——华南、东南亚山地民族的社会人类学研究》,北京:民族出版社,2003年,第235—242页。

布洛菲尔德在泰国北部清莱府清堪县瑶族村落采录到一则盘瓠神话。①这说明，盘瓠神话随着过山瑶的迁徙流动在东南亚地区流传和保存下来。

值得注意的是，在日本冲绳的具志川市、中头郡、宫古郡流传着内容十分丰富的犬婿故事，当地人用来解释为什么说宫古人是犬的后代，从故事的情节单元链来看与盘瓠神话应属同一类型。本书收录了7则文本，这些故事中狗立功的类型包括2则治病型、3则立战功型、1则找水源型、1则清理粪便型。关于狗变化为人的说法，包含未遵守禁忌结果留下尾巴或者犬首人身的情节。宫古人还有模仿狗屈身睡觉、用狗尾熬汤、在山洞里供奉着制作好的女人和狗的照片供子孙长期祭拜等民俗流传。从历史上看，冲绳受中国的影响远大于受日本的影响，冲绳的人口来源有很大一部分是闽、浙、台沿海的居民，其文化受中国影响达数百年之久，与日本本土完全不同。从地理位置上看，冲绳诸岛尤其是宫古列岛与我国台北市的距离只有300多公里，距离上海约900公里，距离日本东京则有2000多公里。而且，在日本本土目前并未发现有盘瓠神话流传，由此看来，冲绳的犬婿故事与中国的盘瓠神话有着深远的关联。

---

① 同上，第246—247页。

山与海的想象：盘瓠神话中有关族源解释的两种表述[*]

盘瓠[①]神话流传久远，据考证，汉文古籍中关于盘瓠神话的记载最早出现在东汉末年应劭所著之《风俗通义》中，但在此之前应已在民间广泛流传。在《中国民间故事类型》中，艾伯华将盘瓠神话定义为"狗的传说"，将情节单元概括为："（1）有个皇帝与敌国打仗，不能战胜敌人。（2）他许诺，谁能斩敌酋首级来献，就把公主许给他。（3）一只狗咬死敌人的头领，将首级献来，并要求纳公主为妻。（4）在公主的催促下，皇帝允婚。（5）她偕狗迁往山区。（6）她的孩子们相互结了婚，他们成为一个家族的祖先。"[②] 笔者在进行盘瓠神话资料整理时，发现这一类型的神话中除了狗之外，还出现了其他一些动物主角。比如壮族、瑶族同类型神话文本中，主角是一只青蛙（蛤蟆、蟾蜍）；畲族神话中的盘瓠形象经历了"星宿—茧卵—龙麒—龙（龙犬）—兽首人身—人（现代）"的复杂变化过程。[③] 一则流传于台湾澎湖马公

---

[*] 本文发表于《民族文学研究》2019 年第 5 期。

[①] 盘瓠亦作槃瓠、盘葫等，本文中引文皆尊重原文表述，其余统一写作"盘瓠"。

[②] 艾伯华：《中国民间故事类型》，北京：商务印书馆，1999 年，第 77 页。

[③] 孟令法：《畲族图腾星宿考——关于盘瓠形象传统认识的原型批评》，温州大学硕士学位论文，2013 年。

岛上的同类型神话中主角则变成了猴子。此外，虽然绝大部分盘瓠神话中动物主角是立下战功，但在苗族、瑶族、土家族的一些神话中立功的情节是替人类取来谷种；在仡佬族、黎族以及台湾布农人、太鲁阁人等的神话中，立功的情节则是替人类治病；此外还有个别文本中立功的情节是找印、擂鼓。鉴于以上情况，笔者在进行盘瓠神话资料整理时拟定的原则是以流传最为广泛的东晋干宝《搜神记》中的文本作为底本，凡属包含有"许诺—立功—嫁女—繁衍后代"四个线性发展情节单元链的神话都归于这一类型。

在两千多年的流传过程中，盘瓠神话经历了从民间口头传承到被书写记录在风俗志、志怪小说甚至官修信史中，又再回流至民间的复杂过程。从目前发现的资料来看，至今盘瓠神话在我国的苗族、瑶族、畲族、土家族、仡佬族、彝族、藏族、壮族、黎族、朝鲜族、台湾少数民族地区以及部分汉族地区民间流传，此外，在泰国、越南、老挝、缅甸、日本等国家也有盘瓠神话流传。

通过对汉文古籍记载的盘瓠神话文本进行分析，我们发现自晋代起，关于盘瓠繁衍后代就已形成"上山"与"下海"两种不同表述。同样，至今仍在各民族民间流传的盘瓠神话也存在这两种不同的表述。

一

盘瓠神话最早被记录下来应在汉晋时期，东汉应劭（约153—196）、三国魏鱼豢（生卒年不详）、东晋干宝（约282—351）和郭璞（276—324）就分别在《风俗通义》《魏略》《搜神记》

《晋纪》《山海经传》《玄中记》等史籍中记录了盘瓠神话。遗憾的是应劭《风俗通义》中的原文已佚失，同样佚失的还有鱼豢《魏略》中的记录。现存最早且最完整的文本是干宝的《搜神记》以及郭璞的《山海经传》《玄中记》。

干宝《搜神记》被后世文献广为引录。钟敬文发表于1936年的文章《槃瓠神话的考察》中曾指出《搜神记》的记载实则有两个文本，"一种是作为单行本发行的，另一种则被收录在《汉魏丛书》《龙威秘书》等丛书中"[①]。单行本中的文本流传较为广泛，《后汉书》《水经注》《通典》《法苑珠林》《初学记》《太平寰宇记》《太平御览》《路史》《江汉丛谈》《(乾隆)贵州通志》《(同治)韶州府志》等古籍中所引均据此版本，详略不一，或原文照录，或删节摘录，或合并相关古籍加以删减。因丛书本与单行本有较大差别，且古籍中较少收录，兹录于下：

> 昔高辛氏，有房王作乱，忧国危亡，帝乃召群臣，有能得房氏首者赐千金，分赏美女。群臣见房氏兵强马壮，难以获之。辛帝有犬名(盘瓠)，其毛五色，常随帝出入。其日，忽失此犬，经三日以上，不知所在，帝甚怪之。其犬走投房王，房王见之，大悦，谓左右曰："辛氏其丧乎？犬犹弃王投吾，吾必兴也。"房氏乃大张宴，为犬作乐。其夜房氏饮酒而卧，槃瓠衔王首而还。辛见犬衔房首，大悦。厚与肉糜饲之，竟不食。经一日，帝呼犬亦不起。帝曰："如

[①] 钟敬文：《槃瓠神话的考察》，苑利主编《二十世纪中国民俗学经典》，北京：社会科学文献出版社，2002年，第93页。

何不食？呼又不来？莫是恨朕不赏乎？今当依慕赏汝物，得否？"槃瓠闻帝此言，即起跳跃。帝乃封槃瓠为会稽侯，美女五人，食会稽郡一千户。后生二男六女，其男当生之时，虽似人形，犹有犬尾。其后子孙昌盛，号为犬戎之国。周幽王为犬戎所杀。只今土蕃，乃槃瓠之胤也。①

通过比较，发现两个文本的情节有比较大的不同。单行本中细致描写了盘瓠为耳虫所化之犬、公主力劝父王守信不违背约定等情节，丛书本中生动描写了盘瓠如何咬掉敌将之头颅的情节。畲族、瑶族的口传文本中关于以上情节都有精彩的讲述，如1987年采录于广东潮州市的畲族神话《龙犬驸马》中关于龙犬为耳虫所化的情节，较之单行本想象力更为丰富，1988年采录于贵州三都水族自治县巫不乡的瑶族神话《平王与盘王》中讲述龙犬咬掉紫王头颅的情节与丛书本几乎一样。

两个文本最大的不同在于盘瓠与公主结合之后繁衍后代的情节，单行本中称"盘瓠将女上南山，止于石室之中"，其后裔"今即梁、汉、巴、蜀、武陵、长沙、庐江群夷是也"②。而丛书本中则称"帝乃封槃瓠为会稽侯，美女五人，食会稽郡一千户。后生二男六女，其男当生之时，虽似人形，犹有犬尾。其后子孙昌盛，号为犬戎之国"。

---

① 《搜神记》卷三，《龙威秘书》本，转引自钟敬文：《槃瓠神话的考察》，苑利主编《二十世纪中国民俗学经典》，北京：社会科学文献出版社，2002年，第95页。
② 干宝撰，李剑国辑校：《新辑搜神记》卷二四·294"盘瓠"，北京：中华书局，2007年，第402页。

郭璞在《山海经传》和《玄中记》中的记载与丛书本相同的是用盘瓠神话来说明犬封国（犬戎国、狗封氏）的来历，"会稽郡"这一关键地名信息在两个文本中略有不同。《山海经传》只笼统说"乃浮之会稽东南海中，得三百里地"；《玄中记》则注明为"流之会稽东南二万一千里，得海中土，方三百里，而封之"。如下文：

> 有人曰大行伯，把戈。其东有犬封国。昔盘瓠杀戎王，高辛以美女妻之，不可以训，乃浮之会稽东南海中，得三百里地，封之。生男为狗，女为美人，是为狗封之民也。①

> 狗封氏者，高辛氏有美女未嫁，犬戎为乱。帝曰："有讨之者，妻以美女，封以三百户。"帝之狗名盘瓠，亡三月而杀女（犬）戎之首来。帝以为不可训民，乃妻以女，流之会稽东南二万一千里，得海中土，方三百里，而封之。生男为狗，生女为美女，封为狗民国。②

应劭《风俗通义》与干宝《搜神记》有怎样的承续关系呢？从作者生活的年代来看，应劭远早于干宝一百多年。从内容来看，应劭《风俗通义》中关于盘瓠神话的原文虽已佚失，但南北朝范晔撰、李贤注《后汉书》卷八十六"南蛮西南夷传"第七十六"南

---

① 郭璞撰：《山海经传》，"海内北经"第十二，《中国基本古籍库》电子资源数据库收《四部丛刊》景明成化本。
② 茆泮林辑：《玄中记》，《中国基本古籍库》电子资源数据库收清十种古逸书本。

蛮"中所录之盘瓠神话特别注明"此以上并见《风俗通》也"。《后汉书》中的文本与《搜神记》相比较,除了缺少前面一段关于盘瓠为耳虫所化的描写,其他内容大体相同。而干宝作《搜神记》时写明"虽考先志于载籍,收遗逸于当时,盖非一耳一目之所亲闻睹也,亦安敢谓无失实者哉!"① 由此可见,《风俗通义》应该是更早记录下这一神话的。

关于应劭是由何得知并记录下盘瓠神话的,学界一般认为是受曾任武陵太守的祖父应彬、父亲应奉的影响。如孟令法认为,"应劭除少时随为官武陵太守的父辈生活过外,可谓一生为官在北,甚或再未踏足崇奉盘瓠的武陵诸地。因此,《风俗通义》中的盘瓠神话,很可能只是应劭回忆或记录其父辈对蛮地风俗的口述"②。吴晓东近期提出盘瓠神话源于中原的观点,③ 在与应劭家乡河南项城邻近的淮阳县,以及河南商丘、南阳等地都流传着不同版本的盘瓠神话,所以,也有应劭记录下盘瓠神话假托为武陵郡蛮俗的可能。

而《山海经传》《玄中记》是否为参照《搜神记》丛书本所作呢?《汉魏丛书》于明万历年间刊刻,《龙威秘书》由清代学者马骏良私人辑录,成书年代均晚于郭璞所著,而在明清之前的古

---

① 《干宝搜神记序》,干宝撰,李剑国辑校:《新辑搜神记》,北京:中华书局,2007年。
② 孟令法:《虚构、真实与批评:盘瓠神话的典籍三重性》,"中国神话学"课题组编《盘瓠神话文论集》,北京:学苑出版社,2017年,第50页。
③ 参见吴晓东:《盘瓠神话源于中原考》,"中国神话学"课题组编《盘瓠神话文论集》,第124—142页;吴晓东:《盘瓠神话的起源、传播与接纳》,《贵州民族大学学报》(哲学社会科学版)2017年第3期。

籍中并未见到其他与丛书本内容相同的有关盘瓠神话记载，所以丛书本所收录的盘瓠神话为后人糅合了《山海经传》《玄中记》或其他古籍的记载而写成的可能性应该更大。钟敬文也认为单行本与丛书本中无疑有一种是后人假作或者篡改过的。[①]郭璞博学多识，好古文奇字，精通阴阳术数及历法算学，注释过《周易》《山海经》《方言》《楚辞》等古籍，他作《山海经传》和《玄中记》时，如果说未见到单行本《风俗通义》中的记载，应该不太可能，但为什么他会写下一个与单行本不同的文本呢？从郭璞的宦游经历来看，虽然其祖籍是山西闻喜，但永嘉之乱时为避乱南下，渡过长江居于江南会稽郡一带，这些地方至今还流传着许多关于郭璞的民间传说，如郭璞曾占卜预言会稽郡将出古钟，此为晋元帝受命于天的吉兆，果然灵验，此事在《晋书》中亦有记载。会稽郡近东海，世人相信茫茫大海烟波浩渺中或有神奇国度存在，正所谓"海客谈瀛洲，烟涛微茫信难求"（李白《梦游天姥吟留别》）。因此，郭璞在注释《山海经》"犬封国"时，很有可能将盘瓠神话与他在会稽郡一带听闻的相关神话传说结合起来，将盘瓠及其子孙"流之会稽东南二万一千里，得海中土，方三百里，而封之"。

至此，盘瓠神话关于繁衍后代之"上山"与"下海"两种不同的表述已基本成型，不过这两种表述的流传度差别很大。笔者在《中国基本古籍库》电子资源数据库检索"盘瓠"，凡有记载的古籍几乎都沿自《搜神记》单行本，尤其是在南北朝时经范晔删减

[①] 钟敬文：《槃瓠神话的考察》，苑利主编《二十世纪中国民俗学经典》，北京：社会科学文献出版社，2002年，第93页。

整理收入《后汉书》之后,"上山"表述几乎成为"南蛮"族源的"信史"。而《山海经传》《玄中记》中的文本只是在引注《山海经》犬封国时偶有出现。

二

笔者在对各民族口传盘瓠神话进行梳理分析时发现,与古籍记载中"上山"表述盘瓠神话占据绝对多数的情况不同,口传盘瓠神话中下海型的流传与分布较为广泛,且有明显的地域特征。相关内容可参看以下两个表格:

表1 盘瓠神话关于民族起源之"上山"表述

篇名	流传地域	流传民族	主要情节
《十弟兄》	贵州遵义县	仡佬族	黄狗飞快地跑到对门的岩洞里,把岩洞打扫得干干净净,土王就让黄狗把女儿驮走了。
《缕金狗的传说》	贵州遵义县	仡佬族	缕金狗带着公主到山洞成亲。白天为狗,夜里则变成一位白面书生。公主先后生下四个儿子,长子叫苗大哥,次子叫仡佬二哥,三子是水西(指彝族),老幺是汉族。
《神犬》	广东海康县	汉族	公主跟着神狗上山去了。一年后,公主生了四个孩子,他们长大之后,分别朝东西南北四方下山去了。不久,他们各自做了不同部落的首领,开基创业,都说狗是他们的祖先。

续表

篇名	流传地域	流传民族	主要情节
《盘葫》	河南南阳市	汉族	二人离开部落，到南边大山里去了。盘葫和高辛氏的女儿在大山里住下以后，一共生了八个子女。高辛氏几次派人去看望，走到半山腰，不是刮大风，就是起瘴雾，始终没能见面。盘葫死了以后，高辛氏的女儿才带着八个儿女，回到中原。但这些住惯了深山的儿女们好山恶市，不愿在平地生活，又跑到西部大山里，在那里繁衍、传续后代，形成以后所说的八夷。
《乃拐妈苟》	湖南凤凰县	苗族	皇帝没有办法，只好把女儿送给金狗，可他又为此羞恼，便把金狗和女儿撵到很远很远的山里去了。
《辛女岩》	湖南泸溪县	苗族	高辛王怕坏了名誉，就把他俩赶到现在泸溪上堡乡侯家村和浦阳乡铁柱潭的齐界岩坎山上。
《盘瓠和辛女》	湖南泸溪县	苗族	皇上怕人把这丑闻传扬开去，打发公主和黄狗到远远的沅水边上生活。辛女领着黄狗在一个地方住了下来，这地方后来叫黄狗坨（沱）。
《畲族姓氏及世居山脚的来历》	福建柘荣县	畲族	于是，盘瓠王和三公主一家就迁到广东的凤凰山、会稽山和七贤洞一带居住下来。高辛帝恩赐盘瓠王子孙开山免徭御书卷牌（券牒）宝印，一路护送到凤凰山。盘瓠王过世，坟墓也在凤凰山中。盘瓠王的子孙大发展，大部分到了福建，在福州、连江、罗源上岸，迁移到现今宁德地区各县定居下来。随后，又有部分向浙江、江西、安徽山区迁移定居。因长子盘姓一房人在坐船航行中遇风漂泊海外去了，所以今天畲族主要是蓝、雷、钟三姓人。在几经迁徙和繁衍后代中，盘、蓝、雷、钟四姓人，有招女婿吴、李等姓的，世代同居，生活语言风俗习惯一样，就是不改姓，所以至今畲族中有少数吴、李等姓氏。他们世世代代总是依山搭棚建房，在山脚或山腰居住，有利于开荒耕种或狩猎，直到现在，还是住在这些地方。

续表

篇名	流传地域	流传民族	主要情节
《畲族祖先盆大护》	广东增城县	畲族	盆大护夫妇想要返乡，回奏皇帝："我们瑶人一向习惯住在山林地区，今后希望朝廷继续允许瑶人依山安居，望青采斩，逢山食山，逢水食水，不准富贵豪门欺凌百姓，允许瑶人世代子孙免除租税，安居乐业，繁衍后代。"赵皇帝叫丞相制成丹书铁券，赐给了他，嘱他子孙世代保存，以作凭证。离开京城的时候，车马队护送盆大护夫妇及其随从、猎犬，一直返到湘南七贤峒居住。盆大护回到湘南，夫妻恩爱，相敬如宾，生下了六男六女。为了让儿女自主，世代繁衍，盆大护给儿女们取了六个姓：盆、盘、蓝、栏、来、雷。其后代又招婿钟麟，这样盆大护便有了七个子孙。大约在元朝末年，一部分盆、来、雷姓子孙由湖南迁入广东，以后演变为畲族。
《高辛皇帝封畲氏》	浙江金华市	畲族	高辛王刻封诰时，怕他们长大造反，所以嘴上说是多余的田，心里却打算让他们没粮食吃。故意把馀字的偏旁除掉食字，剩个余字和田字连在一起，这畲（畲）田竟是要开荒的山地。地方官一看竹板，就把他们赶了出来。公主没法，只好带着四个孩子到荒山野地去住了。高辛王还不放心，派兵到处去抓。他们逃呀，逃呀，一直逃到海边，看看白茫茫的大海过不去，只好回头躲进深山。只有老四，坐在盘里，一阵风飘到台湾去啦。这四个孩子便是后来的雷、蓝、钟、盘。那个畲（畲）字呢？他们写时有意少一点，表示抗议，这就成为畲字，便是后来的畲族。
《盘瓠》	湖南江永县	瑶族	高王封盘瓠为南疆瑶王，南岭山城属他所管。盘瓠和三公主立即离了京城，到南岭定居。后来，他们生下六男六女，子孙不断，形成了人口众多的瑶族。
《广西金秀盘瑶盘护王神话》	广西金秀县	瑶族	评王依诺许配第三公主与盘护为妻，封盘护到南京会稽山石（十）宝殿当王。盘护与第三公主在会稽山耕山狩猎，生男育女，传下瑶人后代。

续表

篇名	流传地域	流传民族	主要情节
《广西修仁县崇仁乡山子瑶的祖先传说》	广西修仁县	瑶族	婚后大公主要到深山峡谷里去居住,大公主向天王道:"以后的子孙居住深山峡谷,开门见山,不进学堂,不懂礼节,怎样可以回来朝见天王呢?"天王说:"你们子孙回来时,应说先有瑶,后有朝。可以免礼了。"大公主再问:"子孙在山里繁殖多了,不够饮食,怎样办呢?"天王道:"准你们食一山,过一山,不必完税纳粮。"大公主与狗即同到瑶山里度其生活。
《彝家人为什么不吃狗肉》	云南洱源县	彝族	国王把前约里的"高官让你做"偷改为"高山让你住",打发给公主一套宫中的服装,让他们住到高山上去了。后来生了六个儿子,这就是彝族的六祖分支。据说现在彝族漂亮的服装就是从宫中带来的。直到今天,彝族人都很珍视家里的狗。彝族人家不吃狗肉,就是这个缘故。
《彝族为什么住在高山上》	云南丽江市	彝族	国王说:"大河任它过,高山任它住,随它去吧。"神犬听到国王同意把公主嫁给它,一时高兴,把国王的话听成了"高山让它住",就带着公主朝高山上走。走了三天三夜,终于爬到了最高的一座山上,山上有个大山洞,他们就住在里面。到晚上,公主突然看见眼前站着一个英俊的小伙子!知道那只狗是小伙子变的,公主与他过上了幸福的生活,后来生了很多孩子。这就是彝族为什么住在高山上的原因。

表2　盘瓠神话关于民族起源之"下海"表述

篇名	流传地域	流传民族	主要情节
《美国人的由来》	中国台湾澎湖马公市	汉族	猴子上高山顶采茶叶,煎茶水,太后喝了以后,病好了。猴子娶了公主,坐船漂到美国。公主生下儿子。儿子送饭田间,打死猴子。儿子长大,母亲化装嫁儿子,繁衍后代,便是美国人。

续表

篇名	流传地域	流传民族	主要情节
《天狗》异文一	中国海南白沙县	黎族	皇帝怕失体面,不愿意让公主和狗留在皇宫,便叫人造了一只大船,在船里放了足够的衣食和各种种子,打发公主和公狗乘船出外谋生。那只载着公主和公狗的大船,在大海里飘呀飘,最后飘到一个孤岛,就是现在的海南岛。岛上到处深山老林,荒无人烟。公主决定在这个岛上生活,她把船上的东西搬上岛来,并在一个山脚下搭草寮定居。
《青青和红红》	中国海南通什县	黎族	青青公主和红红被安放在一只小木船上,船上只放些柴草和粮食,公主还偷来一副弓箭,小木船在汪洋大海中漂荡,一直漂流了七七四十九天,大海有崖,最后靠上岸。这个地方就是我们的海南岛崖县。青青公主和红红就在这里安居立业,生男育女。他俩就是我们黎族的祖先。
《公主与狗》	中国台湾南投县	台湾布农人	他们开始整理行装准备到远方去,便离开了。不料后有追兵想杀狗先生,他们拼命逃走,最后逃到海边,海边有一条船,他们乘坐小船,逃到了台湾的鹿港,他们在那里定居下来,后来他们生下了孩子,后代子孙也越来越多了,这个故事是告诉我们,布农族的祖先是从大陆来到台湾。
《太鲁阁人的来历》	中国台湾	台湾太鲁阁人	爸爸只好把米和一些东西放在船里要他们(狗和小姐)离开。他们漂到台湾,成为我们 Truku(太鲁阁)的祖先,所以我们是从大陆坐船过来的,因为以前台湾没有人啊!
《日本冲绳犬婿故事》	日本冲绳具志川市丰原	冲绳宫古岛人	之后姑娘怀孕,双亲担忧道:"我们的女儿出了大事,如果让人知道生育了狗的孩子,我们的女儿就无法在这里待下去了。"于是赶紧造了船,装满食物和衣物,送别道:"你们二位在船靠岸的地方生活吧。"船似乎到了宫古,他们抵达的时候还是无人岛,姑娘与狗在此生活,生育了孩子。

续表

篇名	流传地域	流传民族	主要情节
《日本冲绳犬婿故事》相同故事类型4	日本冲绳中头郡读谷村大湾	冲绳宫古岛人	双亲担心把女儿嫁给狗后遭人批评，花费大量金钱造了船，说道："在船靠岸的地方生活吧。"便送船离港。船到达了宫古八重濑的巨大岩石上。狗进入池子中，过了许久从里面出来一位英俊青年，想牵走姑娘时却遭到姑娘的拒绝。青年为了证明自己就是那条狗，给姑娘看了尾巴，姑娘想："原来是神啊！"从此他们在这儿生活。二人生了孩子，他们的后代建造了宫古岛。

值得注意的是，湖南、广东、广西部分地区的瑶族盘瓠神话在上山繁衍后代的情节之后又增加了渡海的情节，渡海神话成为当地瑶族过盘王节、还盘王愿的历史叙事来源。如湖南资兴茶坪瑶族村传说中提到："我们瑶族最开始啊，不是生活在茶坪，都在会稽山。在会稽山久了，不懂得生产、技术不行，干旱、失火活不下去，就砍树造了船离开。在海上风浪大啊，好久好久都看不到岸，心里急啊！我们就求盘王。因为走的时候没走正门，没告诉盘王，没得到保佑。就说知道错了，请盘王保佑我们顺利上岸，以后我们十二姓子孙，就是盘、沈、包、黄、李、邓、周、赵、胡、唐、雷、冯十二姓，每生一个儿子就献一头圆猪给您老人家还愿。说完之后，海浪果然变小了，没过多久就上了岸。我们这一支，后来就到了资兴。最开始在老茶坪，后来开了矿没

水，就搬到了这儿。"①不过学界一般认为渡海神话中所渡之海指的是瑶族迁徙过程中遇到的大江或大河。瑶族《盘王大歌》中唱到"来到峒头黄河海，腾云过海外国城。过海来到高王国，搭台唱戏好闹热"②时，明显把黄河称为"黄河海"。越南瑶族的《迁徙信歌》也唱道："为统六国成一案，服兵男人每个愁。三份收入交二份，税重如山人生难。一人犯罪全家死，邻里友人连坐狱。何人不从斩脚手，割鼻挖眼不关何。当时南方人烟少，山林亡亡不尽头。动着先民瑶山子，向南流落洞庭湖。长沙武陵平原地，江湖交叉鱼米香。此方宜人招人坐，平地好山安久长。住此九百六十岁，漂洋过海南方逃。漂洋过得长江海，流落湖南南方安。落在广东广西地，双手挖田从种春。"③讲述瑶族为了躲避秦为统一六国而实行的严酷统治，纷纷南迁，先迁徙到洞庭湖一带，再转到广东广西各地，这里说渡过长江即"漂洋过得长江海"。总之，瑶族渡海神话与本文所讨论的"下海"盘瓠神话并非同一类型。

会稽山这一地名在民间流传的"上山"盘瓠神话中多次出现，尤其在畲族、瑶族神话中被视为祖居地，瑶族多指南京会

---

① 赵前卫讲述，焦学振采录，采录时间：2017年1月11日，采录地点：湖南省资兴市茶坪瑶族村赵前卫家。转引自焦学振：《公众信仰与民众生活——茶坪瑶族村"还盘王愿"仪式研究》，"中国神话学"课题组编《盘瓠神话文论集》，第186页。
② 郑德宏、李本高整理：《盘王大歌》下集，长沙：岳麓书社，1988年，第53—63页。
③ 越南老街省文化体育旅游厅编著：《越南瑶族民间古籍》（一），北京：民族出版社，2011年，第436—437页。

稽山,也有广西贺县瑶族《过山牒》中提到"青州县会稽山七宝洞"。畲族神话中说会稽山、凤凰山是祖居之地,《畲族姓氏及世居山脚的来历》中提到祖先们先到了广东凤凰山、会稽山和七贤洞,再迁往福建、浙江、江西、安徽等地。有学者考证"会稽山"与潮州凤凰山畲族祖坟西侧叫作"背阴山"的畲语发音相近。① 郭璞《山海经传》《玄中记》中所说的会稽一般认为是指长江下游江南地区、古吴越故地。会稽山其实也是一个神话地名,相传是大禹会天下诸侯、论功行赏之处,取"会集"之意而得名,还有传说是大禹治水之处和下葬之地。因此,在口传盘瓠神话中,将会稽山视为祖先发源地更多是取其神圣之意,至于为何有南京、青州或广东等不同的说法,原因或许是民间将其附会到曾经长期生活或迁徙路过的地方。而《山海经传》《玄中记》中只是将会稽作为一个地名坐标,强调犬封国距离陆地之遥远。二者的意义并不相同。

三

综观各民族流传的盘瓠神话,无论是"上山"还是"下海",都与各民族所生活的环境相一致。仡佬、苗、畲、瑶、彝等民族多生活在崇山峻岭之间,所以"上山"盘瓠神话实为"因地制宜",例如有几则神话就用来解释畲族为什么住山脚、彝族为什么住高山。"下海"盘瓠神话分布地域包括中国的海南岛、台湾

---

① 蓝岚:《畲族祖图长连地名考释》,《绍兴文理学院学报》(哲学社会科学版) 2014 年第 3 期。

岛、澎湖岛以及日本的冲绳岛，都是海洋之中的岛屿，在此环境中"下海"盘瓠神话显然比"上山"盘瓠神话更适合流传。

畲族有两则神话融合了上山与下海两种情节单元，下海情节主要用于解释为什么如今的畲族没有盘姓。《畲族姓氏及世居山脚的来历》说长子盘姓一房人在坐船航行中遇风漂泊海外去了，所以如今畲族主要是蓝、雷、钟三姓。《高辛皇帝封畲氏》则说四个孩子逃呀，逃呀，一直逃到海边，看看白茫茫的大海过不去，只好又回头躲进深山。只有老四，坐在盘里，一阵风飘到台湾去啦。这两则神话虽然也包含下海的内容，但显然是后来添加的，故事的主干情节还是盘瓠和公主在深山之中繁衍后代。

此外，最重要的一点是，"上山"与"下海"盘瓠神话的主要社会功能是为了解释民族起源。"下海"盘瓠神话流传于台湾少数民族太鲁阁人、布农人和海南黎族地区，以及日本冲绳宫古岛，都是讲述祖先如何乘船漂洋过海来到海岛定居繁衍人类，其中对于台湾少数民族太鲁阁人和海南黎族世代流传的纹面习俗的解释也来自于盘瓠神话。瑶族、畲族、彝族的"上山"盘瓠神话也主要讲述祖先来源，瑶族和畲族的神话解释了"畲族四姓"和"十二姓瑶民"的由来，彝族神话说公主与狗所生的六个儿子就是彝族的六祖分支。在仡佬族、苗族的神话中还用盘瓠神话解释相邻民族的共同起源。如流传于贵州遵义的仡佬族神话《缕金狗的传说》说缕金狗和公主先后生下四个儿子，长子叫苗大哥，次子叫仡佬二哥，三子是水西（指彝族），老幺是汉族。湖南凤凰的苗族神话《乃拐妈苟》说在山里，皇帝的女儿养了十二个儿子，六个代雄（苗族），六个代扎（汉族）。另一则异文说从此人类分苗家客家，苗汉汉族。汉族奔水上去，以渔业为生，苗族奔到山上来，以种粮为生。

而古籍中记载的盘瓠神话与汉族流传的盘瓠神话比较一致的地方是都采用他者的视角来讲述——"南蛮"即世称"赤髀横裙，盘瓠子孙"，或者"犬封国"的由来。流传于河南南阳的神话《盘葫》说盘葫死后，高辛氏的女儿带着八个儿女回到中原。但儿女们好山恶市，习惯了在山里生活，于是又跑到西部大山里，在那里繁衍、传续后代，形成以后所说的八夷。广东海康的神话《神犬》则说公主生的四个孩子长大后，分别朝东西南北四方下山去了。他们各自做了不同部落的首领，开基创业，都说狗是他们的祖先。台湾澎湖的神话《美国人的由来》应该是比较晚近才流传到当地的，所以才有美国人、猴子变人等现代词汇和观念，所谓"母亲化装嫁儿子"应该也是"母亲纹面与儿子成婚"的现代说法。

土家族和壮族的盘瓠神话未见相关内容，土家族盘瓠神话是解释大年三十为何先给狗喂年庚饭的习俗，壮族盘瓠神话解释蛙婆节/蚂蚓节的来历，所以这两个民族的神话中未见涉及盘瓠繁衍后代的具体描述。

盘瓠神话曾被研究者视为真实的历史进行研究，或将南蛮确指为苗瑶语族各民族，或将犬封国与南越国联系起来。20世纪初图腾理论引入后，盘瓠神话又成为全球犬图腾信仰地图的重要一环。不可否认，如今看来，这些研究方法有一定的局限性。盘瓠神话有其特殊性，迄今仍与流传地区的民众生活息息相关，有关其起源、传播、流变、接受、认同、仪式等问题，至今仍众说纷纭。① 本文通过对汉文古籍记载与民间口头流传的盘瓠神话进行分析，发现关于盘瓠繁衍后代存在着"上山"与"下海"两种不同的表述，希冀能为学界的进一步研究提供新的视角。

---

① 吴晓东:《〈盘瓠神话丛书〉总序》，见本书。

第一编　中国各民族流传的盘瓠神话

朝鲜族盘瓠神话

满洲人为什么头上留长发[*]

昔皇帝轩辕氏为其最(爱)之一女择婿,以绳悬大鼓于门前,公告之曰:"若有打此大鼓,声达于家中者,则婿之。"某日大鼓有声,出视,为狗所打。复令其打鼓。狗则举两足打之,与前声无异。遂如约将其女与狗。狗伴女去。昼为狗,夜即化身美少年,言语应对无异于人。某日狗语其妻曰:"黎明吾将完成人形,

---

[*] 这则神话最早见于《间岛时报》252号,1913年7月。系由龙井村(今属吉林延边)普通学校校长川口卯橘采录的流传于当时在延边居住的朝鲜人之间的关于满洲人始祖出生的故事。第一段文字引自今西龙《朱蒙传说及老獭稚传说》,侯庸译,《国立北平研究院院务汇报》第七卷第四期,1937年。今西龙日文原文载西田直二郎主编《内藤博士颂寿纪念史学论丛》,东京:弘文堂,1930年。侯庸将其翻译后刊发于《国立北平研究院院务汇报》。钟敬文《槃瓠神话的考察》(原载日本《同仁》1936年第2、3、4号)引用了此文本,但文中"满洲"二字用□□代替。第二段文字引自钟敬文《槃瓠神话的考察》,载苑利主编《二十世纪中国民俗学经典·神话卷》,北京:社会科学文献出版社,2002年,第100页。这部分学术资料的梳理由中国社会科学院民族文学研究所毛巧晖提供。

紧闭室中，若有痛苦之声，切勿窥视。"翌夜，果然室中痛苦之声甚高，妻忘前约而窥视，见狗脱皮毛，殆成人形，惟余头上毛皮；因妻窥见以至不能脱落。今满洲人为此后裔，故头上留长发，作为标记。

从前黄帝轩辕氏有一个最爱的女儿，为了选女婿而用绳做一个大鼓挂在门前，布告说：如果有人打这个大鼓使鼓声传到内庭去便收他做女婿。某一天有了鼓声，出来一看，见是狗在打鼓。叫它再打，它又举起脚来，真的发出像皮大鼓一样的声音。只得依照约言把女儿给了它。狗伴着女子，白日里是狗，夜晚就变成美少年，言语应对也和人一样。某天狗对妻子说，明晚为了要完全变作人，须得禁闭在房内。房内如果有痛苦的声音也切不可偷看。第二晚果然房内有痛苦的声音，妻子忘记戒约跑去偷看，狗已经脱去皮毛几乎是完全的人形，只有头上还剩有些皮毛，但因为被妻子所窥，已经不能再脱了。现在的□□人是他们的后裔，所以头上留长发作标志。

仡佬族盘瓠神话

十弟兄[*]

在张龙王制天、李龙王制地的时候,地上还没有人烟。后来,地府家把土王放到人间来;天上的两个星宿楼星和女星也下凡到人间土王家,楼星变成一只黄狗,女星变成了土王的女儿。土王的女儿长大成人后,一天她的下身突然生了一个疮,这疮越来越烂,土王急了,放出话来,说谁能把他女儿的病医好,就把女儿嫁给他。

那时地上除了土王和他的女儿,没有别的人,只有一些野兽和家牲,只有天上的飞禽和地上的蛇虫蚂蚁。黄狗是天上的楼(娄)星变的,最有灵性,它就来到土王面前摇头摆尾,咕呀咕地叫唤。土王心想,莫非这黄狗能医我女儿的病吗?就对黄狗说:"黄狗,如果你能把我的女儿的病医好,我就把她许配给你。"黄狗又咕呀咕地叫。土王又对黄狗说:"如果你真能医好

---

[*]《中国民间故事集成·贵州卷》,北京:中国ISBN中心,2003年,第64—65页。

病,你就点头三下,不能医,你就摇头三下。"土王说完,黄狗就点了三下头。

这样,黄狗就天天给土王的女儿舔疮,成天成夜地舔呀,舔呀,疮果然一天比一天好转,眼看病就快好完了,黄狗就在土王的面前挨挨擦擦,摇头摆尾,土王看出了黄狗的心思,便对黄狗说:"黄狗,我说话算数,既然你把我女儿的病医好了,我就把女儿嫁给你。你把对门的岩洞打扫干净,我就让你把人接去。"黄狗高兴地向土王点了几下头,飞快地跑到对门的岩洞里,把岩洞打扫得干干净净,马上跑回来接人,土王就让黄狗把女儿驮走了。

这只黄狗白天是狗,晚上却变成一个俊俏的小伙子,成天捕捉食物来养活自己的妻子。天长日久,他们生了十个儿子。

一天,大的几个儿子和黄狗出去找食,在追赶一只野兽的时候,黄狗因为老了,脚腿不灵,在悬崖陡壁处摔下岩挞死了。儿子们在岩下看到了黄狗的尸体,回来把黄狗死的消息告诉了妈妈。妈妈听了,痛哭不止,说:"你们为什么不把他抬回来?"儿子们说:"一只狗有什么稀奇,你哭哪样?现在我们慢慢长大了,我们弟兄可以养活你。"妈妈还是不停地哭。

这时有个孩子问:"妈妈,我们的爸爸呢?以前我们问过好多回,你都不说,他到哪里去了?"孩子们紧追紧问,妈妈只好说:"你们的爸爸就是挞死的那个……"儿子们这才知道原来黄狗是自己的爸爸。大家都哭了起来,哭了半天,大家带上工具,去埋葬父亲。

他们走到悬岩(崖)下,看见父亲的尸体被天上的乌鸦、地上的蛇虫蚂蚁已经吃得差不多了。大家赶走了乌鸦和蛇虫蚂蚁,把父亲的尸体包裹好，吊葬在悬岩（崖）的一棵大树上。

十个儿子长大后，他们决定去朝拜神，么兄弟因幼小没有去，留在家里。大的九弟兄都拜神去了。他们走了一个多月，来到了九泉河边，大家都口渴了，都下河喝水，喝了水，说的话就变了，一个一种声音，一个听不懂一个的。只有么兄弟没去，还是说原来的话。么兄弟就是今天的汉族，大的九弟兄就是各少数民族。

讲述者：陈保和　男　82岁　仡佬族　巫师
采录者：唐文新　男　仡佬族　平正乡干部　初中
1980年采录于贵州省遵义县平正乡

缕金狗的传说[*]

在很久很久以前，皇帝娘娘得了重病，皇帝很着急，找来许多名医都医治无效，最后张贴皇榜，声称只要能将皇帝娘娘的病治愈者，许以公主，招为驸马。皇榜贴出后无人敢揭。最

---

[*] 吕大吉、何耀华总主编：《中国各民族原始宗教资料集成·布依族卷、侗族卷、仡佬族卷》，北京：中国社会科学出版社，2012年，第612页。原载翁家烈：《遵义县仡佬族社会历史》，贵州省志民族志编委会编《民族志资料汇编·第十集·仡佬族》，内部资料，1989年，第33页。标题为本书作者所加。

后却被一只黄狗抓下。守卫者奏报皇帝,皇帝命带该狗入宫。狗先对娘娘身体各部位嗅闻,接着对患处用舌舔。当晚,娘娘的病好了一半,不几天就全好了。皇帝很高兴,赏之一挑银,狗摇头表示不要,赏以一挑金,狗仍摇头。国王问道:"你究竟要哪样?"狗对着娘娘不停地点头、叫着。皇帝才恍然大悟,狗只要兑现皇榜上的允诺。皇帝尽管十分不愿,但为了不失信于人,被迫让公主许配给那条狗——缕金狗。缕金狗带着公主到山洞成亲。白天表现为狗,夜里则变成一位白面书生。公主先后生下四个儿子,长子叫苗大哥,次子叫仡佬二哥,三子是水西(指彝族),老幺是汉族。

【附记】

这则神话流传于贵州省遵义县平正乡仡佬族地区。

汉族盘瓠神话

神 犬[*]

古时候，有一个国王，只有一个公主，所以十分疼爱。公主长大了，生得很漂亮，国王想给她选择一个才貌双全的郎君，可是还未如愿，公主就突然病倒了。

公主的大腿上生了一个大疮，又发冷，又发热，痛得坐不稳，睡不着，哭声连天，许多名医的治疗都无效。这是一种无名毒疮，越来越大，公主痛得昏迷了，危在旦夕。国王急忙命令左右出榜求医，谁能治好公主的病，就把公主许配给他。

一天中午，烈日当空，热得很，来皇城赶集的人都回去了。这时，有一个留着长长白胡子的老人拄着拐杖，带着一只狗，向皇城南门口走来。这老人看了城墙上贴的榜文，笑了笑，便把榜文撕下来了。

"你知道这是什么榜文吗？"两个看守榜文的兵卒走上来喝

---

[*] 《中国民间故事集成·广东卷》，北京：中国ISBN中心，2006年，第17—18页。

问。白胡子老人说:"知道。"

"好,跟我来!"两个看守榜文的兵卒把白胡子老人和狗带到宫殿里来。

国王看见白胡子老人,又欢喜,又害怕。欢喜的是找到名医给公主治病,害怕的是公主病好后要嫁给白胡子老人,一老一少,相差太大了。国王犹豫不决,在宫殿里踱来踱去。

"哎唷,哎唷!"公主的一阵阵痛苦呻吟声传到国王的耳朵里,接着,公主的侍婢急急忙忙走出来告诉国王说:"公主又痛得不省人事了!"

国王吓得脸变土色,来不及多想,就上前乞求白胡子老人说:"请老先生给公主治病!"说着,立即命令侍婢带白胡子老人进去。

白胡子老人说:"公主的闺房我进不得,以后,给公主看病、送药,都是我这只神狗,它就是我,谨记,谨记!"

国王听了这话,吓得全身发抖,频频点头同意。那只神狗摇着尾巴,跟侍婢进去了。白胡子老人告别国王,拄着拐杖走出王宫。

神狗进入了公主的闺房,公主已经昏过去了。神狗以舌舔着公主的疮,舔着舔着,毒疮流脓了,大腿的肿块慢慢地消失了。神狗含着一口疮脓走了出去。

公主苏醒过来,觉得很舒服,微微一笑,国王看了十分高兴。一会儿,神狗又进来,从嘴里吐出嚼烂的草药,敷在公主的毒疮上,摇了摇尾巴就出去了。药到病除,公主能够坐起来了。

神狗天天如此,专心给公主治病,过了七天,公主的病全好了,大家都欢欢喜喜。这时,惟有国王愁眉不展,为公主的终身大事苦恼极了。他想，起初以为要把公主嫁给一个白胡子老人，已不像话了，现在还把公主嫁给一只狗，这怎么行呢？

此事传到公主的耳朵里，公主立即走到国王的面前说："父王，你是一国之君，说话要算数，神狗医好我的病，有言在先，我就嫁给神狗吧！"

公主不听国王劝阻，收拾点行李，跟着神狗上山去了。

一年后，公主生了四个孩子，他们长大之后，分别朝东西南北四方下山去了。不久，他们各自做了不同部落的首领，开基创业，都说狗是他们的祖先。

讲述者：詹南生　男　55岁　海康县政协副主席　大学
采录者：谭明晃

1988年8月采录于广东省海康县

黄犬治病[*]

有一个部落首领，他女儿长了一种烂疮，请了很多人治都治不了，最后他就下了一道榜文，就是谁治好他的女儿，不管是跛的、瞎的、麻的，只要是能够给他的女儿治好，就把他的女儿许

---

[*] 本则神话是中国社会科学院民族文学研究所吴晓东于2019年8月20日在贵州仁怀进行调查时采录的，标题为采录者所加。

配给他。部落外面来了很多人，都治不好，最后来了一条黄狗。某种程度来说，部落首领的女儿嘛，还是有点身份，但黄狗来了之后和她很亲近，每天给她舔，不断地舔这些烂疮，舔到最后给她舔好了。她脱了一层壳，成了一个大美女。因为这个首领有过承诺，这个姑娘最后只好嫁给这个狗。姑娘嫁给狗之后，就不好和部众们在一起了，他们就单独到山里去了。他们生了12个儿子，这12个儿子又慢慢扩展，就成了苗族。我们这个地方，老人对娃娃们讲碰到苗族是不能骂他们苗狗子的，骂他就等于骂他的祖宗。这个传说是汉族讲的，也没有丑化苗族。

讲述者：刘一鸣　男　汉族　贵州仁怀市历史文化研究会
　　　　　会长　仁怀市鲁班街道人

搜集整理者：吴晓东　男　苗族　中国社会科学院民族
文学研究所研究人员

2019年8月20日采录于贵州省仁怀市国酒门温泉酒店

犬　婿[*]

有一个国家，与另一个国家有世仇。那个国家挺强盛，打不

---

[*] 袁学骏、李保祥主编：《耿村民间文化大观》，北京：北京图书馆出版社，1999年，第499—500页。原载《耿村民间故事集》第四集。

过人家，就琢磨着杀了那个国王。

这一天，国王出了一个皇榜：谁要是把那个国的国王杀了，把他脑袋拿来，就赏他高官得做，还把公主许配给他。这事很快就传遍了全国，都觉得这事不赖。可一想到人家武艺高超、国家富强，就蔫了。咱怎能把人家脑袋弄来？皇榜贴了好几天，也没人敢揽这事儿。

这一天，皇榜忽然间没有了，吓得看榜的士兵们到处寻找。一看没有脚印，净狗蹄子印，他们就顺着蹄子印，一直找到深宫里，见有一只猎狗，正用两只前爪捧着皇榜哩。看榜的训了它几句说："你一个畜类，凭什么揭皇榜？"那狗汪汪地叫了几声，好像说就是它揭的皇榜。

第二天早起，狗叼着个血淋淋的人头回来了，大臣太监们说："哎呀，你这物件怎么跑到这儿来了，挺脏的。快出去！"走近一看，狗叼的脑袋瓜子挺像那个仇人的。可谁给它要，它都不给。

国王这时还没上朝，太监就带着狗向他报告了。那狗一见国王，就给他跪下，行起了三拜九叩的君臣大礼。太监替它说："报告国王，这颗脑袋上还有牙印哩。它可不是平常的狗哇。"

这狗把脑袋吐给国王，国王仔细一看，笑了："我要的就是这个脑袋瓜子！赶快把它扶起来，弄好肉让它吃。"国王心里又想：狗没有刀枪，它是怎么杀死仇人的？别管怎么杀的吧，反正没了仇人，咱们能安安生生地过日子了。他就下令摆宴，为狗庆功。

一个大臣说："皇榜上说，谁要是能弄来仇人的脑袋，就招他为驸马。可狗是畜类，这怎么办呀？"国王说："这么着吧，不让狗护院了。给它盖一座宫室，让它吃好的。"可狗说嘛也不干，总汪汪叫，喂它也不吃，脸上带着一副怒相。实在没法，大伙七手八脚，硬把它抬出殿。可往地下一放，狗一蹿就出来了。它身子灵巧，跳墙又跑到金殿上了。国王觉得这事挺怪，就让太监好好照顾它。

国王回到后宫以后，公主就问他："那狗怎么样了？""我叫它在宫中享福吧，它不干，一蹿就出来了。"

公主说："你出过皇榜，那狗立时就揭了，又替你报了仇，你让它享福，它不干，也许还结记着我哩。你就让我跟它去得了。"

国王一听，紧摇头，说："不行不行，它是畜类，你是金枝玉叶，你怎么能寻它呀？就是平民百姓也不能这么办呀！"

"那就让我去看看吧。"公主出来，对狗说："你替国家办了大事，我爹说过要把我许配给你，我就寻了你好了。"那狗一听，马上俯首贴耳，摇着尾巴，舔着公主的鞋，显得很高兴。公主一看这样，跟他爹说："父王，你明白它的意思了吧。"又说："别管了，我寻了它，它带我去哪儿，我就跟它去哪儿吧。"

公主收拾了一些金银细软，让狗驮上她就走了。国王派人顺着狗蹄子印看去了哪儿。狗跑到深山，找了一个山洞，就和公主住在里边，国王就隔长不短地给她送来吃的、穿的。

过了几年，公主生了几个小孩，孩子们多少有些人形，也带着狗样儿，说话是跟着公主学的，是人话，也有狗语。

又过了几年，公主想家了，就跟狗说："我到这儿好几年了，也没回去过，如今咱有了孩子，我带着他们回去一趟吧。你就别回去了，你是畜类，对国家影响不好。"

狗点了点头，掉下眼泪，往石头上一碰死了。公主一看，心里话：唉呀，真是义犬啊，它是怕跟我回去受牵连，才死的呀！

回去以后，公主把这事一学，国王派人厚葬了这条义犬。可公主带回的孩子们有野性，不能和正常人在一起生活。公主只好又带着他们回到山上，把他们养大成人。

到了成婚的年岁，人们不愿意寻他们，他们也不愿意寻别人，好在他们当中有男有女，就兄妹成婚了。后来人口逐渐多起来，形成了一个部落。

讲述者：王玉田

记录整理者：许理琦

1988年11月17日采录于河北藁城耿村

伏羲的来历[*]

很久很久以前，淮阳这地方叫宛丘，这里有个国家叫宛丘国，有一次房黄王[①]领兵来打宛丘国，把宛丘国围困了九九八十一天，宛丘国的兵死了很多，粮食眼看也快完了。宛丘王愁得没办法，咋弄哩？他把大臣召集起来说，谁有本事能打退敌人，我把女儿许给他。可是大臣们你看看我，我看看你，谁也

---

[*] 张振犁编著：《中原神话通鉴》第一卷，郑州：河南大学出版社，2017年，第217—219页。

① 房黄王：传说为古代一个部落的头领。

不敢惹这个熊。

第二天,宛丘王领大臣们来到蔡河岸上,那时候蔡河比现在大得多。宛丘王正在看地形,忽然看见河当中从西边漂过来一条大黄狗。大家仔细一看,那黄狗卧在一只大白龟的龟盖上,白龟有碾盘那么大。大家正在奇怪,一忽儿刮起了狂风,只刮得飞沙走石,天昏地暗。说也奇怪,风那么大却不刮宛丘国的人,专刮房黄王的人马。有的刮起来掉在地上摔死,有的掉水里淹死,房黄王只好领着残兵败将逃跑了。

大风停下来了,宛丘国得救了,宛丘王非常高兴。那只大黄狗跳上岸来到宛丘王面前,一声不响地卧在那儿。宛丘王给它好吃的,它不吃,给它好喝的,它不喝。这时宛丘王想起了他说过的话,谁能退了敌人,就把女儿许给谁。可他又想:公主是金枝玉叶,咋能嫁给狗呢?

有个很能的大臣见宛丘王发愁,就说:"大王,这黄狗能退敌兵,一定是天神下凡。如果用大缸把它扣起来,它真是天神,经过七七四十九天就会变成人。"宛丘王听了,觉得有道理,赶忙叫人找来一口大缸,把黄狗扣在宫院里。

到底黄狗会不会变成人呢?公主成天担心害怕,要是变不成人,一辈子跟狗当老婆,可咋过啊!公主又愁又急,吃不下饭,睡不着觉,还不断偷偷地哭。公主每天绕着大缸转来转去,等了四十八天,她实在等不下去了。她想掀开缸看看黄狗到底真变了没有,不掀还好,她一掀坏了,那黄狗因为还差一天不到时间,结果狗头变成了人头,狗身子还没变呢。公主后悔极了,都怪自己太性急,说啥都没用了。

这人头狗身的人叫啥呢?半人半狗,狗就是犬,"人"字和

"犬"字合起来就叫"伏"吧。他是公主的女婿,公主就喊他"伏婿",时间长了,"伏婿"成了他的官称,后来人们把"婿"字念转音念成了"羲"字,"伏婿"慢慢变成了"伏羲"。

讲述者:雪中俊　男　40多岁　淮阳县文化局干部
采录者:杨复俊　淮阳县文化局干部
1986年4月采录于河南省淮阳县文化局

盘　葫[*]

高辛氏部落里,有一个经常跟随高辛氏的侍女,不知什么时候,也不知什么原因,在她的右鬓角上,长了一个小肉瘤。

小肉瘤起先只像一粒苞谷米那样大,但它会长,经过十六个春秋,小肉瘤长成了大肉瘤,变成了一个比核桃大、比拳头小的肉疙瘩,姑娘嫌长到脸上不好看,就去找高辛氏,让他想办法除掉。

高辛氏看了看,说:"除掉可以呀!但不知道是什么东西在里面作怪,需要切开看一看。"于是就命人用刀来切肉瘤子。

谁知不切便罢,手起刀落,刚一切开,只听得"嘚嘣"一声,

---

[*] 张振犁编著:《中原神话通鉴》第三卷,郑州:河南大学出版社,2017年,第960—961页。

一个小巧玲珑的生灵，从肉瘤里面蹦了出来！

　　细瞅这小怪物，不过有知了那么大。它有眼有鼻子有嘴，一根尾巴，四腿俱全，浑身上下光溜溜的，围着人们跳来跳去，谁见了谁喜爱。尤其高辛氏的女儿见它精小乖巧，就亲昵地把它捧在手里，视若珍宝，喂吃喂喝，还把它装在一个葫芦里，放在盘子上，精心喂养，起名叫盘葫。

　　由于高辛氏女儿的精心喂养，不到两年时间，盘葫就长得体态高大，行动敏捷，一身五色长毛，光泽夺目。更令人惊奇的是，它粗通人性，整天跟着高辛氏形影不离，摇尾乞怜。白天随高辛氏出外狩猎，夜晚便卧在部落门前，看守粮食和畜生，遇着有动静就"汪汪"地叫，所以人们又给它起个名字，叫狗。

　　高辛氏部落附近，另有一个小部落，首领叫吴强。他剽悍凶猛，勇力过人，经常带领手下人来高辛氏部落骚扰。高辛氏制服不了他，部落里其他人更不是他的敌手。高辛氏无法，只好悬出重赏说谁要能取来吴强首级：一、部落里的牲畜由他挑，粮食随他拿；二、封他做部落里的头领；三、将自己心爱的女儿许配他。重赏之下，必有勇夫，可是他手下还是没有制服吴强的人。

　　不料这一天，盘葫嘴里噙个东西，从外边呼哧呼哧跑回来。见了高辛氏，便把嘴里东西"扑通"撂到高辛氏面前，高辛氏一看，哎呀！是个人头。再一细看，是吴强的人头，高辛氏大喜，马上要按约重赏盘葫。

　　这时部落里的其他头领，都来劝阻高辛氏，说盘葫是条狗，给它粮食、牲畜，封它做头领，他都不会享用，大王疼爱女儿，更不能嫁给一条狗了。高辛氏一听，觉得有理，便打算背信诺言，不再奖赏盘葫。他女儿知道了，十分气愤，说道："父王，你治理部落，应当言而有信，以信为德，盘葫降服吴强有功，有功就应当受赏。你自己许诺过的事，现在随便反悔，那么，以后谁还听你的话呢？"高辛氏觉得女儿说得有道理，可他又说："粮食、牲畜和头领都好办，但是，女儿你呢？"女儿说："只要父王同意，我情愿嫁狗随狗。"父亲同意后，女儿立刻许配给盘葫，二人离开部落，到南边大山里去了。

盘葫和高辛氏的女儿在长满古树和竹藤的大山里住下以后，一共生了八个子女。高辛氏想念自己的女儿，几次派人去看望，走到半山腰，不是刮大风，就是起瘴雾，始终没能见面。盘葫死了以后，高辛氏的女儿才带着八个儿女，回到中原。高辛氏很高兴，要留他们长期住下。但这些住惯了深山的儿女们好山恶市，不愿在平地生活，便又跑到西部大山里，在那里繁衍、传续后代，这就形成以后所说的八夷。

因为盘葫的这段故事，以后人们才谦称自己的儿子为"犬子"，而"嫁鸡随鸡，嫁狗嫁狗"的说法，也传延下来。

讲述者：邱海观

采录者：范　牧　李明才

1984年5月采录于河南省南阳地区群艺馆

人狗配婚[*]

很古的时候,世上没有人,只有飞禽走兽。后来,不知怎么出了一个小姑娘,住在山洞里。

这个小姑娘长大了,长得很漂亮,什么天上飞的、地下跑的、能爬树的、会打洞的都想娶她做老婆。姑娘发起愁来,这样多的东西都来找我,我嫁给谁呢?愁呀愁的,这一天终于想出了一个办法:她做了一个很大的石鼓,对天下所有的飞禽走兽说,谁能擂响这石鼓,她就嫁给谁。于是,大家都跑来擂鼓。可是,大家都试过了,谁也没有擂响。

这又咋办呢?姑娘正在发愁,忽然听见外面"咚"的一声,大鼓擂响了!姑娘出洞一看,原来是一只大黄狗。

大米撒了能扫起,话说出口难收回。姑娘说话得算数呀!姑娘和黄狗成了亲,整整过了三个月零十天,这天,黄狗告诉她:"我今天要办一件事,你在山洞里,要把门关得严严实实的,无论外面发生了什么事,我若不叫你,你就千万莫开门,也莫向门外张望。"她答应说:"好!"

黄狗出去没多大一会儿,她就听见外面"轰隆隆"震天动地一声响。她想,外面一定发生了大事情,出去看一看呢,黄狗又叫不能开门出去的呀!她憋不住了,就把眼睛贴着门缝往外瞅。

---

[*]《中国民间故事集成·四川卷》,北京:中国ISBN中心,1998年,第48页。

只见那黄狗已经变成了一个人，浑身的毛都褪得差不多了。可是，她这一瞅就坏大事了，被她看见的头上那一块毛，再也褪不脱了。那块毛，就是人们现在脑瓜顶上的头发。据说，现在的人们都是他们的后代。

讲述者：叶明胜　男　24 岁　农民　初中
采录者：何全华　男　43 岁　乡文化专干　高中
1986 年 7 月 3 日采录于四川省三台县石安乡

黎族盘瓠神话

天　狗[*]

远古时候，天地不分开，混混沌沌，由天皇主宰一切。天狗最受天皇信赖，专为天皇看守宫门，替天皇传令，天女对他也十分恭敬，连天皇的女儿"婺女"对他也有好感。婺女生得十分娇艳，天狗在暗中爱她，想娶她为妻。天皇哪肯答应，天宫里的黄蜂便给他出了个主意，黄蜂悄悄地在"婺女"脚上咬了一口，不久，婺女的伤口发炎，痛得钻心，喊爹又喊娘。天皇束手无策，黄蜂献计道：天狗有灵丹妙药，不如请他给治。天皇便召天狗上殿，问道："听说你有灵丹妙药，如能治好婺女，珠宝任你挑选。"天狗摇摇头："珠宝我不稀罕，如婺女治好了，我要她为妻。"天皇大怒，骂道："你这贱狗相，怎配做我天皇的女婿，还不快滚！"天狗只好告辞。眼看婺女的伤口红肿化脓，病情越来越重，整天大喊大叫，哭死哭活。天皇慌了，天皇又把天狗召来，无可奈何地说："我答应你，只要治好了婺女的病痛，就准

---

[*]《中国民间故事集成·海南卷》，北京：中国ISBN中心，2002年，第18—21页。

你们成亲。"天狗欢喜极了，便跑到婺女房中，伸长舌头，专舔婺女的伤口。一连数天，婺女病痛全好，婺女对天狗也有了情意，主动请求天皇给他们办婚事。天皇有言在先，也只好答应。但他怕婺女与天狗成亲，有失体面，便说："好吧，你们在地上成亲。"天皇一挥神鞭，便把天与地分开了，天越升越高，天皇随云登天，把天狗与婺女留在了地上。天狗变成黑犬，和婺女在地上安家，后生有一男子，长大后喜欢游猎，黑犬也常常跟随，每次游猎都有收获，捕得野猪、黄鹿无数。无奈，天狗渐渐衰老，每次虽随行，但力气渐弱，奔走不动。那男子发怒，便把黑犬杀死在山中。男子游猎归来，母亲不见了黑犬，问道："怎么不见黑犬归来？"男子照直说了，母亲大哭道："那黑犬是你父亲。"母亲把过去的一五一十讲给儿子听，并说道："因你年幼，没有把实情告诉你，想不到你却杀了亲生父亲。"母子抱头恸哭。突然风雨大作，洪水泛滥，地上的一切生灵都毁灭了，母子俩因大风刮到一座高山上生存了下来。一个夜里，母亲在林中听到雷公对她说："快刺花面，让子认不得，与子婚配，生育后代，否则人类将绝种。"第二天，她跑到山中偷偷把面刺花了，儿子到处寻母，见到她却认不得。一声雷响，雷公传话了："我已把你母亲招回天宫，降一宫女与你成家。"之后，他们两人婚配了，生育了子女，成为黎族，女的都学母亲一样纹面。

讲述者：李亚游　男　60岁　黎族　安罗村农民　小学
采录者：冠　军　男　51岁　干部　大专
1981年采录于海南省崖县田独公社安罗大队

【附录】

民国二十三年刘威在《海南黎人纹身之研究》一文中,叙述了大同小异的传说。作为异文摘录于下:远古之初,皇帝有女,病足疮,召百医不能治,布告天下,谓有能疗公主之疮者,即以公主妻之,卒无能应者。久久,有黑犬至,为公主舔愈之,是时帝已薨,惟命令具在,不可废言,公主遂妻黑犬。未几,生一子,及长,喜游猎,每携黑犬偕,犬也自告奋勇,每猎必有所获,常得猎麋鹿,及其他巨兽价值无算。无奈,犬渐衰老,每猎虽随行,然而力弱不足供奔走,子怒而杀之山中。归而告母,母泣甚,子将而问之,母曰:"此汝父也,吾少时以病足疮,求百医莫能治,彼舔愈之,遂嫁而生汝,汝年幼,故隐忍未相告,今汝杀之,痛何如也!"于是母子相抱大恸。会是时天变地迁,灾难突起,人群灭绝,仅遗此母子二人,第母子不可以婚媾,而人类更不可以灭绝,于是上帝降旨,令其母涅面,其子不能识,使之结为夫妇,生殖繁衍于世界,黎人即其中之一支。

【附:异文】

传说很久很久以前,有个皇帝得了一种罕见的烂脚疾,痛苦难忍。天下的名医都给他请来了,然而,他的脚仍然糜烂不止。皇帝绝望了,于是叫人贴出皇榜,说谁能治好他的脚疾,愿把公主嫁给他,招为驸马。皇榜贴出后,围观者很多,但却无人揭榜。一天,一只大黑公狗窜入围观的人群,扒上墙头把皇榜撕了下来。人们目瞪口呆,守告官们也惊愕了,没办法,他们只好把这只狗抓去见皇帝。

皇帝见兵丁们抓来一只狗,莫名其妙,正要发问,狗突然从兵丁手中挣脱，跑到皇帝面前，伸出长长的舌头，轻轻地舔皇帝的脚。皇帝先是一惊，接着只觉得脚顿时凉快、舒服，他下意识地把两只脚一齐伸了出去，任狗舔。说也奇怪，几天后，皇帝的烂脚疾痊愈了。

这只狗也真怪，它治好皇帝的脚疾后，并无走出宫门之意，在皇帝身边转来转去，用恳求的眼光望着皇帝，那意思是要皇帝招它为驸马。皇帝虽不情愿把公主许给公狗，无奈金口已开，不能失信于天下。皇帝怕失体面，不愿意让公主和狗留在皇宫，便叫人造了一只大船，在船里放了足够的衣食和各种种子，打发公主和公狗乘船出外谋生。

那只载着公主和公狗的大船，在大海里飘呀飘，不知道在大海里飘了多少日子，最后飘到一个孤岛，就是现在的海南岛。岛上到处深山老林，荒无人烟。公主决定在这个岛上生活，她把船上的东西搬上岛来，并在一个山脚下搭草寮定居。

公主是个聪明、善良的女子，虽然出身皇家门第，倒也懂得耕织，靠她那灵巧、勤劳的双手，天天垦荒耕种、纺织；公狗上岛后，变成一个忠厚、英俊的后生，和公主一起下地劳动或上山狩猎。两人相亲相爱，互相体贴，过着舒舒服服、无忧无虑的生活。

不幸的是，有一天后生上山打猎，不小心从悬崖峭壁摔进深深的山谷身亡，后生死后不久，公主生下了一个男孩，取名亚黎。亚黎从小聪明伶俐，十三四岁时，就学会打猎，他整天带着弓箭上山狩猎，每天都是满载而归。有时他也下地帮助母亲干活，为母亲分忧，母子俩相依为命。

时间一年一年地过去了，亚黎已成为一个青年了，公主也渐渐衰老。想到将来，公主万分忧虑，她想：岛上只有她们母子俩，母子死后，岛上又将绝断人烟；她带来的各种种子，已在这个岛上扎根，开花结果，满山遍野，一片片郁郁苍苍，但这又有什么用呢？眼看在这个岛上人类又要消失……想着想着，公主难过极了。有什么办法能使人类在这个岛上繁衍生息下去呢？公主想了很多很多。终于有一天，公主语重心长地对亚黎说："亚黎！你已长大了，也该成亲了，这个岛上有一个女人，你明天就去找她。你向东走三天，再向南拐走三天，再朝西走一天，就会见到一个满脸花纹的人，她就是你要找的女人。找到她后，你就叫她回来成亲！"

第二天一早，亚黎就按母亲指点的方向去找。走到第七天，果然在一棵大树下遇见一个脚、手上和脸上布满一条条青色花纹的女人。他们对视良久，最后还是亚黎先开了口："我母亲叫我来找你，叫你和我一起回家成亲！"那女人二话没说，就和亚黎走了。

亚黎和那女人回到家，没见到母亲，便到处寻找。最后，他在河边发现母亲的衣裳，他惊慌地往河里望去，只见河水滚滚东流，他面对大河，流下了伤心的泪水。

亚黎哪里知道那个纹脸的女人是谁呢？他们成亲、婚配了。从此，黎族在这个岛上一代一代地传下来了。

后来，人们为了纪念黎族的先母——公主，把她居住、生活过的那座山叫"黎母山"；纹脸，在姑娘中，也一代一代地传下来。

讲述者：王亚板　男　54岁　黎族　罗任村农民　不识字
采录者：黄元师　男　45岁　干部　高中
1986年采录于海南省白沙县细水区罗任村

青青和红红[*]

很久很久以前,有一个皇帝。皇帝有一个女儿,叫作青青公主。青青公主长得又聪明又漂亮,朝廷的文武官员个个都称赞,个个都在青青公主的面前献殷勤,个个都想把青青公主娶为妻子。有的人私下给她送金器,有的人在公主面前耍武艺显耀自己。哪知道公主谁都不理睬,却私下爱上了打扫皇宫的红红。这件事谁也没有觉察到。青青公主实在没有办法表白,只是哑巴吃黄连,有苦说不出,事情就一直拖了下来。一天,公主想出了一个计谋,并私下和红红商量好了。

青青公主生起病来了,不想吃也不想喝,怎样医也医不好。皇帝把全国的名医都召进皇宫,也没有办法医好。青青公主只是卧在床上,不愿动弹。皇帝不得已,只好出了榜文:"谁能医好青青公主的病,召入皇宫当驸马。"

打扫皇宫的红红撕了榜文,自称能医好青青公主。皇帝听了这消息,怒得满脸青筋,吓唬红红:"要是医不好,立即杀头。"红红连声答应:"行。"

红红把一碗清水递给青青公主,公主一饮而尽,立即坐起来了,说道:"这药真是妙极了。"公主的病果真好了。如果按照

---

[*]《中国民间故事集成·海南卷》,北京:中国 ISBN 中心,2002 年,第 142—143 页。

皇帝的榜文，不用说，红红就是驸马了。但是皇帝听了这消息，大发雷霆。因为红红是皇宫里的扫地人，再加上文武官员火上添油，皇帝立即变了卦，说："我不能拿定主意，要问过公主才行。"皇帝满以为青青公主不愿嫁红红，没想公主一口咬定："爸爸的榜文怎样写的，就怎样办。"皇帝气得坐卧不安，吓唬青青公主："要是你愿意嫁红红，立即将你赶走。"谁知公主一口咬定："这是前生姻缘，我死也要嫁红红。"皇帝更加火了，决定把公主和红红一起赶走，并把青青公主刺成花脸。

青青公主和红红被安放在一只小木船上，船上只放些柴草和粮食，公主还偷来一副弓箭，小木船在汪洋大海中漂荡，一直漂流了七七四十九天，大海有崖，最后靠了岸。这个地方就是我们的海南岛崖县。青青公主和红红就在这里安居立业，生男育女。他俩就是我们黎族的祖先。

红红用弓箭射死山猪，青青公主和红红一块儿吃山猪肉，生活过得似蜜糖。所以现在我们会用弓箭射死山猪。平地上山猪少，青青公主和红红就上了五指山。有一天，青青公主因为爬不惯高山，摔了一跤，一块石头骨碌滚下了山，石头和山下的大石碰击在一起，击出了火花，青青公主回家后试把两块石头用力敲打，结果打出了火种。所以后来我们会使用火刀、火石。青青公主又在山谷间找到了谷种，用木做成犁耙，用来耕田。所以现在我们黎族妇女会种地，会用木犁耙。有了米，有了火，但是没有锅头煮饭也不行。聪明的青青公主就把山上的大竹砍回家，把米和水放入竹筒内，用火烧竹筒，就成了香喷喷的饭，所以后来我们会烧"竹筒饭"。

青青公主的耳环美丽极了，所以后来我们的妇女都戴上大大的耳环。青青公主的银脚环美丽极了,所以后来我们黎族妇女都戴上脚环。青青公主被皇帝刺成花脸,红红以为是最漂亮的,所以后来我们黎族妇女一直都刺花脸。

讲述者:佚名

采录者:许和达、易福州　男　干部　大学
1980年采录于海南省通什市通什镇

第一编　中国各民族流传的盘瓠神话

苗族盘瓠神话

乃拐妈苟[*]

很古很古的时候，中国的皇帝同敌国打仗，因敌国有一位凶猛的将帅，皇帝一直打不赢。有一天，皇帝对周围的人说，谁能取得那个将帅的头，我就把我女儿嫁给他。皇帝虽开了金口，可他的将帅却没有一个应声前往。那时皇帝养有一只浑身金黄的猎狗，自从主人作了许诺后它就失踪了。原来它跑到敌国去了。金狗去了三年六个月，躲在人家的谷仓里。咬下那个将帅的脑壳后，它在谷仓里打了几个滚，待浑身粘满稻谷才不停地往回跑。泅渡江河的时候，金狗身上的谷粒被激流冲得精光，只有翘出水面的尾巴上还粘有几百粒稻谷，这就成了最初的稻种。因为稻种是这样来的，所以禾穗就像粘着几百粒谷的狗尾巴。到家后，金

---

* 吴曦云：《苗族与凤凰》，香港：香港天马出版有限公司，2006年，第22—24页。"乃拐妈苟"直译应该是"官母犬父"，所谓"官母"意为出身官宦贵族的母亲；在现代文献中，这个故事通常被译为"神母犬父"，是个在红苗中家喻户晓的神话故事。

狗把敌将帅的脑壳送给皇帝，皇帝对它说，我要赏赐你，若是对我奖的东西如意，你就点三下头，否则就不要动。金狗接着点了三下头，表示听懂了。皇帝讲：我天天送你肉吃，怎么样？金狗一动不动。皇帝又说：我送你金送你银，如何？金狗两眼鼓鼓地盯着皇帝。皇帝没有办法了，不知送它什么东西好。皇帝的女人说：老头子呀，莫怕它要的是我们的女儿呢！皇帝为难地讲：它是条狗，我怎么好把女儿嫁给它呢？周围的官宦对皇帝说：你先前讲过这样的话，金狗是相信你的许诺才去的；你是皇帝，讲话不能反悔呀。皇帝的女人也劝他把女儿嫁给金狗。皇帝没有办法，只好把女儿送给金狗，可他又为此羞恼，便把金狗和女儿撵到很远很远的山里去了。

在山里，皇帝的女儿养了十二个儿子，六个代雄（苗族），六个代扎（汉族）；因为她是皇帝的女儿，之后被叫作乃拐（意为出身官宦贵族的母亲）。孩子们长大后，兄长代雄问母亲谁是他们的父亲，乃拐讲就是那只天天同你们一起上山干活的金狗。代雄认为这太丢人了，轮到他喂食的时候，便在食槽底下安上一把磨得极锋利的剃刀。妈苟（犬父）舔食时舌头被刀刃割断，因无法进食不久就饿死了。乃拐要儿子们把妈苟剖开，掏出杂碎，以便存放一段时间再择日安葬。代雄精明，怕被妈苟的五脏弄脏手，就从背脊开刀剖，结果只得36根肋骨，于是他们从此后就只晓得祭祀36堂鬼神。弟弟代扎憨厚，从腹部开刀掏出五脏变成书本，于是他们从此后就知书识字。乌鸦吃了代扎丢掉的一截肠子，后来能预卜凶险，喜鹊啄了未掏尽的一点肺末，结果会先知吉祥。代雄羡慕代扎有了书本后通天通地，就去向他们讨书本；他们讨得书本，挂在暴木树（即五倍子树）上。日长月久，雨把书本淋溶，风将书本吹化，书本不见了。代雄挖开暴木树下的泥土，刨得两块树根，后来他们就用暴木根做测算事情的卦。三个月后，乃拐要儿子们选一块风水宝地安葬妈苟。代扎翻开书本，选中一块脚踏湖广头朝贵州的好地；代雄打了三通暴木卦，也选中那块脚踏湖广头朝贵州的好地。这样，他们就把妈苟埋在那里。

过了一年，乃拐叫儿子们准备干粮，打造船只，好去见外公。代扎问代雄造什么样的船好，哥哥回答说：我们要经激流险滩，要过江河湖泊，当然是造铁船为好。代扎于是造了一艘铁船，代雄自己却打了一只木船。启程的前夜，兄弟们聚集在河边的岩洞里。代雄指派代扎在洞门口打鼓候时辰，等到鸡叫时进来唤醒他们一齐开船，自己则躲在洞里睡觉。代扎这次不听代雄的话，他们把一只公鸡吊在鼓上，让鸡爪子敲响牛皮鼓，迷惑代雄，趁机坐上哥哥的木船走了，代扎抢先见到了外公。外公皇帝问：你们兄弟都到齐了吗？代扎说都到齐了，于是外公皇帝就把平川广野全分给了他们。等代雄乘风破浪历经艰辛赶到时，外公皇帝说你们来迟了，好地全给了代扎，你们只好到崇山峻岭去生息了。

不能在平旷好地立足的代雄只得在天边地角的荒僻山区繁衍子孙，经过艰辛的开拓竟也慢慢地富裕起来。后来，他们带着母亲儿子一行有七人去看外公，外公和舅舅打算杀猪摆酒招待他们，但考虑到他们当天又要赶回，路途遥远，时间仓促来不及杀猪，就用棍子把猪打死，烧稻草来燎毛，剖开后把来不及收拾的五脏收藏起来，不让七位客人看见。这就是苗族打猪祭祖的起源。因为外公家极富有，坐的椅子、摆的桌子不是金的就是银的，于是后世打猪时要在椅上、桌上铺上黄纸或白纸，表示这是金椅银桌。

讲述者：吴成星　男　76岁　苗族　祭司
采录者：吴曦云
1983年5月采录于贵州省凤凰县山江镇大门山村

神母狗父[*]

我们苗家杀牛祭祖的根源，扯起来就长了。

传说，神农时代，西方恩国有谷种，神农张榜布告天下："谁能去恩国取得谷种回来，愿以亲生女儿伽价公主许配给他。"

伽价公主是神农七个女儿中最美的一个，鸟见翅儿软，兽见腿无力，比花花褪色，赛月月无光。谁不想同她成对，谁不要同她成双？只因西方的恩国太遥远，去了就回不来，即使回得来，也是七老八十的人啦，哪里还能配到公主伽价？所以无人来揭皇榜，神农很是失望。

恰好这时，有只黄狗含着榜文进宫来，神农一看，原来是宫中的御狗翼洛。神农问道："你能去恩国取谷种吗？"

翼洛点头摇尾，表示能去。

---

[*] 燕宝编：《苗族民间故事选》，上海：上海文艺出版社，1981年，第20—23页。

神农微笑说:"那很好,明天启程。"

第二天天一亮,翼洛出发了。它爬山涉水,经历千辛万苦,最后到了恩国。那时秋收已过,恩国皇仓里堆着金黄的稻谷。翼洛爬进仓去,滚了又滚,沾了一身稻谷,爬出来就往回跑。国王同二大爷发现了,就骑马追来。国王的马跑得很快,翼洛眼看要被抓住了,它猛回头一蹦,跳上马去,一口将国王咬死了,就无人再敢追来,翼洛才安全回到家里。

神农得到谷种后,只安慰翼洛一番,不提许配伽价公主的事了。他见翼洛不乐,就问:"你取得谷种回来,功劳很大,我将你永远养在宫里好吗?"

翼洛站着不动,头不点,尾不摇。

神农又问:"我封你为少公好吗?"

翼洛站着不动,头不点,尾不摇。

神农再问:"我选宫中最美的姑娘配你好吗?"

翼洛还是站着不动,头不点,尾不摇。

神农大怒,要杀翼洛。

老公在一旁奏道:"太公息怒,不可杀翼洛。你张过皇榜,布告天下,有话在先,失信于翼洛,便失信于天下,何以服人!"

神农听了,才恍然大悟,便对翼洛说道:"等问了公主,她如愿意,就配你为妻。"

翼洛听了,一双前脚跪下来,点头摇尾,表示谢恩。

神农去问公主,谁知公主满口答应,说:"翼洛奉父王之命,取得谷种,立万世之功,女儿愿意。"

这样,神农便将公主嫁给翼洛。

婚后两年,公主生下来个大血球。神农听了,怒气冲冲地跑来一剑剖开，从里面跳出来七个男的代兄代玉①和七个女的代茶代来②。

年来岁去，花开花落，转眼十个春秋。代兄代玉长大成人，弟兄七人，勤劳勇敢，武艺超群，走射云边雁，跳骑猛虎背。

代兄代玉被推为少公，威风凛凛。他们天天询问母亲："我们的阿爸是谁？"

伽价公主始终不说。

代兄代玉经常上山打猎，翼洛总是跟随，出去走在前，回来走在后。他们猎获很多，肉吃不完，皮穿不尽。代兄代玉受到人们称颂。不久，被推为大公。

一天，代兄代玉带翼洛去打猎，有只水牛在一旁哈哈大笑，上门牙都笑落了。代兄代玉很奇怪，问水牛笑么子。

水牛说："笑你们呀！"

"笑我们做么子？"

"笑你们不认识自己的老子！"

代兄代玉惊喜地问："我们家老子在哪呀？"

水牛指指翼洛说："它就是你们老子嘛！"

翼洛点点头，摇摇尾，表示说："是的。"

代兄代玉很生气，气的是狗都想做他们的阿爸！一怒之下，七个人抽出七把铜刀铜剑，把翼洛杀了。

这一天，代兄代玉没猎到野物，空手回家，伽价公主没见翼洛回来，就问："翼洛呢？它咋没回来？"

---

① 代兄代玉：苗语音译，意为苗族。"兄"即苗，"代"是词头。
② 代茶代来：苗族音译，意为汉族。"茶"即汉，"代"是词头。

代兄代玉说:"水牛说它是我们的阿爸,它点点头表示'是的'。狗都想做我们的阿爸,我们一气就把它杀了。"

伽价公主听了,气昏过去了,七个妹妹也哭作一团。

一会儿,伽价公主醒来,大骂代兄代玉说:"翼洛就是你们的阿爸呀,你们连老子都杀了,还成什么人!"

伽价公主要杀代兄代玉,弟兄七个苦苦哀求道:"阿妹①,我们实在不晓得呀,错杀了阿爸,我们是无意的,饶了我们吧!阿妹!"

七个代茶代来也替哥哥们求情,伽价公主就是不依。

人们都来为代兄代玉说情,伽价公主还是不依,一定要拿他们的脑壳来磨刀。

最后,神农也来了,亲口传旨:"代兄代玉无知误杀,免于死罪;水牛不该多舌多嘴,罚它世代为人犁田耕地,今后还要杀来祭祖。"

后来,伽价公主也死了,代兄代玉和代茶代来兄妹们商议,尊封阿妹伽价为"奶奶",阿爸翼洛为"马勾",并杀水牛来祭奠。

苗语"奶奶马勾"就是"神母狗父"。以后,每年秋天,代兄代玉都要杀水牛祭奠一次奶奶马勾。从此,这个祭祀活动就代代相传下来,成为风俗。

讲述者: 石志春　张志安
记录者: 龙炳文　苗族
翻　译: 燕　宝　苗族
流传地区: 贵州松桃、湖南湘西

---

① 阿妹:苗语音译,意为妈妈。

神犬揭榜*

苗语川黔滇方言故事,流传于贵州省贵阳市花溪区。古时西边犬戎造反,皇帝派兵镇压,每次都兵败而回,故贴榜招示,谁能揭榜打胜,就挑一个公主与其成亲。一条狗钻进皇宫揭下榜文,并咬死了犬戎。大公主、二公主都不愿意嫁给狗,只有三公主以身相许。成亲时,狗变为一个漂亮后生。他们成亲后送了一只牛腿给皇帝。因为路途远肉变臭了,但皇帝很开心,下旨叫他们以后杀牛祭祖时把牛腿送给舅爷就行了。(梁秉泉)

讲述者:王庆云
记录者:杨正荣、邓云平、付 洪
翻 译:杜修汉
1987年采录于贵州省贵阳市花溪区

---

* 贵州省民族古籍整理办公室编:《贵州少数民族古籍总目提要·苗族卷》,贵阳:贵州民族出版社,2012年,第53页。原载《中国民间故事集成·贵州省贵阳市花溪区卷》,内部资料,1990年。

海南五指山苗族盘瓠神话[*]

两个国家打仗，其中一个没能打赢，即将被占领，国王出榜悬赏：谁能把敌人首领的头颅砍下来，就把最漂亮的第三个女儿嫁给他。一只蛤蟆把榜文吞进腹中，别人就说它领了榜文，就叫它去。国王问它要多少兵，它只要四个人抬轿子。它就去打民气国（也说民移国）（蛤蟆火烧民气国），就是民气国想来占领黄帝，几百千万的兵，密密麻麻的，但是四个人抬蛤蟆的时候，它只要三筼豆子（古代说三筼豆，四个兵）。它把三筼豆子一撒，全部变成了兵，蛤蟆嘴巴是吐火的，熊熊火焰把那个国家烧了。最后回来，国王要把三女儿嫁给蛤蟆。女儿不肯，一直哭。国王就把所有宫女都化妆，让蛤蟆自己选，选不到就算了。蛤蟆懂，就看到了国王的女儿，公主耳朵边左右有一圈绿风总是飞，蛤蟆就跳上去，公主哭了。最后结婚入洞房的时候，公主还是猛哭不想嫁，一个星期后，公主不哭了，国王问公主不哭的原因。原来是蛤蟆晚上就把皮脱了，变成最漂亮的男子。国王教女儿把蛤蟆皮藏起来，换成漂亮的衣服。女儿把皮放进十二层的谷仓中压住。结果七天七夜没有看见太阳，国王疑惑为什么这几天都是阴天，没有太阳，于是请先生来打卦。巫师说，你们家有人把太阳

---

[*] 本则神话是中国社会科学院民族文学研究所吴晓东于2012年4月1日在海南五指山市南圣镇什拱村调查时采录的，标题为本书作者所加。

踩了，不给太阳上天。是那个蛤蟆知道衣服被人藏了，没有衣服穿，就用脚把太阳踩住，太阳上不了天。公主把衣服给蛤蟆，它才放了太阳。太阳升起来了，就又要落西了。公主有一个舅舅，经常把蛤蟆的衣服偷偷穿出来跳，蛤蟆生气了，就用钉子钉住舅舅后脖子，舅舅就变成了蛤蟆，现在蛤蟆永远是舅舅的模样。你看蛤蟆背上不是有两个小小的点，就是那两个钉子化成的了。

讲述者：陈兴秀
记录整理者：吴晓东
2012年4月1日采录于
海南省五指山市南圣镇什拱村

奶国马狗[*]

远古时候有一位皇帝，他有一个大仇人。皇帝想把仇人杀掉，但就是没有好法子：既要不让人知，又要把对头干掉。难啦！

一天，皇帝出了一张告示，说："谁能帮我报仇，我将送他一位小女为奴。"消息传出后，各方青年纷纷来到皇帝家，问明他的仇人是哪个，家住哪里？大家一股子劲地去，可是，一见到

---

[*]《中国民间故事集成湖南卷·湘西土家族苗族自治州分卷》上册，内部资料，1989年，第23—25页。

这位仇人太凶,都退缩了。

皇帝家里,养有一只狗,取名叫"更狗"。这条更狗与众不同,很聪明,很懂事,虽说不会言语,但做事有把握,遇到事情从来不轻易表态。后来不知怎的,皇帝"杀仇许女"的告示也被更狗知道了,它就去为皇帝报仇。更狗走出去,不到半天工夫就把那位仇人咬死了,并且还将那仇人的头颅啃了回来。皇帝见了,走拢边去验证,把死人头打量一番,最后松了一口气:"唉!正是正是。"便令管家拿酒拿肉,新衣新裤以及绫罗绸缎送到更狗面前,更狗只是摇头摆尾,对皇帝这种"言而无信"的做法表示不满。事后,皇帝有位下官对皇帝说:"你早先讲过的,谁能给皇帝报仇,愿将女儿许配谁。现在更狗给王爷报了仇,应当把女儿嫁给更狗为妻才是道理!"皇帝听了不好改口,就把女儿嫁给了更狗。这样,更狗点头摆尾,满意地走了。

皇帝的女儿嫁给更狗后,夫妻相亲相爱,和睦相处,不久他们生了一对双胞胎,都是男儿。这对双胞胎,哥哥是苗族的祖宗,弟弟是汉族的祖宗。后来,苗汉两兄弟长大成人,亲生父亲——更狗就归天了。

皇帝认为女婿更狗很有本事,如此凶恶的仇人都能被他咬死,为他解除了心头大恨,真了不起。心想:更狗心脏里一定有什么好东西,不妨弄出来看看。他就命令更狗两个儿子破开父亲的肚子来看。开始兄弟俩死也不肯,受到外公几次毒打,才不得不跪在亲生父亲的尸体面前下手。破肚的时候,哥哥很聪明,不从肚皮开刀,怕肠子的屎炸出来弄脏自己,就从背后动手,将一些骨骼取来制作锄头锆耙锆坎刨地;弟弟比较憨厚,外公喊他由哪里动手就从哪里动手,他从肚皮开刀,肚子破了,不但没有被肠子炸出来的屎弄脏手，反而从肚里取出一些"本陶"（苗语，即书本）。

哥哥见到弟弟有书读，会文化，越来越聪明了，他也向弟弟讨一点书读。哥哥得了书，读得很攒劲，天天上坡边锄边看书，也学了不少知识。一天，他锄得地回来，却把书掉在坡上，几天的日晒雨淋，把书霉烂了，后来被一只栖息在刨木树上的乌鸦啄呀啄的，扯得稀烂，连字的影子都看不见了。哥哥见书本烂成这样子，怄气极了，就将这根刨木树砍掉了，拿来卜卦算命（即传说中苗老司巫具"笞"的来源）。乌鸦吃了书上的字，也聪明起来，能知凶吉祸福，直到如今，在苗族人民中还普遍流传着："乌鸦叫，喜来到。"乌鸦是一种吉祥的禽类。它的叫声是给苗家报喜的，这和汉族的喜鹊报喜、乌鸦报忧的说法是不同的。

兄弟二人含泪埋葬了父亲之后，为求生存，就各奔东西了。此后，人类历史就分苗家客家，苗族汉族。汉族奔到水上去，以渔业为生，苗族奔到山上来，以种粮为生。这就是所谓的"积务丢谬，积不丢对"。从古来苗家留传这么一首歌谣：

（原文）	（直译）
搜埋对斗讲谬忙，	从前世上摆摆摇摇，
沙郎大和几夹江。	像一桌豆腐不成仓。
阿来乃介略寸雷，	一只鸡娘大又大，
乃介寸雷乃介麻。	母鸡大了母鸡麻。
得尖包柔抓追追，	小凿打岩叮当响，

追追沙郎阿口戈。	叮当响像"阿将戈"①，
得龙搜埋果斗丢，	古时是大龙开始来凡间，
穷刀鬼课肯没东。	就把苗老司兴起来。

讲述者：吴双龙　男　50岁　苗族　山江毛都塘　农民　文盲
整理者：施　军　男　苗族　凤凰县教委
　　　　1962年8月31日采录于湖南省凤凰县山江毛都塘

马媾取谷种*

从前，人们没有五谷种，吃的是草根树皮。轩辕黄帝出了一个告示，谁取来五谷种子，就把自己的女儿嫁给他。告示出了好久，没有人敢来揭榜，有一天，黄帝的一条名叫马媾的狗，把告示揭了下来，表示愿去取五谷种子。

马媾走了好多路，都没有发现五谷。有一天走到一个地方，正碰到人家在晒谷，就躺在谷子堆上打了一个滚，全身上下粘满了谷子，飞快地往回跑。路过一条河时；身上的谷种都被河水洗脱了，只有尾巴翘出水面，上面还有五颗谷子它带了回来。所以原先全身都结谷子的禾秆，只有像狗尾似的禾穗了。

---

① 阿将戈：苗语，即"三不像的东西"。
* 《中国民间故事集成·湖南卷》，北京：中国ISBN中心，2002年，第38页。

黄帝很高兴，从马媾尾巴上取下谷种，叫大家去种。当天晚上，马媾总是留在黄帝的房里，黄帝感到很奇怪。旁边一个大臣说："当初你发告示，把公主嫁给取五谷种子的人，现在马媾不肯出门，恐怕就是为这个。"黄帝听了觉得有道理，但心里很矛盾。他舍不得把女儿嫁给一只狗，不过想到不把公主嫁给马媾，就会失信天下人，结果，还是把公主嫁给了马媾。

公主跟马媾几年，生了三个儿子，长得聪明健壮，他们不知道父亲是谁，几次问妈妈，妈妈总是吞吞吐吐地不肯说。有一天，三个孩子硬逼母亲，要她说出父亲是谁？公主被逼不过，只好实情告诉他们。他们知道自己的父亲原来就是那条天天睡在桌子下面的大狗，又气又羞。等妈妈走开，他们就把马媾杀了，又剖开它的肚子。肚子里有四本书，他们把书分了：老大得了"种田知识"的书，他的子孙苗族懂得很多种田的道理；老二分得了"天文地理"的书，他的子孙，学得了很多的学问；老三分得了一部经书，他的子孙土家族信神信鬼的比较多；还有一本书非常破烂，看不清写些什么，他们都不要，挂在五倍子树上。五倍子树也懂得了很多事情，人有疑难时常常敬它求它。树上的乌鸦看了这本书也聪明起来，一知道有什么凶事飞来，就哇哇地报给人们，人们最怕听见它叫。

讲述者：廖家斌　男　苗族　凤凰县禾库乡大圹村老艺人
采录者：吕薇芬　女　中国社会科学院文学研究所干部
1962年5月采录于湖南省凤凰县廖家桥

关于吃鼓藏的传说[*]

很久以前,有一个王,他正登基接位。这时,有位非常勇猛的敌人来攻打他。朝中没有一个人能够抵挡,死伤的人很多。大家都没了法,王这才把他的大官小官(文臣武将)们叫来商量。他说:"谁要是把这个敌将杀了,我就把女儿嫁给他。"结果还是没人能够战胜。

不久,那王的脸上忽然长了个肉瘤,越长越大,后来自个儿掉下来了。他拿了顶帽子将它盖在桌子上。过后不久,王揭开帽子一看,肉瘤变成了一条小狗,王就给它起个名字叫"邦尕"。后来小狗慢慢长成了大狗,有一天它把那个敌将的头衔了来,王见了敌人的头反倒没了主张,又把他的文臣武将们叫来商量,看看怎么办好。可是众人谁也不敢说该怎样办。还是王的姑娘自己出来说:"只要我爹的天下太平,我嫁鸡随鸡,嫁狗随狗,这是我的命。"她觉得再住家里也不好意思,就带着狗顺河向西方来了。日久天长,王不知道他们上哪儿去了,也把他们忘了。后来,因为过一个隆重的节日,王忽然想起了自己的女儿,这才来问大伙,他女儿到哪里去了。大家对他说,看见他们顺着江河往西走。王就差人去找,找了很久才找到。他们已经生养了三个男孩,狗刚刚死去。它的妻子把它拿来停放在正房,拿些树

---

[*] 今旦:《台江苗族的盘瓠传说》,《贵州民族研究》1987年第3期。

吃兜让孩子们敲打,守灵一天一夜。时间一久尸体生蛆了,(蛆爬满地)孩子们用脚去踩;有一个孩子还生火让烟子把蛆熏落下来。那个去寻找的人回来告诉王说:"在遥远的那边方找到他们了。他们生了三个孩子,狗已经死了。"王说:"它的功劳大得很哩,你们去看看那边方有什么东西最大,就拿来执闹(祭祀)它吧。""这地方水牯牛最大。""十三年拿大水牯祭它一回,祭的时候要什么礼物你们来告诉我。"要祭服祭帽王就送来了。他还告示普天之下:你们要是碰上一些人戴着尖顶帽,披着一块毛毡①,慢步走着,骑马的要下马,坐轿的要下轿。于是,现在人们就按着王定下的规矩来"吃鼓藏"。

辛女岩*

古的时候,高辛帝王有一个独生女,叫辛女。他见自己的宝贝女儿生活非常寂寞,就从李家田桐木冲黄家院子,抱养了一只

---

① 尖顶帽:原文为 mos jit hob,意为冲天帽,又名 mos liangx,是"吃鼓藏"时主祭人(旧译鼓藏头)所戴的一种特制祭帽。帽檐宽约五六寸,尖顶部分约高一尺,用一小绺生麻拴在中部。毛毡:原文为 xib,读音如江西的"西",传说是王从江西送来的,故以"西"为名。这是一种特制的祭服,无领无袖,有如披毡,色白略黄,据说是羊毛制品。

* 《中国民间故事集成湖南卷·湘西土家族苗族自治州分卷》上册,内部资料,1989 年,第 26—27 页。

黄狗，名叫盘瓠，来做伴。辛女把盘瓠当作自己的兄弟，自己吃什么，给盘瓠喂什么，辛女走到哪里，盘瓠也跟到哪里。

有一天，高辛王的玉印不见了，四方寻找，找不到，请部下的臣子找也找不到，眼看帝王做不成，他心急如焚，急忙贴告示："哪个把玉印找得还我，职务提升，还愿将吾女儿许配于他。"告示贴出好久没有人找得。辛女叫盘瓠去，盘瓠点点头，四面八方地找呀找，找呀找，从阴沟里面找到了，衔回来交给高辛王。高辛王喜出望外，但转念一想，呈印的不是人，而是狗，怎么好意思将女儿许配它呢？帝王不按自己说的去办，旁边不免要有人评说。高辛王怄不了那股气，只好照告示去办，公主羞红着脸也依从了。高辛王怕坏了名誉，就把他俩赶到现在泸溪上堡乡侯家村和浦阳乡铁柱潭的齐界岩坎山上。

辛女和盘瓠结婚后生下了四个儿子，日子过得很顺心。四兄弟长大成人后问母亲："娘，别个都有父亲，我们怎么没有？"辛女含羞不答。

四兄弟被蒙在鼓里，每天早上照旧引盘瓠上山赶猎。辛女见盘瓠每天上山赶猎实在辛苦，痛在心里，便对四兄弟说："儿呀，这只每天上山的猎狗实在可怜。这狗不是别人，就是你们的亲生父亲呀！"当时，兄弟们羞愧得要死，又怕别人笑，讲不出口。有一天，四兄弟把这只狗引到现在李家田辛女溪的山沟里打死了，甩到一个坨里。四兄弟回到家，辛女见盘瓠没有回来，就问他们，四兄弟齐声回答说："被我们打死了，甩到山沟坨里。"辛女嚎啕大哭，骂他们伤天害理，不尊不孝。她急忙叫天塌下来，把他们压死，天塌了，大儿子一手把天撑住；又叫地涨起来，埋葬他们，二儿子一手把地托住；叫龙涨大水淹死他们，三儿子一手把龙捉住；还叫虎来吃他们，四儿子一手把虎擒了。四兄弟扬了名，人们为他们起外号，大儿叫托天，二儿叫托地，三儿叫拉龙，四儿叫拉虎。

辛女对他们没办法，哭得天昏地暗，泪水变成滂沱雨，洪水涨满了山沟……她取下头上的金钗划出了一条小溪，就是现在的辛女溪。盘瓠的尸体从小溪里漂出来，漂到黄狗坨上方的河潭里。辛女不顾一切把盘瓠抱起，埋葬在黄狗坨村上方山坡上。后来，人们把河潭叫抱尸潭，又把埋葬狗的山坡叫狗岩山，辛女抱尸暂时停放的地方就叫黄狗坨了。

辛女和盘瓠繁衍的后裔为了纪念自己的祖先，把辛女雕成神像。过去上堡、浦阳一带，每个村寨都有辛女庵、辛女祠；辛女岩附近有辛女溪、辛女桥、辛女潭、辛女滩等等，辛女的故事一直传到今天。

讲述者： 向明玉　男　64岁　瓦乡人　上堡乡侯家村仡佬坪农民　高小

搜集整理者： 侯自鹏　男　苗族　泸溪县上堡农民

　　　　　　侯自佳　男　苗族　泸溪县文化馆文学干部

流传地区： 湖南省泸溪县沅水流域侯家村、辛女村、辛女坪、铁柱潭等村寨

1983年春节采录于湖南省泸溪县

盘瓠和辛女[*]

有一年,长江一带阴雨绵绵,连月不晴,洪水泛滥,一片汪洋,庄稼全被淹死,颗粒无收,吃饭成问题,来年的种子也没有着落。皇上急得抓耳挠腮,召集群臣说:"谁能去江南弄来谷种,我把公主辛女许配与他。"群臣低头不讲话,都在心里想:"洪水滔天,这不是叫人去送死吗?"没人敢去,皇上更急。这时,一只黄狗跑了进来,跪在他前面,眼鼓鼓地看着他,他觉得奇怪,对黄狗说:"你愿去江南取谷种,就点三下头。"黄狗把头点了三下,就跑出皇宫去了。

黄狗游过长江,上岸来到一块晒谷坪,打了一个滚,粘了一身谷子,又游了回来,只剩头顶上、尾巴尖上的谷子没被水冲掉。进皇宫黄狗把谷抖落在皇上面前。皇上很高兴,命人收去做谷种,对黄狗说:"你立了大功,现在可以去了。"可是黄狗跪在地上,看着皇上就是不走。皇上以为黄狗讨赏,就说:"我封你为狗将军。"黄狗依然不走。臣子们见了,有的人说:"皇上,你讲过哪个去江南取来谷种,就将公主辛女许配他,黄狗莫不是要公主?"皇上听了,好不羞辱,可自己有言在先,君无戏言,也不好发作,只好低着头不讲话。又一个臣子对黄狗说:"黄狗,

---

[*]《中国民间故事集成·湖南卷》,北京:中国ISBN中心,2002年,第19—20页。

你是这个意思，就点三下头。"它把头连点了三下，又看着皇上。皇上见它真是这个意思，大怒起来，叫卫士把它乱棍打出。这时辛女跑了出来，跪倒在皇上面前，哭着说："父皇，你有言在先，儿愿嫁黄狗，你就把儿嫁给它吧。"皇上无奈，只好把辛女嫁给了黄狗。

皇上怕人把这丑闻传扬开去，打发公主和黄狗到远远的沅水边上生活。辛女领着黄狗在一个地方住了下来，这地方后来叫黄狗坨。其实，这只黄狗是神狗，叫盘瓠，白天是狗，晚上就变成一个标标致致的后生。它和辛女生下两个儿子，一个叫托天，一个叫托地。托天、托地长大后，天天带着黄狗进山打猎。一天，他们突然向母亲问起他们的父亲是谁，怎么从出世到现在从没见过。辛女见他们懂事了，把事情的前因后果告诉了他们。他们听了，心里很难受，怕旁人笑他们是狗儿，打算把黄狗打死。

第二天，托天、托地装着去打猎，引着黄狗来到深山老林中一条小溪边，正准备下手打时，黄狗跑掉了，后来，这条小溪叫引狗溪。黄狗在前头跑，兄弟俩在后面赶。黄狗上了年纪，跑呀跑的，跑到一个山冲冲里，再也跑不动了，兄弟俩赶上来一顿乱棍把它打死了，这地方便叫打狗冲。兄弟俩拖着黄狗来到沅水边，把它丢进水里就回家了。

母亲见托天、托地回来，问："黄狗哪去了？"他们如实告诉了母亲。母亲听后，哭哭啼啼，披头散发，来到江边，弯腰曲背地站在一块石头上眼望江中，寻找丈夫尸体，她哭干了眼泪，变成了一个石人，人们叫它辛女娘娘岩。托天、托地俩见母亲对黄狗这样情深，就沿江往下寻找。路上有人告诉他们黄狗已流过滩了，那滩便叫流狗滩。兄弟俩追呀追呀，来到一个深潭边，看见了黄狗的尸体，可一股漩水把它漩下了潭底，再也没见出来了，这潭便叫沉狗潭。兄弟俩只得回去。

以后他们结婚生孩子，繁衍出了苗家人。子孙们永远纪念着辛女和盘瓠。

讲述者：侯自鹏　男　苗族　农民　小学
采录者：杨昌家　男　干部　大学
　　　　　　向　峰　男　土家族　干部　高中
1986年采录于湖南省泸溪县

辛女溪村的来历[*]

从泸溪新县城白沙溯沅水而上15里，就到了辛女岩，辛女岩下面就是辛女桥。不用过桥，顺着辛女桥下的辛女溪往里走约8里路就到了辛女溪村。辛女溪人喜欢养狗，还没走进村，远远就听到一阵狗叫声。问起辛女溪村村名的来历，老人们都说，辛女娘娘是我们的祖先啊，然后讲起辛女盘瓠的故事。

古时候，有个皇帝的女儿叫辛女。她每天呆在宫中很孤独，就养了一条狗与她做伴。慢慢地她喜欢上了狗，硬要嫁给它。皇

---

[*] 明跃玲：《边界的对话：漂泊在苗汉之间的瓦乡文化》，哈尔滨：黑龙江人民出版社，2007年，第9—10页。标题为本书作者所加。

上认为这事太丑人了，又拿他们没有办法，就把他们赶出皇宫。辛女与狗离开皇宫，逃到南方，到了沅水一带。她们从红土溪走进去，经过一条溪，来到李家田的烂泥田生活。辛女生了四个儿子，兄弟四人每天带着狗打猎赶肉。一天兄弟们问母亲，我们的父亲在哪里？母亲半天没说出来。兄弟们一再追问，母亲才说就是你们每天带着赶肉的那条狗。兄弟们听了感到很羞耻，就把狗带到现在的打狗冲准备打死。辛女知道后，马上跑出来劝阻。辛女远远看见他们在打狗，就大骂兄弟四人不要作孽。兄弟们不听，辛女只有让老天塌下来惩罚他们，谁知老大一手把天托住。她让地翻卷来盖住他们，老二一脚把地踩下去。她让龙涨大水把他们淹死，老三卡住了龙的脖子。她让虎来吃他们，老四把虎掐死。最后兄弟们还是把狗打死了。辛女只得顺着溪水寻找狗的尸体。天黑了，辛女只看见一条黑影流到黄狗坨，她跟着，在流狗滩找到了狗的尸体。她把狗埋到流狗滩下的狗骨岩上，就到白龙岩上修行去了。白龙岩下住着水怪白龙，它知道辛女一人住在庙中，就渡过河爬到白龙岩上想调戏辛女。辛女见白龙来了很生气，擦了一把鼻涕粘在白龙身上，白龙再也不敢打辛女的主意了。从此辛女一直在白龙岩的庙中修炼。后来人们把白龙岩叫辛女岩，把辛女修炼的庙叫辛女庙。辛女庙的香火常年很旺，连辰溪、沅陵的百姓都来敬辛女神。后来百姓为了纪念辛女，就把辛女与狗生活的地方叫辛女[溪]村。

侯家村的来历[*]

从红土溪村沿着沅江上游走过七八里路就是侯家村。侯家村全村近80户，500多人，只有一姓，全姓侯。侯家村本来叫吼狗村，它的来历源于盘瓠神话：传说古时有个皇帝叫高辛王，有一年，他带着几条船从云南来到辰沅流域，顺沅江而下。船过白龙岩时，一块玉玺掉入水中。船上的水手在水中钻了几个氽子（即潜入水底）都没找到。一船人都很着急，只有把船靠岸到村里再找人下水寻找。一阵工夫过去了，下水的人一直没有动静。这时从岸上来了一条狗，它一下子蹿到船上。高辛王正心烦，嫌它碍事，要撵它走。有个大臣说，狗这时候来也许有什么原因，不妨问问它有没有办法。高辛王说，你能帮我下水找玉玺吗？找到了有奖赏。狗点点头。高辛王又问，你要什么？要金银？摇头。要田土？还是摇头。最后狗对皇帝身边的辛女看了看。莫非你要我女儿？狗连忙点头。高辛王只得说，那好吧，找到了再说。狗跳入水中，半响工夫就上来了。高辛王高兴地叫人拖它上船，狗衔着玉玺不放。皇帝知道它是要封赏，金银？摇头；官位？摇头。你真要辛女？狗才松开紧紧衔着的玉玺。这时高辛王只得与辛女商量。辛女说，君王无戏言，我愿意跟它去。说着就

---

[*] 明跃玲：《边界的对话：漂泊在苗汉之间的瓦乡文化》，哈尔滨：黑龙江人民出版社，2007年，第11—12页。标题为本书作者所加。

跟着狗下船了。狗带着辛女来到了辛女溪里头的山洞里。它白天是狗，晚上是人，它跟辛女生了四个儿子。四个儿子长大后天天带着狗上山赶肉。一天兄弟四人没有去赶肉，找到母亲问，别人有父亲，我们为什么没有？辛女说天天跟着赶肉的狗就是你们的父亲啊。兄弟们知道狗是父亲后觉得很羞辱，就商量着把狗打死了。晚上母亲见只有四兄弟回来，就问：狗呢？兄弟们说被我们打死了丢到坨里（山沟）的。辛女听了号啕大哭，顺着溪水找出来。她远远看见狗的影子就大吼一声，狗沿着溪水流入沅江，随着弯弯曲曲的河流一眼望不见了。狗流过一个河滩，被一块岩石挂住。这样辛女终于找到狗的尸体，把它埋到现在的秤砣山。从此人们就把辛女看见狗大吼一声的地方叫吼狗村。后来瓦乡精英们为抛弃"犬种"污名，才把吼狗村改为侯家村。

据老人们说，侯家村是一块风水宝地。当初侯姓人不住在这里，是由沅水下游搬上来的。有一年，侯姓祖先家里养了一条牛，每到天黑时，主人老是找不到牛回家。一天，主人一大早把牛放出来就看见牛往外跑，他紧紧跟在后面，发现牛跑到一个水塘里躺下了。牛好像很喜欢这个地方，以后天天往这里跑。主人很奇怪，把风水先生喊来察看。风水先生连说，好地方，好地方，真个风水宝地啊。侯姓主人听了，就叫全村人都搬到这里来了。

仡佬坪村的来历[*]

在泸溪县辰沅流域的瓦乡人①村落中，仡佬坪村离公路最远。从红土溪村前的公路往前走七八里，穿过右边的一条机耕小道，就是仡佬坪村。

与临近的几个村落一样，仡佬坪村的命名也由瓦乡人的盘瓠神话而来。传说在很古老的高辛氏时代，高辛帝王有一女儿叫辛女，她在宫中生活得很孤独，高辛王就从江南沅水流域的泸溪抱养了一只通人性的神狗盘瓠做伴。辛女把盘瓠当作自己的兄弟一样看待，每天给盘瓠送饭送肉。盘瓠很通人性，时刻跟在辛女身边，形影不离。

有一天，高辛王的一口玉印不见了，四方寻找不到。玉印被人盗走，帝王宝座将会失去。高辛王急忙叫文武大臣寻找，并张贴告示："谁把玉印找到，除加官进爵外，还愿将女儿许配给他。"告示贴出后很久，一直没人找到。辛女就叫盘瓠去试试。盘瓠在阴沟里找到了玉印，它马上衔了玉印闯进朝廷。高辛王喜出望外，但转念一想，呈印的是狗，不是人，怎能将女儿许配

---

* 明跃玲：《边界的对话：漂泊在苗汉之间的瓦乡文化》，哈尔滨：黑龙江人民出版社，2007年，第16—17页。标题为本书作者所加。

① 瓦乡人是指居住再湖南沅水中上游及其支流沿岸的泸溪、古丈、永顺和沅陵、辰溪、溆浦交界处的一支苗族支系，人口约30万。

它,决定重赏肉食和金银。然而君子一言,驷马难追。君王不兑现承诺,百姓自然有话说。为堵住百姓之嘴,不失君王的面子,高辛王只得依照告示办。辛女羞红了脸也只得依从。高辛王怕女儿嫁给狗的事传出去有损他的名声,又把辛女与盘瓠赶到一座悬崖陡壁的岩山上。

盘瓠与辛女就在这座山上安居乐业了。后来人们把这座山叫辛女岩。他们结婚后生下四个儿子。四兄弟长大后就问母亲:"别人都有父亲,我们怎么没有?"母亲含羞不吭声。

四兄弟每天早上起来就带着盘瓠上山赶肉,辛女见盘瓠每天上山赶肉实在辛苦,不得不对四兄弟说:"儿呀,你们每天带着的这只狗不是别人,就是你们的亲生父亲。"当时四兄弟非常羞愧,为怕别人笑话,他们把这只狗引到现在李家田的山沟里打死了。人们把引盘瓠进山路过的寨子叫引狗冲,把打死狗的地方叫打狗冲。后来四兄弟把这只狗甩到坨里就回家了,人们把这个地方叫料(撂)狗坨。四兄弟回来后,辛女没见盘瓠回来就问儿子,四兄弟齐声说:"被我们打死了,料(撂)在坨里。"辛女听到后嚎啕大哭,骂他们是伤天害理的不孝之子,要遭报应。她一边哭着一边跑到山沟寻找盘瓠。在临河的山沟里,她好像看到盘瓠的影子,便大吼一声,那影子又不见了。后来人们把这地方叫吼狗村。辛女在山沟里找不到盘瓠的尸体,就取下头上的金钗,随手划成一条山溪,让盘瓠随着溪水流出来,这条山溪就是现在的辛女溪。只见盘瓠顺着溪中的一块大石头流下来,刮捋(掉)了一块皮,流入河中。这地方就叫着刮捋皮。后来瓦乡精英觉得刮捋皮这一名称听起来不文雅,联系到瓦乡人与周边仡佬人的语言、习俗接近,就根据谐音把刮捋皮改为仡佬坪。

神犬盘瓠[*]

上古时候，大概距今四千多年了，产生了盘瓠、辛女。那时我们这里有个高辛王，具体哪个是高辛我搞不清楚哈。有一年，有外邦侵犯高辛，说(高辛)要屈服于他，每年要进贡，说要金银啊，美女啊，每年要送去。那个敌人吴将军还想霸占高辛的小女儿辛女为妻。面对他咄咄逼人的气势，高辛帝就在全国范围内发榜，说："谁能退敌并把吴将军的头颅砍回来，我就把我的小公主许配给他。"

可是，敌人实在太强了，对于平民百姓，哪个敢揭这个榜呵。这时呢，有条叫"盘瓠"神犬站了出来。于是呢，盘瓠，长得人不像人狗不像狗呀，就把这个榜揭了下来，去向高辛王禀报，说明了自己攻敌的想法。高辛就问："你有什么本事噢？"他仔细看了神犬的样子，很质疑。但他转念一想，作为一国之君，不能轻易食言。他就当着满朝文武的面，对神犬说："你若能把吴将军的头颅砍回来，我就把辛女许配给你，你到时来当我的驸马好了。"

尔后，盘瓠就只身英勇地把外邦打败了，把吴将军的头也拿来了。凯旋归来后，高辛王又惊又喜，说："君无戏言，之前你说了要给你的东西就要给你噢。"就想把辛女嫁给盘瓠。那会儿

---

[*] 杨泽经：《神话传统的流动——湖南泸溪苗族盘瓠神话的民族志研究》，北京师范大学硕士学位论文，2016年，第25—26页。标题为本书作者所加。

文武百官呢，就纷纷在背后嘲笑，嘲笑高辛王把他的女儿嫁给盘瓠，人不像人、狗不像狗。这风声也传到辛女的耳朵里，她跑去对高辛皇帝说："嫁鸡随鸡、嫁狗随狗，这是父王您说的呀。"现在我们这儿有个说法就叫"嫁鸡随鸡、嫁狗随狗"，就是这么来的。高辛王担心这事耽搁太久了，下面臣子的笑话也太多了，不好。后来，辛女就向他父王提了个请求，说："按您之前的承诺我是要嫁给盘瓠的，但别人讲笑话的太多了，您干脆给我找个地方，我们到偏僻的地方去过隐居生活。"后来，盘瓠和辛女就到我们这儿来了，带着吃的、穿的、用的，过着男耕女织的生活。

盘瓠、辛女到这儿来以后，就产生了一个辛女溪、辛女岩，他们就住在辛女岩上，下面有个狗儿洞，还有个辛女滩。那时，这边还是深山老林，几千年以前嘛。夫妻生活呢，辛女就生了几个小孩。大儿子叫托天，二儿子叫按地，三儿子叫擒龙，四儿子叫伏虎。具体几个小孩，我也搞不清楚了。那几个孩儿呢，经常到山上去打猎。有一次，高辛王来到这里看女儿，亲自带着几个小孩去山上打猎，看着孙儿们长得像自己，是女儿所生。旁边还跟着一条犬，就问孙子们它是什么。孙儿们顺口说："它是条野犬。"那几个小孩就一火枪把那条犬给打死了。打死以后，他们就把那条犬丢到小溪里去了。

回家以后，辛女就问他们："今天你们回来了，犬怎么没回来呢？"那时天已黑了，辛女非常担心。他们就说："在山上时，我们朝那条野犬打了一枪，死了。"那时候枪是火枪嘛。丢狗那地方，就是我们现在说的丢狗坨、料（撂）狗坨。辛女听后，悲痛欲绝，赶紧顺着辛女溪和沅水去寻找盘瓠，黄狗坨、黑狗村、刮落皮……一直到武溪那的沉狗潭①才找到。今天这些地名都与盘瓠有关啊。县城白沙下面的刘家滩，以前叫"流过滩"，最早叫"流狗滩"，上面还有个鹰嘴岩，是盘瓠尸体从这流过而老鹰没注意到的寓意。神话的情节，大概就这样。

讲述人：向明银
访谈人：杨泽经

2015年4月17日采录于湖南省泸溪县甲腊坪村向明银家

盘瓠的故事*

自古以来，苗族就祭祀盘瓠大王，把盘瓠奉为祖先。

说是从前有两个王，一个平王，一个吴王，两个王经常打仗。平王打冇过吴王，怀恨在心。于是贴出榜文广招天下贤士，能斩得吴王首级，以三公主相许。

榜文贴出，被一只狗把榜文揭了。看榜人十分惊奇，把狗带到平王面前，平王问狗，狗把头点了三下，表示能取吴王的头，平王很高兴。

---

① 沉狗潭：后称沉砣潭，也叫秤砣潭。

* 政协麻阳苗族自治县委员会学习文史委编：《麻阳民间故事》（麻阳文史资料第九辑），内部资料，2012年，第2—3页。

这天，吴王攻打平王。狗暗地跟在吴王后头，走到半路上，吴王要出恭，狗趁着这个时候，一口咬下吴王的头。把头献给平王，平王大喜，但说么个也冇愿把三公主许配给这只狗。

狗十分气愤。凑巧被三公主晓得了，到父王面前说情，要父王遵守信义，表示个伲愿意嫁鸡随鸡，嫁狗跟狗。父王这才勉强答应。狗在一边听到平王答应了，就抢前一步，口吐人言，喊道："谢父王恩典！"

平王是"哑巴吃黄连——有苦难言"，可为了保个伲的尊严，又冇好赖帐。

新婚前，狗要平王造一口金钟，把它罩在金钟之下，等过七天七夜再打开金钟，狗就会变成为人。

平王到旨打了金钟，让狗罩在钟下。

到了第六天，三公主爱狗心切，恐怕狗在钟下饿死，叫人悄悄把钟打开。狗真的变成了人身，只是七天未满，狗头还冇变成。三公主后悔已晚，只好眼巴巴地和这只狗成亲了。这只狗就是盘瓠。

盘瓠和三公主成婚以后，生下六男六女，一代一代繁衍，就有了吴、龙、麻、石、田、廖、雷、滕、杨、陈、满、李十二姓，称盘瓠为"爸狗"，称三公主为"奶变"。爸狗和奶变到处走，到处留下足迹，至今在麻阳还保留着盘瓠庙，每到端午节划龙船，还要唱《接龙歌》，又叫《盘瓠根源歌》。你听我唱呀——

　　　　且艄行来慢艄行，慢慢艄行将歌吟。
　　　　别人划船祭端午，漫水划船有根本。
　　　　盘瓠原住辰州府，辰州府上有家门。

庙堂设在木官上，赫赫威灵来显圣。
辰州已住数百载，神心一动往上行。
腾云驾雾往上走，路过新营歇凉亭。
苗众即设盘瓠庙，龚王两姓是子孙。
大王休息已过后，麻邑安居一时辰。
九姓子弟忙迎接，盘瓠大王做祖神。

搜集整理：李宜仁

盘瓠龙船节的来历*

盘瓠把高辛公主带到南山后，生活很艰苦。他生怕委屈了公主，便想方设法寻找食物。他想起老辈人说深山里有一种叫"稻子"的草能生产出中原的大米，就不辞辛劳地找来了稻种。又在深山沼泽地捕捉了一头水牛耕种。后来生养了六男六女十二个孩子，盘瓠也老了。盘瓠不想过早地离开高辛公主，就想重新蜕皮变年轻。只是这必须变回狗，（过）七七四十九天，才能到蒸笼里蒸煮蜕皮。

盘瓠捉回来那头牛，是头神牛。它怨恨盘瓠整年整年地让它

---

* 政协麻阳苗族自治县委员会学习文史委编：《麻阳民间故事》（麻阳文史资料第九辑），内部资料，2012年，第4—5页。

劳累，就想弄死盘瓠，苦于自己不是盘瓠的对手。当它知道盘瓠想蜕皮变年轻的打算后，趁着盘瓠化为狗形的机会，便化着一个老头找到盘瓠那几个已经长大成人的子女，说："你们知道你们的阿奶每天都是和谁在一起吗？"

盘瓠子女们说："和我阿爹呀！"

"鬼话，是和一条狗！"

"莫乱讲，乱讲，我们打死你。"

"冇信？你们明天守到门前看。"

第二天，盘瓠的六个儿子死死地盯着阿奶的房门口，果然见到一条白狗从房里跳出来。气疯了的他们拿锄找棍，一路追打，在河边打死了那条白狗，又找来斧头把白狗剁得稀烂丢入河中。

晚上，高辛公主没见到盘瓠回家，一直闷闷不乐，怏怏入睡。突然盘瓠来到她床前，满身是血，她还没有从惊悸中醒悟过来，盘瓠化着一条白龙飞出窗外，空中传来一句话——冇是崽女们的错，都是家里那头老牛在作怪。

高辛公主从梦中惊醒，不禁号啕大哭。子女赶忙来问候，才知道白天杀死的白狗原来是阿爹的化身，就连夜打着火把沿河寻找阿爹尸身，毫无结果。第二天，盘瓠子女们又划着竹筏、小船，沿河寻找。但在河中来来回回找了好多遍，也没有找到盘瓠的尸身。

垂头丧气的盘瓠子女们羞愧地回到家里，听了阿奶伤心的哭诉，知道了盘瓠托梦讲述的真相，便和阿奶商量杀死水牛祭奠阿爹。一屋人找绳磨刀，捆了老水牛，一刀砍了牛头，剁碎牛身，划船沿河抛撒牛肉、纸钱，六个女儿难禁悲伤一路唱着怀念阿爹的歌谣。

盘瓠被子女错杀是农历五月初的事，盘瓠后人代代相传，从五月初一杀牛祭祀盘瓠，散居各处的后人纷纷赶赴盘瓠庙祭奠祖神，唱龙歌祭祖。农历五月十一是盘瓠的生日，当天，盘瓠后人们又唱着龙歌划着龙船沿河寻祖。寻祖是表孝心的，所以锣鼓喧天地争先恐后，就又有了现在的龙船竞渡。寻祖必然没有结果，不甘心的后人们就固执地在河中巡游，一直要到五月十七才带着遗憾请祖神归位盘瓠庙正位。

搜集整理：黄军

盘瓠庙的传说[*]

麻阳境内方圆不足百里的锦江流域，分布着18处盘瓠庙及其遗址。麻阳民间称其为"龙王庙""祖神殿""三座大王庙"，庙中供奉"盘瓠大王""四官大王""新息大王"牌位，并口传许多神话——

盘瓠大王

上古时，帝喾（高辛氏，黄帝后裔）与入侵的犬戎部落大战

---

[*] 政协麻阳苗族自治县委员会学习文史委编：《麻阳民间故事》（麻阳文史资料第九辑），内部资料，2012年，第6—9页。

于黄河北岸,战败退居南岸,与犬戎隔岸僵持年余。时近腊月,帝喾得知敌人将在黄河冰冻时节攻打南岸,因而忧心成疾,在病榻前口谕臣民:有能退敌者,无论贵贱,皆以高辛公主婚配。

其时,帝喾有一猛犬,龙头而犬身,乃天降神物。据说高辛氏后宫一位贵妇人患耳疾,太医从她耳朵中挑出一条虫子,覆盖在玉盘中,后来虫子变化为犬,日长三尺,故名盘瓠。盘瓠善解人意,因而帝喾常带在身边。盘瓠在病榻前听了主人口谕,顿时躁动不安,昂首长啸三声。帝喾戏言:"你若能退敌,我照样定招你为婿。"盘瓠欢跃跪伏,又长啸三声出营而去。

第二天清晨,哨探报:黄河北岸敌营全无踪迹。帝喾大惑不解,出营寨观看究竟,果见北岸敌营已无。忽见河中一黑点直往营中漂游而来,疑敌兵泅渡偷袭,命军民戒备。许久,黑点游近登岸,竟是口衔包裹满身冰凌的盘瓠。

盘瓠归营,以口解开包裹,近臣大呼惊退,包中赫然圆睁双目的敌酋首级。原来,盘瓠彻夜不归,竟是孤身泅渡黄河,夜袭敌营,取敌首级于酣睡中。于是举族欢庆三日。高兴之余,帝喾似已忘记自己的口谕,盘瓠趴伏帐中,抑郁寡欢,三天三夜不吃不喝。

高辛公主闻讯,降尊悉心照料,仍然毫无起色。帝喾封盘瓠为龙臕大将军,盘瓠不理;帝喾封盘瓠以广袤领地,盘瓠不睬。帝喾经女儿提醒,才想起自己对盘瓠的戏言,不禁搓手顿脚:"盘瓠呀盘瓠,我虽许诺退敌者为驸马,可我总不能让女儿嫁给一只犬守活寡呀。"高辛公主坚持要父亲守信遵诺。良久,父无奈应允,女欣喜若狂。盘瓠要求高辛公主陪伴自己七天七夜,不要任何他人打扰。帝喾满面惆怅而去。

盘瓠要高辛公主把自己放进大蒸笼，架在大锅上猛火蒸煮。高辛公主七天六夜不合眼，忙着添柴加水，却没听见蒸笼里有丝毫响动。第七个晚上，她实在抑制不住担心，生怕夫婿蒸死笼中，忍不住打开笼盖，却见一赤身裸体美男子蜷伏其中，唯头顶一块犬毛尚留。她后悔莫及，却又无法补救，只好找一块长丝帕盘在夫婿头上以盖弥彰（本地传闻人能入蒸笼褪皮脱胎换骨变年轻，以及苗家汉子头戴丝帕的习俗都因此而来）。

婚后，夫妇相悦。然而旁人在惊叹盘瓠的神奇之后，常拿他头上的丝帕开玩笑。盘瓠受不了这屈辱，便携妻南迁深山中，凿石室，垦荒地，过着与世隔绝的生活。数年后，他们生六子六女。子女成人后，各自成家，傍石山分散居住，繁衍了以后的苗、瑶、畲等族后人，盘瓠因此成为苗、瑶、畲等族的始祖，被尊称为"盘瓠大王"。

四官大王

很久以前，官家杂税多如牛毛。生活在武陵地区的"蛮民"，不仅要承担沉重的赋税，而且还要为在南方征"叛民"的官军运输粮饷军械，不知有多少人在沅水的清浪滩上命归黄泉。人们实在难以忍受，于是便揭竿反抗。

住在锦江岸边芭茅冲寨的苗民，人口不过四百，却有八十多人命丧清浪滩，九死一生的寨主四官佬，连夜从洞庭湖君山官军运输营地逃回芭茅冲寨，率领寨里的青壮参加了起义队伍，打了不少胜仗。但由于官军源源不断地增援，起义队伍死伤惨重，最后，四官佬不得不率临（邻）近村寨劫后余生的将士退守苗寨。

官军接踵而来,围困了苗寨。在隔河相拒的日子里,官军无数次进攻也没有打进寨子。半年后,寨中粮草告罄,为早日打败官军,四官佬决定学老祖宗"盘瓠"猎杀吴将军而退犬戎的壮举,深夜潜泅渡河,想往对河敌营暗杀官兵将军。当四官佬泅渡到河中间时,官军哨兵发现了他,便一起发箭。因为断粮,四官佬已捱饿数日,手脚无力,不能及时躲过如雨利箭,不幸血染河中。

官兵退后,时逢农历五月初九,夜里,四官佬家人见四官佬赤裸身子藏在门后蓑衣下,伸手要吃的。家人赶紧起身做饭,但家中已经没有粮米,只好往寨中借米,各家你一小包玉米,他一小包豆子,我一小包稻米……等到家人把做好的各种小包食物送给门后的四官佬时,鸡已叫二遍,他只匆匆吃了几口就赶忙离去,家人追到河边却不见了他的身影。天亮,全寨族人划船把各种小包食物,撒到河中祭奠四官佬。从此,"大端午"成为麻阳不变的传统。至今,第一笼粽子一熟,大人就催促小孩到门后吃第一个粽子。说是不到门后吃粽子,就会变成"粽粑脑",实际是为祭祀盘瓠庙里的"四官大王"。附近村寨人们坚信,庙里的"四官"不仅保平安,而且还送财送福送寿。

新息大王

"新息大王"即东汉大将军马援。他是东汉开国功臣之一,汉族,扶风茂陵人。因他征蛮有功,汉光武帝封为"伏波将军""新息侯"。新莽末年,天下大乱,马援初为陇右军阀隗嚣的属下,甚得隗嚣的信任。归顺光武帝后,为刘秀的统一战争立下了赫赫战功。天下统一之后,马援虽已年迈,但仍请缨东征西讨,西破羌人,南征交趾(今越南),其老当益壮、马革裹尸的气概甚得后人的崇敬。

东汉建武二十三年(47),盘瓠后裔相单程在现在的沅陵一带率族众起义,汉光武帝遣威武将军刘尚平乱,刘尚狂妄轻进,全军悉数被义军消灭。第二年,光武帝又派遣谒者李嵩、中山太守马成攻击义军,也没有攻破。第三年,伏波将军马援不顾年事已高,主动请求带兵征剿"五溪蛮"。马援军企图溯沅水攻入武溪腹地,但是义军顽强地把马援的官兵阻挡在临沅的壶头山,两军长期相持,时值盛暑,来自北方的官兵水土不服,很多染病身亡,马援也染暑瘟病而死。官兵深恐义军反扑,一直不敢公布马援死讯。后来,监军宋均打着马援的旗号,调来伏波司马吕种主持沅陵政务,命吕种到义军营中招抚,几经周折,义军自行解散归寨,战事平息。

按常理,作为敌人,马援不大可能成为"五溪蛮"的崇拜对象。然而,由于历史的偏见,"五溪蛮"一直是封建统治者欺压、绞杀的对象,也就形成了"五溪蛮"富于反抗的传统,而富有反抗精神的民族往往也是崇拜英雄的民族。据《后汉书》记载:兵困壶头山时,汉军"士卒多疫死",义军常常"升险鼓噪",时年六十二高龄的马援拖着重病的身子"辄曳足以观之。左右哀其壮意,莫不为之流涕"。与汉军相持的义军人众,肯定也亲睹其壮烈。况且,战事平息后,汉军远征士卒中,或病、或伤、或留守而滞留"五溪蛮"地。据说:马援有四个儿子,战后,有一个儿子定居在贵州玉屏,一个名叫马隆的儿子则定居在麻阳齐天坪坡脚。明永乐元年(1403)又有一马援后代裔孙迁居石羊哨。马援后人都有滞留"蛮地"的,其他军卒留下的不在少数,他们与当地居民交往、联姻，相互消融，和平共处。"蛮子"眼里的"英雄"、滞留军卒心中的"家长"马援，在人们大同小异的精神需求满足中成为了盘瓠庙里的"新息大王"。

搜集整理：黄军

绥宁苗族盘瓠神话[*]

相传远古时期，天降暴雨，洪水滔天，水退后粮食全被卷走了，家家颗粒无收，百姓伤亡惨重。为重生灵，大王降下圣旨，若有人找来粮种，愿以公主许之，久而无人问津，神犬得知后，接过圣旨前往西凉国，到西凉国时正值收获季节，神犬趁人不备，偷入晒谷场，倒地一滚，满身沾满了谷种，便迅速赶回。途经千山万水，千难万险，在涉水过河时，身上的谷种全被水冲走了，只剩在高举的尾巴上保留了几粒，带回国来（传说西凉国的谷物，苗秆上从根部到苗尖都结满谷粒，只因神犬回来时只剩下尾巴几粒，故现在的粮作物也只在苗秆的尾部结颗粒）。大王隆礼迎神犬入殿，与三公主成亲，公主迫于王命，只得同神犬成亲。晚上同房时，神犬突然变为一个美貌少年，两人感情遂洽，

---

[*] 吴荣臻、杨章柏、罗晓宁：《古苗疆绥宁》，成都：四川民族出版社，1993年，第242页。标题为本书作者所加。

子孙繁多,有十二支族迁居到湘、川、黔一带。

苗人、汉人、彝人的来历[*]

苗族办丧事敲吊鼓时,苗端公都要唱一段苗歌,叙说苗人、汉人、彝人是从何来的。

很久以前,皇宫里来了一只狗,天天咬人。皇帝问这条狗:"你为啥子要在皇宫头到处咬人啊!"

狗说:"只要你答应把你那么女儿拿给我,我就不咬人了。不拿给我,我还要咬,连你我都要咬。"

皇帝说:"你是一条狗,这样欺负我呀?你要我的女儿,没得这样撇脱②!你硬是要乱咬人,我就喊人来捶死你。"

狗说:"你打不倒我,越打我咬得越凶,越打,我咬得越多,把你这个地方的人咬一个疯一个。"

皇帝不信,硬不把幺女拿给狗。狗当真在皇城里乱咬,咬到哪个哪个疯。皇帝没法,只好叫人不要打了,对狗说:"实在要嘛,我拿给你嘛。就是不晓得我幺女答不答应,我问一下她。"

狗说:"你去问嘛,包她答应。"

---

* 《四川民间文学丛书》编辑委员会编:《四川神话选》,成都:四川民族出版社,1992年,第165—169页。

② 撇脱:方言,容易。

其实这条狗不是一般的狗,是条天狗,早就和皇帝的幺女有了感情。

皇帝去问幺女,幺女说:"我不跟它,它又要到处咬人,你也不得太平,为了爹享太平福,我跟它就是了。"

满[①]皇族的人听她这么一说都感激得很。

皇帝舍不得幺女,又对狗说:"我把女儿给你,但只能住在皇宫里,不准到别处去。"

狗说:"我跟你的女儿成亲后,要自己去找吃找穿,你甭管我引她到哪里去!只要你记住有这门亲戚就是了嘛。"

皇帝拿狗没得办法,只好让狗把幺女儿带走了。

走啊,走啊,走了好些天,走到一个大岩洞头去了。这洞有一股水从岩上流下来,像水帘子一样把洞门遮着。洞下面有一个大河沙坝。这个洞就是狗的窝。一进洞,狗就变成了一个漂漂亮亮的小伙子。

过了好些年,皇帝的女儿给狗生了三个儿子。平时,这只狗天天都要出去。他在河坝头打个滚,拿张狗皮来披起,变成一条狗跑出去。晚上回来,又在河坝头打个滚,把皮脱来甩了,又成了一个漂漂亮亮的小伙子。

有一年,皇帝要做六十大寿,对大儿说,"我就要满六十岁了,你去把你们幺妹和幺姑爷找回来,如果找不回来,我这个位子就不让给你。"

大儿想当皇帝,对爹说:"算我的,等我去找。"

大儿子出门一路找,一路喊。找啊,找啊,一直找拢那个

[①] 满:方言,全部,所有。

大岩洞下。幺妹从岩洞里听见喊声,忙答应:"哥哥,我在这里,你喊我有啥子事哟。"

大哥说:"我找你找得好苦哟!爹满六十岁,喊我接你们回去做生。"

幺妹说:"你那妹弟没有在屋头,天黑才回来。你不要进来,就在那里等。"

大哥说:"我们兄妹一场,你都不要我进来看你一眼呀?"

幺妹说:"你不要进来,我衣裙都没有穿,进来看到才羞死人哟!"

大哥说:"再咋个我都要看你一眼。"

幺妹说:"硬是要进来,你就把你那伞撕下来丢给我,等我把下身遮到你再进来。"

大哥把伞衣子撕下来甩给幺妹,才进洞。

幺妹说:"这回,我和娃娃些都不去,就让你妹弟去给爹做生。他在半路上要伤害你,我去砍七根楠竹来拿给你削筷子。回去的路上,他要咬你,你丢一支筷子去打他,打完七根楠竹的筷子时,你也就拢屋了。"

幺妹当真去砍了七根楠竹回来拿给大哥削筷子。他削啊削啊,削来剩三根楠竹了,他实在难得削,就把剩下的丢了,就跟幺妹说削完了。

幺妹说:"削完了嘛,明天我就叫你妹弟跟你回去。"

第二天,幺妹喊男人跟倒(到)哥哥去给爹祝大生。

俩郎舅走到半路,狗车转身来龇牙裂(咧)嘴地要咬他舅子。

他舅子马上丢一支筷子去给他含到。他们边走边打,边打边走。但是,他少削了三根楠竹的筷子,打拢中华山,筷子就打完了。狗要咬他，他就打狗。打啊，打啊，便把狗打死了。

回到皇宫后，皇帝问他大儿："我放你出去这样久，叫你去把幺妹和幺姑爷接回来，我把位子让给你。咋个一个人回来啊？"

大儿扯把子说："我到处找遍了，都找不到，我才独自回来的呀！"皇帝老倌也没咋个追问。

过了好久，幺妹见男人没有回来，心里不放心，就带起三个娃娃到皇城来问爹："你把我的人弄到哪儿去了？"

她爹说："我喊你大哥去找你们，他说没有找到你们呀！"幺妹说："你把大哥喊出来我问他，咋个说没有看倒（到）嘛？"

爹叫人去把大哥叫来审问，上刑，整得遭不住了，他才承认把狗打死甩到中华山了。

皇帝气惨了："你咋个要把他打死嘛？现在你就去把他埋起来，守满四十九天！"

皇帝的儿子带起兵兵些到中华山去守。这些兵去了一看，见这条狗好好的还没有烂，又有两个老虎在死狗旁边守起。就说："这是咋个搞起的？打死了这么久还没有烂？老虎咋个不衔起去吃呢？"

皇帝的大儿子仔细一看，原来有两条大金龙把狗缠在里头。他们不能埋狗就只有守狗了。

没得事做，这些兵每天就去弄些牛来杀，肉弄来吃，牛皮蒙成鼓来敲，角角儿弄来吹，还去砍些竹筒筒来吹。过了一段时间，那对金龙不见了，狗还是好好的，老虎还在那儿守着。

这些兵想："为啥这对龙不见了啊？怕是我们吹筒筒儿，吹牛角，打牛皮鼓把它们吓跑了？"

他们又找了很多筒筒儿并在一起吹，那些筒筒儿长短不一，就像从地里冒起来的芦笋，就喊成芦笙。他们有的拿起竹秧秧走前头，有的把竹儿削尖拿起走后头，吹起芦笙、牛角，打起牛皮鼓，一天到黑围倒（到）中华山打转转。接连吹打了两三天，再去看，老虎不见了，剩下一堆狗骨头。

老虎走了，龙不见了，狗骨头也埋了。皇帝的大儿回来把吹芦笙、吹牛角、打牛皮鼓驱虎撵龙的事情说了一遍。

皇帝说："以后你们纪念你们的妹弟，就吹芦笙，吹牛角，甩梭镖，打牛皮鼓嘛。"

留下幺女四娘母，皇帝问大外孙："你想跟家公在皇宫里边享福呢，还是想个人去兴家啊？"

大外孙不懂汉话，说得吞吞吐吐的，家公说："哎呀，你是个苗人！"

皇帝问二外孙，二外孙懂汉话，皇帝说："哎呀，你是个汉人。"

皇帝问三外孙，三外孙一些话听得懂，一些话听不懂。皇帝说："哎呀，你是个彝人。"

苗、汉、彝族人就是这么来的。他们都是一个妈生，吊一个奶头长大的，是同胞亲弟兄。

讲述者：余宗尧　苗族　农民
搜集整理者：熊湘模、范仲成
流传地区：四川宜宾珙县洛表乡

苗族的起源[*]

相传远古的时候，部落间经常打仗。黄帝和炎帝在一次战争前订了一个条约。炎帝提出：如果这次战争我打赢了，那么你的女儿就一定要嫁给我们部落。那个时候就得嫁鸡随鸡，嫁狗随狗。黄帝同意后，双方就打起来。后来黄帝果真打了败仗，只好把自己的女儿嫁到炎帝的部落。炎帝为了惩罚黄帝，就说："好，就配给我的这只狗吧。"

其实，炎帝这条狗，白天是狗，晚上就成了一个人。他本是天上的星宿下凡，叫做娄（娄）金狗（二十八宿之一），是一位漂亮的小伙子。

黄帝女儿和这只狗成了家，共同生活下去，形成了现在的苗族，所以我们苗族非常忌讳别人骂有关狗的话。

讲述者： 艾卫平　苗族故事家　农民
搜集整理者： 陈明钏、刘立云、杨政、谯菲
流传地区： 四川宜宾筠连县高坪苗族乡

---

[*]《四川民间文学丛书》编辑委员会编：《四川神话选》，成都：四川民族出版社，1992年，第164页。

苗族为什么住高山[*]

很久以前,有个皇帝的大女儿突然得了瘦病,四方求医都没有治好。皇帝没得办法,就在大街上贴了榜文。榜文上说,要是哪个治得好他女儿的病,就招他为驸马。来揭榜的不少,但都不见效果。公主的病一天比一天加重,瘦得只剩下个骨头架架。皇帝也急瘦了不少,因为公主又聪明又孝顺,是他的掌上明珠。

有一天,一条黄狗衔了棵灵芝草来给皇帝搁在怀里头,说是给公主吃了,病就会好。皇帝想:那么多名医都治不好这个病,未必然你这条黄狗还医得好不成?就把这棵草甩了。狗又捡起来交给皇帝。皇帝说:"这能医得好病吗?"黄狗说:"啥子事都不可貌相啊,这个病我医得好,你叫人用这棵草煎点药水给公主吃了,她就会好的。不信你试一下嘛。"

皇帝派人用这棵草草煎了汤药。送给大女儿喝了,当真公主的病就一天天好了起来。但是狗咋能当皇帝的女婿呢?皇帝说不行,只是赏了那条狗许多金银。狗很生气,一点金银都不要。不久,大公主的瘦病又复发了。又是四方求医,到处捡药吃,都没得效果。皇帝不得不又贴了一张榜文,说是这回哪个医好了公主的病,谁就做他的女婿。那条黄狗又拿了棵灵芝草去搁在皇帝怀里,叫皇帝煎药水给公主吃了,公主的病又好了。这回,皇帝再

---

[*]《四川民间文学丛书》编辑委员会编:《四川神话选》,成都:四川民族出版社,1992年,第172—173页。

不好反悔，就让这条狗当了女婿。

公主跟狗来到一个老林子里，狗天天打些果子来给公主吃。后来公主生了一个娃儿，还是像人的样子。公主就带着这个还没有名字的儿子天天在岩洞里过日子。有天，岩边上飞来一只乌鸦。狗跑上去狠命一按，哪知一脚踩空，就掉下岩去摔死了。公主非常伤心。

过了些日子，她带儿子回去见父王。皇帝见外孙儿长得乖也很高兴，忙问他叫什么名字。公主就说："他父亲摔下岩去死了，娃儿还没得名字呢！"皇帝听了，心里也很难过，就说："这个娃儿可是根苗苗啊，就取名叫苗族吧。"这样，娃娃就成了苗族的第一个人。公主临走前问父王还有啥子话要说，皇帝说："要让这娃儿的后代世世代代做高官。"那（哪）晓得公主听成了"世世代代住高山"，就带着这个娃儿回去住在高山上了。

从此，我们苗族就都住在高山上了，一直到今天还是这样。

讲述者：郭士凡　苗族　农民
搜集整理者：刘立云、杨政、谯菲、陈明钊
流传地区：四川宜宾筠连县高坪苗族乡

畲族盘瓠神话

高辛和龙王[*]

一

不知多少年以前,地上已经有许多人,人跟凤凰山上的花朵一样多了。

这时候,出了一个最壮健的孩子,他的名字叫作高辛。

高辛一生下来,是随风长的,风吹一下,他长一寸;风吹两下,他长两寸!风吹一天,他成大人啦,比大人还高一个头。

高辛是个最有智慧的人。他说:"人怎能老住在黑黝黝的天地里呀?"他就用松树枝编成一个球,点着火,挂在天上,这便是太阳,太阳的光是强烈的;他又用杨柳条编成一个球,点着火,挂在天上,这便是月亮,月亮的光是柔和的;他看见天破了,便拾许多宝石做钉子,把天补好,这便是星星,星星的光也

---

[*] 谷德明编:《中国少数民族神话》,北京:中国民间文艺出版社,1987年,第203—209页。

是那么明亮。

高辛说:"地面上多么冷清呀!"他就用手拔倒一棵枫树,抓些大大小小的叶子抛到天上,变成鸟;他用枝儿刻成东西,放在地上走,这就是兽;他把剩下的枝叶抛到水里,便成了鱼虾;地上的木屑被风一吹,浮在空中,就成为飞虫;从此世上就热闹起来了。

高辛听到树叶响,便教人说话、唱歌;见到树皮,就教人穿衣裳;还教人放羊和耕田。

二

后来,大家推高辛做皇帝。高辛有才干,爱护人们,人们喜欢他。

一天,高辛耳朵痒,怎样也治不好,痒了三年,竟扒出一条金虫来。

金虫有三寸长,放在金盘里,金虫日夜长,一天一夜长大了,浑身五彩斑纹,能在水里游,能在天上飞,能大能小,高辛称他为"龙王"。龙王飞到海里去了。

高辛的国里富啦——种的谷子,养的牛羊,可以吃三年;养蚕所收的蚕丝,织成衣裳可以穿三年。

自己人欢喜,敌人就眼红;番王领兵来围高辛和他的人民,高辛就带着人民爬上封金山。番王不肯放松,山前围三层,山后围三层,前后黑压压的都是番兵,就是上不得山来。山上有高辛和勇敢的人民。

高辛叫人们挖好沟守一个月;高辛叫人们筑好墙守一个月;

高辛叫人们盖好战楼守一个月。

敌人还不见退走。漫长的日子里，人民整天地在流汗流血，一人受伤了，高辛就愁一天，人渐渐愁瘦了。

聪明的臣子说："国王哪能这样的愁呀，何不悬赏人去杀番王呢？"

高辛听了，就张贴榜文说：谁能杀掉番王，谁就娶我的三公主；谁能杀掉番王，谁就继承我的王位；谁能杀掉番王，谁就得到我的仓库。

海水哗啦啦翻滚，龙王从水里腾起来；大风哗啦啦吹，龙王跃进云层里；高辛的门前大旗哗啦啦响，旗杆前落下龙王来。

龙王咬下榜文，去见高辛，高辛悲伤地说道：

"你能飞在天上，你能游在海里，可是你没手拿刀呀，没有刀怎能杀死番王？你没手拿箭呀，没有箭怎能射死番王？"

龙王听了就地一滚，变成一只麒麟向番营跑去，一直跑到番王跟前。

鸟中的凤凰，兽里的麒麟，这都是最宝贵的呀，见了宝贵的东西番王欢喜。番王抚摸着麒麟笑了，叫摆酒庆贺，酒吃了三天。

文臣醉得头歪向左边，睡了；武臣醉得头歪向右边，睡了；番王醉得伏在桌上，睡了。麒麟窜上去一口咬掉番王头，脚一蹬，跑回来了。

高辛见杀了番王，带兵杀下山，把敌人消灭了。

三

番兵消灭了，高辛要叫三公主和龙王结婚，可是龙王不是人呀,高辛发愁了。

聪明的臣子告诉高辛,叫用金钟把龙王盖住,到第七天就会变成人了。盖到第六天,皇后想偷看看女婿,一揭开,头还未变好,还是龙头。不能再变了,因此三公主就与龙王结了婚。

春风吹啦,桃花红啦,三公主生孩子啦!孩子放在篮里,龙王见了喜欢,就让孩子姓篮。

春风又吹啦,桃花又红啦,三公主又生了第二个孩子。孩子刚落地外面传来了钟声,三公主听见喜欢,就让孩子姓钟。

春风吹三次,桃花红三次,三公主生下第三个孩子。孩子生下天上打个响雷,高辛听了喜欢,就赐孩子姓雷。

第四年三公主生个女孩子。

男孩子喜欢太阳,也像太阳一样明朗刚健;女孩子喜欢月亮,也像月亮一样柔和美丽。男孩子喜欢马,就骑在马背上驰骋;女孩子喜欢鸟,就陪着鸟在树林里唱歌。

龙王赶走了四面敌人;龙王赶走了山林里的大兽,龙王回到了封金山。高辛交给他六把钥匙,说:

"第一库里金子比山高;第二库里银子比山高;第三库里青铜比山高;第四库里黑铁比山高;第五库里珍珠比草多;第六库里玛瑙比草多;你要什么自己去取吧。"

龙王开了第四库,搬出黑铁,打了许多锄头,打了许多割草刀,带领子女来辞行道:

"天上有青云,青云能落雨雪;地上有黄土,黄土能生万物,龙王有儿女,儿女能做工来养活自己。龙王今回凤凰山,凤凰山是我从前常飞去的地方。"

高辛听了很悲伤,在院里捉只公鸡来,叮咛道:

"叶子从树干里生出来,却要离开树干飘去,可是飘落时就黄了、破了;龙王从我身上长出来,却要离我而去,可是离去后将老了、死了。我这鸡多年不叫了,你死后叫孩子们跟鸡走,在鸡叫的地方住下来。"

四

龙王回到凤凰山,开地垦山种谷粮。

一天,龙王在一个山坡前,见两只羊在斗角,一只死了,一只重伤。龙王奔过去救护,不料一滑跌倒了,等抬回家时,忽见许多人从山下跑来。

山下跑来的也是高辛的人民,他们说封金山被敌人夺去了,高辛也战死,他们逃到了这里。

龙王听到落下泪,说:

"皇帝死了,我也将死去;我们在这儿,敌人永也不让我们安宁。你们跟公鸡逃吧,公鸡在哪里叫,你们就在哪里住下来。"说完,死了。

天上有太阳,太阳光收敛起来,落下了雨;人人有眼睛,眼光收敛起来,流出了泪;龙王死了,连草上也凝出露珠,连石上也生了水,哪个能不悲伤呀!

埋下了龙王,就见敌人已从很远的地方涌来了。敌人想杀完龙王子孙;敌人想抢去龙王的财宝。龙王子孙抱抱公鸡,放在地上说:

"公鸡公鸡带我们走吧!"

公鸡走了,大家跟着走。

你没听见凤凰山潺潺的溪水声音吗？那声音是惜别的声音，那溪水是惜别的眼泪；你没看到凤凰山朵朵的白云吗？那白云要遮住敌人眼睛，叫敌人看不着人们，那白云要遮住凤凰山，免得人们见了悲伤。

也不知走过多少夜晚，又走过多少白天，一天，天刚蒙蒙亮，突然公鸡啼了，人们从此住下来。

人们一代一代就在这里落脚了，用龙王的刀儿割草；用龙王的锄头锄地。可是官兵多呀，可是捐税多呀，人们穿也穿不暖，人们吃也吃不饱，人们常常念起龙王。

人们念起龙王，每年就跑回凤凰山，来到龙王墓前，把身边的罐子解下来，罐里满是眼泪，用泪水洒满墓的周围。

虽然泪水洒满墓的周围，龙王子孙却永远记着龙王的话：永远相亲相爱；永远射猎耕种；永远靠自己的劳动生活。

搜集整理：陈玮君

畲族姓氏及世居山脚的来历[*]

畲族始祖盘瓠王，有三男一女，分盘、蓝、雷、钟四姓人，

---

[*]《中国民间故事集成·福建卷》，北京：中国 ISBN 中心，1998 年，第 21—22 页。

世世代代多是依山建房居住的。

传说高辛帝的时候,朝廷遭到番邦的侵略,朝中文武百官都无能抵敌。高辛帝出皇榜告急。始祖盘瓠一举平定了番邦,立了大功。高辛帝封他为"忠勇王",并将三公主许配成亲。盘瓠王与三公主相亲相爱,生了三男一女。一天上朝奏请高辛帝赐姓。因长子是用珍贵的宝盘托上朝的,高辛帝见外孙后非常欢喜,就赐姓盘,名自能,后来封他为南阳郡"武骑侯";次子是用珍贵的宝篮送奉上殿的,那日是万里晴空一片蓝天,高辛帝见二外孙后非常欢喜,就赐姓蓝,名光辉,后来封为汝南郡"护国侯";三子是用巨幅的彩绸包裹着抱上朝的,高辛帝见三外孙非常欢喜,这时,天空上在响雷,就赐姓雷,名巨佑,后来封冯翌郡"立国侯";女儿赐名淑玉,后来招赘女婿姓钟,名志清,封颍川郡"国勇侯"。畲族盘、蓝、雷、钟四姓氏,传说是这样来的。

相传那时,盘瓠王一家人赤胆忠心,勤劳勇敢,在安邦定国后,不愿在帝都王府里过安闲的生活,他们经常在盘瓠王带领下,进山狩猎,消除兽害。盘瓠王父子每次出外狩猎,短则半月一月,长则一季半年,翻过一山又一山地围歼野兽,深受百姓爱戴。三公主也非常钦佩丈夫、儿子为民除害的精神,她也过厌了王府里的安闲日子,便提出把家搬到山里去,全家人一起去种地狩猎,发展生产,兴旺家族。三公主的想法,全家人都很赞同。

高辛帝知道了这事以后,便召盘瓠王进殿,劝说他留在京城住,并说要给他加封官爵,当盘瓠王再三申明他一家人要搬去山里的决心后,高辛帝同意了,问盘瓠王搬家进山需要什么,有什么要求。盘瓠王说,把家搬到山里去,是为了开山种地,方便狩猎,为民除害,什么都不要。高辛帝又问他:"那天下四方角,你要去哪角呢?"盘瓠王心想:三个儿子都要繁衍后代,三公主又很爱独女,那就叫女婿跟自己吧,让三个儿子分三个方向去狩猎耕山,所以回答说:"要上山狩猎,向三角发展。"因"三角"与"山脚"同音,高辛帝听后便说:"好,你们就向山脚发展吧。南方凤凰山是天下四只凤凰栖息的好地方,就到那里山脚下住吧!"于是,盘瓠王和三公主一家就迁到广东的凤凰山、会稽山和七贤洞①一带居住下来。高辛帝恩赐盘瓠王子孙开山免徭御书卷牌(券牒)宝印,又派大臣和三千将士,龙伞王驾,骑马坐轿,旗锣开道,一路护送到凤凰山。盘瓠王过世了,坟墓也做在凤凰山中。

以后,盘瓠王的子孙大发展,在一次大迁移中,大部分到了福建,在福州、连江、罗源上岸,迁移到现今宁德地区各县定居下来。随后,又有部分向浙江、江西、安徽山区迁移定居。因长子盘姓一房人在坐船航行中,遇风漂泊海外去了,所以今天畲族,主要是蓝、雷、钟三姓人。在几经迁徙和繁衍后代中,盘、蓝、雷、钟四姓人,有招女婿吴、李等姓的,世代同居,生活语言风俗习惯一样,就是不改姓,所以至今畲族中有少数吴、李等姓氏。他们世世代代总是依山搭棚建房,在山脚或山腰居住,有利于开荒耕种或狩猎,直到现在,还是住在这些地方。

讲述者:蓝维积　男　54岁　畲族　柘荣县农民　小学
采录者:肖孝正　男　54岁　宁德地区群艺馆干部　大专
　　　　　1987年10月采录于福建省柘荣县

---

① 闽东畲民多为元末明初,从广东潮州凤凰山迁徙而来,相传的会稽山、七贤洞的具体所在尚无定论。

畲族女人衫里有两个皇帝印 *

传说高辛皇帝管天下时,番邦大乱。我们祖公盘瓠王平番立了大功,回朝后,高辛帝留他不住,就封他去广东凤凰山,还派了大臣、将士一路护送盘瓠王、三公主一家人往凤凰山去。

高辛帝最爱三公主。当三公主拜别父王时,高辛皇帝拿出御印,将自己的衣衫和女儿的衣衫对在一起,盖上一个印,印的一半留在女儿衣衫上,另一半留在皇帝自己衣衫上。高辛帝还不放心,又在女儿肩内再印上一个大印,作为自家人永久的印记。这就是畲族女人衫里有两个皇帝印的缘故。

讲述者:钟爱石　男　61岁　畲族　福安市康厝畲族乡
　　　　凤洋村农民　不识字
讲述者:钟伏龙　男　31岁　畲族　福安市康厝畲族乡
　　　　凤洋村文化站干部　高中
　　　　　　　　　　1988年3月采录于福建省福安市

【附记】

畲族女人家做衣衫,衣领、衣袖绣花边,还在衣衫的右边腰间结带的地方,缝上一块三角形红布,又在替肩内层钉一块四方

---

* 《中国民间故事集成·福建卷》,北京:中国ISBN中心,1998年,第495页。

红布。据说，这是前朝高辛皇帝的两个印。

畲女衫内两个皇帝印[*]

畲族妇女的衣着，至今还保留着当年皇帝的两个印。

相传，高辛皇帝管天时，番邦作乱，畲族祖公槃瓠平番有功。回朝后，高辛帝把第三公主许配给他作为妻子，招为驸马。

槃瓠祖公为了子孙后代兴旺发达，不愿在京城居位。要去其他地方开山造田，游山打猎，高辛帝留他不住，只好由他。

高辛帝最爱三公主，一怕离京路程远，见不到女儿，二怕女儿被人欺侮。临别时，皇帝除了赐给女儿一顶凤冠外，还将自己的衣衫和女儿的衣襟对褶在一起，盖上一个金印，把金印的一半留在女儿衫上，另一半留在皇帝自己的衣上。就是这样，他还不放心，又在女儿衫的替肩内再盖上一个大印，做下暗号，以防他人伪装自己女儿骗人。因此，畲族女人都爱做自右开襟的"大花"青布衣服穿，喜欢在大花衣服的襟边钉上一块三角红布，用它来象征高辛帝的骑缝印。大家还喜欢在衣服的肩膀里钉上一块四方形的红布"替肩"，把它当作皇上的大印。为了保护印记，她们还用五色彩线在三角红布的周边绣上一行行虎牙

---

[*] 蒋风、陈炜萍、陈华文编：《畲族民间故事选》(中国少数民族民间文学丛书·故事大系)，上海：上海文艺出版社，1993年，第323页。

和花草，使它更为好看。

讲述者：钟爱石
搜集整理者：钟伏龙
流传地区：福建省福安市

凤凰装束的由来[*]

畲族始祖盘瓠王反侵略平番有功，高辛帝招他为驸马。他与三公主成亲时，帝后娘娘赐给女儿三公主一顶非常美丽珍贵的凤冠和一件镶着宝珠的凤衣，祝福女儿像凤凰鸟一样给生活带来吉祥。婚后，盘瓠王和三公主生了三男一女，三公主把女儿从小就打扮成凤凰的模样；女儿长大了，招钟志清为婿时，三公主也赐给女儿美丽珍贵的凤冠和凤衣，祝福女儿万事如意。后来，盘瓠王一家辞别高辛帝，迁到广东凤凰山居住——相传这凤凰山是天下四只凤凰栖息的地方。盘瓠王一家人在那里不断发展，凡生下女儿，都赐予凤凰的装束，以致成为风俗留传下来，延续至今。

---

[*]《中国民间故事集成·福建卷》，北京：中国ISBN中心，1998年，第494—495页。

讲述者：雷花桐　男　58 岁　畲族　宁德市福湖村农民　初小
采录者：肖孝正　男　52 岁　宁德地区文化局干部　大学

1986 年 7 月采录于福建省罗源县霍口畲区

【附记】

畲家女的装束，是象征凤凰鸟的装束。未成年或婚前的女子，是小凤凰的打扮：用红头绳扎头髻一圈，盘在头上，衣领衣袖边的刺绣花纹不那么宽，腰带向后扎，带上绣有花纹，尾有丝絮，象征美丽的凤尾。成年结婚的女子，是大凤凰的打扮：红头绳扎的头髻升高，象征凤髻；衣领衣边和两手的衣袖绣着很宽的彩色花边，多是大红、桃红夹着黄色的花纹，象征凤凰的颈、腰和翅膀；向后飘的腰带增宽，绣的花纹也增多，有的还扎上闪光的金边和珍珠般的丝絮，象征美丽的凤尾。老年妇女是老凤凰打扮：头髻低矮，衣服和腰带的花纹颜色也稀少。

猎捕舞[*]

相传畲人始祖槃瓠王和三公主，拜别了高辛帝和帝后，带领盘、蓝、雷三个儿子和一个姓钟的女婿等子孙们来到广东潮州凤

---

[*] 蒋风、陈炜萍、陈华文编：《畲族民间故事选》（中国少数民族民间文学丛书·故事大系），上海：上海文艺出版社，1993 年，第 329—330 页。

凰山定居。经过人们几年的辛劳耕作，凤凰山变得美好了，可是丛山峻岭中的野兽日夜出没，槃瓠王和三公主都为这件事发愁。

一天，槃瓠王对三公主说："这些野兽闹得我们日夜不安，我要上山巡猎，把它们统统打杀干净，好让子孙们过个太平日子。"三公主听了劝他说："野兽虽然可恶，但是你已经年老，比不得当年年轻时，千万别去逞强了。还是叫儿孙们多去一些人，总能除掉兽害的。"槃瓠王说："有我在场，为儿孙们出出主意，壮壮胆子也是好的。"三公主见他决意要去，只得依了他，不过再三交代："到山头岭尾，要多加小心，赶在天黑之前早早回来。"

第二天清早，槃瓠王领着身强力壮的子孙，带上三公主为他们连夜准备的糍粑、干粽和饭团，背起弩弓、猎刀和螺号，出发到远处山头巡猎去了。他们来到野兽经常出没的深山老林里，齐心协力，互相照应，吹响螺号，呐喊助威，从这个山头到那个山头，什么虎豹啦，豺狼啦，山猪啦，野羊啦，凡是他们看见的，都一一追捕，见一只杀一只，一只也不让它逃掉。就这样他们先后捕杀了很多野兽。槃瓠王累了，当他坐在一块岩石上闭目养神时，不料从背后突然蹿出一只高大而凶猛的野山羊，红着眼睛，翘起双角，冷不防地把他猛撞一下，槃瓠王一摇晃，就从岩顶上翻落到石岩的陡壁下面去了。

子孙们发现自己的祖公跌落万丈深坑，一时都吓呆了。有的下到谷底寻找，有的吹起螺号向凤凰山方向传讯。三公主突然听到远处密集的螺号鸣声，知道山林里一定出了事，就立即集合在家的儿孙们，急急忙忙地赶到山里去，可惜已经晚了！三公主哭得死去活来，子孙们也围拢在一起抱头痛哭，一时间，整个山林天昏地暗，仿佛风停了，水也断了流。最后，三公主领着儿孙们抬起槃瓠王的遗体，一路点燃着火把，高举猎刀，吹起螺号，送到凤凰山上安葬。

现在，畲家每年在迎送祖宗牌位时，总有一班青壮年手执猎刀，吹响螺号，用大鼓响器伴奏，按三步一回头的步法跳跃前进，作为纪念槃瓠王的祭祖仪式——这种仪式以后就逐渐发展成为猎捕舞，一代一代地留传下来。

搜集整理者：龚 尧

流传地区：福建省宁德市

福建福安县、霞浦县畲族盘瓠神话*

高辛氏（即帝喾）时期，刘氏皇后夜梦天降娄金狗下界托生，醒来耳内疼痛，旨召名医医出一稀奇美秀三寸长的金虫，以玉盘贮养，以瓠叶为盖，一日长一寸，身长好一丈二，形似凤凰，取名麟狗，号称盘瓠，身纹锦绣，头有二十四斑黄点。其时犬戎兴兵来犯，帝下诏求贤，提出：能斩番王头者以三公主嫁他为妻。

---

* 夏敏：《闽台民间文学》，福州：福建人民出版社，2009年，第181页。原载朱述宾主编：《中国神话故事大全插图本》，北京：中国国际广播出版社，1991年，第8—9页。又据袁珂：《中国古代神话》，北京：华夏出版社，2004年，第21—25页；又据顾颉刚：《古史辨》第七册上编《狗皇歌》。

龙犬揭榜后即往敌国，乘番王酒醉，咬断其头，回国献给高辛帝。高辛帝因他是犬而想悔婚。盘瓠作人语说："将我放在金钟内，七昼夜可变成人。"盘瓠入钟六天，公主怕他饿死，打开金钟。见他身已成人形，但头未变。于是盘瓠与公主结婚。婚后，公主随盘瓠入居深山，以狩猎和山耕为生。生三子一女，长子姓盘，名（自）能；次子姓蓝，名光辉；三子姓雷，名巨佑；女儿嫁给钟智深（"智"亦作"字"）。

龙犬驸马[*]

古时候，高辛帝宫有个左耳奇大的大耳婆。一天，高辛帝请御医替大耳婆治耳病。御医用一把小银勺在她的耳朵里一抠，不料抠出一只蛋来。群臣把蛋拿到宫中的一座楼上，惹得天上的凤凰领着地上的百鸟，日夜在它四周跳舞唱歌。看这情景，高辛帝知道这是祥瑞之物，欢喜万分，就叫御医把蛋打开。蛋一打开，蛋里跳下一只五彩小犬来。小犬养了八个月，身长八尺八，身高四尺四，是个龙犬。

这时，海对岸的夷番房突王带兵过来骚乱。他们奸淫掳掠，杀害无辜百姓。朝廷立即派兵抵抗，无奈番王兵强马壮，朝廷屡

---

* 《中国民间故事集成·广东卷》，北京：中国ISBN中心，2006年，第13—17页。

战屡败。高辛帝只好出榜招贤,说是谁能打败番王,谁就可以在他的三个公主中任选一个做老婆,招为驸马。榜在城门楼前贴出好几天,都没人揭榜。正当皇帝、大臣急得团团转时,龙犬突然跑上来,一口把榜撕下,跟着守榜丞相大摇大摆地上了金銮殿。高辛帝问它:"你能有什么办法退敌?"龙犬说:"我有阳战之术,变化无穷。"

皇帝听后,就让它去试一试。龙犬辞别了皇帝,当即渡海来番邦。番王见它是从敌国来的,便用好酒好菜招待它吃。这一夜,番王还留它在宫中睡觉。龙犬趁番王酒醉未醒,发狠咬下他的头颅,然后跳海逃跑。番兵发觉之后连忙追赶。幸得海龙王及时派来虾兵蟹将,一面保护龙犬,一面抵挡番兵,龙犬才得以顺利渡海回国。番兵失掉了首领,乱作一团,再也不敢欺负邻国了。

高辛帝一见番王头颅,连连称赞龙犬,还当场要封它做大臣。龙犬摇着头说:"我不要别的,只要美丽的三公主。"高辛帝没办法,只好对它说:"好吧,我把三女儿嫁给你,但有一个条件,限你七天之内变成人,然后才能成亲。"龙犬对高辛帝说:"给我一间房,七天七夜谁也不能来看我,我自然能变成人。"

高辛帝给它一间房子,它把自己关在房子里。三公主知道它是个英雄,帮了父亲的大忙,心里很爱慕它,恨不得它立刻变成人形,所以天天守在门口。一日月亮落山,二日月亮落山,整整看了六回月亮落山去。她想,未婚夫关在房子里六天了,能不饿着,不渴着?善良的三公主等不了了,就跑到门边,偷偷往门缝里看。这时,龙犬经过了六天六夜,身体已经变了人身,头部还未变化,再一天就全变成人了。但三公主这一偷看,天机被泄漏，头就不能再变了，永远是人身犬首。

龙犬终于和公主成了亲，做驸马爷。他对高辛帝说："我的祖上住在潮州凤凰山，我要和公主到那里去定居。"高辛帝同意了。

龙犬驸马带着公主，跋山涉水，终于来到了潮州的凤凰山。就在深山林内，夫妻俩开辟了一块地，又砍柴又割草，搭起寮棚住了下来。第二年，公主生了个男孩，第三年又生了个男孩，一连生了三个儿子和一个女儿。

几年后，龙犬驸马要带三公主和孩子们去看望老丈人。他把大儿子盛在盘里，又把二儿子放在篮里，还有拖的、抱的，他们日赶路，夜歇店，好不容易来到了京城，见到了高辛帝。高辛帝笑逐颜开，一高兴就给外孙们赐姓。盛在盘里的赐姓盘，放在篮里的赐姓篮，轮到要给三外孙赐姓时，恰好天上响了雷，高辛帝便赐他姓雷；还赐外孙女长大嫁夫随夫姓。后来，外孙女嫁给了个姓钟的，就跟着姓了钟。

回来后，龙犬驸马领着公主和孩子们在深山林内一面打猎、开畲种田；一面驱魔赶妖，日子过得很艰难。龙犬驸马为了日后子孙能过上好日子，就辞别了妻子和孩子，翻山越岭来到茅山学法练武艺。有一次在苦练打猎本领时，不幸被山羊撞死在崖边。龙犬驸马一死，姓雷姓篮姓盘的几个儿子就只好流落到各地去了。

讲述者：雷潮辉　男　64岁　畲族　潮州市文祠镇李雷工坑村农民　小学

采录者：蔡泽民　男　47岁　潮州市文联干部　中专

1987年4月采录于广东省潮州市

【附：异文】

很久很久以前，有个高辛国。高辛国的天，有九万九千九百里宽；高辛国的地，有九万九千里长；高辛国的百姓，有九万九千九百人。这里的彩虹是十二色的，四季竹木长青，花香鸟语，人人日间开畲狩猎，夜间就唱歌、跳舞，直到月落。

高辛国有个国王。要说他是国王，他终日和众人一起狩猎歌舞，从不多分一份谷物；要说他是平民，他声音洪亮，一呼百应，是大家心目中的英雄和长者。他有个善良的妻子，擅长医术，专为众人消灾除病。她还为高辛王生了三个孩子，最小的三公主，聪明伶俐，善良美丽。

有一天，从很远很远的东方传来凤凰鸟的歌唱。在凤凰的啼鸣声中，高辛王的右耳坠一天天肥大起来。过了三百三十三天，高辛王的右耳坠竟然像大拇指一样大了，人人都说是吉祥之兆。又过了三百三十三天，右耳坠垂近肩膀了。王后拿来小巧玲珑的神刀，用刀尖在高辛王的右耳坠上轻轻一挑，一骨碌滚出一颗山雀蛋似的小白蛋。灵巧的三公主取来绿竹，采来柳丝，精工编成一个柳竹篮，把小白蛋放进了篮子里，挂在竹架上，供奉在庭院的百花丛中，让它日沐阳光，夜浴雨露。再过三百三十三天，说的也奇怪，小白蛋竟然大得像椰果一样了。一日，天空飞来了一只五光十色的凤凰鸟，它绕着篮子飞了三圈，对着那颗白蛋啼叫了九声，然后，用嘴尖对白蛋轻轻地一啄。突然，金光四射，白蛋中跳出一只小麒麟来。跟着，幽香阵阵，乐音频频，麒麟偕凤凰，向着东方腾空而去。

也不知过了多少时间，在南面隔海的那边，出现了一个海番王。海番王有很多番兵番将，他能变妖，也能变人，他早就想霸占美丽的高辛国。有一天，夜近三更，高辛国的天空，狂风骤起，黑云翻滚，海番王的魔掌伸向这美丽的国土了。高辛王率领百姓奋起反抗，激战了三百三十三天，但终因海番王有妖术，大好的高辛国近一半国土被魔爪所践踏。正当高辛王心急如焚，苦思无计时，三公主来到跟前，对高辛王说："父王，民间有很多英雄豪杰，何不出榜招贤？"高辛王觉得三公主说得有理，便马上吩咐贴出招贤金榜。

第一天，没有人来揭榜。第二天，仍然无人揭榜。第三天，还是无人揭榜。午时刚过，一声霹雳，天空的黑云骤然闪开，铺下一条金路，走来了那只随凤凰而去的麒麟。

麒麟衔下金榜，立即参见高辛王。高辛王一见是麒麟来了，便向东方拱手一揖道："麒麟啊！我的高辛国哺育的圣物，吉祥的象征，你能保卫圣洁的土地，让吉祥再次降临我们高辛国吗？"麒麟居然开口说起话："圣明的国王，幸福永远属于您和您的人民。海番王正在他的海岛魔城中施妖术，我马上取他的头来见您。"高辛王听后，欣喜万分，虔诚地朝着东方拱手说："当年三女儿出生，上天曾经许下诺言：有朝一日，黎民百姓有难，如有英雄挺身相救，那就把三公主许配给他。你如果能够取下魔王的头，我定然照这话去办！"麒麟听后高兴地跳了三跳，叫了三声，绕了三圈，便一跃向南而去。

麒麟来到海边，将身子摇了三摇，化成巨龙，分水扬波，片刻就抵达魔城城边。一上岸，又变回麒麟。守门的番将，一见异物，马上传报海番王，并把麒麟的模样一一禀报。海番王一听，以为麒麟是苍天赐给他的吉祥之物，竟然狂笑道："这是天上降福于我，不用很久我就可以荡平高辛国啦！"说完立即盼咐开出珊瑚玳瑁铺成的路，奏乐迎接麒麟，还为麒麟设宴接风。麒麟不动声色，只是一味劝酒。不知不觉间，海番王饮了三百三十三瓮酒，酩酊大醉，踉踉跄跄地朝魔床上倒头便睡，顷刻，鼾声如雷。说时迟，那时快，麒麟跃身上魔床，张口对着海番王的头就咬，咬断了海番王的脖子。只见一道黑光冲出，海番王一命呜呼。

麒麟衔着海番王的头颅，又变成巨龙，转眼就返回高辛国去了。回到高辛国后，高辛王为麒麟设宴庆功。酒过三巡，高辛王问麒麟道："伏魔的英雄，你一定神法无边，但是，你是否可以变成人呢？"麒麟回答道："贤明的国王，只要建一间密室，让我住七天七夜，就可以了。"高辛王听后非常高兴，当即命人建起密室，但担心会把麒麟闷死，还特别安了个小窗。密室建好后，麒麟就住了进去一天、二天……六天过去了，王后非常挂念。是啊，三公主是王后的爱女，她的歌声能引来百鸟，笑声能催开百花，她是高辛王的明珠，麒麟真能变成人吗？王后忍不住悄悄地走到小窗前往里面看，啊！麒麟在变，手脚和身子已经成人形了，唯独还有麒麟的头未变。王后看着看着觉得有趣，禁不住扑哧一声笑了出来。这一笑非同小可，麒麟再也变不了头了。没办法，麒麟只好走出密室，对高辛王说："因为时辰未到，有人偷看，我的头永远都不可能变为人头了。"高辛王也不嫌弃，欣然答道："也许这是苍天的意愿吧！我赐你为龙麒，与公主择吉日成婚吧。"

龙麒和三公主成婚，高辛国举国欢庆。

龙麒和三公主结婚后，龙麒对高辛王说："父王，现在我要带妻子回家乡了。"高辛王问三公主是否愿意跟龙麒回家乡，三公主甜滋滋地点头。话音刚落，天上骤然飞来十二只五光十色的凤凰鸟。高辛王恍然大悟道："龙麒，你家乡是凤凰山吧！"龙麒微笑着点点头，带着公主与高辛王、王后告别，在十二只凤凰的簇拥下回到凤凰山。

回到凤凰山后的第二年，三公主生了一个男孩，龙麒用白玉石盘盛着向高辛王报喜，高辛王欣喜地说："既然用盘装，就赐姓盘吧。"

第三年，三公主又生了一个男孩，龙麒用绿竹编的篮子装着向高辛王报喜，高辛王说："既然用篮子装，就赐姓篮吧。"

第四年，三公主又生了一个男孩，恰逢洪水泛滥，阻断了通往高辛国的道路，两年后龙麒才抱着会走路的孩子去向高辛王报喜。谁知刚进城就听到暗天响雷，高辛王更加高兴，道："这是吉兆，这个孩子就赐姓雷吧！"

又过几年，三公主生了个小女儿，长大之后，出嫁跟丈夫姓钟。

不知过了多少年，龙麒和他的子孙们日夜开畲狩猎，天天对歌欢舞，龙麒还定下一年一度"踏瑶节"，三年一度"招兵节"。每当节日一到，龙麒和他的子孙们搭歌台、摆宴席、燃篝火，又唱又跳，一连狂欢三天三夜。

又是三年一度的招兵节，龙麒为了带礼物参加盛会，到深山老林里去狩猎。正当他追捕一只黄猄时，失足滚下山崖，被族人救回家时已经奄奄一息了。龙麒临终时对着子孙们说："我原是天上的神灵，现在就要回天上去了，我们世代在凤凰山开畲狩猎，就统称为畲家吧！要记住，盘、篮、雷、钟一家亲，世代和睦相处莫相欺。我的子孙啊！要保持开创天地的志向，不畏强暴的勇敢,创建乐园的勤劳。"说完,龙麒便闭上了双眼。凤凰鸟啊,悲啼了九万九千九百声;凤凰山的树啊,垂弯了九万九千九百棵;凤凰山的水啊,涌出了九万九千九百处泪泉!从此以后,龙麒的子孙就称为畲族。坐落于潮州的凤凰山,便是畲族的祖居。

畲族把龙麒的嘱咐铭刻在心里。一年复一年、一代又一代,畲族的天地仍然那么宽阔,阳光格外明丽,露珠分外晶莹,山歌分外清脆。畲族的人民还是那么热爱自由,那么勤劳勇敢。

采录者:李国俊　王华兵
采录于广东省潮州市

【附记】

这是粤东一带畲族人民关于祖先由来的盘瓠图腾崇拜神话。盘瓠为我国古代属犬首人身的神话人物。潮州山区的畲族现尚保存的《图腾画卷》的卷首语中,记述盘瓠乃"东海苍龙出世",故尊称为"龙狗",他为国分忧,平定番乱,被高辛皇帝招为驸马,封为驸王、忠勇王,但他却甘为平民,携三公主落籍山野,开发山区,繁衍生息。现当地畲族对盘瓠仍沿称"龙犬""驸马""驸王",增城、博罗等地畲族称"盘古大王""盘大护(驸)",连平、龙川等地则称"狗头王",均是畲族同胞对盘瓠的尊号。

畲族祖先盆大护[*]

大概在姓赵的皇帝坐天下的时候，湘南瑶族部落出了个首领，名字叫盆大护。他个子虽不高大，但身体强壮，威猛异常。他的箭射得又狠又准，只要弓弦一响，什么野兽也难以逃脱。盆大护还有一只非常灵性而又勇猛的猎犬，它体型巨大，鼻灵眼快，那一口牙齿锋利无比，简直像一头小老虎。它时刻跟随着盆大护，既是盆大护打猎的好帮手，又是他的好护卫。有次盆大护上山打猎，一箭射中山猪的肩膀，山猪发恶，带着箭疯狂地向盆大护冲来。那猎犬扑上前去，咬住山猪的后腿，把山猪掀翻在地，盆大护飞身上前，一猎刀砍下，就结束了山猪的性命。由于有了这只勇猛的猎犬，盆大护更增添几分威势。

在盆大护的带领下，部落的人过着比较安定的生活，他又不断排解了部落之间的纠纷。渐渐地，邻近部落的人都服从他，拥护他。逐渐，盆大护的名字传到了京城，连皇帝都知道他是个了不起的人。

那一年，湘西有个大将军起兵造反，声言要夺取赵皇帝的宝座，自己坐天下。他倚仗发明和使用了火药发射的火箭，攻城掠寨，短短时间内攻占了许多地方，自称为"燕皇"。赵皇帝大

---

* 《中国民间故事集成·广东卷》，北京：中国ISBN中心，2006年，第253—255页。

为震惊,派了许多兵马去攻打,结果都大败而回,迫于无奈,只好御驾亲征。赵皇帝与燕皇双方军队在湘江边大战了几场,由于叛军有火箭助威,赵皇帝的军队连折了几阵。赵皇帝愁得头发都白了许多。这时,有位大臣向他献计:"盆大护是当地土人首领,既勇猛又熟悉地形,何不请他助阵?"赵皇帝听了大喜,连连称是。随即派大臣携诏书召盆大护率众出山助战。盆大护带着猎犬率领几百能跑善战、武艺高强的部众很快赶来。赵皇帝见到缠头插翎、斑衣赤领、腰系虎皮裙的盆大护威武雄壮,英气逼人,十分欢喜,当即赐座,说道:"现有燕皇作乱,涂炭生灵,极为猖獗。你若能助朕出力,戡夷叛军,取燕皇首级,功成之日,将与你七州管辖,并赐三公主与你为妻。"盆大护回答:"我将尽力。望成功之后,皇不食言。"

回营后,盆大护细想:只有杀掉燕皇,叛军群龙无首,方可瓦解。他决定潜入敌营,见机行事。第二天晚上,他只身携短刀,带上猎犬,偷偷地渡过湘江,潜进燕皇军寨。只见寨中戒备森严,打更的、巡营的往来不绝。又见寨子中央有座大营,里外灯烛明亮,侍卫环立,手持刀枪,倚着营壁还放着火箭。看到这样子,盆大护心里明白,这就是燕皇的中军帐。他伏在暗处里然后拍拍猎犬,指指大营,让它走去看看有没有空隙可钻。侍卫们见到一只狗在营边走动,以为是别的军营饲养的,不大注意。可是敌方营防严密,没空可钻,猎犬只好跑回盆大护身边摇了摇身躯,表示没有法子。盆大护潜伏等候了多时,始终无机会下手,临近天亮,他只得带了猎犬渡江回营。如是这般,他接连去了五晚,还是无功而返。到了第七晚,天下着细雨,盆大护又带着猎犬潜往燕皇营。只见燕皇在中军帐大摆筵席,欢宴众将,捧酒菜的，席前跳舞的，在帐前出出入入。营外的侍卫也因此而松懈，盆大护觉得这是个难得的机会，喜出望外。等到更阑席散，众将离营，燕皇已酩酊大醉，侍儿扶入后帐安寝。此时不动手，更待何时！盆大护一跃而起，手持短刀，带着猛犬，直闯中军。帐前侍卫慌忙上前拦截，双方格斗起来。好一只猛犬，它先冲至营壁全身一抖，身上的水珠全都撒到火箭药上，然后猛冲入后帐，一口咬住燕皇颈，把燕皇当堂咬死，再用力一撕，燕皇的头颅就掉了下来。猎犬叼住燕皇的头就往回跑。盆大护见已取了燕皇头，虚晃一刀，转身就撤。这时几个待卫拿火箭点引发射，可是药引已湿，点不着火，眼睁睁望着盆大护和猎犬取了燕皇头颅离去。

盆大护渡江回来，连夜把燕皇头献给赵皇帝取功。次日，赵皇帝大举进兵，盆大护率部众打先锋。叛军因燕皇已死，军中无主，士无斗志，大败而逃。赵皇帝光复失地，剿灭残敌而返。

班师回朝，论功行赏，盆大护叙为首功。圣旨下，授三品官，封司马大将军，食邑人千户，补金精光禄大夫，赐金银。

盆大护不见赵皇帝提起赐妻之事，便上朝启奏，请求皇帝兑现诺言。皇帝破敌回朝后见盆大护是山野瑶民，不肯将女儿下嫁，下圣旨时故意不提。盆大护上朝重提此事，随行的大臣和将军个个尽知当时的诺言，赵皇帝反口不得，只好出个难题说："明日御花园内，朕让三公主与宫女一起出来见你，你若认得出，就把公主赐你为妻。如若认不出，那就姻缘不合，你就不要怪朕了。"盆大护听了只得答允。第二天，盆大护肃整衣冠，带着他的猎犬，在太监的带领下进了御花园。起先，太监不让他带犬去，他说："我的犬很有灵性，一向与我形影不离，有我有犬，有犬有我，又何况它是立了大功的，让它跟着我，看看皇家气派有何不可？"太监没奈何，只好答应。进入御花园后，只见柳荫树下，假石山前，环立着十几个衣着艳丽的年轻貌美的女子，她们后面还站立着两三个衣着普通的侍女。皇帝传话下来，三公主就在里面，你去认吧。盆大护眼花缭乱，根本认不出谁是三公主。忽然，猎犬轻轻走上前，越过前面的一群女子，走到后面一个衣着普通的侍女跟前，张口咬住她的裙脚。盆大护心里明白，快步上前指着她说："你就是三公主！"公主嫣然一笑，脸红红地低下头，表示允诺。

皇帝没奈何，只好将三公主嫁给了盆大护。

盆大护在京城住了一段时间后，心里老惦记着家乡和族人，怀念山林狩猎的自由自在的生活。他和三公主商量后，就一齐向赵皇帝提出要返回湘南居住。皇帝见他们夫妇一心要返乡，就应承了，并赐给他们许多礼物，又问盆大护还需要什么。盆大护回奏："我们瑶人一向习惯住在山林地区，今后希望朝廷继续允许瑶人依山安居，望青采斩，逢山食山，逢水食水，不准富贵豪门欺凌百姓，允许瑶人世代子孙免除租税，安居乐业，繁衍后代。"赵皇帝想了想，盆大护是自己的女婿，所要的不过是化外之地，山林之野，况且他的族人也不多，就当即准奏。随即叫丞相制成丹书铁券，赐给了他，嘱他子孙世代保存，以作凭证。

离开京城的时候，皇帝派出了二百多人组成的车马队护送盆大护夫妇及其随从、猎犬，一直返到湘南七贤峒居住。

盆大护回到湘南，夫妻恩爱，相敬如宾，生下了六男六女。为了让儿女自主，世代繁衍，盆大护给儿女们取了六个姓：盆、盘、蓝、栏、来、雷。其后代又招婿钟麟，这样盆大护便有了七个子孙。大约在元朝末年，一部分盆、来、雷姓子孙由湖南迁入广东,以后演变为畲族。

居住在正果兰溪的畲族人为了纪念祖先盆大护,就把他的事迹画成画卷,世代珍藏。每年正月初一,集中全畲老少拜祭,并由族中老人讲解,缅怀先祖。

另外,畲族人民一直怀念着那只曾为盆大护建立过功劳的猎犬,也就把世世代代以来伴随他们狩猎为生的狗奉为神物,不吃狗肉的民族风俗习惯,一直保存下来。

讲述者:佚　名　男　畲族　增城县正果兰溪村　农民
采录者:廖国瑞　男
　　　　1988年6月采录于广东省增城县正果兰溪村

广东省潮安县凤凰镇石古坪村畲族盘瓠神话[*]

据说有一次黄帝的曾孙辛帝到南方巡狩,在楚国(今湖北)突然遭到滨夷之国房突王的围困。因全无防备,无计可施,只好出榜招贤退敌。榜文大意是:谁能杀死房突王解救此难,即招他为驸马,以公主下嫁。但过了很久没人揭榜,后来竟被宫中的一条五彩狗衔走,守榜官兵措手不及,只好眼巴巴地看着五彩狗一转眼无踪无迹。不久,五彩狗历尽艰辛把房突王的人头叼到辛

---

[*] 夏敏:《闽台民间文学》,福州:福建人民出版社,2009年,第182—183页。

帝殿前请功，辛帝封神狗重职，狗不愿意，只要公主为妻。辛帝不得不履行诺言，把三公主配与神狗，但条件是五彩狗必须在七天内变成人样，方可完婚。五彩狗经历六天六夜的脱胎换骨，除了狗头未变之外，其余已成人身。第七天晚上时辰未到，三公主却好奇前往窥探，神狗功力顿失，狗头再也变不出人脸来。终因"君无戏言"和爱情的力量，五彩狗与三公主有情人终成眷属。婚后二十年，生三子一女，带见辛帝，赐姓盘、蓝、雷、钟。夫妇带子孙回到家乡凤凰山聚居，于是便有了凤凰山脉上畲族的蓝、盘、雷三姓子孙后代。

盘瓠王[*]

早先年，我们畲族人家都挂有一张画，画着一幅狗头人身像，叫"狗头王"。相传，这是我们畲族的祖先。说起这张狗头王的画像，有这样一段来历：

还是很久很久以前，外地番王造反，侵犯中原国，这些番兵番将，个个都很厉害，爬山过岭，就像一只只猴子，来去一阵风，皇上几次派兵征剿，都被番王打得落花流水。有一天，文武百官聚集在金銮殿上，商量对策，皇帝老子许了个愿：哪个能

---

[*]《中国民间故事集成·江西卷》，北京：中国ISBN中心，2002年，第13—14页。

割下番王人头，高官任做，骏马任骑，还要将公主嫁给他招他做驸马。可是，皇帝老子连说几遍，文武百官，王公大臣，你看我，我看你，没有一个人敢开声。天子一看，很不高兴，心想：养兵千日，用在一时，满朝文武，没有一个人能帮我的忙，还要这些文武百官做什么用？皇帝老子正在生气，这时，只见一条大黄狗，摇头摆尾，走到金銮殿上，对着天子"汪汪汪"叫个不停。天子好奇怪，就问："畜牲，莫非你能割下番王人头？"嘿，那黄狗竟然懂得人性，连着把头点了三下。天子一见，满心欢喜，就说："君无戏言，你能割下番王人头，我照样招你为驸马。"

　　黄狗很高兴，马上离开京城，来到番帮，一天到晚在番王住的门口转来转去。一天，番王出门，见到一条大黄狗，站在门外，对着他摇头摆尾，就像见到了主人一样，那黄狗长得油光水滑，很讨人喜欢。番王一见，非常高兴，就把它收留在王宫里。黄狗进了王宫后，事事随着番王的心意，很温驯。番王外出，它跟在车后；番王进宫，它蹲在身边；番王睡觉，它守在门口。不久，就成了番王的好朋友，一天到晚，寸步不离。番王觉得它比宫廷跟班的还要可靠。于是，夜里就留它在身边守卫。一天晚上，番王喝醉了酒，回到宫中，就倒在床上，人事不省。黄狗看看时机成熟，高兴得不得了，就轻轻上前，一口咬断了番王的喉管，又一口咬下了人头，衔在口中，偷偷溜了出来，一口气跑回中原，向皇帝老子报告。

　　皇帝老子见黄狗当真得到了番王人头，又欢喜又愁疙①，喜的是除掉了番王，天下可以安享太平；愁的是招个畜牲做驸马，

---

① 愁疙：即忧愁焦虑。

要惹天下人耻笑。这时，朝中有人献计，用一口金钟——那是天子的镇国之宝，将黄狗罩在金钟里，七天之内，就可以变成人形。天子一听，满心欢喜，连忙办，冇料想，皇后娘娘性子太急，才过五天，就叫人把金钟打开，想看个究竟。这时，黄狗下半身已变成人身，唯有头部还冇变成。皇后娘娘把金钟一开，狗头再也无法变化。天子无可奈何，只好把黄狗封为"狗头王"，将三公主嫁给他。"狗头王"狗头人身，自己也觉得不好意思，便带公主远远离开京城，到冇人烟的大山里去住。于是，畲民世世代代居住在山沟里。"狗头王"和公主生下三男一女，第一个男孩生下后，"狗头王"用一个竹篮将小孩装好，送到京城，请外公安个姓名，皇帝老子见婴儿装在篮子里，就让他姓"篮"。第二个男孩生下后，"狗头王"用盘子装好，又送到京城，天子就让他姓"盘"。第三个男孩出生时，正逢打雷下雨，天子就让他姓"雷"。第四个女儿长大后，嫁给钟姓人为妻。天子念着"狗头王"的功劳，也认作是他的后代。从此，畲族人便有篮、盘、雷、钟四姓，子孙代代相传，直到今天。

讲述者：雷思波　男　58岁　畲族　兴国县城岗乡农民　小学
采录者：潘毓祥　兴国县文化馆干部
　　　　　1985年9月采录于江西省兴国县雷思波家中

【附记】

盘瓠，即"槃瓠"。神话人物。民间传说中称为"龙犬"，亦有称为"龙麒"。畲民尊之为始祖。相传，盘瓠出生于帝喾高辛氏时期。据《山海经》卷十二《海内北经》载："大行伯东有犬封国。"郭璞注:"昔盘瓠杀戎王,高辛以美女妻之……是为狗封之国也。"犬图腾崇拜是我国古代众多图腾崇拜之一,据史料记载,畲族古称"畲民",自称"山客"。原是汉晋时期"南蛮"各族中的一支。自古以来,多居住在崇山峻岭之中,从事开山、捕猎、采集为主的农业生产。畲族重视盘瓠祖先崇拜,信奉鬼神。每个宗族有一根雕刻有龙头的祖杖,这是畲族图腾信仰的主要标志。

有关盘瓠的传说,东晋干宝《搜神记》(《汉魏丛书》本)卷三、《后汉书·南蛮西南夷列传》、唐樊绰《蛮书》卷十均有记载,但内容不尽相同。东汉以后,在汉族中推演为盘古的神话。民间传说中有多种异文。

三公主的传说[*]

一

很久很久以前,高辛王在世界中心建立了一个富饶的王国。在这个王国的森林里,有猎不尽的禽兽;江河里,有捕不完的鱼虾。高辛王是位贤明的君王,他和百姓一起渔猎,共吃同住,深得臣民爱戴。

---

[*] 蒋风、陈炜萍、陈华文编:《畲族民间故事选》(中国少数民族民间文学丛书·故事大系),上海:上海文艺出版社,1993年,第48—67页。

高辛王已有了两个公主,他很想再有一个王子。这一年,王后又怀孕啦,高辛王爬上封金山巅,对着金光灿烂的太阳大声说:"日神呵,你是光明的储仓,你是理想的总库,你是希望的王宫,你能以神奇的光催动万物生长,为什么不能赐给我个王子啊?"

突然,太阳抖了抖身子,放射出一道美丽的光圈,光圈落到封金山巅,化成一棵灵芝草。高辛王知道这是日神赐给的神物呵,于是连忙采摘下来,不顾阳光的灼热,飞跑下山,回到官里,煎成汤,叫王后饮服下去。

一月,二月,三月,一晃就快到十个月了,王后该临产啦,高辛王对他妻子说:"这回我们总该有个儿子啦!"

王后回答:"就怕生的还是个女儿!女儿也一样好呵!"

高辛王大声嚷道:"不会的,不会的,我一定要你给我生个王子,我再也不要公主!"

十个月过去啦,王后肚子一阵又一阵地剧痛,可就是生不下孩子来。高辛王见妻子不停地呻吟,难受极了,安慰妻子说:"如果孩子是天赐给人类的,天又为什么要人受这般痛苦呵?王后呵,昔日你生大公主时是那么顺利,这次一定生的是个王子呀!"

十一个月过去啦,王后肚子依然一阵又一阵地剧痛,可就是生不下孩子来。高辛王见妻子在床上辗转翻滚,心疼地说:"如果孩子生下来是属于大地的,大地又为什么要如此折磨生孩子的人?王后呵,昔日你生二公主是那样安全,这次生的一定是个王子呵!"

十二个月过去啦,王后肚子还是一阵又一阵地剧痛,可就是生不下孩子来。高辛王见妻子被痛苦折磨得不成人样,悲伤地说："天浩浩呵神力无边，地荡荡呵威力无穷，孩子是天地的组合呵，是夫妻的结晶，为什么还要女人受这般苦痛呢？难道这是公正的吗？如果我能得到个王子，就让千罪万罪降罚于我吧！"

十三个月又到了。一天夜里，高辛王看着被阵阵剧痛折磨的妻子，再也忍受不住啦。他摸黑跑出王宫，一口气爬到巍峨的封金山巅，对着银盘似的月亮，大声喊道："月神呵，你的脸庞像茶花一样美丽，你的心灵像画眉鸟一样善良，你的光辉像秋水一样柔和！你可知道，高辛的妻子也和你一样美丽善良呵！为了生个孩子，为什么要她受尽苦痛呢？我宁愿一辈子不要王子呵，只要她能平安，我再也不祈求什么啦！"

突然，月亮摇晃了一下身子，淅淅沥沥地从月宫里飘落一阵香雨，香雨刚停，高辛王脚下就开出了一朵晶莹的小白花，高辛王知道，这是月神赐给的神物呵！于是连忙俯身采摘下这朵小白花来，急匆匆地跑下山去，回到王宫，煎成汤，扶着王后饮服下去。

王后服下药汤，霎时长了精神，再也不痛苦呻吟啦，她对高辛王说："这下子我心里舒服呀！"于是就合上眼睛，睡着啦。

王后睡呀睡呀，足足睡了七天七夜。高辛王急得像热锅上的蚂蚁，连忙晨祭大地，夜祈苍天。

这是十月初的一个晚上，天寒风冷雨洒洒，高辛王正在焚香祈祷，突然宫里传来了"呱呱"的婴儿哭叫声，一个又白又胖的婴儿呱呱落地啦。这就是三公主呵，三公主是十四个月生下来的。

三公主出生的时候，封金山上日月同照，凤凰率领百鸟飞鸣，彩蝶飞舞，百花盛开。

高辛王见王后生的又是一个女儿，心头一阵难受。他紧蹙眉头说："唉，千祈万求盼又盼呵，还是生了个女儿！"

这时，那刚出生的三公主，却张开小嘴说起话来，她说："美丽的凤凰比矫健的雄鹰珍贵，勤劳的姑娘比懒惰的儿郎可爱，生女儿又有什么不好哩？古话不是说：'败子会倾家，好女能治国'吗！"

高辛王听了又惊又喜，双手抱起三公主，乐呵呵地说："呵哈呵哈，你是太阳光环的化身呵，你是月宫琼雨的精华！你的小脑袋从一出世就是个装满智慧的宝囊啊，你来到人间，大地一定将变得更美丽富饶！"

高辛王把三公主亲了又亲，然后将她抱还给王后，说："王后呵，这是个不凡的女孩子，要好好抚养呵，我再也不企求王子啦！"

二

欢乐日子嫌时短，不觉一年又一年，三公主长大成人啦。三公主改变了周围的一切。人们都说："自从有了三公主，天上她能织彩云，地间她能绣花锦，山为听歌倍放翠，水为照影更清澈，天上人间都改貌换颜啦！"

封金山上智慧花开千万朵呵，最有智慧的就是三公主。她从峹里挖来野菜，她从坡上采来山果；把野菜移栽在园子里，把果种埋在屋寮旁；又浇水又扶苗，使野菜鲜嫩，野果肥硕。

高辛国人个个勤劳能干，而最勤劳能干的就是三公主。她把猎来吃不掉的山禽野兽，圈地喂养起来。从此，人间鸡鸭满笼，牛羊成群。

三公主能听懂鸟音，云雀爱找她谈心，画眉常和她对歌。三公主学会了百鸟的歌声，她将它编成山歌，传给后人唱。

高辛王真喜爱三公主哩！高辛王说："昊天创世纪最美丽珍贵的是什么？那就是我的小女儿！大地造万物最美丽珍贵的是什么？那就是高辛的三公主！"

三

山鹰怕掉羽，英雄怕病魔。这一年，高辛王生了耳病，古话说："眼是五官门，耳是七窍囱。"耳疼连脑，脑昏连心，一天又一天，高辛王身子瘦弱下去啦。

高辛王一天一天瘦弱下去，王后多么忧愁呵！于是请来神巫，日祷神，夜驱鬼，忙了一年，可是高辛王的耳病还是不见好转。臣民们请来了名医，给他外敷药，内服汤，忙了一年，高辛王的耳病仍不见好转。

第三年，三公主见高辛王一天天瘦弱下去，她向高辛王哀求道："父王呵，你再也不要拒绝女儿来为你治病了！女儿虽然神道不如神巫通，可女儿爱父王的心像太阳那样热；女儿虽然医道不如名医精，可女儿爱父王的心就像月光那样明！女儿的心就是最好的药物呵，女儿愿把自己的心搓成粉末来治好父王的耳病！"

高辛王唉声叹气地说："我没有做过违天的事，苍天却来惩罚我；我没有做过逆地的事，大地却来怪罪我；如果把残害苍生的天灾地祸都施加给我，而让世界永远风调雨顺，我也心甘情愿！我的女儿呵，我的耳病看来是天命呀！天命不是人力所能挽回的，我再也无望啦！我将忍受折磨，咬紧牙关，让生命之火一天一天地熄灭下去！"

三公主听了很伤心，她大声说："灯火不亮要加松明，人生哪能靠天命来定？父王既然知道上天给你的惩罚是不公正的，为什么不能抗呵不能违？神丹不如药对症，女儿不信治不好父王的病！"

第一天，三公主在官墙外采来"野茄子"，煎成汤剂给高辛王饮服下去。第二天，三公主去旷野沟边找来"老鸦碗"，捣成烂泥敷在高辛王耳旁。第三天，三公主到山谷里的岩石上取来了"耳朵草"，榨出了油汁滴入高辛王耳中。第四天，三公主在溪边草丛中挖来了"八角莲"，把药根研成粉末涂抹在高辛王耳胀处。第五天，三公主爬上峭壁采来了"滴水珠"，研磨后加香油供高辛王止痛消肿。第六天，三公主上深山老林古树上采下了"龙鳞草"，煎汤冲酒给高辛王服用。第七天，三公主从石壁缝中采来了"铜皮铁骨"的花朵和鸡蛋一起煮透给高辛王吃。高辛王吃下药蛋儿，身体康复了。到了第八天，高辛王搓着耳朵大叫"痒呀痒呀"，三公主忙来轻轻地抚摸着，抚摸着。突然，从高辛王耳朵里爬出了一条金虫来。高辛王的耳病就全好啦。

高辛王耳朵里爬出的金虫背生五色，美丽可爱，三公主见了十分喜爱，就将它喂养起来。

金虫在雕花玉盘中吃睡，七天七夜之后，雕花玉盘已盛不下金虫啦，于是三公主就把它放进一只翠竹篮子里喂养起来。

又过了七天七夜，这天，"喀喇喇，喀喇喇"，雷声在天空响个不停，金虫在翠竹篮子里也不停地点头晃身，三公主见了就说："山坑留不住金鲤呵，竹篮盛不下神物。金虫呵金虫，你是宇宙里的神虫呵，小小的竹篮怎能成为你常居的地方？不要留恋喂养你的人吧！如果响雷是召你飞腾的鼓，你就快快飞腾吧！"

"略喇喇"天空又是一个响雷，金虫在翠竹篮子里一个翻跃，化成一条金龙，腾空飞上云霄，飞走啦！

三公主又欢喜又伤心。她抬头望望天空，天空除了几朵白云，再也没有金龙的影儿；她低头看看竹篮，哎哟哟，竹篮里还留有金虫化龙蜕下的五彩金壳衣哩。

四

在北方那荒芜的土地上有个番邦，番王就是那凶暴贪心的房王。房王不教导臣民渔猎和生产，却带着番兵到处掳掠。四邻的国家都受尽他的欺凌。房王见高辛国富裕，不由垂涎三尺；房王见高辛人幸福，不由眼冒火星，于是房王就带领人马前来攻打高辛王国啦！

高辛王组织起人马前去抵抗，可是挡不住房王的兵强马壮！许许多多将士都受伤啦，战死啦，最后被番兵团团围困在封金山。高辛王和臣民一道，筑墙垒石守卫着神圣的封金山。春去夏来，秋往冬至，番兵就是不肯退却。眼见高辛人战死的越来越多，食物又一天天减少。高辛王愁得饭吃不下，觉睡不着。

三公主看了伤心地说："封金山林木千万棵呵，不会找不上栋梁；高辛国百姓千千万呵，不会缺杀敌的猛将！父王呵，你为什么不张榜把勇士招募？你为什么不传旨把英雄召唤？"

高辛王听从了三公主的话，就贴出榜来。榜文上说：谁能杀了房王退去番兵，谁就可得到高辛国的宝库，并且可以娶公主为妻并继承王位。

文臣在榜文前，叹着气走了过去。

武官在榜文前，低着头走了过去。

榜文贴出三天没人揭。这时，房王带上番兵把封金山里三层外三层围得水泄不通，叫喊着要高辛王赶快投降，不然就要杀上封金山来。

高辛国的英雄呵，他们用砍刀割破胳膊，把点点鲜血洒在封金山上，人们决心宁可战死，决不投降。

高辛王已经三天不吃不喝啦，但他还是和臣民一道垒石守卫着封金山。

这天，三公主到林间采来野果送给高辛王吃，忽然天上"喀喇喇，喀喇喇"打起响雷来，抬头一望，只见云堆里有条金龙在忽闪忽闪地游荡，她就大声呼喊："金龙呵金龙，你是高辛王耳茸凝结成的神物呵，你怎么一离去就忘却了仁慈的君王？你是在玉盘竹篮里养大的金虫呵，你怎么一脱衣飞腾就忘却了故居？你可知道，今日高辛国百姓遭受战火浩劫，封金山受着番兵践踏围攻，高辛王在日夜哀伤，三公主也愁断了肠！"

大风呼呼地吹，松林哗啦啦响。忽然惊天动地一声"喀喇喇"，金龙飞出云层落在封金山上。金光一闪亮，金龙化为一只五彩斑斓的金麒麟，金麒麟前身一伏，后腿一蹬，箭一样飞腾到榜文前，用嘴一衔，揭下了榜文。

麒麟揭下榜文来见高辛王，高辛王说："房王的头盔箭射不透，房王的铁甲刀砍不进，房王有勇将千员和番兵十万，麒麟呵麒麟，你是世上的神兽呵，可你没有手张弓搭箭怎么能打退番兵？你没有手捏刀怎么能杀死房王？"

麒麟听了，一声吼叫地动山摇，身子一晃脚一蹬，凌空九丈高，踩着彩云驾上风，就向封金山下番营飞驰而去。

麒麟飞落在番营，房王见了好生欢喜，他对番将们说："驾凤凰可以游长空，得麒麟能够平天下。看呵，圣地封金山上的珍兽都投奔我房王来啦，这是天助我兴，天灭高辛呵！"

房王传令各番营，为了庆贺他得到珍贵的神兽，摆酒欢宴三天。

第一天，番兵喝闹着醉倒在山野中；第二天，番将们喝闹着醉倒在营帐里；第三天，房王喝闹着醉倒在酒桌上。这时，蜷伏在房王身旁的麒麟突然腾身跃起，把房王掀翻在地，一声吼叫，把房王的酒醉吓醒了一半。房王挣扎着正想从地上爬起，麒麟上去张嘴一咬，咬下了房王的头颅，然后腾云驾雾飞上封金山。

高辛王见麒麟咬下了房王的头颅，立即就带着臣民们从封金山上冲杀下来；醉醺醺的番兵番将，被杀得呼爹喊娘抱头鼠窜。不一会，他们便踏平了番营，打败了番兵。从此，番邦就再也不敢前来冒犯啦！

五

为了嘉奖杀敌的英雄神兽麒麟，这天封金山上披红戴绿，锣鼓喧天。可是，那只头戴红花、身披绿锦的麒麟，对着高辛王一直叫个不歇。高辛王心里明白呵，他叹着气说："麒麟呵麒麟，你是怪我言而无信么？你虽是珍贵的神物，可你总是兽呵，你怎么能和公主婚配？你又怎么能继承王位？"

高辛王叫大臣把麒麟牵到后园喂养起来，给它吃最好的食物,给它喝最鲜的果浆,麒麟不吃不喝,只是不停地哀鸣,渐渐地就病倒啦!

三公主见麒麟病倒,好生难受,就对高辛王说:"父王是一国之君呵,怎么能言行不一呢?如果麒麟哀鸣着死去,高辛国一定会因为他的国王无信而再受浩劫的呵!"

高辛王伤心地说道:"聪明的女儿呵,我一生没做过违心的事,可是麒麟是兽类呵,你叫我怎么履行诺言呵!"

三公主说道:"麒麟从金龙变化而来,金龙从金虫变化而来,金虫从父王的耳中产生出来,世上的万物都在不停地变化的呵,更何况它是善于变化的神物。父王呵,快把麒麟罩到封金山神庙那金钟里去吧,罩上七天七夜,麒麟就能变成人的呵!"

高辛王听从了三公主的话,亲自把麒麟护送到神庙中,罩在大殿的金钟里。

一天、两天、三天、四天、五天、六天,到了第六天夜里,善良的王后再也忍受不住啦,王后心想,把麒麟罩在密不通风的金钟里,还能变成人吗?她急急忙忙赶到神庙的大殿上,叫人揭开金钟一看,哎哟哟,麒麟果然已变化成为壮壮实实的小伙子啦!可是,才六天六夜,头还没变化哩,还是个龙头呵!金钟揭开露了光,就再也没法变化啦!于是就成了个龙头人身的了,因为这个龙头人身的小伙子,是金龙变成麒麟,麒麟又变化成人的,人们就叫他为龙麒。

高辛王要把大公主嫁给龙麒。龙麒说:"大公主美丽得像朵牡丹花呵,牡丹就要凤凰相配;龙麒不是凤凰呵,龙麒不能娶大公主!"

高辛王要把二公主嫁给龙麒。龙麒说:"二公主柔和得像棵杨柳呵，杨柳就要燕子相配；龙麒不是燕子呵，龙麒不能娶二公主！"

高辛王问："松明不添火不旺，心事不露难明白，龙麒呵龙麒，难道你心里想的是我三女儿？"

龙麒回答："是呵是呵，天上星星恋月亮，地上枯草盼春风；龙麒爱着三公主，只愿和三公主配成双。"

高辛王说："三公主是高辛国的宝石呵，是封金山的明珠，世上最有智慧的人才能得到她。龙麒呵龙麒，你虽然勇敢无敌，但你缺乏智慧呵！"

龙麒说："大树不能栽在空中，智慧不能挂在口上。要说高辛王是世上最有智慧的人，龙麒就有从高辛王身上带来智慧囊。"

高辛王听了大笑着说道："那好那好，明天就让你在大家面前解一解智慧囊吧！"

第二天，高辛王把龙麒叫到封金山巅大树林里，树林里聚集着的人已水泄不通，高辛王对龙麒说道："古话说：'姻缘由天定，强求不成亲'，龙麒呵龙麒，这里有九十九棵大树呵，棵棵空心能藏人；三位公主藏在三棵大树里，其他九十六棵是空的；你找吧，找着哪位公主娶哪位，找不着只能怨你自己没缘分。"

龙麒听了，这好难呵！他想呀想的，忽然见一只啄木鸟，"笃笃笃""的的的"地从这株到那棵，在啄敲着树木，一会啄开一个小腐洞，把小虫从洞里啄了出来。龙麒从啄木鸟那里受到启示，从身上拔出砍刀，绕着大树用刀背一棵又一棵地敲呀敲的；九十九棵大树都敲过了，然后龙麒指着其中三棵大树说："这三棵大树是哪年修来的命？三位金枝玉叶的公主就藏在它们肚皮里！"

高辛王惊讶极了，急忙问："是呵是呵，龙麒呀，难道你有神耳能听远处的心跳？"

龙麒回答："没有呀！"

高辛王又问："难道你长慧眼能把树木看穿？"

龙麒回答："没有呀！"

高辛王又问："难道你会卜卦点算？善知过去和未来？"

龙麒回答："我不会卜卦点算，我不会卜封点算！"

高辛王说："那你怎么能从九十九棵大树中，这样准确地把三位公主藏身的三棵树报出来？"

龙麒用手指着啄木鸟说："是它指点我的呵！啄木鸟用嘴敲树干就可以找出虫儿来，实心树干和蛀空的地方声音听起来不一样；我敲击树干的道理也在这里，树洞里藏着人和不藏人听起来声音是不一样的。"

高辛王连连点头说："聪明不靠天生，智慧随时可捡。龙麒既然找着了这三棵藏着公主的大树，那就从中选一个做你的妻子吧！"

龙麒在三棵大树前转了一圈，但见其中有棵大树旁的小草丛里插有一根山楂枝；枝头上有三棵山楂，这枝山楂谁也不会注意它，可龙麒知道，这山楂是过去三公主天天采来喂养他的食物。这分明是三公主的暗示呵。抬头看去，大树叶丛里还挂着他化金龙飞腾时留下的小小的金虫壳衣哩！哎哟哟，这树中不是三公主还有谁呵？于是龙麒就对高辛王说道："翅膀可以助鸟儿高飞，爱情能够给人以智慧。龙麒爱着三公主呵，红线紧牵着我和她的心。尊敬的高辛王呵，快拿掉遮树洞的东西吧，龙麒知道三公主就在这棵大树里！"

高辛王叫人把遮挡物拿掉，从树洞里出来的果然是三公主呵！

龙麒跟三公主婚配啦。成亲这天，高辛国万民欢庆，封金山百鸟齐鸣；锣鼓喧天，山歌嘹亮！

六

公主和龙麒成亲以后，先后生下三个男孩和一个女儿。这时，世界上的"百家姓"都被人们用完啦，孩子没有姓呵，于是三公主就请高辛王赐姓。

大儿子是第二年春天生的，生下时就用过去喂养金虫的那只雕花玉盘盛着，高辛王见了红嫩嫩的外孙，乐呵呵地说："孩子比玉盘还美，玉盘比春天还美，这孩子就姓'盘'吧！"

二儿子是第三年秋天生下来的，生下时就用过去喂养金虫的那只翠竹篮子盛着，高辛王见了白胖胖的外孙，喜滋滋地说道："秋天天蓝地绿水清清呵，篮子里的孩子眉清目秀好美丽，这孩子就姓'蓝'吧！"

第四年夏天，天上"喀喇喇""喀喇喇"打着响雷，这时，三公主生下了第三个孩子。高辛王见到壮实的外孙，笑眯眯地说："雨过万山青呵，雷响万物盛。孩子呵孩子，过去你父亲在雷声中化龙飞腾，现在你又在雷声中降生大地，你将来一定是个能干的人呵，你就姓'雷'吧！"

第五年冬天，天寒地冻，草木凋零，这时，三公主的第四个孩子出生啦，第四个孩子是女儿。女儿坠地恰巧远处传来"咚咚咚"的钟声，高辛王抱起小外孙女亲了又亲地说："钟声能驱走冬夜呵，钟声可迎来新春；孩子呵孩子，你就姓'钟'吧！"

岩羊爱角逐，孩子爱打闹。每当孩子闹架时；三公主就把他们叫到身旁，对他们说道："盘、蓝、雷、钟四姓人，都是龙麒一脉亲，姓是高辛王赐的，千秋万代要齐心。"

杜鹃花春里开，山楂果秋里红。一年又一年，高辛国富裕啦，封金山人口更多啦。这天，三公主和龙麒来见高辛王，三公主说道："成熟的瓜要落蒂，长高的树要分丫。父王呵，你的外孙都长大成人啦，为了给子孙创业就不能老守在封金山上啦。女儿今天是来告别的呵！"

高辛王伤心地说："彩云一飘就不返还，流水一淌就永不归。封金山是圣地呵，离开封金山你们将生活在哪里？"

龙麒说："岭南潮州凤凰山呵，那是龙麒过去常去栖宿的地方，那里清泉汩汩花草茂呵，那里林木遮天禽兽多；那就是我们要去的地方。"

高辛王一手拉住龙麒，一手拉住三公主，唉声叹气地说道："你是高辛国平番的功臣呵，你是高辛我心爱的女儿，我原指望你们继承王业掌管国土，可是，搭上弓就该射箭，骑上马就该向前，我知道你们说出话来就像泼出的水，你们决心要去，那就去吧。可是，你们不能空着手离开，高辛国王宫中有六座宝库，今日要为你们全部打开，让你们拣一库去。"

第一库是金库，黄澄澄的金子垛连垛；第二库是银库，白花花的银子垛连垛；第三库是铜库，亮晶晶的紫铜垛连垛；第四库是铁库，黑黝黝的青铁垛连垛；第五库是锡库，明晃晃的白锡垛连垛；第六库是珠宝库，明珠、碧玉、红玛瑙要比花草多，奇光闪耀刺得人们难睁目。三公主和龙麒不爱金不爱银，不爱珍珠和宝贝，拣上了第四库。

高辛王说："这是一库神奇的青铁呵，战争时它能助勇士惩罚敌人，和平时它能帮人们耕种土地，你们既然喜爱这一库，那就赐给你们吧！"

高辛王把第四库赐给了龙麒，龙麒和三公主取出块块青铁，用青铁打成一把把锋利的砍刀，挂到腰上，准备离开封金山啦。

三公主他们要走啦，画眉鸟好哀伤！画眉鸟从冈上叼来油茶果，送给三公主。让他们带到凤凰山去播种，要凤凰山也像封金山一样油茶满山冈，当他们品尝到郁香的茶油时，就会永远怀念封金山。

三公主他们要走啦，花松鼠好哀伤！花松鼠从山巅衔来了松果蛋，送给三公主。让他们带到凤凰山去播种，要凤凰山也像封金山一样松林参天，当他们看到巍巍的苍松时，就会永远怀念封金山。

三公主他们要走啦，小蚂蚁也哀伤呵！小蚂蚁从岙下抬来节竹鞭，送给三公主。让他们带到凤凰山去栽培，要凤凰山也像封金山一样长遍翠竹，要他们见到葱郁的竹林和吃到鲜美的春笋时，就会永远怀念封金山。

三公主和龙麒带着儿女来向高辛王和王后告别，高辛王和王后好悲伤呵！高辛王说："封金山人勤劳又智慧呵，高辛的三女儿就是封金山的化身；高辛国勇士千万个呵，千万勇士都把龙麒爱戴；你们是应该得到最高嘉奖的呵，可是任何嘉奖都不能表达高辛王和全体臣民对你们的崇敬。王后呵，快把那传世的凤冠取出来吧，让我亲自为女儿戴在头上。"

王后打开了宝箱，把凤冠取了出来。凤冠是纯金制成的，当中嵌了颗红宝石，旁边插了一束异光闪耀的珍珠花，珍珠花束下飞飘着红彤彤的丝丝！高辛王接过凤冠，俯身戴到了公主的头上。高辛王对三公主说："凤冠是高辛国的国宝呵，只有你才配得到它；让这顶凤冠在你的子孙中代代相传吧，你们的子孙永远是高辛王御封过的高贵民族！"

三公主夫妇跟儿女一道谢过高辛王和王后，终于离开了封金山。他们跋山涉水向岭南潮州凤凰山走去。

七

三公主一家来到凤凰山，凤凰山上百花齐放。彩蝶从五岭赶来聚在凤凰山下飞舞，凤凰率百鸟从云端飞来迎接三公主一家。

三公主一家来到凤凰山，凤凰山上闹洋洋，猴子捋来苇草，白象运来树木，幢幢新寮转眼盖了起来。

凤凰山上好田垟呵，开山辟地种谷粮，孔雀从南方衔来了金灿灿的稻种，大雁从北方捎来了黄澄澄的麦种，云雀从西边送来了香喷喷的粟种，大鹏从东边衔来了圆溜溜的豆种，三公主和龙麒带着儿女日夜勤劳耕作忙，凤凰山上季季丰收庄稼香。

凤凰山上好田垟呵，辟出垅田开山冈，封金山带来的松子出苗壮，封金山带来的竹鞭长竹笋，封金山带来的油茶满坡生。三公主和龙麒带着儿女风里雨里不停歇，凤凰山上山歌闹得人心欢。凤凰山从此富饶又美丽。

凤凰山富饶啦，土皇眼红啦。

土皇说凤凰山是他的领地，要龙麒交出凤凰山。龙麒不理睬，土皇就带着人马攻打凤凰山。

龙麒带人用砍刀砍死了许多敌人,用弓箭射死了许多敌人。土皇人马多,龙麒就带着大家退到凤凰岭上,砍来树木搬来山石坚守着。

土皇带着官兵冲上山来,第一次被岭上的滚木打得呼爹又喊娘,死的死来伤的伤;第二次被礌石打得屁滚又尿流,土皇的官兵又死伤了许多。土皇放火烧山。龙麒忙带大家去灭火。土皇又呼叫官兵"嗖嗖嗖,嗖嗖嗖"地放起箭来。龙麒受伤了,好多人都受伤啦!土皇的箭头是浸过蛇毒的呵,龙麒他们都中毒昏迷啦!

三公主好忧愁呵!她知道只有封金山巅的九头狮子草才能解去蛇毒,为了救治龙麒,她必须赶快去封金山采药。

三公主要走啦,她走了七步又返回凤凰岭,她对大家说:要守住凤凰山必须有许多强弓利箭,而我们的箭已经射完了呀!不过不用担心呵,只要如此这般,就可得到好多好多的箭啦。

三公主告诉大家,她两天两夜就要从封金山回来的,无论如何也要坚守两天两夜。

三公主爬上凤凰山巅,高声叫喊:"凤凰凤凰,快带我去封金山吧!"

一只色彩缤纷的金凤凰从高大的青松上飞落下来,三公主急忙跃到它的背上,于是金凤凰就张开双翅,腾云穿雾地向封金山飞去。

这天,天刚放亮,土皇带起官兵就要攻山,突然发现漫山遍岭都站着畲民,个个英武,头戴尖笠,手捏砍刀,好像就要往山下冲杀,这么多的畲民是从哪里冒出来的啊?土皇心里好害怕,于是就叫官兵们赶快射箭,箭越射,岭上的喊声越响,官兵们吓得失魂落魄,土皇吓得心底发毛,急忙把人马撤到凤凰岭下。

这天夜里,天黑如墨,土皇正在营房睡觉,突然被凤凰岭上响起的紧锣密鼓震醒啦!出来看,哎哟哟,满山遍冈都游动着火把,闪耀的火光中只见许多人马来回巡游,土皇疑是畲民请来了神兵,吓得连连叩头念经,连夜把人马又从凤凰岭下后撤三里。

原来凤凰岭上并无神兵,这是人们按照三公主的计谋,把点燃的火把扎在羊角上,让猴子敲锣打鼓来回赶着羊群,用来吓唬土皇和他的官兵的。

土皇和他的官兵被吓唬了两天两夜,白天胆战心惊耗去许多利箭,黑夜心惊肉跳不敢睡眠。后来,探子探明了虚实,上报土皇,说满山站立的不是畲民是树桩,夜里巡游的不是神兵是猴子和山羊;那勇敢的龙麒和许多畲民已中了毒箭,三公主出去还没回来。土皇听了又气恼又欢喜,于是就率领人马发疯似的向凤凰岭上攻打。

这时,三公主骑着金凤凰从封金山采药赶飞回来了。三公主和大家一起用弓箭射退了官兵,然后就把九头狮子草煎成汤汁,冲上米酒给龙麒他们灌服下去。龙麒他们服下了汤药,毒去、肿退、胀消,一个个都醒了过来。龙麒醒来后就要带人马下山和土皇拼个你死我活,三公主忙阻拦道:"打豺狼不能赤手空拳,斗顽敌不能猛冲蛮干。土皇兵多将广,你冲下去正是虎落平阳被犬欺呵!我们也不能死守在凤凰山上,我们要解开智慧囊,打开计谋箱,用奇兵去战胜强敌。"

三公主终于想出了战胜土皇的妙计。三公主唤来了许多穿山甲,要穿山甲相助穿通一个山洞,她叫龙麒带着勇敢的男人们从山洞里爬出去,偷偷潜到土皇后面去袭击;她又叫妇女们牵来许多牛羊,砍来许多松明,把松明缚在牛羊的尾巴上,然后等到天黑如此这般去袭击敌人。

这天月黑风大,土皇睡在营帐里正做着已占领凤凰山的美梦哩!突然被团团火光和哭叫声惊醒,急忙跑出营帐。哎哟哟,只见漫山遍野都是冒着火焰的牛羊,向营帐冲踏过来;官兵们一个个抱头鼠窜,争相逃命,结果被发怒了的牛羊践踏得死的死伤的伤;整个营房都被火牛火羊点燃起来,烧成一片火海。土皇惊呼道:"哎哟哎哟,三公主从天上召来神兽啦,快逃命啊!"

官兵跟着土皇仓皇逃跑。这时,三公主带着妇女们从凤凰山上冲杀下来;龙麒带着男人们从凤凰山下围抄过来;直杀得土皇的官兵落花流水。土皇自己也措手不及,被龙麒一刀砍翻在地上。

土皇被砍死啦,官兵被杀败啦。从此,凤凰山又恢复了和平,再也没有人敢来侵犯凤凰山啦。

八

土皇被砍死啦,官兵被杀败啦,凤凰山的人们又能唱着山歌,过着欢乐的耕种生活啦。

这天,龙麒正在铲山,看见有两只岩羊在陡险的峭壁悬崖上角斗,眼看那只小岩羊就要被逐下崖去,龙麒急忙去救护,不料他脚一滑,从岩上摔了下去,昏死过去了,好久好久,才醒过来,龙麒对三公主说:"水流千里归大海呵,龙游四方要飞天。三公主呵三公主,龙麒就要离开你啦。龙麒一离去,官兵就会来侵占凤凰山的,你们快快离开吧,跟随着凤凰山的报晓鸡走吧,报晓鸡一离开凤凰山,它就不再啼鸣,报晓鸡重鸣的地方,就是你们定居的地方呵！"说完，龙麒就瞑目长眠在凤凰山上啦。

三公主和大家刨土垒石埋葬了龙麒，然后按照龙麒的叮嘱，抱起报晓鸡，率领着人们含泪离开了凤凰山，爬山越岭向着远方走去。

走呀走，走呀走，三公主率领人们从广东潮州凤凰山翻越五岭，进入了福建，过了漳州、安溪和仙游，来到了莆田；又从莆田涉水翻山到连江，到罗源，千辛万苦又过宁德到福安。一路走着一路开山辟地耕种，可是，开的田差无粮吃，开的田好官来争。哪里才是重新定居的地方呵？报晓鸡就是不见啼鸣！最后，人们跟着三公主从寿宁过深谷攀陡峰来到浙江景宁三都地方的一块大山岙里。三公主率领大家在这里披荆斩棘，开山辟田。

一天夜里，天上仙乐高奏，大地万里飘香。三公主突然叫醒了人们，对着大家说道："天宫仙乐紧催呵，地上神风送回还。我本是宇宙之神呵，今日就要回到天上去啦！我离开你们后，你们千万要勤俭耕种，把山山水水都打扮得跟圣地封金山那样美丽，开辟得同祖籍凤凰山那么富饶。要牢牢记住：盘、蓝、雷、钟一家亲，世代和睦莫相争；千枝万叶出一处呵，同是高辛一脉承。"

说着，天上仙乐欢鸣，大地金光万道。三公主踏着彩云冉冉升天啦。

三公主踏着彩云飞上天空啦！那顶美丽堂皇的神圣凤冠就留在人间，这是三公主留给子孙的无价之宝呵，畲族妇女就一代一代把它戴在头上。

搜集整理者：唐宗龙
流传地区：浙江丽水

亢金龙[*]

高辛王管天下时,手下有一百二十名将军,亢金龙是第一百一十九名。讲起亢金龙,他是星宿落凡间,本事非凡呐。

有一年,番邦作乱,没人敢去攻打,亢金龙就对高辛王讲,他不用一兵一卒,能平定番邦。高辛王准奏,亢金龙就扮作平民百姓,单身去打探。

当他来到番邦的一个饭店门口,见墙上贴着一张榜文,榜文上讲番王头颈骨烂起,百医不好,谁人若医得好,要官有官,要银有银,江山也可以对半分。亢金龙看了,心想,这正好混入番王殿,就走上前去,一手撕落榜文。

亢金龙扮起医药先生,为番王看病。番王问他好不好医?他讲这病便当,只用半个月就会全好,不过要出外拔草药,守门将士不准阻拦。番王听讲半个月就可医好,可比落难遇着救星,随即传令各处官兵,不准阻拦先生。

番王的头颈骨烂起,土名叫生"对口痈"。痈的位置正对准嘴巴,若不识这毒症,会越烂越深,脓水流,流烂到死。讲这病

---

[*] 《中国民间文学集成·浙江省温州市文成县畲族卷》,内部资料,1988年,第18—19页。另以《亢金龙下凡》为题收入浙江省少数民族志编纂委员会编《浙江省少数民族志》,北京:方志出版社,1999年,第272—273页,内容基本一致。

好医，是真的，只要用盛饭的咸草包烧作灰，拌清油一抹，七八日就好收疤。亢金龙却不会用这单方，只是去外面拔来"抽脓白"①敷敷，抽抽脓，止止痛。古话讲，"痛苦痛苦，痛了人就觉得苦"。番王敷药止了痛，就格外器重他，比待亲爹还要敬重，日日摆起大桌的酒筵请他吃，两人对饮。

这一天，番王酒吃过度，醉了，倒在床上，死猪一样。亢金龙趁这机会，摸出随身带的利剑崽，不费一点力气，割落番王头，大摇大行出宫殿，直往中原来。

高辛王看过血滴滴的番王头，横夸直夸亢金龙了不起，就把第三个女崽配给他做妻房。后来养来三个崽，一个女，分姓盘、蓝、雷、钟四姓，自称山哈②人。亢金龙与三公主就是山哈这一族人的祖公头。

讲述者：雷西可
记录整理者：雷德宽
1988年3月25日采录于浙江省文成县各地畲村

---

① 抽脓白：草药名。
② 山哈：畲族自称。

盘瓠的传说[*]

天上玉皇大帝命龙皇到凡间去降妖，龙皇变作金虫钻入高辛皇帝的皇后耳朵内，皇后耳痛三年整，求医吃药都无用，后来"御医"在皇后耳朵内挖出条三寸长的金虫，放在金盘里，三天三夜就长大，浑身五彩斑纹，高辛称之为"盘瓠"，最后一直长到身长一丈二尺，能在地上走，能在水里游。能在天上飞，能大能小，高辛很喜欢，赐名"龙王"（亦称麒麟、金龙）。

有一年，番王领兵包围了高辛皇，高辛皇贴出皇榜："谁能杀掉番王，谁就能娶得我的公主。"龙王听到消息，即去揭下皇榜，含在口里，到高辛皇那边去请旨出征。

龙王变化成麒麟，在海上行了七日七夜，来到番营，而番王见到珍贵的麒麟，很喜欢，以为麒麟来了他就会吉祥，就将得到胜利，于是，就大摆酒席庆贺，并把麒麟留在身边。

龙王在那里，殷勤服侍番王。番王很高兴。摆酒款待龙王。令满朝文武百官一齐陪宴三天，文武百官和番王都吃得酩酊大醉。文武百官散席离去后，龙王咬下番王的头，缚在背上。从原路返回。回到高辛皇身边。把番王的头首交给皇上。

番兵打败后，龙王求高辛皇帝实现皇榜诺言，将三公主许配

---

[*] 水亭圣山畲族乡文化志编纂委员会编：《水亭圣山畲族乡文化志》，内部资料，1988年，第94—96页。

给他成婚，此时，高辛皇犯愁了。人怎能和龙结婚呢？三公主是极聪明贤德的人，知道父皇为自己为难，即对父皇说："皇帝说话像座山：风吹不动，雨打不动。皇帝要守信用，你怎么为了疼惜女儿，而使天下人都怨你无信呢？要知道：皇帝说话人们不相信，那就什么都将失去，女儿愿意嫁给龙王。"听了女儿一席话，高辛皇帝只得答应了。

龙王对高辛皇帝说：把他罩在金钟下，关七天七夜就会变成人，于是，高辛皇帝把龙王罩在金钟下。就这样龙王变成了人，并和三公主结婚。

婚后，龙王生了三个儿子，一个女儿。高辛皇帝赐予三个儿子三个姓，盘、蓝、雷。老大盘自能，老二蓝光辉，老三雷巨佑，女儿招状元为驸马，女婿赐姓钟。老大盘自能不知去向，相传已下南洋。因此。本民族现只有蓝、雷、钟三姓。

讲述者：雷树品　浙江金华兰溪市水亭畲族乡奎塘坂村
搜集整理者：周跃先

"祭祖舞"的由来*

龙王和三公主结婚后,高辛皇帝要封他做官,龙王不受。最后,高辛交给他六把金钥匙,叫他自己去拣六个库内的金银财宝,龙王唯独打开第四库,搬出黑铁来,打锄头,造柴刀,带领孩子,来到了没有税纳的荒山(凤凰山)去开山垦地种谷粮。

龙王拿起锄头去开荒、种粮,种起粮食都满仓。有时空闲,就拿起刀枪去打猎,豺狼虎豹不知被他打死多少。

有一次打猎,龙王被一只野山羊撞死了,尸体从高山上摔下,挂在石壁树权上。家中人找了三天才找到龙王,见他的尸体被挂在万丈高崖石壁树权上,取又取不下来,家中人就用各种工具敲打驱赶鸟兽。后来子子孙孙都跪下,天仙帮助放落下来。家中人悲痛不已,取回尸体,设立灵堂,在灵堂前拿各种工具(弓、角、刀、铃)边哭边舞。意为在驱赶野兽及妖魔鬼怪不能再伤害龙王,也不能再啄龙王的肉。就这样,以祭祖的形式形成了现在的畲族民间舞蹈"祭祖舞"。

讲述者:雷长株　浙江金华兰溪市水亭畲族乡奎塘坂村
搜集整理者:周跃先

---

* 水亭圣山畲族乡文化志编纂委员会编:《水亭圣山畲族乡文化志》,内部资料,1988年,第96—97页。

盘瓠出世*

我们这族人的祖宗盘瓠,就出在高辛皇帝那时节。

当时,高辛皇帝与刘宫女在百花亭吃酒。忽间,天边皓了一下,一颗流星火龙闪闪地溜落来,映得地下雪银丝白。这颗流星,从远到近,闪进百花亭,可比一个银圈,在刘宫女的腰腹间旋了三圈,不见了。

过了十个月,刘宫女养崽了,皇帝快活呀,就叫洗崽娘端来金盘接生。"哇"的一声,一个白白壮壮的姆崽落金盘。洗崽娘把洗停当,温在刘宫女身边。

到了第七日,刘宫女把姆崽揽来吃奶,这姆崽只一滚,原旧翻落床中,双脚一伸,双手一划,就变成一个八尺长的大人,一骨碌坐起来,叫了一句"阿娘"。

刘宫女吓了一跳:

"啊,你怎么成大人了?"

"阿娘,我是'天生崽',是太白金星放我落凡投胎的,名叫亢金龙,是二十八星宿里的一位,特来相帮保江山。"

刘宫女听了这番话,才明白那日百花亭吃酒遇到的那回事,就对皇帝讲明。皇帝勿信,掀起罗帐一看,这天生崽一声"阿

---

* 文成县畲族民间文学集成编委会编:《中国民间文学集成·浙江省温州市文成县畲族卷》,内部资料,1988年,第16—17页。

爹",叫了起来,溜落地板坪,跪在高辛帝面前不起来,要阿爹给他取名字。皇帝笑了笑,连连称赞他聪明伶俐。暗忖这姆崽生落是用金盘接的,又是天星落凡,百花亭吃酒时,毫光白花花好比金瓠草,只七日就成了大人。不禁脱口说:"你就叫盘瓠吧。"

这天生崽回了一句"好名",站起来向两个大人一一作揖,去了。

后来,盘瓠平番有功,三公主自愿配他,做了公婆,养了三个崽、一个女,一人一姓:盘、蓝、雷、钟,旺出崽孙千千万。

讲述者:雷岳仁　男　76 岁　畲族
记录者:雷本宽　47 岁　畲族　文成县粮食局干部　中专
　　　　钟邑锋　22 岁　畲族　浙江温州文成县民族事
　　　　务科工作人员　中专
整理者:雷德宽
　　　　1987 年 7 月 12 日采录于浙江省温州市文成县大峃区
　　　　新东乡抬司岭

柴片舞的由来*

先祖盘瓠和三公主带着崽孙,来到广东潮州,刀耕火种,自作自食。

潮州山场阔,野兽多,种落的山薯、老粟、黍禾……常被糟蹋,盘瓠领全家上山作息,都得带刀背杖。

有一日,盘瓠上山打猎,行过山山岭岭,却打不到一头野猪、山羊、狐狸崽。天快黑了,盘瓠正想回来,忽听"哞"的一声,他就隐起来,东看西看,发现对面的石壁头,有一只山羊。他马上把上好火药的猎铳对准它,"轰"的一铳。真准,铳响羊倒,赶紧来到石壁顶,用脚踢了几踢,见是头山羊娘。他正想弯身背起,不料后面冲出一头山羊牯,朝他的屎窟臀① 用力抵来。一下不防,被它从几十丈高的石壁上抵落来,身尸搁在石壁当中的一蓬野柴上。

天黑了,三公主不见盘瓠回转,慌了,忙叫崽孙上山去寻,整整寻了一夜没寻着。

寻不着就不歇,崽孙们寻呀寻,寻到石壁脚,只见成群的老鸦在石壁上空盘旋,"哇——哇——"叫勿停。大家抬头一看,

---

* 文成县畲族民间文学集成编委会编:《中国民间文学集成·浙江省温州市文成县畲族卷》,内部资料,1988年,第20—22页。

① 屎窟臀:畲语,屁股。

不好,祖公横在石壁的野柴蓬里,拼命叫,他也不应。大家晓得祖公跌死了,这些老鸦正想吃他的身尸哩!

三公主心痛得不得了,哭得半死半活。崽孙们一时都没了主意:石壁来得高,上面走勿落,下面爬勿上,若不把尸身放落,就会被老鸦、鸢、过树鼠^①吃掉,怎么办呢?大家只得用喉咙拼命咋^②,好把它们吓吓逃。

第二日,大家都叫得哑腔了,三公主就叫崽孙改用金锣敲。锣声比人咋好得多,老鸦、鸢……听见锣声,只得远远飞,不敢伏落来。

天又黑了,崽孙们两日两夜未困,熬勿牢了。守在石壁脚的人,到了下半夜,都不知不觉困去了。山下有个本地人,平日小偷小摸惯了,这时,趁大家困着,把这面大金锣偷去卖了。

第三日天皓,众人醒来,才晓得金锣被偷。没法,就拿来烧火的柴爿"劈劈啪啪"地敲起来,边敲边咋,拼死守住祖公的尸身。

守丧的人来得多,饭就放石壁脚煮,用镬烧来不够吃,就背来大饭甑炊饭。到了晚间申时,又准备炊饭了,柴爿火烧得猛,火气、水汽往上冲,石壁当中的那蓬野柴,叶烤焦了,柴梗也焙软了。凑巧,这时乌云滚滚,天要落雨了,一阵龙风吹来,祖公的尸身连山羊一起跌了落来。

众人把盘瓠尸身扛到寮里,殡殓落材,男男女女着起苎布衫,敲起欓爿,唱起山歌,为他做功德,在棺材头旋来旋去,比

---

① 过树鼠:松鼠。
② 咋:叫喊。

手比跳起来：

"柴呀柴，柴声呵，柴声呵起守孝郎，
柴呀柴，柴声呵，柴声呵起守丧郎，
柴呀柴，柴声呵，柴声呵起鼓手郎，
柴呀柴，柴声呵，柴声呵起少年郎。
柴爿当鼓又代锣，身着白衫随泥拖，
眼泪点点心头落，为祖做孝唱哀歌。
柴爿敲起响连天，孝男孝女都没闲，
候等功德做完满，把你葬上凤凰山。
……"

如今我们山哈人，凡是老人过辈，就用饭甑炊饭，分给崽孙、叔伯、亲眷吃，名叫"崽孙饭"；柴爿唱歌跳舞，也就盛行了，名叫"做少年"，也叫"山哈功德"。过去男女不能进学堂读书，从这时开始，不论做什么红白喜事，都用唱山歌的方式表达，用歌代话，用歌代字。

讲述者：雷本楷　77岁　畲族　初小
　　　　钟旭光　47岁　畲族　文成县民族事务科干部　中专
记录者：周文锋　33岁　汉族　文成县文化馆干部　中专
整理者：雷德宽
　　　　1987年7月15日采录于浙江省文成县石样林场和双桂乡周山下村

三公主的凤凰装[*]

远古的时候,高辛王膝下有三个公主,三个公主一个比一个漂亮。这一年,有一个叫盘瓠的壮后生应王榜诏示,打败了番军,还提着番王的人头到朝廷,要高辛王兑现诺言,把三公主嫁他为妻。

可是,高辛王最钟爱三公主,他把三公主视为珍宝,珍宝当然要留在身边,不愿赐予外人。于是,他摆出帝王的权威,对盘瓠说:"盘瓠啊,你英勇杀敌,大胜而归,我现敕封你为忠勇王。我看你奇人天相,我的大公主高贵典雅,你就与大公主成亲吧。"

盘瓠听了摇摇头,说道:"星星和月亮在一起,树林和大山在一起,我要和三公主在一起。"

高辛王还是不愿意把三公主嫁给他。想了想说:"盘瓠,你身强力壮,英雄剽悍,我的二公主善骑弓射,百里挑一。你俩一身英武,正好般配,我把二公主嫁你为妻吧。"

盘瓠连连摇头,大声说道:"天地之合,才有山川河流,龙凤和鸣,才有高贵物源,大王呵,我与三公主是天生一双地设一对,您在王榜上就写得很清楚啦!"

高辛王闻言默默无语。这时,王后出来说话了,她说:"大王,石头掷出不转头,君王说话要作数。既然在王榜上已说定是

---

[*] 张世元主编:《金华畲族》,北京:线装书局,2009年,第118—122页。

三公主，那现在就为他们张罗洞房吧。"

"慢着慢着！"高辛王仍摆手阻拦道："姻缘是天定，承诺是人定。我要试试盘瓠与三公主是否有缘分，有缘可成亲，无缘则承诺作废。这样吧，城东门外山坡里有片树林子，明天，我把三位公主都藏在林子里的几株空心大树肚子里。盘瓠呵，你找到哪一株认定是谁，她就是你的妻子了。"

第二天，盘瓠来到树林子里，看到密匝匝一株株参天大树，华盖遮日，暗茫茫亮光难透。要在这丛林的树肚里找着三公主，难呐！

盘瓠挥砍刀劈茅草斩荆棘，寻找三公主藏身的大肚树。他里三圈、外三圈来回搜寻，终于找到了三位公主藏身的大树。可是，三公主藏在哪一株树肚里呢？盘瓠犯难啦！盘瓠思忖：俗话说有缘心灵通，我和三公主既有缘分，天当相助结公婆。于是，他就唱起高亢悠扬的情歌，边唱边挥砍刀去敲击那三株可以供人藏身的大肚树。

盘瓠用砍刀敲击第一株大肚树，侧耳听听，没有声息。

盘瓠用砍刀敲击第二株大肚树，侧耳听听，还是没有声息。

盘瓠用砍刀敲击第三株大肚树，霎间，他耳中传来了急促的心跳声和喘喘的呼吸声，随着，盘瓠的心跳也加剧，真是心有灵犀一点通啊，盘瓠吐着喘喘粗气呼唤："三公主呵，你快出来吧。"三公主撩开遮纱，缓缓地从树肚里钻出来了。顿时，虫箫蛙鼓，画眉高歌，树林中扬开了欢快的乐曲，盘瓠牵着三公主的手，高高兴兴地走出树林子。

三公主要做新娘啦，高辛王庄重地向她祝贺道："我的爱女呵，我是多么舍不得你离开王宫呐！可是金鸡长翅就得离窝高飞,你要飞到盘瓠身畔去了,盘瓠是英勇无比的好男子,和你是天生一对,为了表示祝贺,我现赐给你一身凤凰装,你可头戴凤凰冠,身着凤凰袍,脚穿龙凤鞋,腰系凤凰巾,这样,我的爱女就更显高贵美丽了。"

盘瓠与三公主成亲这天,天上彩云飞舞,林中鸾凤和鸣,百官齐来道贺,高辛国万民共欢庆。

盘瓠和三公主成亲后,夫妻恩爱欢乐无限。欢乐时光飞逝过,转眼过了八个吉祥年,在这八年间,他们先后生育了三个儿子和一个女儿。高辛王分别把盘、蓝、雷、钟四个姓氏赐给三个外孙和一个外孙女,后来,三子一女都长大且各自成家,盘瓠和三公主思忖要带着子孙到凤凰山去住。

这天,盘瓠对高辛王说:"大王啊,珠宝闪亮的王冠我不戴了。"

高辛王听了,说道:"万金难买一王冠,世上再没有什么比这更高贵的啦!"

盘瓠说:"有呀,竹丝箬壳编成的尖顶帽子,能遮日头能挡风雨,更实惠更便当,我甘愿戴尖顶箬帽。"

高辛王想了想,依了他,让他摘下王冠,戴起尖顶箬帽。

又一天,盘瓠对高辛王说:"这龙舞凤翔的锦袍我不穿了。"

高辛王听了一怔,说:"穿了锦袍,富贵永享,世上再没有什么比这锦袍更宝贵的啦。"

盘瓠说:"有呀,粗衣短衫。穿来便当,行动轻巧,实是有福人之衣啊!"

高辛王忖了忖,又依了他。

鱼儿喜池水,鸟儿爱山林。盘瓠王呵,最向往凤凰山。他不戴王冠戴箬帽，不穿锦袍穿布衫，一心要到凤凰山去居住。

高辛王和王后劝说不住，就准备送给他们数不尽的金银财富，供女儿、女婿和外孙永世享用。

高辛王拿出六把金光闪闪的钥匙，对盘瓠和三公主说："我的天下有六座宝库。第一把钥匙开出的是黄灿灿的金子。我把这库金子给你们，子孙万代就可坐享富贵啦！"

盘瓠摇摇头说："金子贵重极了，但不是最宝贵的，我们不要哩。"

高辛王拿起第二把钥匙，说："这把钥匙打开的是亮晶晶的银元宝。我把这库银子给了你们，世代子孙将会欢乐无忧啦！"

三公主说："有银好办事，办事不在银。我们不稀罕呀。"

高辛王掏出第三把钥匙，说："这一把打开的是黄澄澄的铜库。要想家不穷，年进百斤铜。这铜库给了你们，世世代代都不会受穷吃苦啦。"

盘瓠说："铜存久了生铜锈，铜存多了发铜臭。我们不贪哩。"

高辛王拿出第四把金钥匙，高高地擎在头顶上，说："这把打开的是乌黑锃亮的铁库。铁可锻万物，铁能造世界，铁能开富花，铁能结福果，但是我不能给你们。给了你们，子孙后代可要受劳累的啊。"

盘瓠和三公主听了，都伸出一只手握住了高辛王高擎着的钥匙，说道："弯弓有了箭杆就能飞射，我们有了铁库就能生存。勤劳的人是不会惧怕流汗劳累的，请父王把这一把钥匙给了我们吧！"

高辛王犹豫了一会儿，点了点头，说："好吧。是雄鹰就要飞上蓝天，是勤人就舍得流汗。我再把第五仓的锡库，第六库的珠宝，统统赐给你们！"

盘瓠说："独根树木长得再高大，也不能成林。大王富贵了我一家，可是，大王天下的百姓怎么办呢？把六库的财富分散些给天下百姓吧，让黎民的子孙世世代代能过上好日子。我们只要黑铁就心满意足了，我们要把黑铁铸成犁耙耖，打成锄镰刀，锻作刀枪箭，让子孙们学耕织，练狩猎。这样，我们日子才过得快乐哩。"

高辛王同意了盘瓠的请求，下令各地官吏：凡盘瓠子孙所居的山地，任其耕种，山不纳税，地不纳粮，人无徭役。

就在盘瓠和三公主带着儿孙离开王城时，高辛王赐赠他们一只大公鸡，依依不舍地对三公主嘱咐道："我的爱女呵，在家千日好，出门一日难，如今你要相伴盘瓠走远方创世界，欢乐多多而困难更多，我和母后不能和你共享欢乐，更无法帮你克艰排难，今把这只公鸡赐予你，以后你们如果有了危难，就抱着公鸡走，公鸡啼叫的地方，就是你们可以安居的地方。"

盘瓠回归凤凰山，犹如龙归大海虎返山林，欢乐精神焕发劲头十足，他带领儿女开荒种粮，植棉织布，赶山狩猎，日子过得乐滋滋的。

一天，盘瓠和儿子们打猎，在山谷里遇见了一群岩羊。三个儿子身高力大，本领高强，他们搭箭射去，箭箭命中，几只岩羊应声倒下。还有几只夺路而逃，盘瓠盯着一只岩羊牯追呀追呀，跑过了好几座山冈，把岩羊逼到一座悬崖边沿。他搭上箭，拉满弓嗖地射去。岩羊中箭，垂死挣扎，猛一回冲，撞倒了站在崖上的盘瓠。盘瓠冷不防连摔带滚，没抓住树枝草蓬，从崖壁上翻跌下来，一直摔到崖底，挂在一株树杈上，死了。

儿子们把岩羊扛回家。一等二等不见父亲回来,急啦,就奔出去寻找。几只老鸦在树丫上呱呱嘶叫。他们跑到树底下,看见了父亲的尸体,顿时嚎啕大哭。他们悲痛地砍下了大树,把父亲的尸体抬回家。

三公主看见盘瓠打猎丧生,哭昏啦。等她醒来,儿子们用好语安慰母亲,女儿用罗巾给母亲揩泪。三公主哭着说:"把那只岩羊牯的头砍下来,祭祀你们的父亲吧,让他得到慰藉。"儿女们砍下岩羊牯的头,摆在盘瓠的灵位前,他们哭哑了喉咙,流干了泪水,唱着悲痛欲绝的哀歌向父亲的遗体告别,隆重地把盘瓠埋葬在凤凰山的朝阳坡上。

盘瓠死后,三公主带着畲家四姓人继续垦荒立寨,勤苦耕织。可是,当地一个恶霸看中了这座群峰叠翠、玉泉环绕、鸟语花香的凤凰山。他施展毒计,一夜间就用石头界碑把半座山拦了去。恶霸夺山啦,三公主急呀,她叫儿子们做了许多块木桩地界牌,插上了半块凤凰山。恶霸见了木桩地界牌,只好忍着。

木桩地界牌经不住风吹雨淋白蚁咬蛀,不久便腐朽掉了。恶霸带着家奴闯进山寨,要把畲家赶走,独占这块宝地。

三公主拿出高辛王的敕令,同恶霸据理力争。要他去见官。恶霸白天争不赢,黑夜里,派家奴放火烧尽谷禾,毁掉良田,美丽的凤凰山一片乌烟瘴气,畲家被闹得生不安宁。

三公主对儿女们说:"地头蛇存心与我们作对啦,他们毒如蛇蝎,狠如虎狼,鬼似狐狸。明人怕暗鬼,这种日子难得过呀。我们有第四把金钥匙,到哪里都能开出铁库。有了铁,我们可以垦山耕地种谷粮,喂猪饲鸡养牛羊呀。我们搬家吧,搬到老远老远的地方去安身。"

于是，三公主带着儿女向盘瓠坟墓泪别，依依不舍地离别了凤凰山。他们带着铁库的钥匙，抱着高辛王赐赠的大公鸡，开始了艰难的迁徙。

三公主亲自抱着大公鸡，率带儿孙离开祖地广东潮州凤凰山七贤洞，走过石古坪、雷厝山等广东山域地界，翻山越岭来到福建漳州，又过罗源、连江。一路搬迁，一路劈地耕种收粮供作吃食。可是，越过一山又一山，走过一地又一地，公鸡就是没有啼叫，公鸡不啼，不是久留之地，三公主率众继续搬迁，一直走到浙江景宁毛垟这个地方，忽然公鸡一声声啼叫起来，三公主和儿孙们非常高兴，就在这里定居下来。大家就在此处开山垦荒，垒石造田，播种五谷；搭建草寮，安居养生。这个地方就叫"鸡鸣岙"，这里是盘瓠儿孙经历大迁徙后的好住处，也是浙江畲族的发源地。

一天夜里，鸡鸣岙的上空飞来一朵朵祥云，还有好听的仙乐声响，满山满坞的花草树木散发出阵阵清香；正当大家感到奇怪时，三公主把人们唤醒聚到一块，情深依依地告诉大家："我本是天上的仙姑，现在天宫在催我回去，我离开你们后，你们千万要牢记：盘雷蓝钟一家亲，都是广东一路人，世代和睦族群兴，切莫相争欺祖人。"说完，三公主腾驾上祥云飞升起来，冉冉上升的祥云闪耀着五色彩光，把鸡鸣岙一带畲山照得缤纷灿烂，面对祥云下呼唤涌动的子孙，三公主稳住云头，双手高擎从头上摘下凤冠，然后扇起轻风让凤冠徐徐飘落，并在云端传说："凤冠是高辛王国的珍宝，是盘瓠家族高贵的象征，我今把珍宝赐后人，山哈女代代戴凤冠。"随后，三公主又脱下身上披的凤凰袍，也同凤冠一样赐传她的后人，随着仙乐高奏，祥云飘舞着把三公主带回天宫。

儿孙们跪拜着送别飞升的三公主，然后庄重地捧起凤冠，拾起凤凰袍，从凤凰袍中发现有多幅彩画，子孙们展示一幅《盘瓠王平番图》，画面显现了盘瓠揭王榜计杀番王的情景，图上还题有四句诗歌：

> 割落王头过海洋，
> 云雾涌来黑茫茫；
> 借来云雾渡过海，
> 王头奉上高辛王。

接着，又取出一幅《三公主成亲图》，此图画记述了盘瓠平番后与三公主如何成亲的故事，图上也题有诗文四句：

> 王头献上高辛王，
> 高辛斟酒笑朗朗；
> 高辛眙见心欢喜，
> 要招龙麒做婿郎。

取出第三幅图，见是《高辛王赐姓图》画面展出三公主生育了三子一女和高辛王赐姓的过程，并在图上书有一首诗文：

> 亲生三仔相端正，
> 皇帝殿里去讨姓；
> 第一盘装就姓盘，

第二篮装便姓篮。
第三舍仔正一岁，
雷公响来便姓雷。
朝上三男又一女，
女婿招来便姓钟。

画卷还有《盘瓠辞官图》《凤凰山狩猎图》等等，共有二十多幅，每幅画卷上都题有诗文，这些三公主留下的画卷，由盘瓠子孙繁衍成的畲族称其为"祖图"。

自此，畲族妇女的头饰就是三公主留授的凤冠，身上穿的服饰就是凤凰装，在婚嫁日和逢有重大节日，畲族妇女就穿戴上美丽端庄的凤凰装。而三公主留下的祖图，畲族世世代代供奉着视为珍宝，直到今天，每年俗称"上八日"的正月初八和三月初三，以及畲族"做聚头"（俗称"祭祖"），散居在闽、浙、粤、皖、赣等各地的畲家同胞就会唱歌盘歌，或者按仪式边歌边舞，聚到同宗房的祠堂（或从事"做聚头"的人家）里祭祀祖图，纪念畲族的始祖盘瓠和始祖婆三公主。

高辛皇帝封畲氏[*]

高辛王坐天下,很太平,百姓高高兴兴。

一日,王后突然生病,头痛得满地打滚。高辛王请了许多医生来看,都医治不好。正急得要命,忽然,一阵风,进来一个白胡子公公,对高辛王说:"我会医王后的病,快拿个盘子来。"说着就向王后耳朵里吹了口气,挖出一条三寸长的金赫赫的虫,放在盘子里又吹了一口气,金虫很快长了一丈二尺高,四脚落地,头像龙又像狗,尾巴像狮子。

白胡子公公说:"大王!恭喜,得了麒麟,定有贵子。"

话讲落讫,一阵风,人不见啦。

那只麒麟呢,"得,得,得"在大殿上走了三圈,拉出一大堆金黄色的屎来,手下人连忙畚畚倒到外面空地里。嗨!一歇工夫,满田满畈都是谷子,吃不光啰!大家高兴,高辛王开心,文武百官都来贺啦。

好事没脚传千里。高辛王得宝的事,让外国国王晓得啦,发了九千九百九十九个精兵,点了九十九个大将,四面八方围住高辛王京城,要夺金麒麟。

高辛王派兵去抵抗,打了几次都吃败仗。高辛王急啊,召文武百官商量,大家都想勿出办法。最后,只好贴出皇榜:"不管

---

[*] 张世元主编:《金华畲族》,北京:线装书局,2009年,第122—124页。

哪一个，只要能打败外国兵，要金有金，要银有银，还要许配一位公主为婚。"

皇榜贴了三天，没人敢来。围城的外国兵大喊大叫，说是再不献金麒麟，就要把京城抄做平地。那还了得，高辛王急得连话也说不清了。

就在这个时候，金麒麟突然大叫一声，冲出大殿，把墙上的皇榜一抓，衔着回来了。高辛王觉得奇怪，开口问："你能打退敌兵？"

金麒麟点点头。

高辛王就说："那你赶快去打吧！"

金麒麟摇摇头。

高辛王又问："那你要什么？"

金麒麟用脚趾指指榜文。高辛王明白了，他打退敌兵心切，也来不及仔细想，便说："一切照榜文办。"

金麒麟一听，"呼——"的一声冲出城门，口喷火焰，烧得敌兵大败逃走。

仗打胜了，金麒麟摇头摆尾上殿来讨赏。高辛王这回真的急了，怎么办？哪能真的把公主许配给四脚兽？想来想去打算抵赖。这事被一个宫女知道了，跟高辛王说："皇帝开金口，哪能说话不算数？既然皇榜有言在先，金麒麟能打退敌兵，公主不肯嫁，我去！"高辛王一听乐了，就把宫女封做公主，跟金麒麟成了亲。

公主成婚后，很快怀了孕。一日，公主要生孩子了，一连七天七夜，竟滚出来一个大红血球，满地滚，金麒麟好像很生气，跑过去一口咬，"呱——"的一声，跳出四个白白胖胖的小孩，一下地,就会蹦会跳会说话。

金麒麟一阵高兴,"哄——"的一下,冲上天不见了。

公主看看四个孩子,又是欢喜,又是生气。孩子嘛,总不能没爹又没姓,眼下,金麒麟丢下孩子飞了,只好怀里抱一个,手上拖一个,篮里放一个,用盘托一个,跌跌撞撞去向高辛王讨个姓。

高辛王看得发呆,一时也想不出来应该让他们姓什么?刚巧,天上打了个响雷,殿上的钟也"铛、铛"地响了几下。高辛王一阵大笑,高声说:"有了,有了!老大姓雷;放在篮里的老二,姓蓝;抱在手上的老三,姓钟;托在盘里的最小,就姓盘。雷、蓝、钟、盘就是你们四个人的姓。好!快走。"说着就要起身。

公主连忙一手拦住,说:"再封点地吧!让他们日后也好过日子。"

高辛王心里实在不愿意,可嘴里又不能说不肯,随手刻了一块竹板,说是把江南多余的田都封给你们,去吧!到那里成家立业去!

公主带着四个孩子和高辛王的亲笔封诰,来到江南。

哪里晓得,江南所有地方,不是皇家的公田,就是财主的私田,根本没多余的田。公主去问地方官,地方官讲:"既然有高辛王的封诰,快拿来看。"

翻开竹板,公主凑上去一望,不觉"呀——"的一声呆住了。

原来,高辛王刻封诰时,心想:这四个孩子身材魁梧,样子勇猛,将来长大造起反来,王位就保不住了,所以,打了个坏主意,嘴上说是多余的田,心里却打算让他们没粮食吃。故意把馀字的偏旁除掉食字,剩个余字又和田字连在一起,这畬(畲)田竟是要开荒的山地。

地方官一看竹板，就把他们赶了出来。公主没法，只好带着四个孩子到荒山野地去住了。

高辛王还不放心，派兵到处去抓。他们逃呀，逃呀，一直逃到海边，看看白茫茫的大海过不去，只好回头躲进深山。只有老四，坐在盘里，一阵风飘到台湾去啦。

这四个孩子便是后来的雷、蓝、钟、盘。那个畬（畲）字呢？他们写时有意少一点，表示抗议，这就成为畬字，便是后来的畬族。

浙江苍南县畲族盘瓠神话[*]

畲族传说，他们的祖先是一条龙犬，名叫盘瓠。上古时代，高辛皇后耳痛三年，后来从耳朵里取出一条虫子，外形似蚕的模样，将其在盘中养育，竟然变成了一条龙犬，浑身毫光闪现，遍体锦缎。高辛皇见了大喜，赐名龙期，号称盘瓠。其时犬戎入侵，国家危急，高辛皇下诏求贤，谓有能斩番王首级来献者，即将第三公主嫁他为妻。龙犬知道后，即前往敌营，乘番王酒醉，

---

[*] 夏敏：《闽台民间文学》，福州：福建人民出版社，2009年，第181—182页。原载《苍南县民间故事集成》，内部资料，1983年，第9页；又据沈作乾：《畲民调查记》，刊《东方杂志》二十一卷七号。

用口咬断他的头颅，衔回献给了高辛皇。高辛皇因为他是狗而不想将公主嫁给他，正在左右为难之际，龙期忽做人语说："你将我放入金钟内，七天七夜，就可变为人形。"到了第六天，公主怕他闷饿而死，打开金钟一看，龙期的身已变成人形，尚余犬头未变，但已经无法完成变化。于是盘瓠穿上大衣，公主则戴上狗头冠以尽量接近盘瓠的形象。二人结婚后入山居住，开荒种地，植蓝染布，生下三男一女，长子追随父姓盘，叫盘自能；次子以蓝草为姓，叫蓝光辉；三子姓雷，以承黄帝之妻嫘祖之姓（帝喾高辛氏乃黄帝之孙，嫘、雷相通），叫雷巨佑；女儿叫淑玉，长大结婚后女婿叫钟智深。

盘蓝雷钟鼓[*]

盘古王帝开天辟地以前，有个高辛王帝。一天，高辛王的王后娘娘刘君秀夜梦一只金狗下凡，第二天突然头痛。一连痛了三年，忽然从耳朵中爬出一条一寸多长的虫。高辛王看到这条虫长得很奇怪，就把它装在盘中养着。这条虫一天就长到一丈二尺长，长得狗头蛇身，取名叫龙蟒。

一天，边界有个番王带兵前来攻打高辛王。高辛王很着急，

---

[*] 临安县民间文学集成办公室编：《中国民间文学集成浙江省临安县卷》，内部资料，1989年，第20—22页。

就贴上一张皇榜,谁能打败番王,就把三公主许配给他。龙蟒晓得后,就去把皇榜揭来,用嘴衔到高辛王面前,高辛王就派龙蟒去打番王。

龙蟒想了一条暗计,带着投降书到番王那里假降。番王一见龙蟒来投降,心里很高兴,就把龙蟒当自己的贴心佣人服侍自己。龙蟒一连服侍了三年,番王很相信他。

一天,番王办庆功酒,文武大臣都到场,酒一直吃到半夜三更。番王吃得大醉了。龙蟒叫别人都回去睡,他独人留下服侍番王。过了一歇辰光,番王睡熟了,龙蟒一口把番王的头咬下来,在宫中大叫三声:"龙将军回国去了!龙将军回国去了!龙将军回国去了!"叫完后龙蟒咬着番王的头游过海面,来到高辛王的面前,高辛王一见龙蟒背来了番王的头,心里十分高兴。

按照皇榜规定,三公主要嫁给龙蟒为妻。堂堂三公主竟要嫁给狗头蛇身的怪物,心里很不高兴。

高辛王晓得三公主嫌龙蟒样子难看,就问龙蟒能不能变成人。龙蟒说只要用一只金钟扑上七天七夜,就能变成人。高辛王就叫人用一只金钟把龙蟒扑着。

到了第六天,王母娘娘耽心龙蟒要饿煞,就去把金钟撬开来。因为时间还未到,龙蟒只变好了身子,头还没有变,仍旧是狗头。

王帝说话圣旨口,讲过的话不好赖,所以三公主只好嫁给龙蟒。

过了一年以后,三公主生了一个孩子,龙蟒把它盛在盘子里,拿到高辛王那里去讨姓。高辛王一见孩子盛在盘子里,就随口说一句姓盘。又过了一年,三公主又生了一个孩子,龙蟒把他放在篮子里拎去讨姓。高辛王一看孩子放在篮子里，就随口说姓篮（后来篮字改成蓝字）。

又过了一年，三公主又生了个孩子，龙蟒又把他抱到高辛王面前去讨姓。这天正逢乌天黑地，快要落雨，龙蟒刚把孩子抱到高辛王面前讨姓时，天上突然打了个天雷，高辛王就说孩子姓雷。

后来三公主又生了两个女儿，长大了一个嫁给姓钟的人，一个嫁给姓鼓的人。所以姓钟姓鼓的人是畲族人的女婿。

过了许多年，龙蟒不愿住在王宫里，要迁到别的地方去住。高辛王就把王宫里所有的宝库都打开，任龙蟒自己去挑选。龙蟒走进金库银库，满库的金银财宝都不要；龙蟒又走进帽子库里去，里面乌纱帽、笠帽样样帽子都有，龙蟒不要乌纱帽，只拿了一顶笠帽，便带着全家人迁居到福建（广东）潮州凤凰山，以打猎为生。

时光过去一年又一年，龙蟒年老了。一天，他上山打猎，在山崖上与一只大山羊搏斗，突然一脚踩空，从山崖上掉下去摔死了。

龙蟒死后，子孙越发越多，后来又迁居到别的地方去了。

讲述者：蓝春秀　女　35岁　畲族　高中　临安县文物馆干部
　　　　　雷振华　男　62岁　畲族　小学　堰口乡逸坞村务农
　　　　　雷金友　男　36岁　畲族　小学　堰口乡逸坞村务农

记录整理者：陈伟民、程继荣

畲族四姓的来历[*]

畲族只有四姓：姓雷的、姓蓝的、姓钟的和姓盘的。这四姓是怎么来的呢？

先前，世上没有畲族。有一年，高辛皇后的耳朵不知怎的痛了起来，太医医来医去也医不好，痛了三年。后来，皇后老觉得耳朵里像有根虫在爬，就用指甲把它挖了出来，一看，是只金虫，足有三寸长。皇帝发怒了，开了金口，要把金虫处死。皇后想：这条金虫好歹是自己耳朵里生出来的，处死它也不忍心，就求皇帝赦它死罪。皇帝见皇后求情，就同意了。皇后把它放在一只金盘里养了起来。说来也怪，这只金虫一天天大了起来，最后变成了龙头狗身的龙狗。这龙狗身上五色花斑，成对成行。皇帝见了倒也非常喜欢，就给它取了个名字叫盘瓠。

刚刚这时，番兵打来，皇帝心里非常骇怕。他一面命手下将士死守边关，一面出榜，说谁能斩下番王的头，就把三公主嫁给他。盘瓠听说后就去扯下了这榜文，说他能取到番王的头。这时，番王正在招兵买马，盘瓠假意投靠了番王，当了大将。有一日，番王喝醉，睡在楼上，身盖金被，头垫银枕，文武百官都不在身边。盘瓠就咬断了番王的头颈，衔着番王的头飞奔回来，用

---

[*] 淳安县民间文学集成办公室编：《中国民间文学集成浙江省淳安县卷》，内部资料，1988年，第13—14页。

金盘盛着番王的头去见皇帝。皇帝就招盘瓠做了女婿。

三公主见驸马是龙狗,不愿嫁给它。龙狗说:"你把我放在金钟内,七天七夜就会变成人的。"到了第六天,皇后怕它饿死,打开金钟看看,结果龙狗只变了身子,龙头还没来得及变。公主就和盘瓠拜了堂,结了亲。

盘瓠成家后,就向皇帝讨封。皇帝想来想去也想不出封什么好。还是皇后想出个主意,她说:"盘瓠是皇上赦的,赦、畲同音,就封做畲族吧。"皇帝准奏。从此,世上就有畲族了。

后来,盘瓠和公主生了三男一女。生长子时,刚好天空打雷,就姓雷;生次子时,刚好兰花飘香,就姓蓝;生三子,刚好殿上钟响,就姓钟;末胎是个囡人,因为自己是放在金盘里养大的,就姓盘。畲族四姓,就这样世世代代传下来了。

讲述者:蓝根花祖母
记录整理者:蓝根花　女　23岁　高中　淡竹乡文化员

畲族起源传说[*]

很久以前,高辛皇后得了耳痛病,请来太医看病时,从皇后

---

[*] 建德县民间文学集成办公室编:《中国民间文学集成浙江省建德县卷》,内部资料,1990年,第7—9页。

的耳朵里挖出了一根虫。这虫是金色的头,银色的尾,很好看。皇后娘娘就把它养在盘里,盖上一只瓠。养了一百天,这虫长到三寸长,像条小龙。养到三年时,变成了一只灵兽,身上五色花斑,成对成行。皇帝见了十分喜欢,给它取了个名字叫做盘瓠。

那时候,番邦侵犯我国,高辛皇帝贴出皇榜:说那个能打退番兵,就把三公主嫁给他。皇榜贴出去好长时间,就是没见有人敢去揭榜的,高辛皇帝心里急得不得了。

后来,养在皇官里的盘瓠知道这件事了,它去揭皇榜了,守皇榜的军士对盘瓠说:"番邦来犯,你有办法退兵?"盘瓠点了三下头。军士们就带它去见皇上。

这时高辛皇帝正为番邦侵犯,急得团团转。见盘瓠咬着皇榜进见,就说:"你能打退番邦蛮兵的进攻,我就把第三个女儿嫁给你。"盘瓠听皇帝这么一说,连忙点了三次头。

皇帝亲自为盘瓠出征送行,敲锣打鼓,非常热闹。

盘瓠到了番邦燕国,第一年它睡在皇宫外边,同兵士接近。第二年睡到皇宫里头去了,与宫里的人混得很熟。第三年他就睡进番邦燕王的寝宫里去,对宫里的情况摸得很熟很熟。

一天,燕王吃酒吃醉了,倒在床上睡得很死,盘瓠见时机已到,一下子跳到床上,"啊呜"一口,咬断了燕王的头颈,掉转身就向宫外跑去。

燕王宫里的人见盘瓠死了皇帝,背着皇帝的头逃走了,满朝惊慌,马上派兵追赶,眼看就快追上了,这时天空突然刮起了大风,飞砂走石,番邦的兵士们个个动弹不得,根本没有法子追上盘瓠,就这样,盘瓠含着燕王头回来了。番邦皇帝都没有了,他们也只好退兵,不再侵犯高辛皇帝的国土。

高辛皇帝见盘瓠真的退了番邦，很是高兴。但是要把女儿嫁给盘瓠又有些不舍得，明讲又怕不光彩，就想了一个办法。

那天，高辛皇帝选了两个宫女，让她们和公主一模一样的打扮，与公主一起站在皇宫的金銮殿上，叫盘瓠去认亲，认得公主就把公主嫁给他。盘瓠是在宫里长大的，不消说，走过去一下子就咬住了真公主的衣裙了，这下子皇帝没有话说了。皇后见事到如今也没办法了，就对盘瓠说：你相貌难看，你会变成人吗？盘瓠说，只要把我罩在金銮殿上的那只金钟下面，过七天七夜，我就能变成人。

高辛皇帝叫人把盘瓠罩在金钟下面。到了六天六夜时，皇后想：女婿在金钟里这么多天不吃不喝，不饿死也会渴死的，老是放心不下，叫人撬开金钟看看，这一开钟就糟了，盘瓠的身子变好了，头还来不及变全。皇帝皇后都很懊悔。皇帝只好赐给龙袍穿戴，并正式赐名叫龙麒，令与三公主完婚。

龙麒和三公主成婚后，在宫里住了一年，就搬到广东凤凰山去住了。生了三个儿子，一个女儿。

生头一个儿子时，向皇上去讨姓名，皇上正在磨墨写字，又想到他父亲小时候是在盘里长大的，就赐姓盘。

第二个儿子出世时，向皇上讨姓名，皇上不在宫里，皇后正提着一个小花篮，就姓蓝。

第三个儿子出世，天上雷声隆隆，电光闪闪，皇上赐姓雷。

第四个是女儿，来了个招亲的，姓钟。

龙麒的四个子女长大后，皇上开了国库问他们要什么东西，自己到库里去挑。

开了第一个国库，是金库，他们看见金闪闪的东西，不要。

开了第二个国库，是银库，他们也不要白花花的银子。

开了第三个国库，是兵器库，他们很高兴，背了铳就出来了。

龙麒子女金子、银子都不要，只要了鸟铳，上山打猎去了。

所以他们世世代代住在山坞里。

后来，世人就把龙麒传下的子孙称为畲族。

讲述者：蓝治法　男　57岁　畲族　农民　三岩村人
记录整理者：方邦达

台湾布农人盘瓠神话

公主与狗[*]

布农族人在很早很早以前,是从大陆来到台湾。在很早很早以前,布农族有一位头目(领袖),布农族的头目也就是中国的皇帝。头目生下了一位公主,她渐渐地长大了,长得很美丽,很受父王母后的宠爱。

有一天,不知道是什么原因患了皮肤病,身体都溃烂发脓。她的身体痛痒得不得了,非常痛苦,终日躺在床上翻滚着,不停地呻吟和痛哭。

公主的病情越来越严重,头目及夫人非常伤心,请了许多巫医替公主治病,可是还是无法治好公主的病。

头目和夫人拥抱哭泣,头目说:"我一定要治好女儿的病。"

---

[*] 这则神话同时收录于达西乌拉弯·毕马、达给斯海方岸·娃莉丝:《布农族神话与传说》,台中:晨星出版有限公司,2003年,第37—39页;李福清:《神话与鬼话——台湾原住民神话故事比较研究》,北京:社会科学文献出版社,2001年,第351—353页。

于是在大道衢道叉（岔）路上公开通告说："只要是能治好公主皮肤病的人，即使是乞丐，只要能治愈公主的病，公主一定许配给他。"通告一个多月后，仍没有见到有能治疗好公主病的人，头目越来越紧张焦虑和伤心。结果有一天，很多人围观头目的公告，有一只公狗突然跑到前面，把公告用爪撕掉后就跑走，头目的兵丁迅速地抓到了这一只狗，准备把它杀死。有人说把它带去见头目，疏忽之际，被狗脱逃了。这只狗溜进了公主的房间，狗见到公主痛苦不堪，它跳上公主的床上，用它的舌头舔公主的全身上下。说也奇怪，公主的病痊愈了，头目和夫人都非常高兴，狗也留在公主身边陪伴公主。有一天，头目对女儿说："这只狗留在身边恐怕不好。"便要赶狗走，狗听了，目光直瞪头目。头目对狗说："如果你能够变成人，我的女儿，一定许配给你。"狗听了摇摇尾巴好像很得意的样子。头目又说："如果你能够在三十天之内变成人，公主一定嫁给你，如果不能变成人，以后再也不可以来这里。"狗离开了皇宫往山上走，头目的兵丁在后面追踪，沿途经过一片森林，最后，狗走进一个大石头，内有一洞是狗住的地方，兵丁窥见它进洞，便回去了。到了第廿八天，兵丁又上山偷偷监视这只狗，（当时）狗已经快要变成人了，只剩下头未变成人形，狗发现兵丁监视它，生气地大骂说："为什么偷偷监视，约定的日期要延期一天，变成三十一天。"它把兵丁赶下山。到了第三十天，兵丁又上山探视，岩洞已经空无一物，到处都找不到。第三十一天的晚上，头目召来众人开会，这位狗先生也偷偷地溜进去参加。会议结束后还有一个人没有离开，在椅子上打瞌睡，扫地的仆人见到他，并不知道他就是那只狗变的。仆人把他叫醒，他没有回应继续睡，仆人去找兵丁要赶走他，兵丁来到时，他已经走了，他走进了公主的房间，公主见到他非常欢喜。头目见状说："你们可以结合，但是必须马上离开这里到很远的地方去，不要再让我看见你们。"他们开始整理行装准备到远方去，便离开了。不料后有追兵想杀狗先生，他们拼命逃走，最后逃到海边，海边有一条船，他们乘坐小船，逃到了台湾的鹿港，他们在那里定居下来，后来他们生下了孩子，后代子孙也越来越多了，这个故事是告诉我们，布农族的祖先是从大陆来到台湾。

讲述者：全绍仁　男　75岁　布农丹社群人
搜集整理者：达西乌拉弯　毕马、李福清
1992年9月18日采录于台湾南投县信义乡地利村

台湾太鲁阁人盘瓠神话

太鲁阁人的来历[*]

  以前大陆有个姓朝的有钱人,有个很漂亮的小姐,却得了难治的皮肤病。爸爸说:"谁能治好我这个孩子,我就把她嫁给他。"并把它写在纸上贴在外面。一只狗把它撕掉,进去把小姐的皮肤病治好了。爸爸只好把米和一些东西放在船里要他们离开。他们漂到台湾,成为我们Truku(太鲁阁)的祖先,所以我们是从大陆坐船过来的,因为以前台湾没有人啊!狗常上山拿山猪、山羌(形如鹿)给太太吃。她几年后生了小孩。一次,小孩把狗打死了,因为妈妈没有跟她讲狗是她的爸爸。后来妈妈对小孩说:"山上有块大石,你到那边看到一个画脸的女人,就是你的太太。"小孩到那边果然见了她,其实就是妈妈。他们生了两男两女,然后兄妹结婚,生下来就是我们Truku。

---

[*] 夏敏:《闽台民间文学》,福州:福建人民出版社,2009年,第185—186页。标题为本书作者所加。

土家族盘瓠神话

狗带谷种[*]

古时候,人间下了九十九天大雨,天下涨了漫天洪水,很多人都被淹死了,稻谷连种子都没了。剩下来的人都是坐在大屃斗内,有的坐在大花生壳上,一个花生壳坐两个人,跟着漫天水到处乱漂。后来,水慢慢地消了,人们落在地上居住了下来。原来人们所带的东西吃光了,又无谷种,没法子种田,人们只有靠打鱼和吃野菜,日子过得很艰难。

有一天,有人站在高山上看见隔海的对面,还有人在晒谷子,就想出去搞点谷种来种,可是海又宽,水又深,哪个都不敢过去。有一个姓马的寨老出了一个告示,告示上说:"天下大难,无种种田,东海对岸,谷种万千,谁能拿得,德大如天,家有淑女,年正十八,愿赏勇夫,言不失信,特此周知。"寨老家的那个女崽长得蛮漂亮,名叫翠翠,手脚麻利,样样会做,惹得人人喜爱,年轻小伙们都想娶她。这个重赏提出来了,却没人敢揭。

---

[*]《中国民间故事集成·贵州卷》,北京:中国ISBN中心,2003年,第67—68页。

一天，突然有条狗去把告示抓了下来，含在嘴里来到寨老家，站在寨老的跟前，直是汪汪地叫，叫了三声后，摇着尾巴，转身跑去，就跳进了大海。它在滔滔的海浪中游了七天七夜，才到东海对岸。一上岸，狗的身上水淋淋的，到晒谷场上打了一个滚，滚得一身谷种。在游回来的时候，身上的谷子都被海水冲掉了，只剩尾巴上的几颗谷子，交给了寨老。寨老拿去种，结的谷子和狗尾巴一样长，又饱满又大吊。

稻谷种出来了，狗要同寨老的女崽成亲。寨老得谷种却变了卦，认为拿自家的女崽嫁给狗，今后无脸见人。他就悔亲了。后来，寨老又拿谷种去种，那谷种就不结谷子了，寨老无法，成天苦脸，闷闷不乐。他的女崽心好，就对寨老说："爹，你亲手出的告示，怎能说话不算数？现在谷种又不结子了，天下的人怎么活得下去，我还是嫁给狗算了。古语说嫁鸡随鸡，嫁狗随狗，嫁给岩头背起走。为了普救生灵，我决心去嫁给狗，免得饿死这一朝人。"翠翠苦苦哀求，人们也来寨老跟前求救。寨老无法，才答应了这门亲事。这样又拿谷种去种，又长出了像狗尾巴一样的谷穗。

寨老的女崽翠翠就与狗结婚了。按照结婚的礼节，新娘新郎要喝交杯酒，表示笑和、白头到老。翠翠就斟了两杯酒，一杯敬丈夫，一杯自家吃。她把敬酒给狗吃了，自家转身吃酒时，狗一下子变成了一个很英俊的小伙子，除了嘴上下左右两边长有几根毛毛外，跟别的小伙子没有什么两样，身上穿的是一身漂亮的新郎倌的衣服。翠翠怀疑自家是不是醉酒花了眼看错了，左看右看，面前站的确实是一个美貌的丈夫，她非常高兴。此后，她两口子恩恩爱爱，勤俭持家，生活过得蛮好。来年就生了一个胖娃娃，取名叫阿胖。过了年把，丈夫就死了。翠翠把丈夫的骨灰供在神龛上，像香擂钵一样，天天烧香烧纸敬奉。每年的三十夜，她要先给狗喂年庚饭后，才同她的崽到桌子上吃团圆席。

过了几年，阿胖长大了，他见寨里别的娃娃都有父亲，他从来未看见过自家的父亲，心里很不好受，回来就问妈妈："人家都有爹，怎么我没爹？我的爹在哪里？我要去找爹……"妈妈很为难，讲也不好，不讲也不好，一直隐倒不作声。一天又一天，一年又一年，阿胖反复哀求，翠翠看她的崽长大了，很懂事，就一五一十地给他讲了，并交代阿胖说："崽！狗是你的亲爹，供在神龛上，你要孝敬才是。不能吃狗肉，吃了就得罪了祖先。也不能拿狗去卖，一世卖狗，九世讨口，得罪了老人家，就不保佑你，将来没有好下场。若是外人来打狗，那是欺主，所以才有'打狗看主人'的话……"阿胖按妈妈的交代，一一照办。神龛供狗，给狗先吃年庚饭的风俗，就一代一代地传下来。

讲述者：代国才　男　35岁　土家族　干部　高中
搜集整理者：田　花　女　30岁　汉族　干部　中学
　　　　　　1985年12月采录于贵州省岑巩县

瑶族盘瓠神话

甘基王[*]

很久以前,瑶山上有一个名叫谈花单的弓箭手,结婚不久就被皇帝包麦六召进皇宫当了兵头。

十多年后,谈花单骑着匹白马回家探望妻子。走到寨边的一条山溪时,见溪边有一个十五六岁的英俊少年,用弓箭射杀水中的游鱼,百发百中。他大为惊异,便一边纵马狂奔,一边朝那少年喊道:"你能射中我的马腿吗?"少年举箭一射,正中马腿,那马负伤扑地,把他抛出老远。他恼怒地把这少年捆住,放在一块大石头上就回家了。

那时,天上有十二个太阳,地上非常燥热,不一会儿,这少年就被晒死了。

谈花单回到家,把在溪边遇到少年射箭的事说给妻子听。妻子惊恐地告诉他,这个少年就是他的儿子,是他应召进宫那年生

---

[*]《中国民间故事集成·广东卷》,北京:中国ISBN中心,2006年,第869—877页。

下的。儿子懂事后，非常想念父亲，天天拿着弓箭去射鱼，等待父亲回家来。

谈花单明白过来后，慌忙赶到那块大石头跟前，可是，儿子已被太阳晒成了灰。他一气之下，拿起儿子遗下的弓箭，把天上十二个太阳统统射落下来。顿时天地间一片漆黑，毒蛇猛兽到处横行，人们分不清白天黑夜，躲在家里不敢出门。世间不能没有太阳，后来，他妻子用一种草药[①]救活了一个太阳，重新放回天空。

那少年被晒死后，化成一股精气，又回到了他母亲的身体内。母亲怀孕三年，才把他生下来，但一生下来就变成了一只蛤蟆，母亲给他取名为"甘基"。

这年天下大乱，么理国不断派兵侵犯包麦六管辖的地方。包麦六派谈花单带兵打了几次仗，但每次都被打败了。为了保住江山，包麦六在各地贴出告示，号召大家共同御敌，并说谁能打败么理国，就把年轻美貌的三公主配给他当妻子。告示贴出好几天了，但谁也没胆量带兵去攻打么理国，包麦六很是焦急。

一天，谈花单又回到了离别十多年的家里，妻子告诉他说，她又生了一个儿子，这个儿子是怀了三年才生出来的，他一出世就会说话了。谈花单听了，非常高兴，但屋里屋外看遍了都没见到儿子的踪影，他便在门口大声呼喊甘基的名字。随着喊声，只见一只大蛤蟆从门前的水塘里跳上来。妻子告诉他，这就是她怀了三年才生下的儿子。大蛤蟆叫了一声"阿爸"，便蹲在桌边默不作声了。

---

① 草药：瑶民称之为"救日草"，即太阳草。

谈花单接连打了几次败仗，心情非常懊丧，本想回家来散散心，却见生了个这样丑怪的儿子，他更加气愤，抽出长刀就向甘基猛砍，但连砍几刀都被甘基机灵地躲开了。甘基跳上桌面，对父亲拜了三拜，说道："阿爸，你不要杀我，我有本事打败么理国，娶回三公主！你带我去见皇帝吧！"

谈花单虽然满肚狐疑，但也觉得这个儿子非同寻常，便硬着头皮带甘基来到皇宫，把他的话向皇帝禀奏了一番。皇帝见甘基这副模样，禁不住哈哈大笑起来。

甘基见皇帝耻笑他，气得跳起来，要皇帝立即召集兵马，跟他比武。

皇帝立即召集起他的九千九勇和十万五兵，同甘基比武。兵勇们举着大刀长矛，密密麻麻一片。只见甘基纵身一跃，飞上半空，然后落在兵勇们的矛头上跳来跳去，却一点都没伤着皮肉。他"割！割！割！"大叫几声，天立即就下起暴雨和冰雹来，把兵勇们打得四处逃散。

皇帝见甘基真有这么大的本领，下令要他带九千九勇和十万五兵去攻打么理国。甘基只挑选了三十九个兵，当天就出发了。

么理国的兵马，没几下就被甘基和那三十九个兵打败，逃跑回去了。么理国建在大海中间的岛上，他们原以为甘基过不了大海，谁知甘基穷追不舍，他坐着山芋叶，漂过大海，打进兵营来了！

么理国兵勇们见只有甘基一个人，立即汇集起来，用长矛追杀他。只见甘基纵身一跃，跳上一棵大树尖上，"割！割！割！"地大叫几声，天空顿时乌云翻滚，下起暴雨来。暴雨一连下了七天七夜,那些兵勇被淋得无法睡觉,个个累得有气无力。他们又气又恨,用斧头砍倒那棵树,想把甘基掀下来杀死他。但大树一倒,甘基又"嗖"一声飞到了另一棵树上。兵勇们把所有的树木都砍光了,甘基立即跳下地里来,跑到火塘里,用嘴含起一块火炭,纵身飞进么理国的皇宫放火焚烧。兵勇们慌成一团,急忙奔向皇宫救火,哪知火势越烧越猛,结果将皇帝和将士全部烧死了。

甘基打败么理国后,回来向皇帝寻讨三公主。谁知皇帝见他长得丑怪,不肯把三公主嫁给他。甘基非常气愤,但又无可奈何,只好天天下河泡在水里消气。

三公主见甘基一个人打败了么理国,心里对他很是崇敬。因父亲背弃了自己的诺言,不肯让她嫁给甘基,她心里很不安,更对甘基非常同情。一天,她偷偷来到河边,想见甘基,只见甘基脱掉了蛤蟆衣,变成一个十分英俊的小伙子,她又惊又喜,急忙回去禀告父亲。

皇帝听了女儿的禀告,还是不相信,不肯把女儿嫁给甘基。甘基见皇帝背弃了诺言,又无悔改之意,就走进后宫里,脱去了蛤蟆衣,现出了英俊的模样,把皇帝惊得目瞪口呆,差点昏过去。

皇帝清醒过来后,问甘基为什么以前不把这件难看的蛤蟆衣脱下来,甘基回答说:"这衣是天神赐的宝衣,穿上它就能耍法术,呼风唤雨。"皇帝听了,觉得很是新奇,便用自己的龙袍跟甘基换来穿,想试试玩一下法术。谁知他一穿上就脱不下来,变成一只癞蛤蟆,跳到水沟里去了。

甘基穿上龙袍当了皇帝,然后跟三公主成亲,过着幸福美满的生活,以后大家就称他为甘基王。那个皇帝呢?由于背弃了自己的诺言，不讲信用，变成了一只癞蛤蟆，直到现在还躲在水沟里不敢见人呢！

讲述者：唐买些大不金　男　40岁　瑶族　连南瑶族自治县南岗油岭农民　不识字

搜集整理者：许文清　男　26岁　瑶族　连南瑶族自治县文化馆干部　大专

张景祥　男　32岁　连南民族歌舞团干部　高中

1982年8月采录于广东省连南瑶族自治县南岗油岭瑶寨

【附：异文一】

远古的时候，深山里住着一对年轻夫妇，长年以砍柴为生，生活颇为艰难。一天，丈夫对妻子说："妻呀，我们终日劳碌，日子仍然那么苦，不如让我去投军，求一功名，怎么样？"妻子说："好是好，不过……"说着她用手摸了摸鼓起来的肚子。丈夫明白了妻子的意思，对她说："你放心好了，等我功名告成，就回来接你和孩子。"妻子虽然舍不得丈夫离开，但为了丈夫的前途，最后还是点了头。

第二天，妻子送别了去投军求取功名的丈夫。

不久，妻子临盆，生了一个形似青蛙样的怪物。这个怪物，白天吃饱后跳出门口的石头上坐着，晚上又变成人回到母亲身边。母亲心里又喜又悲，只好给他取了个名字叫"千年坐"。

一天，千年坐的父亲回到家来，他问妻子："孩子呢？"

妻子指指坐在石头上的青蛙说："那就是。"

丈夫见妻子生了个青蛙，气得直跺脚大骂："你……你一定和妖怪来往，才生了这么个怪物！"说着，抽出宝剑就去捉千年坐，并说："我杀死你这个妖怪！"妻子连忙上前去护住千年坐："你不能杀他呀，他好歹是我们的儿子！"丈夫见妻子不让杀，转身骑上马就走。

妻子对着生气而去的丈夫，痛苦欲绝。

千年坐仍是白天变成青蛙坐在门口的石头上，晚上又变成人回到母亲身边。这样，又过了好多年，千年坐长大了。

一天，寨子里人声喧闹，好像发生了什么大事。千年坐跳过去一看，原来人们围着新张贴的皇榜在议论。

皇榜上说，如今皇帝出游，被一群歹徒围困在一山洞里，如果谁能击退歹徒救出皇帝，皇帝一定以公主相许，招他为驸马。

使者等了半天，见没人来揭榜，心里非常焦急。这时候，千年坐来到皇榜前，纵身一跳，用嘴把皇榜撕了下来。

使者看见撕皇榜的竟是一只大青蛙，大吃一惊。

千年坐咬着皇榜，在使者周围乱跳，意思是说：我能够救出皇帝。

使者无奈，只好带着千年坐去救皇帝。他们来到山坡，只听见喊声震天。

歹徒喊："快出来投降，免你一死！"

千年坐把皇榜交给使者，转身便向歹徒围困的山洞跳去。到了晚上，千年坐变成了人。他悄悄地钻入歹徒睡觉的帐篷，把歹徒一个个用青藤捆紧，然后搬来很多干柴，放在帐篷周围，点着火又迅速地跳开。

第二天，皇帝从山洞出来，看见歹徒全都烧死了，便问使者:"是谁把歹徒烧死了?"使者指着千年坐说:"是它,千年坐。"

皇帝对千年坐说:"你救了我的命,不论你是人还是蛙,我都不嫌弃你,招你为驸马。"

皇帝将千年坐带回后宫,把七个女儿叫出来,对千年坐说:"千年坐,这七个都是我的女儿,你看中哪一个就跳到哪个跟前去。"

千年坐看了一阵,一跳跳到七公主跟前不动。

皇帝说:"好,今晚你就和七公主成亲。"

七公主看见父亲把自己许配给一只大青蛙,又气又羞,大声哭起来。

皇帝劝七公主说:"七妹,你不要哭,它虽然是只青蛙,可它是父亲的救命恩人呀!我是个皇帝,如果我讲的话不算数,今后我讲的话又有谁听呢?"

这时,人群中站出一个大臣,对皇帝说,"皇上,他虽然救皇有功,但毕竟是个畜生,怎么能招为驸马呢?如果皇上招这畜生为驸马,今后岂不惹天下人耻笑?他是个妖畜,待臣替皇上除掉它!"说着抽出宝剑,大步走到千年坐的跟前。

千年坐抬头一看,说话的人竟然是他父亲!

皇帝大声喝道:"宰相休得无礼!给我退出去!"

宰相只好悻悻退下殿去。

晚上,皇宫张灯结彩,千年坐和七妹成了亲。

第二天,皇帝见七公主春风满面,便问她:"驸马可称心?"

七公主伏在皇帝耳边说:"这驸马晚上脱去蛙皮,就变成一个英俊威武的阿贵。"

皇帝对七公主说:"晚上等驸马脱去蛙皮睡着后,你就悄悄把蛙皮锁进柜里去,他不就永远是人了吗?"

到了晚上,千年坐又脱下蛙皮,变成一个英俊阿贵跟公主睡到床上。深夜,千年坐睡着了,七公主悄悄爬起身,把蛙皮锁进了柜里。

第二天,天刚蒙蒙亮,千年坐就起身到处寻找他的蛙皮,但找来找去都没有找到。他推醒公主,问道:"公主,我脱下的衣服呢?"公主醒来,对千年坐说:"我把它锁进柜子里去了。"

千年坐说:"快给我拿出来,天亮后就穿不进去了。"

七公主下床,拿来一件衣服给千年坐,说:"丈夫呀,你就不要再穿那件蛙皮衣了,穿上这件吧!"

千年坐说:"不成呀,白天我只能穿我自己的衣服。"

七公主流着泪难过地说:"你穿着蛙皮,白天甩下我孤零零的……"

千年坐犹豫了一阵,只好接过衣服穿上。

七公主见千年坐穿上官袍,显得那么英俊,高兴地笑了。她拉着千年坐的手说:"咱们快去见父皇!"

七公主和千年坐来到大殿,正好碰上早朝。皇帝看见千年坐,龙颜大悦。大臣们看见往日在皇宫跳来跳去的青蛙变成个英俊的阿贵,个个目瞪口呆。

过了一会,那宰相又伏地谏道:"皇上,这个千年坐变来变去,一定是妖魔,请皇上快些除掉他,不要误了公主的终身。"

千年坐一看,又是他的父亲。他想了一阵,对公主小声地说了几句话。

公主对着皇帝的耳朵嘀咕了几下,转身入后殿去了。

一会,公主拿出一件金光闪闪的蛙皮来。

皇帝对宰相说:"你二次进谏皇上有功,今天赐你金袍一件,快穿上!"

宰相接过蛙皮,全身颤抖着,不敢穿上。皇帝怒视着他,拍案说:"快穿上!"

宰相只得奉旨穿上蛙皮,他立即就变成了一只大青蛙。

皇帝说:"你才是真正的千年坐,快滚出去!"

青蛙一跳一跳地出了皇宫。

千年坐把母亲接到了皇宫,和七公主共享幸福。那青蛙却跳到山里,坐在溪边的石头上,日夜盼望皇帝开恩,想再变回人。但他一直坐到现在,还是一只青蛙,变成了真正的千年坐。

讲述者: 盘亚明　男　43岁　瑶族　连南瑶族自治县白芒公社黄连瑶寨农民

采录者: 陈上源　男　35岁　连南瑶族自治县文化馆干部　高中

盘元明　男　28岁　瑶族　连南瑶族自治县白芒公社干部　中专

1982年12月采录于广东省连南瑶族自治县白芒公社黄连瑶寨

【附:异文二】

从前有一个人,穷得不得了,就到省城去当兵,一当就当了几十年,不知不觉间已年近半百了。他的老婆年纪也大了,膝下却没一儿半女,夫妻两人就到天后庙去烧香拜神。当日他俩来到天后庙,双双跪下,烧香叩头,那女人祷告道:"我们夫妻俩,年纪合起来已满百岁了,但还没有养得一儿半女,求天后赐福,赐我们一个儿子吧,没有儿子就女儿也行。唉!就是生只禽渠^①仔也心甘情愿啦!"

香烟缭绕,他们的一片至诚,直达天庭,感动了天后娘娘,于是天后娘娘决定赐给他们一点血脉,以延续后代。

过了不久,老婆果然就怀了孕,夫妻都十分高兴。人们怀胎十月都生下婴孩,可她呢?却产下一只禽渠仔来。这只禽渠仔一出生,就会叫爹喊妈,使得两老的心都乐得甜滋滋的,也就不把他当作异物,待他像儿子一样了。

这样又过了好多年,禽渠仔也长大了。

有一天,他看见别人上学念书,就对爹说:"阿爹,我要读书!我要读书!"

老汉说:"好吧!"于是请了个教馆先生回来,教他读书认字。禽渠仔很聪明,真是过目不忘,不到一年工夫,教馆先生的学问就远远落在他的后面,只好告退了。禽渠仔成了一个很有学问的人啦!

又有一天,禽渠仔看见别人学武艺,他又对爹说:"阿爹,我要学武艺!我要学武艺!"这可把老汉难住了。

"孩子啊,你读书识字还可以,你生成一只禽渠那样,怎能和别人一样舞枪弄棒呢?"

可是,禽渠仔坚持一定要学武艺。老汉没法,只好将自己的全部武艺传授给他。禽渠仔很精灵,不到一年工夫,就成为一个很有武艺的人啦!

一年又一年过去了,屈指一算,禽渠仔已经有十八岁了。可

---

① 禽渠:广州方言,即蛤蟆。

是由于他生得和禽渠一样，没有一个女子愿意嫁给他，人人都嫌他生得丑，说他是异物，这样，父母也不敢给他去提亲了。

有一天，天气特别晴朗，禽渠仔一个人出去游玩，他一蹦一跳地走着，一跳就跳进了一个大花园里去了。花园里种了奇花异草，散发出阵阵幽香。在一股清冽的泉水旁边，一群姑娘正在游玩，禽渠仔跳到一块石头上，静静地看着，他发现这群姑娘大都是穿素白色的衣裳，只有其中最漂亮的一个，穿着一身粉红色的纱衣，正在泉水边上玩耍。原来，这个姑娘就是当时最漂亮的美人玉华公主。公主偶然抬头一望，看见大青石上端坐着一只很难看的禽渠仔，不觉吓得惊叫起来。四周的宫娥都停止了游戏，赶紧围拢过来。这时候，禽渠仔开口对公主说话了，他瓮声瓮气地说："肯唔肯？一盒胭脂两盒粉。"

宫女们都笑起来了，有个宫娥觉得好玩，向公主打趣说："公主，禽渠仔向你求婚呢！问你肯不肯？"公主觉得这禽渠仔怪有趣的，也就逗趣应着："肯！肯！肯！"禽渠仔见公主答应了，就兴高采烈地一蹦一跳地回家了。以后，公主也没把这事放在心上，很快就忘记了。

不久，突然发生了战争，番邦入侵中原，一直打到京城了。皇帝把所有的大将都派出去应战，但都被番兵打得大败而回。京城被凶猛的番兵重重围住，眼看就要亡国啦！皇帝没法，只好出了一张榜文，告示天下的人，谁能打退番兵，把番兵赶出中原，愿把玉华公主嫁给他。可是，天下的男子，虽然都想得到玉华公主做妻子，但谁也不敢揭下这张榜文来。当今的大将都被番兵打败了，谁又能赶得走番兵呢？人们都心有余而力不足，摇摇头走开了。

正当大家要走开时，禽渠仔从人们的裤裆下钻了进去，"哗啦"一声把榜文扯了下来。这可把他爹吓坏了,因为自古以来有这么一个规矩,谁要是扯了皇榜而又做不到的话,就要挨斩头,甚至还会满门抄斩、诛灭九族呢!

禽渠仔安慰他爹说:"阿爹,不用害怕,明天我出阵,保管把番兵杀个片甲不留!"

皇帝见扯榜的是只禽渠仔,真是气坏了。可是又没有人敢出战,只好封禽渠仔做退番兵大元帅,让他指挥三军去出战了。

禽渠仔对所有的将士说:"明天出战的时候,大家都要镇定,抖起威风,到我喊一声'冲呀',大家就跟着我冲上去杀敌,一定能打个大胜仗!"

第二天,禽渠仔带领了大队兵马,出城去作战了。来到战场,先把阵势摆开,禽渠仔骑着一匹雪花白马,跑到番邦的阵前去挑战。这时候,番邦的大元帅骑了高头大马走出来了,他一看对手原来是只禽渠仔,不由得哈哈大笑。

禽渠仔张大嘴巴,深深地吸了一口气,吸得肚皮胀成一个大鼓一样,然后"呼呼呼"地喷将出来。咳!这股肚中之气可厉害极了,呛得那番帅头昏目眩,跌落马来。禽渠仔立即举起刀,大声叫喊:"冲啊!把番兵赶出去啊!杀呀!"

一声号令,大军全面反攻,一齐冲杀上去,番帅早就被砍成肉泥了。番兵见主帅死了,都四处奔逃,被官军冲杀一阵,就全军覆没了。

禽渠仔打了大胜仗,凯旋回来,择定了日子要娶公主为妻啦。可是皇帝见番兵退去,禽渠仔长得不像个人,心里不免后悔,不愿把玉华公主嫁给他啦。但是有约在先呀,怎么办?就想出一个诡计来了。

皇帝把老汉召到面前，对他说："我是一国之主，只因有约在先，得把公主下嫁给你的儿子。可是……你得要先送上聘礼来。我要的聘礼很特别：一要山一样高的一堆谷子；二要路一样长的一匹布；三要海水一样多的一埕油。没有这些聘礼，休想娶我女儿！"

老汉给难住了。哪里来山一样高的谷堆？谁能织成路一样长的布匹？哪有海水那样多的一埕油呢？这不是分明耍赖吗？禽渠仔知道了，一点也不着急，他对爹说："不用怕！我有办法对付他！明天你带一根竹竿，一把尺和一个斗去见他，如此这般对他说，就成了。"

第二天，老汉带了三样东西来到皇帝跟前，对他说："陛下用这根竹竿给我量一量，山到底有多高？用这把尺丈一丈，路到底有多长？用这斗量一量，海水到底有多少斗？您要是都量出来了，我自然也能交出同数量的东西来。"

皇帝这一下可被难住了。他没有办法，只好说："好吧，好吧！不要你的聘礼就是了！"可是他心里立即又转了另一个主意，他想：我女儿是金枝玉叶，长在深宫中，自然不会愿意嫁给一只禽渠仔的！他就对老汉说："婚姻是女儿的终身大事，我……我也做不了主，得由我女儿答应才成呀！你把你儿子叫来，让公主当面答应了，才能成亲。"

于是，玉华公主和禽渠仔又见面了。在玉华公主的心目中，禽渠仔已不再是一只难看的禽渠，而是一个为国却敌的大英雄了。她记起了当日在花园中曾答应过他的婚事，因此，当皇帝别有用心地问她肯不肯嫁给这只难看的禽渠仔时，出乎皇帝的意料，她一口答应了。

皇宫张灯结彩，万民欢庆，禽渠仔和玉华公主成亲啦。洞房花烛的夜晚，禽渠仔吹熄了灯，脱去了禽渠皮，出现在玉华公主面前的，是一个又白又美的魁伟少年郎。这对青年夫妻的恩爱，那就不用提啦！

第二天天一亮，美少年穿上禽渠皮，又成了禽渠仔了。玉华公主把这奇事告诉了母后，母后又告诉了皇帝。黑心肝的皇帝心里想：原来是这样，他穿上禽渠皮，就变成美少年，我这样老和丑，要是穿一穿这皮，再脱掉它时，不也能返老还童，变成个年轻美貌的皇帝了吗？好！就这么办吧！今晚等他脱了皮后，让我穿一个晚上，第二天一早脱了还给他，那不就行了？

于是，等玉华公主和禽渠仔睡了以后，贪心的皇帝就悄悄地溜进去把禽渠皮偷到手了。他急急忙忙把它穿在身上，正好，合身极了！他穿好了禽渠皮，快乐极了，一面叫着"明天我就变成个美皇帝啦！哈哈哈！"一面跳来跳去乐极忘形，竟忘记了世上的一切了。

鸡啼了，天亮了，皇帝赶忙想脱掉禽渠皮，可是他左拉右扯，总是脱不下来。原来，这幅皮已经长到他的肉里了。从此，贪心的皇帝就变成了一只癞蛤蟆，他惭愧极了，太没脸见人啦，一拐一拐地跳出宫门，竟不知去向了。

从那时起，禽渠仔失掉了皮，再也不是禽渠仔了。他和玉华公主生活得十分幸福啦。

讲述者：廖　雪
搜集整理者：剑　岳
流传地区：广东省三水县

舞火狗*

每年农历八月十五晚,蓝田瑶乡村村寨寨都举行"舞火狗"活动。由未婚的姑娘装扮火狗,穿黄姜叶制作的衣裙,插上香火,载歌载舞,穿村过寨,尽情欢乐。年轻男女对唱情歌,寻找心上人。

很久以前,外族前来侵犯,皇帝多次派兵迎战,都被打败。一天,皇帝与众大臣商量,决定出榜招贤御敌,宣布:能退敌者,不管是什么人,可任选三位公主中的一位为妻。

一天、两天过去了,无人敢来揭榜。第三天,大半天也过去了,皇榜依旧端端正正地贴在墙上,皇帝急得不得了。傍晚时分,一只毛色漂亮、龙腰虎背的大狗来到皇榜前,只见它仰天吠了几声,然后"呼"的一声撕下皇榜。众士兵大惊失色,忙把它领到皇帝面前。皇帝一来苦于无退兵之计,二来见这狗气度不凡,忙以礼接待。皇上问:"你真的能打退敌兵吗?"大狗不露声色地点点头。这时,前方报告敌兵又来骚扰,皇帝即令这大狗率兵前去应战。

队伍来到一条小河边,已见敌人兵马。这时,大狗仰天吠了几声,浑身金光闪闪,发出无数的火花,直冲到敌人的兵头身

---

* 《中国民间故事集成·广东卷》,北京:中国 ISBN 中心,2006 年,第 703—705 页。

边，几口把兵头撕成碎片。敌兵大乱，溃不成军。隔河将士乘势冲杀过来，一举歼灭敌兵，大胜而归。

退了敌兵，皇帝大喜，当即封大狗为神犬大将军，但只字不提与公主成婚之事。

又过了很多天，仍不见皇帝有任何表示。神犬对皇帝的背信弃义深为不满。一天，它当着满朝文武，质问皇帝。皇上非常尴尬，但仍强词夺理说："我榜上讲无论什么人，都可选公主为妻，你不是人，怎可与人成婚呢？若你能变成人的话，朕决不食言。"神犬请求给它七天时间，皇帝答应了。

原来，这大狗是一条神犬，只需静养七天，便可衍化为人。

再说皇帝的三位公主中，小公主长得最美丽，而且为人正直，心地善良。她非常崇敬勇退敌兵、保卫国家的神犬将军。一天，她同两个姐姐讲起父亲要把她们许配给神犬将军的事，两位姐姐一致反对。小公主心里很难过，暗下决心要嫁给神犬大将军。

在神犬静养的时候，小公主天天扳着手指算日子，到了第四天傍晚，她实在忍不住了，怕神犬饿死，迫不及待地到它的居室偷看。谁知这一看识破了天机，神犬的衍化术不灵了，只变得个人头犬身。

皇帝见神犬仍不是一个真正的人，硬是不肯把女儿嫁给他。小公主后悔极了，又恨父亲无情无义，便极力劝说父亲。她说："父王，你身为一国之王，讲话不守信用，如何服得众人呢？不管准不准，我这辈子跟定神犬将军了。"弄得皇帝左右为难。

正在这时，外族又来侵犯，神犬不计前嫌，主动领兵出征，又获全胜而归。皇帝只好将小公主许配给神犬将军。

农历八月十五晚，月光圆圆。皇帝为神犬与公主举行了盛大的婚礼。百姓载歌载舞前来祝贺，唱呀，跳呀，一直闹到天明方散。

婚后，他们过着甜蜜幸福的生活。一年后，公主一胎生下四子，因孩子太多，奶水不足，神犬与公主便挤狗奶喂养孩子，四个儿子都平安长大，一代一代繁衍下来。据说这神犬就是蓝田瑶民的始祖。狗成了瑶民敬奉之神。为了纪念祖先，不忘狗神养育之恩，每年农历八月十五晚，蓝田瑶乡的瑶民都举行庆祝活动，称之为"舞火狗"，这一活动沿袭至今。

讲述者： 刘英平　男　68岁　瑶族　龙门县蓝田瑶乡小洞义湾村农民　小学

搜集整理者： 杨水苟　男　42岁　瑶族　龙门县蓝田瑶乡文化站干部　高中

　　　　　　　李占元　女　35岁　龙门县文化局干部　大学

1987年5月采录于广东省龙门县蓝田瑶乡小洞义湾村

【附记】

龙门县蓝田瑶族乡的瑶族，一年一度的农历八月十五日中秋之夜均隆重举办"舞火狗"活动。这种活动源于狗图腾崇拜，演化为当地瑶族少女的成年礼仪。传说当地瑶族先祖峒爷年幼丧母，是用狗奶养育成人的，因此世代沿袭教育后人勿忘"狗恩"。同时形成爱狗、忌吃狗肉之俗。男人外出常挂"狗粮袋"。少女则于十二三岁始连续三次于中秋夜装扮为"火狗"。

盘瓠王[*]

古时候,有个皇帝,叫作评王。评王没有王子,只有三个公主,个个长得像花朵,十分美丽。皇宫里养有一只身披二十四道斑纹的龙犬,名叫盘瓠,像个雄赳赳的卫士,日夜巡逻,警卫着评王和宫殿。评王像疼爱儿女一样爱护它,不论升殿还是出游,都带它在身边。

有一年,番王兴师动兵,向评王的国土扑来。评王叫大臣张贴告示,许了这样的愿:谁若灭了番王,重重有赏——金银财宝任他要,三个公主任他选。

一天,龙犬口衔告示奔上殿来。评王看见,又惊又喜,问道:"这张告示是招募能人来除掉番王的,你为什么衔来?"龙犬摇了三下尾巴。评王又问:"朝中文官武将不敢应招,难道你有本事消灭番王?"龙犬点了三下头。评王选择吉日举行国宴,召集王后、公主和大臣们为龙犬送行。

龙犬飞跑到海边,跳下海去,游了七天七夜登上番王国土,直奔番王宫殿。番王一见,原来是评王豢养的爱犬,心里有几分怀疑,问道:"龙犬,今天为什么离开评王身边?"龙犬摇了三下

---

[*]《中国民间故事集成·广西卷》,北京:中国ISBN中心,2001年,第93—96页。又载陶阳、钟秀编:《中国神话》中册,北京:商务印书馆,2008年,第541—546页。

尾巴。番王又问:"树倒猢狲散,你早早离开评王,是不是你看出他的国家快完蛋?"龙犬点了三下头。番王见龙犬点头,心中大喜,便把龙犬收养,举行国宴欢迎它。

宴席上,龙犬和番王并排坐在一起,番王刚举杯要祝酒,龙犬突然站起,想一口咬番王的头颈。不料,番王转过身来,龙犬感到不妙,赶快与番王碰杯,叮的一声响。番王起立说:"为龙犬舍生忘死来我国干杯!"大臣们纷纷来和龙犬碰杯对饮。

当天夜里,龙犬躺在床上左思右想,究竟怎样除掉番王呢?这天它多喝了几杯,酒劲发作,渐渐有几分醉意,朦朦胧胧地即将进入梦乡。哎,不能睡!龙犬又睁开眼睛。它想到番王必定酩酊大醉,正是下手的好时机,赶紧跑到番王卧室。果然不错,番王鼾声如雷,睡意正酣。龙犬扑上去想咬他的胸脯。不料,一个披甲佩剑的卫士过来警告:"龙犬,不得打扰国王休息,有事明天再办吧!"龙犬舔一下番王的手背,表示亲热的样子,退出去了。

第二天清早,番王起身,洗漱后进厕所,龙犬跟随,番王说:"这里臭,你到外面等一会儿吧!"龙犬摇头摆尾,像个撒娇的小孩不愿离开爸爸那样,依偎在番王身边,番王抚摸它那光滑柔软的斑毛。龙犬趁着四下无人,猛然咬下番王的睾丸,番王未能叫出声来,就昏倒在地。龙犬赶紧将番王的头颈咬断,衔着血淋淋的头颅,冲出王宫渡海回国。

龙犬夺得番王头颅,为国立了大功,评王非常高兴,设宴庆贺,犒赏它大批金银珠宝。可是龙犬对这些金银珠宝看都不看一眼,连连摇尾巴。王后提醒评王:"你曾经出告示许了愿:三个公主任他选。看来龙犬想当驸马啊。"评王后悔地说:"公主怎能嫁给狗呢？"大公主凑过来说："是呀，人狗相配，荒唐透顶，我不愿意。"二公主也附和："我更不愿意，若是父王将女儿嫁给狗，世代受人耻笑。"三公主劝说评王："父王已经许过愿，翻悔前言，必将失信于天下，以后再遭国难，谁还肯出力？"评王反复思忖，同意招龙犬为驸马。当场叫三个公主依次走到龙犬面前，任他挑选。

大公主两眼朝天，走到龙犬面前，鼻子哼了一声。龙犬不理睬她。

二公主两眼朝地，走到龙犬面前吐口水。龙犬也不理睬她。

三公主两眼含情走到龙犬面前。龙犬又蹦又跳，围着她转几圈。评王只好为他们举办婚礼。

三公主和龙犬结婚后，两个姐姐暗笑。但是，三公主却满脸喜色，丝毫没有后悔的神态。评王和王后觉得奇怪。三公主告诉父母，龙犬白天是条狗，晚上却是个美男子，他身上的斑毛是件灿烂的龙袍。父母听后，压在心上的石头才算落了地。王后对三公主说："叫驸马白天也变成人，岂不更好？"三公主说："如果他白天变成人，身穿龙袍就要当王，岂不是和父王争王位了么？"评王说："如果他变得成人，封他到南京十宝殿做王。"

三公主将父王的意见告诉龙犬，龙犬说："你将我放在蒸笼里蒸七天七夜，便可脱掉全身的毛变成完人。"公主照办了。蒸到六天六夜，公主担心蒸死丈夫，揭开盖子看看，龙犬果然变成了人。只因蒸的时间不足，再蒸也无效了，只好把有毛的头部和脚胫，用布缠裹起来。相传至今，瑶族男女仍然缠着头布，裹着脚套。

龙犬变成人后，评王封他为南京十宝殿盘瓠王，俗称狗王。

瑶家不吃狗肉，正是由于孝敬祖先的缘故。

　　盘瓠和三公主在南京十宝殿生下六男六女，日子过得比蜜糖还甜。盘瓠王为了不让儿女成为四体不勤、五谷不分的王子、公主，便要他们学打猎、学耕织，练得谋生本领。评王和王后闻讯，心情宽慰，差人送去大批金银、粮食，供女儿、女婿和外孙们享用；还颁给榜牒一卷，赐盘瓠儿女为瑶家十二姓：即盘、沈、包、黄、李、邓、周、赵、胡、雷、冯、唐；又下令各地官吏：凡盘瓠子孙所居的山地，任其开垦种植，一切粮赋差役全免。这就是瑶家世代传抄珍藏的传家宝——《过山榜》。

　　一天，盘瓠领着儿子们上山打猎，遇见一群山羊。六个儿子武艺高强，立刻拉弓搭箭，嗖嗖地连射出去；箭无虚发，几只山羊应声倒下，余下的拼命逃生。盘瓠和儿子们起劲地追赶。一只雄山羊中箭负伤，疯狂地乱蹦乱窜。盘瓠正攀越险要的鹰嘴崖，山羊冲到，用犄角将他撬翻下崖，摔在半崖的一棵德芎树上丧了命。山羊也跌崖死了。

　　日落西山，儿子们提着猎物转回程，不见父亲回来，便四处寻找。听到树上鸟叫，抬头观看，发觉那德芎树上挂着父亲的尸体。儿子们攀崖砍倒大树，把父亲抬回家里。

　　三公主哭成个泪人。儿子们都来劝说母（亲）道："今日打猎，只顾前面追赶，不注意后面防卫。父亲丧命，孩儿有罪。还望母亲多多保重。"三公主说："娘不怪孩儿，真有罪的是那只山羊，要把它的皮制成鼓，用黄泥浆糊上，狠狠地敲它，重重地捶它，才解我们的心头恨，让你父亲在九天之上都听得到。"儿子们立刻动手,将德苎树做了一个八抓①长的大鼓,又用柏树做了六个十三抓长的长鼓,绷上山羊皮,再糊上黄泥浆。鼓造成了,三公主背起大鼓,儿子们拿起长鼓,边敲边舞;六个女儿拿着揩泪的手帕,悲伤地边哭边唱,共同追悼他们的父王——盘瓠。

从此,黄泥鼓一代一代传下来。逢年过节,喜庆丰收,祭祀祈祷,驱魔赶邪,瑶族人民都要打黄泥鼓,唱盘王歌,深切怀念祖先。

讲述者: 盘日新　男　瑶族　70岁　金秀县六巷乡古陈村农民　不识字

盘振松　男　瑶族　55岁　金秀县六巷乡古陈村农民　不识字

采录翻译者: 王矿新　男　汉族　44岁　金秀县文化局干部中学

刘保元　男　瑶族　49岁　中央民族学院教师　大学

1979年采录于贵州省金秀县六巷乡古陈村

【附记】

《盘瓠王》是民族起源的图腾神话。这个图腾神话流传于语言属于汉藏语系苗瑶语族瑶语支的各瑶族支系聚居地区。在金秀瑶族自治县大瑶山,家喻户晓,深入人心。长洞乡黄元林,忠良乡赵成庆、黄金贵等瑶民也讲述了类似的神话。这一图腾神

---

① 抓:一抓约三寸。

话史书曾有记载。《后汉书·南蛮传》写道:"昔高辛王有犬戎之寇,帝患其侵暴,而征伐不克,乃访募天下,有能得戎之将吴将军头者,赐黄金百镒,邑万家,又妻以少女。"《搜神记》这样写道:"高辛氏,有老妇人居于王宫,得耳疾历时,医为挑治,出顶虫,大如茧,妇人去后,置以瓠篱,复之以盘,俄尔顶虫乃化犬,其文五彩,因名盘瓠……"此神话在民间流传很广,各地的说法不一致。关于龙犬来历,流传于龙胜各族自治县的《龙犬救主》说,远古时大耳婆左耳长个"肉蛋",肉蛋里割出龙犬来(盘成坤口述)。流传于富川瑶族自治县的《盘王的传说》说:龙犬坐着杉树皮飞到战场与高王兵将对阵,龙犬用竹马夹着装满石子的鞋子甩去,石子变成千万只黄蜂,飞到高王和他的兵将的鼻梁上猛蜇,使高王兵将个个鼻肿孔塞,呼不出气而死去(黄仔进、陈进昌口述,柳世庄采录)。关于盘瓠(盘护,即后来的盘王)所在的国家,一说是评王国,一说是中国。有的说评王与高王之争,有的说评王与番王之争,有的说评王与紫王之争,有的说评王与吴王之争。史书上则说高辛王与犬戎吴将军之争。盘瓠所在的国家叫高辛国,还叙述了盘瓠名称的来由。"瑶语支"各瑶族支系普通崇奉盘王为其始祖。每年举行崇拜祖先的祭祀活动,这种活动叫"跳盘王""做盘王"或"还盘王愿"。

但对于盘王,又有两种不同说法:一为盘瓠王(多数地区多数支系信奉);另一为盘古王,又有单一的盘古王,和上古盘王、中古盘王、下古盘王三兄弟。广西全州县东山瑶族乡流传上古、中古、下古三盘王神话。他们有母亲目母婆(又名开天圣母),授锤、凿给儿子盘古王开天辟地,天开得丁丁吊吊不平整,目母婆甩裙上天,形成碧蓝天,布满星星。为什么瑶族举行跳盘王、还盘王愿这种祭祀活动呢?《千家峒的传说》叙述,由于盘瓠王的后代逃离千家峒,漂洋过海,遇着风浪,木船有被旋向海底的危险,于是向他们的祖先盘瓠王祈祷,答应"还盘王愿"。不久,风平浪静,瑶家终于过海上岸。为了报答祖先之恩,每年举行这种祭祀活动。瑶族先民早已有此种仪式。《搜神记》中提到,瑶民"用糁杂血肉,叩槽而号,以祭盘瓠"。1949年以前"跳盘王",桂中大瑶山盘瑶为一家人来做,时间不固定;坳瑶则集体举行,每年祭一次。一般选择冬季农闲时节举行。大瑶山盘瑶、坳瑶至今保留着"跳盘王"习俗,怀念祭祀祖先和民族民间歌舞娱乐成了"跳盘王"的主要内容。

盘王的传说[*]

龙 犬

古时候,有个皇帝,叫作高辛王。高辛王没有王子,只有三个公主。个个长得如花似玉,都是高辛王的掌上明珠。皇宫里养有一只眼亮毛滑,身披二十四道斑纹的龙犬。这龙犬像个雄赳赳的卫士,日夜巡逻,守卫着高辛王和宫殿。高辛王像疼爱女儿一

---

[*]《中国少数民族文学作品选》第三分册,上海:上海文艺出版社,1981年,第143—151页。

样爱护它，不论是升殿还是出游，都带它在身边。满朝文武百官也非常喜爱它。

高辛王是个软弱无能的昏君，国境常受到海外番王的贼兵骚扰，领土被蚕食，弄得民众惶恐不安。有一年，番王兴师动众，像惊涛骇浪一样汹涌扑来，国家危在旦夕。高辛王非常忧虑，便叫大臣张贴告示出去，许愿说："谁能打败番王，重重有赏——金银财宝任其拿取，三个公主任其选娶。"

一天，龙犬口衔告示，昂头摆尾，奔上殿来。高辛王看见，又惊又喜，便问道："这张告示是要招募能人来除掉番王，你为什么来阻拦？"龙犬摇了三下尾巴。高辛王又问："你不阻拦，为什么撕告示？朝中文官武将尚不敢应招，难道你有本事消灭番王，为国效劳？"龙犬点了三下头。高辛王便选择吉日举行国宴，召集大臣们为龙犬出征饯行。

龙犬离了金銮宝殿，腾云般飞跑，到了海边，扑通一声，跳将下去，像条蛟龙迎风击浪，游了七天七夜才到彼岸，登上番王国土，直奔番王宫殿。番王一见，原来是高辛王豢养的爱犬，心里有几分怀疑，便问道："龙犬，你同高辛王形影不离，今天为什么不在主人身边？"龙犬摇了三下尾巴。番王又问："树倒猢狲散，你早早离开高辛王，是不是你看出他的国家快要完蛋？"龙犬点了三下头。番王见龙犬点头，心中大喜，便把龙犬收养在宫殿里，还举行国宴，为它洗尘。

宴席上，龙犬和番王并排坐在一起。番王刚举杯要祝酒，龙犬突然站起，想一口咬番王的头颈。不料，番王转过身来，龙犬感到不妙，赶快与番王碰杯。叮的一声响，番王大笑道："龙犬真不愧是国王的爱犬，很懂礼貌。我们大家起立，为龙犬舍生忘死来投奔番王国干杯!"大臣们纷纷来和龙犬碰杯对饮。

当天夜里,龙犬悄悄走进番王寝室,只闻得番王鼾声如雷,睡得正酣。龙犬正想扑上去咬他,不料,一个披甲佩剑的卫士过来警告:"龙犬,不得打扰国王休息,有事明天再办吧!"龙犬回头看,见番王的床头床尾有四个卫士守护着,只好伸出舌头舔了三下番王的手背,装着亲热的样子,然后退出。

第二天清早,番王起身,洗漱后如厕,龙犬跟随进去。番王说:"这里臭梆梆,你到外面稍等一会吧!"龙犬摇头摆尾,像个撒娇的小孩不愿离开爸爸那样,依偎在番王身边,不肯离开。番王也就不去管它。龙犬趁着四下无人,猛然咬下番王的睾丸,番王未能叫出声来,就昏倒在地。龙犬又三口两口将番王的头颈咬断,衔着它的头颅过海回国。

番王死后,贼军溃退。高辛王又收复失地,民众安居乐业。

驸 马

龙犬衔着番王头颅到来,为国立了大功,高辛王自然非常高兴,摆设筵席庆贺,但龙犬不吃;又犒赏龙犬大批金银珠宝,它也不看一眼,连连摇尾巴,显得闷闷不乐。王后悄悄提醒高辛王:"你出告示曾经许了愿:三个公主任其选娶。看来龙犬想当驸马呵!"高辛王后悔地说:"高贵的公主怎能嫁给狗呢!"又问三个公主,愿不愿嫁给狗。

大公主说:"人狗相配,荒谬绝伦,我不愿意。"二公主也说:"我也不愿意。若是将女儿嫁给狗,不但害了女儿终身,父王世代也受人耻笑。"唯有三公主说:"父王已经许过愿,如今翻悔前言，必将失信于天下人，以后再遇国难，谁还肯出力！既然大姐和二姐都不愿嫁给龙犬，就将我嫁给它吧！"

高辛王反复思忖，觉得不该失信，同意招龙犬为驸马。当场叫三个公主依次到龙犬面前，任它挑选。

大公主昂首阔步，两眼朝天，走到龙犬面前，鼻子还哼了一声。龙犬眨眨眼睛，摇摇尾巴，毫不理睬。

二公主慢条斯理，两眼朝地，走到龙犬面前，捻鼻子吐了口唾沫。龙犬眨眨眼睛，摇摇尾巴，毫不理睬。

三公主的态度与两个姐姐不同，她轻拂双袖，像仙女一般飘到龙犬面前。她那双水汪汪的大眼，不敢接触龙犬的目光；她那绯红的脸上现出圆圆的笑窝。龙犬刚才听过她讲的话，现在又见她这般美丽，更加爱慕，于是连连点头，又蹦又跳，围着她转了几圈。高辛王终于成全了这桩喜事，为他们举办了婚礼。

三公主和龙犬结婚以后，两个姐姐暗暗取笑，幸灾乐祸；高辛王和王后免不了又怜悯，又惋惜；但是，三公主却心满意足，丝毫没有怨言，日子过得像是很幸福。高辛王和王后觉得奇怪。后来，三公主告诉父母，龙犬白天是条狗，晚上却是个美男子，他身上的斑毛，是件光彩灿烂的龙袍。父母听后，压在心上的石头才算落了地。只有大公主和二公主捶胸又跺脚，扑在龙床上暗流泪。王后对三公主说："叫你丈夫白天也变成人，岂不是好？"三公主说："如果他白天变成人，身穿龙袍就要当王，岂不是和父王争王位了么！"高辛王说："不要紧，如果他变得成人，就封他到南京十宝殿做王嘛！"

三公主将父王的意思告诉了龙犬。龙犬很高兴，对三公主说："你将我放在蒸笼里蒸七天七夜，便可脱掉身上的毛变成人。"三公主照办了。蒸到六天六夜时，三公主担心蒸死丈夫，稍稍揭开盖子看看，龙犬果然变成了人，可惜因蒸的时间不足，所以，头上、腋窝和脚胫上的毛未曾脱掉，但盖子揭开了，再蒸也无效了。只好把有毛的头部和脚胫上，用布缠裹。相传，至今瑶族男女缠头巾，裹脚套，就是从这儿来的。

龙犬变成人以后，高辛王实践诺言，封他为南京十宝殿盘护王，俗称狗王。

黄泥鼓

盘护和三公主在南京十宝殿共生了六男六女，平日教儿女打猎、耕织的本领，日子过得很和美。高辛王和王后闻讯，十分宽慰，差人送去金银、粮食，供他们享用；还颁给一卷榜牒，文中赐盘护儿女为瑶家十二姓；又下令各地官吏：凡盘护子孙所居的山地，任其开垦种植，一切粮赋差役全免。这就是瑶家世代传抄珍藏的传家宝——《过山榜》。

一天，盘护领着儿子们上山打猎，遇见一群山羊。六个儿子立刻拉弓搭箭，嗖嗖地连射出去；几只山羊应声倒下，其余的拼命逃生。盘护和儿子们起劲地追赶。有一只大公羊中箭负伤，疯狂地乱蹦乱窜。正当盘护攀越险要的鹰嘴崖时，那只羊闯了过来，将他撞下了崖，摔在半崖的一棵大树上丧了命。那只羊也跌下来摔死了。

日落西山，儿子们提着猎物转回程，却不见父亲回来，便四处寻找。他们听到树上鸟儿啼叫，抬头观看，才发觉那树上挂着父亲的尸体。儿子们悲痛地砍下大树，将父亲尸体抬回家里。

三公主见丈夫狩猎丧生，哭成了个泪人儿。儿子们都来安慰她道："今日打猎，只顾前面追赶，不注意后面防卫。父亲丧命，孩儿有罪。还望母亲多多保重。"三公主说："娘不怪孩儿，真有罪的是那只山羊，要把它的皮制成鼓，用黄泥浆糊上，狠狠地敲它，重重地捶它，才解我的心头恨，让你父亲在九天之上都听得到，这才是我们的敬意。"儿子们遵命，立刻动手，将德苟树做了一个八抓长的大鼓，又用柏纳树做了六个十三抓长的长鼓，绷上山羊皮，再糊上黄泥浆。于是，公主背起大鼓①；儿子们拿起长鼓②，边敲边舞；六个女儿拿着揩泪的手帕，悲伤地边哭边唱，悼念他们的父王——盘护。

　　后来，黄泥鼓一代一代的传下来。逢年过节，喜庆丰收或者祭祀祈祷，驱魔赶邪，瑶族人民都要打黄泥鼓，唱盘王歌，深切怀念他们的祖先。

千家峒

　　盘护死后，十二姓瑶家继续垦荒立寨，勤苦耕织，先后开辟会稽山、玉明冲、九牛山等许多村寨，子孙繁衍，林茂粮丰。尤其美好的要算千家峒了。那里四周山峦重叠，森林茂密，山花四季不败，百鸟争鸣不息；山上无数的清泉汇成一道瀑布，在半山腰直泻下来。山峦怀抱之中，这块平展展的小盆地，形成了一个峒场。一条小河从峒场流过，穿过峒尾峡口，向东流去。河水滋

---

① 大鼓：即母鼓。
② 长鼓：即公鼓。

润着土地,开垦成肥沃的良田。传说"千家峒里大峒田,三百牯牛犁一边,尚有一边犁不到,山猪马鹿里头眠",那里的作物长得多好呵!一颗谷子比巴掌大,谷壳可以做水瓢。山上牛羊成群,村里鸡鸭成帮,家家猪满栏,粮满仓,户户人丁兴旺,不久就发展到千户以上,所以取名"千家峒"。

峒内有一蔸高大的德芎树,农历三月才开花,它像布谷鸟一样,催促瑶家不违农时,抓紧春耕。按照十二姓瑶家的习俗,每年春节至春耕前,是千家峒极其欢乐的季节。家家户户,置备丰盛的筵席,开怀畅饮;男女老少走村串寨,还打起黄泥鼓,欢乐歌舞。

千家峒的瑶家对峒外的汉人十分热情,无论谁人入峒,都当作贵客款待,但从来不向财主和官府交租纳粮。

有一年,天下大旱,山溪无水,深潭无鱼,芭蕉、青苔焦得冒烟,到处颗粒无收,唯有千家峒照样林茂粮丰。官府要霸占这块宝地,便派了个七品县官,进峒催租要粮。峒内头人盘翁拿出《过山榜》,对县官说:"这上面写得清清楚楚,高辛王陛下敕令盘护子孙,耕山不上税,种田莫纳粮。"驳得县官哑口无言。

瑶家虽然抗租抗粮,但对待县官,仍当贵客。头人盘翁传令下来,每户待客一餐,不得有误。于是,瑶家纷纷从地窖里拿出密封数十年的鸟鲊[①]、糯米酒,用清甜的泉水煮出香喷喷的米饭,还有山鸡、黄猄、果子狸等新鲜山味,让客人吃饱喝足。那县官从峒头到峒尾,一日三餐,喝得酩酊大醉,吃得肥头大耳,肚子胀得像蚂蟥,眼睛眯得像头猪。

生活美好,日子快过。像是一袋烟的光景,就过了四个月,

[①] 鸟鲊:用炒米粉和盐腌制而成的鸟肉,是瑶家的美味。

瑶人还不下地生产。他们说，那蔸德芎树还未开花，早着呢，照样喝吧。不料，这时候朝廷官兵杀进峒来了。他们口口声声说："县太爷进峒四个月，不见回府，肯定被瑶人谋害。"所以兴兵讨伐。瑶民说："德芎树还未开花，哪有四个月。"谁知那蔸德芎树，早被官府收买峒内一个烂仔，用石灰和盐水腌死了。瑶家才清楚，这是奸贼的毒计！于是拿起猎枪、砍刀、弓箭，吹响牛角，与官兵搏斗，杀得官兵死伤不少，尸血遍地。

峒头的瑶民，一边抵抗官兵，一边派人到峒尾报告盘翁头人。当时，头人家里还在大摆酒席，宴请县官呢！那个县官正夹起一块鸟蚱肉，塞进嘴巴，闻讯立刻甩下筷子，支支吾吾地说："随便发兵，纯属胡闹，我去教训教训他们。"说完，拍屁股想溜，盘翁识破了他的花招，当机立断，一刀断送了他的老命。

朝廷官府早已横下一条心，非霸占千家峒不可。虽吃了苦头，仍不惜一切代价，源源不断地增兵添将，要把千家峒踏平。他们见人就杀，见牲口就砍；瑶民终因寡不敌众，死了一大片，最后只剩下十二户人家。头人盘翁召集大家商量，那朝廷官府心肠狠毒，说不定还要把他们都杀光，为了保存民族，繁衍子孙，还是逃离千家峒，含辛茹苦，流落到他乡去。

牛角与香炉

十二姓瑶家离开千家峒之后，走了七天七夜，来到海边，乘上一条木船，迎着风浪，向前驶去。海上风大浪大，他们同舟共济，齐心协力，又经七天七夜，好不容易才到了一个小岛上。盘翁叫大家上岛歇息一阵，以便恢复体力。

这个小岛真怪，全是岩石土丘，没有一处平坦，也没有一棵草木。幸好瑶民临行前想得周全，油盐柴米等等，全部带齐，不然煮饭都困难了。

这天天气晴朗，风也渐渐停了，瑶民们在岛上歇息，便生火煮饭，准备饱餐之后上船航行。谁知道，水还未烧滚，小岛就渐渐下沉了，摇得你趴我仰，锅碗都倾翻了。盘翁立刻下令：莫慌莫乱，赶快收拾炊具饭菜上船。瑶民上船之后，小岛就不见了，大家正在吃惊，一个眼尖的阿端①往水里一指："看，钻到海底去了。"大家才明白，原来是条大鲸鱼，刚才被火烧痛才溜走的。瑶家的木船再行了七天七夜，仍旧回到原来的地方，像陀螺一样，老是在原地打转转，不能前进。糟糕，遇着漩涡了。木船力小，不但划不出去，还有被漩下海底的危险。怎么办呢？盘翁说："如今上不到天，下不着地，前不能进，后不能退，拢不得岸，近不得滩，只有祷告我们的祖先，请他显灵来搭救。"于是，他们便打起黄泥鼓，唱起盘王歌，向祖先祈祷。果真灵验，不久便风平浪静，漩涡散开，木船又平安地在海上航行。经过七七四十九个昼夜，瑶家终于过海上岸了。盘翁把供奉盘王的金香炉打烂作十二块，每姓人拿一块，又把发号施令的牛角锯成十二截，每姓人拿一截。十二姓瑶家共喝鸡血酒发誓说："铜打香炉三斤半，黄金四两五钱三，瑶家各姓拿一块，过海流落去逃难。牛角锯成十二截，每姓一截各自飞，香炉牛角合得拢，来日子孙又杀回②。"自从过海分手之后，十二姓瑶家便各奔前程，分

---

① 阿端：瑶语，小伙子。
② 杀回：这里指杀回千家峒。

别进入广西、湖南、贵州、广东。千里跋涉，一无所有，全凭勤劳的双手，开荒劈岭，栖身山头，耕种数年之后，土地贫瘠，又得迁徙。瑶歌相传：千里开田来就水，万里抛心来就山，吃了一山又一山，背起竹篓把家搬。这就是过山瑶的来历。

过山瑶衣不蔽体，食不果腹，顽强地挣扎着活了下来，保全了自己的民族。他们一代一代传抄着《过山榜》，一村一寨搜寻那十二块金香炉和十二截牛角，后来还爆发了打回千家峒的起义，流血牺牲，百折不挠。他们多么向往过上千家峒那样的幸福生活啊。

讲述者：盘日新、盘振松、黄金贵、赵成庆、黄元林
搜集整理者：王矿新、苏胜兴、刘保元

神犬的传说*

从前，世界大乱，番王带兵来打中国。国内的大将，都被番王打败；朝内的文官，也没有一个出计退兵。国王便张贴榜文

---

* 吕大吉、何耀华总主编：《中国各民族原始宗教资料集成·土家族卷、瑶族卷、壮族卷、黎族卷》，北京：中国社会科学出版社，1998年，第323—324页。原载杨志成、唐兆民等著：《广西金秀大瑶山瑶族社会历史调查》，《广西瑶族社会历史调查》第一册，南宁：广西民族出版社，1984年。标题为本书作者所加。

说:"谁能打败番王兵马,愿将公主配为妻。"榜文出了很久,都无人应征杀敌。后来天上降下一个神犬,周身黑毛,其大如虎。它一直跑上金殿,到国王跟前叩头。国王觉得诧异,对它问了许多话,它都摇头表示不是。最后问它是不是愿意去杀番王,它才点头。国王便对神犬说:"你如能打退番兵,把番兵(王)头颅取回来,我就把公主嫁你,决不反悔!"神犬对国王叩头几下,下殿飞奔而去,一直跑到番王营中。番王见中国的大犬投他,十分高兴,便将它豢养,带在身边,一刻不离。后来神犬趁番王如厕的时候,就扑过去把番王的睾丸咬下。番王立刻气绝。神犬便把他的头颅咬下,飞奔回国,朝见国王。国王封它大官,却都摇头。国王迫得无法,只好把公主配它。便命自己三个女儿一齐装扮上殿,问谁愿与神犬结婚。大公主和二公主都不愿嫁,只有三公主看见神犬,并不是狗,而是一个标致的青年,便自愿和它成婚。国王以女配犬,很觉羞惭。便命工匠到深山里面,建造房屋,送神犬夫妇到那里居住。一次,公主回朝探望父母。母亲问她同狗结婚,相处得怎样。公主才对母亲说出实话,说他并不是狗,而是一个美男子。从此父母才安下心来,并备办金银彩缎,送女回去。

几年后,公主生子,人形,只是全身都披着长毛。神犬便叫公主把他放在甑内来蒸。婴孩在甑内觉得太热,便把双手双脚夹紧,并用手掌抱着头颅。七天七夜过后,揭开甑盖,只见小孩全身长毛全脱,只有腋下、胯下和头壳上面的毛,因被夹着和抱着,火功未到,还未脱落(这便是人有头发、腋毛和阴毛的来历)。

国王因神犬杀敌有功,把三公主配给他之后,虽然是个赘婿,却封他为长子。国王钟爱长子,便封他管山;理由是:山上树木多,斩木根,吃木尾,费了一次的劳动,便可收获多年,如砍木便生香蕈。在平地种田耕地,种一年,只收一次。因此,国王便敕令天下:"离田三尺,任由瑶人耕种做吃;离水三文,戽水不上,便由瑶人管上。不纳粮税,不供差役。"给夫妇住在南京十宝殿。

神犬死后成神,称为盘王。盘王共生九子,起初本来年年虔诚敬奉盘王,不敢怠慢。日后年长月久,九个儿子竟有八个渐生厌心,便提议说:"我们年年耗费很多钱财牺牲,来敬盘王,弄得生活都感困难,不如不敬的好。"这个提议,八个儿子都赞同;只有最小的儿子,表示反对。语言之间,触怒了八个兄长。他们竟把小弟弟赶到离南京隔两重海的远处去了。自此以后,八兄弟不再敬奉盘王。盘王在天有灵,见八个儿子不敬奉自己,大怒之下,便把他们一齐收去——一个个都死了。住在海外的儿子,一共生了十三个儿子,分作十三姓,其后子孙逐步繁衍到八千人口。因为人口旺盛,引起当地的土著的嫉妒,大家商量,密谋要把盘王的子孙杀绝。盘王在天有灵,知道后人在海外将遭灭族大祸,便派一个神降生在他的后人之中。这个孩子长到八九岁时,便对族人说:"不久将有大祸临头,我们全族必须渡海重回故乡。"全族人都信了这小孩的话,搬家渡海回乡。小孩带族人渡过了第一重海,到达一个海岛上面。小孩为了考验人们是否真敬奉盘王,便在这个海岛上暂时住下。时间过得很快,转眼已过四十年。由于岛上无田可耕,族人多靠吃草木果实过活。在生活困苦的时候,族人又有一半不愿敬奉盘王了。盘王又把他们收回去。小孩已老,下凡的时间已满,仍要上天。临死时,拿出一条木棒嘱咐族人说:"谁敬奉盘王的,祭祀这棒,可以逢凶化吉。"说罢,把木棒丢在地上,便断了气。后来盘王十三姓子孙,因岛上生活困难,又约齐渡第二重海回乡。在渡海时,遇大风浪,有一姓子孙不敬盘王,不肯带那条木棒过海,就被风浪把船打翻。其余十二姓子孙,见不信盘王的,船只已经打沉,大家便齐呼盘王名字,对他祈福,发誓以后必定敬奉他。他们并拿出木棒,插在海中。盘王在天有灵,海里霎时现出一条路来,白天用乌云照海,夜里用星星照水,引导十二姓子孙前进。终于平安渡过大海,回到南京十宝殿。后来由南京十宝殿迁到广东省韶州府乐昌县山冲里居住,不知住了多久,才分支到广西。

广西金秀盘瑶盘护王神话[*]

古时候高王侵夺评王天下,国家处于危急状态。评王贴出告示,招募退敌大将,许诺:有谁能平此患,愿将公主嫁其为妻。群臣无人敢应。这时,评王有只身带二十四斑点的龙犬,名叫盘护,生得十分威猛,上前揭下皇榜,来到评王殿前。评王十分高兴。问龙犬何计退敌?盘护说:我不要一兵一卒,也不要粮草,

---

[*] 吕大吉、何耀华总主编:《中国各民族原始宗教资料集成·土家族卷、瑶族卷、壮族卷、黎族卷》,北京:中国社会科学出版社,1998年,第147页。标题为本书作者所加。

只凭一口钢牙,便可战胜高王。评王大喜,设宴饯行。盘护受命罢,行走如飞,身浮大海,七日七夜,到达高王国中。高王见评王龙犬来投,以为评王将败,欣喜异常。大宴群臣,并令盘护跟随左右。当晚盘护乘高王大醉不省人事之机,启动钢牙,咬杀高王,口含高王首级浮海回到评王国中。评王依诺,许配第三公主与盘护为妻,封盘护到南京会稽山石(十)宝殿当王。盘护与第三公主在会稽山耕山狩猎,生男育女,传下瑶人后代。

【附记】

这则神话流传于广西金秀瑶族自治县忠良、蒙山县长坪一带盘瑶地区。

广西都安瑶族关于蓝公狗的传说[*]

古时候皇帝有一员大将名唤蓝公狗,非常勇猛。一次皇帝遇外患,贴出皇榜,不论君臣百姓,能杀退敌人,愿将公主嫁与他为妻。蓝公狗撕下皇榜,受命出征,战杀外敌,取得敌军将领首级回来。与皇帝公主配合为妻,生得班、蓝、罗、韦、蒙、袁数

---

[*] 吕大吉、何耀华总主编:《中国各民族原始宗教资料集成·土家族卷、瑶族卷、壮族卷、黎族卷》,北京:中国社会科学出版社,1998年,第147、179页。原载岑家梧:《民族研究文集》,北京:民族出版社,1992年。标题为本书作者所加。

子，即是瑶人后代。

【异文】

蓝狗公，仙身之人，半人半鬼。白日变狗，夜晚变成人。一日游山打猎，飞禽走兽，打到北京城内之间，至皇帝城外，吠声叫鸣，声动至城内，皇帝听闻戒说兵臣诸臣，或有狗来，奉赐饭许吃日（食），于叫声城外也。蓝狗公系京城打猎，皇帝视见蓝狗公，日夜变成人，句语你仙身之人，半人半鬼，你我城内也。日后皇帝封狗公，朝夕得当臣，相副服中。不料潘喜韦赵公欲反京城内，皇帝用榜帖，不论君臣人等，战杀得潘喜韦赵，吾嫁七娘子，许他为妻。蓝狗公遇见，受领皇帝之榜，论封于起谋他去，合鼠相会，交聚同年叮咛叱（托）咐，入山打猎，几日之后，是到潘喜韦赵之乡园，门外吠声叫鸣，潘喜韦赵听闻，戒说妻子，何有狗来？奉赐饭许食，于副家也。蓝狗公星住七日夜，至三更，老鼠叫声，捉捉（促促）跟拥，就见睡处，杀到潘喜韦赵。回来至皇帝城外，霹雳惊动，皇帝诏讣，何以城外有动？军臣议，烧火炳光，见二头于城外，就回皇帝。蓝狗公战杀潘喜韦赵，得头回来惊动。蓝狗公取得皇帝之姑娘，名唤七娘之氏，配合为妻，故生二子，名唤蓝灵征，次子蓝灵贵。

【附记】

这两则神话流传于广西都安瑶族自治县。异文系都安东陇瑶人家谱所载。

广西修仁县崇仁乡山子瑶的祖先传说[*]

从前中国有一个天王,和一个妖王打仗,打了三年,不分胜负,双方损失重大。当时天王非常忧愁,睡在床上,辗转反侧的不能入睡,却想出了一个办法,在城门口贴出告示,"如有人能将妖王杀死,愿将亲生的三个女儿,任他挑选一个为妻,并给家财十万"。那时有一只盘王的狗将告示抓破了,守门的兵大怒,带了狗去见天王。天王问:"你抓破告示,你能杀死妖王吗?"那狗摇头摆尾,表示能够的意思,于是天王将狗放了。盘王的狗一直跑往妖王那里,妖王一见此狗可爱,乃命部属留养。此狗已得妖王之爱,时常追随妖王。有一天,妖王出巡阵地,忽然肚痛,就地大解。盘王之狗看见时机已到,立刻跳上咬去妖王的下体,妖王立死,狗乃回来报告天王。妖兵见妖王已死,咸无斗志,即被天王打胜。天王为立威信起见,即将第二第三女公主任狗选择,狗却摇头不要。天王无奈,即将大公主叫来时,狗乃摇头摆尾,表示欢喜。大公主虽不愿与狗结婚,但天王之命不可违,只得与狗结婚。结婚之后,大公主不愿居留在热闹的城市里,要到

---

[*] 吕大吉、何耀华总主编:《中国各民族原始宗教资料集成·土家族卷、瑶族卷、壮族卷、黎族卷》,北京:中国社会科学出版社,1998年,第178页。原载岑家梧:《民族研究文集》,北京:民族出版社,1992年。标题为本书作者所加。

深山峡谷里去居住,天王也答应了。到了临别的那天,大公主向天王道:"以后的子孙居住深山峡谷,开门见山,不进学堂,不懂礼节,怎样可以回来朝见天王呢?"天王说:"你们子孙回来时,应说先有瑶,后有朝。可以免礼了。"大公主再问:"子孙在山里繁殖多了,不够饮食,怎样办呢?"天王道:"准你们食一山,过一山,不必完税纳粮。"大公主与狗即同到瑶山里度其生活。

【附记】

这则神话流传于广西修仁县崇仁乡山子瑶地区。

广西龙胜红瑶盘瓠神话[*]

从前有个寨子和敌人为争土地山场打仗,人少打不过敌人了。寨老有三个漂亮的女儿,讲要是哪个能取回敌人寨老的头,就把最好看的三女儿嫁给他。没有人敢答应,没想到寨老养的神狗听到了,飞走到敌人寨子里,敌方的寨老正当醉大酒不省人事,神狗趁没人在,乘机一口咬下他的头,回去交给寨老。讲话算话,三女儿主动提出和神狗配夫(婚配),但又觉得

---

[*] 刘伟民:《广东北江瑶人的传说与歌谣》,载杨成志等:《瑶族调查报告文集》,北京:民族出版社,2007年,第398页。标题为本书作者所加。

没有脸面，要求隐居深山安家。过了几年，他们生养六男六女，一家人回寨子看父母，母亲看到女儿生的仔女是人，觉得奇怪。半夜趁他们睡觉时偷偷到窗外偷看，看见郎仔（女婿）脱下狗皮挂在墙上，变成一个体面的后生。母亲害怕了，怕他是什么妖怪，想办法悄悄把狗皮偷出来烧了。神狗没得了皮壳，再也回不了原就死了。（还有一说是神狗为人种禾种树，被大树压死）仔女们自己配夫，置出十二姓大瑶，七十四姓小瑶。盘瑶先走有角，红瑶后走有尾。

平王与盘王[*]

在很古的年代，平王管理着天下，人民安居乐业。平王养了一只大狗，取名龙犬。后来，远在海边的紫王，发兵攻打平王，一心想夺平王的天下，仗打了好几年，平王打不赢紫王。平王无法，就出榜文说：如果有人替大王领兵打败紫王，除封王赏赐外，还把三公主嫁给他。

招贤榜挂出去好久，却没人来揭榜。一天，龙犬突然跑来，跳起来把榜撕了，用嘴含起，返回宫殿。平王见了十分惊讶，说："龙犬呀，难道你能带兵替我打败紫王，割回他的人头不

---

[*]《中国民间故事集成·贵州卷》，北京：中国ISBN中心，2003年，第66—67页。

成?"龙犬趴在地上点头三下,站起身便一趟子跑出去了。

龙犬爬千山、过万水,来到紫王国。龙犬小心地避开紫王的兵丁,一直走进紫王的宫殿。这时,紫王正在大宴群臣,夸奖他的兵将如何英勇,一定能夺取平王的江山。正在高兴的时候,龙犬跑到金殿上来。紫王一看是平王龙犬,就更加高兴地对群臣说:"猪来穷,狗来富。你们看,平王的龙犬都跑来了,平王的江山必定要归我了!"

从此,龙犬就在紫王宫中住下来,见了紫王就摇头摆尾,跳前跑后。紫王十分喜爱,就把龙犬经常带在身边。一天夜晚,龙犬乘紫王睡得香甜,猛扑上去,咬断紫王的喉管,咬下紫王的头,顺着原路回到平王国来。

龙犬含得一颗人头回来,平王问龙犬:"是紫王的头吗?"龙犬点了三下头。人头血肉模糊,平王看不出真假,就派人去打听紫王国的动静。经过各方证实确实是紫王的人头,平王就摆宴庆贺。平王想:紫王的头已经取来了,国家也安定了,只是公主怎能与龙犬相配,封赏土地,它也不会用,就这样算了吧。谁知龙犬不依,又咬又叫。平王又想:自己是一国之尊,说出的话,是不好改口的呀,这咋办呢?三公主知道此事,就劝父王依榜行事,不能反悔,并说:"嫁鸡随鸡,嫁狗随狗,为了父王的江山和取信于民,女儿愿嫁给龙犬为妻。"

平王依了公主,就叫巫师择定吉日利时,为公主与龙犬完婚。婚后,公主与龙犬的感情很好。公主的母亲悄悄问公主原因,公主说:"龙犬白天是狗,晚上是人,而且是一个很漂亮的后生。"母亲说:"龙犬会变人就叫他变成人好了,何必白天一(个)样,晚上一(个)样呢?"公主说:"龙犬讲了,如果要他变成人，他就要做王。那么，父王又怎么办呢？"王后就把这事告诉平王。平王说："这不难，只要龙犬变成人，他要做王，就封他做盘王。"

龙犬变成人后，平王就封龙犬为盘王。在宫中大摆宴席，款待盘王夫妇，大臣们都来作陪和祝贺。此后，盘王夫妇相亲相爱，两人都活了八十多岁，生下六男六女，人人身体强健，个个美貌。平王很是高兴，就给他的十二个外孙儿女赐姓为盘、包、黄、李、邓、赵、唐、周、富、沈、冯、胡。

讲述者：盘顺荣　男　45岁　瑶族干部　小学
搜集整理者：杨有义　男　58岁　汉族　县文化馆干部
　　　　　　1988年采录于贵州省三都水族自治县巫不乡

【附记】

关于瑶族龙犬神话，各地传说不一。如从江县高芒乡瑶族邓启华说："……高辛王无法，只好将女儿许配给它，并按原来许的愿，把半壁江山分给它。不过分给龙犬的是那些很陡的、不能开成田的山坡。龙犬得了高辛王的女儿和江山，很高兴，带着老婆进山种地去了。不久生下六男六女，据说，这就是瑶族的祖先。……"（瑶族邓仕雄采录，原载《从江县民间故事集成》）

贵州荔波青裤瑶传说 *

古时长毛贼扰乱天下，北京皇帝大感为难，便贴出布告说：如果有人在三天内打退了长毛贼，愿把最幼的公主嫁给他。有一只狼狗，一天晚上偷偷地到长毛贼营，咬死主帅，长毛贼不攻自退。狼狗便跑到皇帝殿上报功。皇帝问道："你说杀死了贼帅，有何证据？"狼狗答道："有头级为证。"狼狗马上把人头献上。皇帝又问："这只是个人头，怎能证明它是贼帅？"狼狗说："贼帅以前被人射中一箭，他的后枕骨处还有一个疤疤。"皇帝还要多方留难，公主站在旁边却说："皇帝坐北京，一理通天下，现在狼狗既然打退长毛贼，皇帝应该守信，准予我们配偶才好。"说完，便骑着狼狗，一直跑了三年三月三日，才到了荔波县。他们结婚之后，便产生了现在的瑶人。

【附记】

这则传说流传于贵州省荔波瑶麓乡青裤瑶地区。

---

* 吕大吉、何耀华总主编：《中国各民族原始宗教资料集成·土家族卷、瑶族卷、壮族卷、黎族卷》，北京：中国社会科学出版社，1998年，第147—148页。原载岑家梧：《瑶麓社会》，《岑家梧民族研究文集》，北京：民族出版社，1992年，第253页。标题为本书作者所加。

贵州榕江板瑶关于御犬的传说[*]

远古时候，盘古大王是御犬。评王与霸王争夺天下，死伤了很多人民，评王还是不能战胜霸王。于是评王便出榜告示，若有能杀死霸王者，愿将自己的女儿许配给他。御犬见榜后，立即揭榜而去。不久御犬果然杀死了霸王，并将尸首叼给了评王。评王见此，为了不失信用，无可奈何，只得将女儿嫁给御犬。起初评王的女儿不肯与御犬共室同寝，但到了晚上，御犬便将皮毛脱下，变成了一个美貌的男子。评王的女儿见状大喜，把这个情况告诉了父亲。评王听到女儿报告后，便定下了计谋。一天晚上，趁御犬与自己的女儿睡觉的时候，评王悄悄地把御犬的皮毛藏了起来，从此，御犬就无法恢复原样了。后来评王老了，便将王位传给御犬，他就成为盘古大王。他的后代就是今天的瑶族人民。由于传说御犬是瑶族的祖宗，所以也就不能吃狗肉了。

【附记】

这则神话流传于贵州省榕江板瑶地区。

---

[*] 吕大吉、何耀华总主编：《中国各民族原始宗教资料集成·土家族卷、瑶族卷、壮族卷、黎族卷》，北京：中国社会科学出版社，1998年，第191页。原载贵州民族学院调查组编写：《贵州民族调查之二·榕江县塔石公社瑶族调查》，内部资料，1984年。标题为本书作者所加。

盘 瓠[*]

高王和平王争天下,打了好几年仗。双方人马差不多,一直难分高低。高王有个臣子给他出个主意:"主上要打赢平王,我看只有出榜招贤,哪个替主上杀死了平王,主上就把三公主许给他做老婆,这样保险会有人卖力。"高王想了想,采纳了这位臣子的主意。

招贤榜贴出来了,一连两天都没得人敢去揭。大家晓得,三公主虽然长得蛮乖,但要征服兵多将广的平王,不是那么容易的事。到了第三天傍晚,两个守榜军士正闲得没事做,忽然来了一只毛色光亮的大黄狗,伸出前爪一把撕下了皇榜。两个军士大吃一惊,带它到金銮殿前参见高王。

高王见军士带来一只黄狗,只当是戏弄他,要斩两个军士。大黄狗讲话了:"皇上莫发气,皇榜当真是我揭的。"高王见它会讲人话,吃了一惊,晓得是神仙下界,不同一般,心里好高兴,当下就封它做三军大元帅,带兵出征,还给它取名叫盘瓠。

盘瓠得了高王的任命,没要一兵一卒,独自翻山越岭,走到了平王的京都。城门口的把门士兵不给进,盘瓠只好在外头等待着。

平王平日最喜欢打猎,这天又带领军士和猎犬来到城郊围

---

[*]《中国民间故事集成·湖南卷》,北京:中国 ISBN 中心,2002 年,第 18 页。

猎。盘瓠趁机钻进了猎犬队里。围猎开始了,盘瓠施起神威,把那些野兔、山鸡、黄鼠狼一只一只叼到平王马前。平王大喜,把盘瓠留作随身猎犬。忽然他觉得有点肚胀,下马来到一个僻静的地方"解手"。盘瓠悄悄跟过去,一口咬脱他的鸡巴,他惨叫一声,当场死去。

  盘瓠叼着平王的头来见高王。高王大喜,加官封职,重赏金银,把三公主许给他做老婆。三公主听说父王把自己许配给一条黄狗,很不乐意。洞房之夜她才晓得,原来那黄狗一到床上就变成了一个美貌男子。

  过了一些日子,盘瓠对公主说:"我虽为国家立了功,但朝中有些大臣看不起我,讲我的怪话。我想撇开这些人,到南方山岭中开荒种地,自寻欢乐。"三公主说:"随你定吧。"

  第二天早朝,盘瓠把自己想法奏明皇上。高王想,让条狗在朝做官总不妥,就批准了,封盘瓠为南疆瑶王,南岭山城属他所管。盘瓠和三公主立即离了京城,到南岭定居。后来,他们生下六男六女,子孙不断,形成了人口众多的瑶族。

讲述者:蒋正　男　65岁　瑶族　农民　不识字
搜集整理者:王金粲　瑶族　《永州日报》记者
     1986年采录于湖南省江永县千家峒瑶族乡

关于祭祀盘王跳长鼓舞的来历[*]

相传很久以前，高王与平王争天下，进行着激烈的斗争。平王节节失败，眼看亡国杀身之祸就要来临。正当外无支援，内无救兵之际，平王急于召贤募将，便出一道榜文。榜文的主要内容是：谁将高王杀掉，挽救了我们的危机，就将亲生女儿嫁给他。发榜多日，无人应召。一天忽然有只狗公将榜文撕下，径把高王咬死。它完成任务后，就到平王面前领奖。平王一看，事出蹊跷，杀死高王的不是什么大将，而是一只狗公，不免踌躇起来，念头一转，想推脱这桩婚姻。这时，这只狗公虽然没有狂叫，也没有张牙舞爪，可是虎视眈眈，经久不退。平王受到良心的责备，恍然大悟。心想，一言既出，驷马难追。今天不讲信用，明天怎能治天下，最后毅然决定将这只狗公招为东床驸马，将三女许配给他。结婚后，夫唱妇随，和睦相处，几年后生下六男六女，好不热闹。由于生计日繁，负担日重，这只狗公整天拼命打猎，抚育子女，忙得不亦乐乎。一天为了追一只山羊，这只狗公夹死在一棵双杈树上。儿女们一个个哭得死去活来，一边向妈妈

---

[*] 吕大吉、何耀华总主编：《中国各民族原始宗教资料集成·土家族卷、瑶族卷、壮族卷、黎族卷》，北京：中国社会科学出版社，1998年，第188页。原载吴万源：《对江永县民族成分的考察》，未刊稿，1990年。标题为本书作者所加。

报告噩耗，一边将爸爸的尸首收殓安葬。事后，大家商量如何纪念爸爸，通过几天的议论，思想统一了，就是把那棵树杈砍倒，主干用来做大鼓，大树枝做长鼓和短鼓，小树枝挖空做芦笙，打死山羊剥皮做鼓皮，并决定组织成乐队，用舞蹈的形式来纪念爸爸。这就是后人所跳的长鼓舞。总而言之，狗被视为瑶族的祖先，瑶族所以不吃狗肉，和六月六尝新时，新米饭一定要先喂狗，以及跳长鼓舞，其典故实出于此。

【附记】

这则神话流传于湖南江永县上洞乡锦塘村瑶族地区。

龙犬盗谷种[*]

凡间没有谷种，人们靠打野兽、采野果、挖野菜来维持生活，十分困苦。天上的人栽了一种稻谷的粮食作物，从蔸到顶，遍身结谷。所以，吃穿不愁，生活十分美满。

神农皇帝想尽了办法，也没能从天上弄些稻种到凡间来，感到对不起百姓、整天愁眉苦脸。他有一条龙犬，很有本事，通人性，见神农为寻稻种的事发愁，就暗下决心，一定要弄到谷种，

---

[*]《中国民间故事集成·湖南卷》，北京：中国ISBN中心，2002年，第39—40页。

为主人解忧,为百姓造福。

这年十月,龙犬悄悄游过天河,溜到天上,看见晒谷场上堆满金灿灿的谷粒,趁天神没有防备,跑到晒谷场,在谷堆里滚了几滚,沾了一身稻谷,转身就跑。守谷天神看见了,慌了手脚,知道必是凡间派来偷谷种的,急忙追赶。龙犬跳入天河,游到对岸,跑了回来。它身上的谷粒都被河水冲走了,只有尾巴翘在水面上,才留下了一些谷粒。

神农把谷子精心种植,每根禾都在尾巴尖上结了些谷子,他把收得的谷子给了百姓,教给他们种植方法。以后,人们代代相传,稻谷就成了主要食物。

龙犬盗谷有功,神农把它点化成人,招为驸马,封他做"逢山吃山"的大官,成了瑶族人的祖先。所以瑶族人过"尝新节"时把谷穗插在神堂上,先叫狗尝新米饭,吃麸子肉。

讲述者: 左 文 男 60岁 小学
搜集整理者: 陈伯洋 男 高中
1987年采录于湖南省常宁县洋泉区

织机帽和花边衣[*]

凡到过瑶山的人，都能看到美丽的瑶家妇女有一顶漂亮的织机帽，有一身精巧的花边衣。

瑶家妇女头戴的织机帽，形状奇特，闪青发亮，可以遮阳、挡雨，还能避风寒，她们每年一次，用滚烫的热水把头发洗净，将蒸热溶化的蜂蜡和头发紧紧地粘连后，牢牢地固定在织机帽的竹架上。这顶帽子，她们长年累月地戴在头上，连晚上睡觉，也不脱下来。

传说很久很久以前，有一天，扬州汉高王圣帝，率领家奴打猎，经过瑶山。这个残酷贪婪的头领，看到满山遍野的富饶财宝，对瑶家蜜糖般的幸福日子嫉妒起来了。

他回到扬州后，率兵点将，闯进瑶山，抢走了无数的奇珍异宝，掳去了许多年轻俊俏的瑶家姑娘。高王还将盘王宠爱的妻子刘三娘娘掠走，作为他自己的妃妾；把盘王最心爱的金毛犬也抢走，供他玩乐。

盘王和李、邓、赵三位头领，率领着勇敢的瑶胞，曾经几次打扬州，但狐狸一样狡猾的高王，派遣精兵日夜把守着坚固的城池，盘王几次都攻打不下，无奈何，只好关着寨门练习兵武，期

---

[*] 《中国民间故事集成湖南卷·资兴市资料本》，内部资料，1988年，第165—167页。

待着有一日,擒拿高王报仇雪恨。

盘王的妻子刘三娘娘,是一位美丽善良的瑶家妇女,她被高王抢走之后,可怜巴巴地遭受蹂躏和侮辱,终日以泪洗面,盼望盘王把她救出苦海。

一天晚上,刘三娘娘正欲入睡,恍惚间,看见一位鹤发童颜,胸前飘拂着银色长须的老阿公,健步来到床前,对她说:"你不要过分地悲痛伤心,这里有金毛犬与你做伴。高王恶贯已满,不几天就会见阎王,你和金毛犬都能平安回到瑶山。"娘娘惊醒过来,原来是一场大梦。

说也奇怪,这时金毛犬摇头摆尾,亲热地来到了娘娘身旁,双眼闪着亮光,"安安"地叫着,仿佛安慰娘娘。

中秋佳节到了,高王带着王后妃妾和一群丫环使女,饮酒赏月,寻欢作乐,他想到自己已经掠夺到了那么多的珍珠宝贝和美女佳人,非常得意,不觉喝得大醉,像一摊烂泥瘫倒在地,王后见此情景,便命使女扶着高王到龙凤宫里的龙床上安睡。

已是深夜三更了,高王仍然人事不省,鼾声如雷。这时金毛犬机敏地从龙床底下钻了出来,趁着人们正在饮酒作乐,高王身边暂时无人守候的时机,它一跃而起,对准高王的喉管,狠狠地咬了一口,只见乌血立即喷涌出来。霎时间,这个贪得无厌的暴王,连喊都来不及喊一声,就一命呜呼了。

金毛犬见高王再也没有动弹,知道他已经死去,便欢快地跑进了刘三娘娘的房内,对着正在窗前悲切地思念盘王的刘三娘娘,高兴地摇头摆尾,用嘴巴拖着她的衣裙,示意她赶快脱离虎口。娘娘看到金毛犬满嘴都是血迹,完全明白过来了,她顾不得梳妆打扮,迅速骑在金毛犬的背上,借着明月亮光,飞快地奔跑,回到了离别多年的瑶山。

盘王和瑶家乡亲,个个欢天喜地,迎接刘三娘娘和金毛犬的归来,盘、李、邓、赵四位头领,听完刘三娘娘叙述金毛犬咬死高王的经过后立即吹响了号角,迅速召齐了山寨的瑶胞,身挂弓箭,手持长刀,骑上快马,浩浩荡荡奔向扬州,一举攻破了扬州城,凯旋而归。

后来,瑶家妇女世代不忘金毛犬救主的恩情,她们头上戴了织机帽,穿上了金色的花边衣。织机帽两边的飘带,表示金毛犬的耳朵。金绣的彩色花边衣,表示金毛犬的绒毛。

讲述者:赵丙才　男　48岁　高小文化　团结乡农民
搜集整理者:曹玉章
流传地区:湖南省资兴市团结乡、清江乡一带

湖南资兴茶坪瑶族盘王传说[*]

很久很久以前,评王和高王争夺天下,打得很激烈,谁也赢不了谁,百姓很苦。老天在天上看,商量了很久,觉着还是

---

[*] 焦学振:《公众信仰与民众生活——茶坪瑶族村"还盘王愿"仪式研究》,"中国神话学"课题组编《盘瓠神话文论集》,北京:学苑出版社,2017年,第194—196页。

评王好一些,他夺得天下后百姓日子会好过,就决定帮助评王。就派了龙犬帮助评王,让龙犬下凡去。这条龙犬就来到了评王这儿,撕下了榜文。这个榜文啊,就是说谁要是能帮助评王消灭高王,就把自己最漂亮、最疼爱的三公主嫁给他,还和他共同管理国家。

评王一看,是个龙犬叼着榜文在殿上,心里很担心,也很好奇,问它为什么撕榜。这龙犬又不会说话,交流不了,怎么办呢?评王就问他:"你是不是想要阻拦我攻打高王?"龙犬摆了摆尾巴。评王又问:"你是要帮我消灭评王?"龙犬点了点头。于是啊,评王就明白了,这是神犬要帮自己消灭高王。

龙犬撕下榜文后跑出了评王的国家,走了七天七夜,来到了高王那里。高王看见了龙犬很高兴,因为他知道龙犬一直在评王那里。你想啊,评王的龙犬都跑到了他那里,不是象征着马上就能把评王消灭了嘛。于是高王就把龙犬养了起来,但还是有些顾虑,对龙犬保持着警惕。有一天,高王打了个胜仗,很高兴,宴请大臣们喝酒,喝得很多都醉了,龙犬就有了机会。可是龙犬在高王这里生活了一段时间,觉着高王对自己很不错,有些不忍心下口。但是又想,我既然答应了评王要帮他消灭高王,就应该遵守诺言,还是趁醉把高王的头咬了下来,叼着跑回了评王那儿。

评王看到龙犬叼回的头确实是高王的,很高兴,马上宴请祝贺。但随后又苦恼起来,因为他说过谁要是能帮他消灭高王,就把三公主嫁给他。评王想要悔婚,一直犹豫不决。这时三公主去找她父亲,说:"你既然已经说了谁消灭评王就将我嫁给谁,就应该遵守承诺,不然就会让老百姓失望。"于是评王就把女儿嫁给了龙犬。

公主对龙犬很好，于是龙犬想要变回人形来和公主生活。他托梦让评王找来一口金钟，把他放在里面蒸七七四十九天。一开始挺好，在里面关了四十八天，但在最后一天，公主怕龙犬被蒸死、渴死，于是偷偷打开了金钟。这一看不要紧，龙犬居然变成了一个帅小伙，但就是头上和腿上还有些毛。因为早打开了金钟，没有完全变成人形。她赶紧拿了布将龙犬的头包裹起来遮羞，你看啊，我们瑶族的服饰就是这么下来的，有意思吧？

龙犬后来被评王封到了会稽山做王，成为了盘王。盘王和公主在那里生下了六男六女，评王知道后很高兴，给了金银让他们夫妻俩用，还给这十二个孩子赐了姓氏，也就是今天我们瑶族的十二姓。再往后，有一天盘王去山上打猎，一不小心被羚羊撞到，被羚羊的那个角撞了，跌到了山崖里边儿，挂在了树上。公主和孩子们去山上找啊找啊，终于在树上找到了盘王，但还是没有把他救活。他们很气愤，于是抓到了羚羊，把它的皮给剥了下来，这还不解气，又把盘王坠落山崖附近的树木砍下做成了鼓身，再把羚羊皮蒙在上面制成了长鼓。他们边哭边打鼓来怀念盘王。

讲述者： 赵前卫

采录整理者： 焦学振

2017 年 1 月 14 日采录于湖南省资兴市茶坪瑶族村赵前卫家

彝族盘瓠神话

贵州威宁彝族神话（节选）*

　　基于老二对他们的人道态度，他们指点他在大水来到那天如何拯救自己。办法是找来木材，做一个能够在里面睡觉过夜的大食橱。二弟接受了此项建议，那些人即返回天庭。12天过后，洪水终于来临。老二借助他的木柜漂在水上，并救起各种不同的生灵。其中他救了蛇、蜜蜂和乌鸦。大哥在洪水中躲进一只铁柜中，结果被淹死。当洪水消退后，人世间只剩下"老二"一人。不久后，他就因寂寞而感到烦恼，希望有个妻子作伴。当时唯一有女人的就是天神所生活的地方。孤独的男子想向天神的某个女儿求婚，但却没有人代他传话提亲。这个古老的传说是根据东方人的观点写成，因此所有的婚姻都需要一些媒人来牵线安排。蛇

---

* ［英］柏格理等：《在未知的中国》，东人达、东旻译，昆明：云南民族出版社，2002年，第345—346页。柏格理（Samuel Pollard）曾经在贵州威宁的石门坎传教。石门坎是一个苗族村寨，却是彝族土司管辖的地盘，柏格理在那里搜集到一本诺苏文字的书籍，其中记录了以上这则神话。

看到男子的困难，表示愿为他提供帮助，以报答好心人于洪水中对它的救命之恩。然而蛇也面临着一个困难，即它无法爬过姑娘父亲居住的长长的房间。小伙子还是解决了难题，他让蛇缠于自己的脖颈上，带着它进入天神的房间。夜幕降临，蛇开始实施帮助它朋友的计划，将主人的某个女儿咬了一口。年轻姑娘陷于痛苦的毒性发作之中，天神中无人能治愈她。此时，求婚的男子站出来，说他有办法治这种病，但提出如果成功，则把女儿嫁给他。百般无奈的父亲只好答应。于是姑娘的蛇伤被治愈，小伙子盼望协议能够兑现，但如同许多类似故事的情节，父亲拒不遵守诺言。年轻人只好怀着失望的心情离去。后来，他决定再试一番，此番是带着蜜蜂前往。蜜蜂效仿蛇，把刺扎在姑娘脸上。这位男子同样自告奋勇去疗伤，并提出同样的条件，条件再次被接受。这一回，当伤病被治好后，小伙子获准把姑娘作为妻子带她离开。父亲亦竭尽全力待承小两口，临行时，给他们备下所需要的各样种子。然而，无论如何，有一样种子他没有给他们，那就是大麻籽。这位古代诺苏的夏娃最终解决了困难，她回到娘家，偷走了扣留下没给他们的种子。

彝族蹉姐仪式的由来*

从前有一个皇帝,与一叛王争夺疆土,皇帝没法杀掉叛王,便下令给百姓说:"谁能取得叛王的头,就招为驸马。"不久,就有一只黄狗撕了诏令,衔了人头去见皇帝,皇帝见了非常惊奇,仔细一看,果然是叛王的头,心中着急道:一个皇帝的女儿,怎好嫁给一个黄狗;要不实行前令,有失信用,恐或生变,因此愁容满面,食量大减,肌肉一天天地瘦削下来。公主见父王如此,因问其故,希以实告,现出疑难之情,公主以不可自食其言,她愿意其父实行诺言,王允之。

公主与黄狗结了婚,便到民间生活去了,数年后,生了几个儿子;再过几年,孩子们都长大了,但始终不知道他们的父亲是谁,母亲也不告诉他们。这些孩子喜欢打猎,所以每天都带了老黄狗出去。

一天,在树林繁盛的地方追逐野兽,老黄狗也乱跳乱跑地在树林中寻觅被杀的兽类,他们兄弟见了,误为是兽,箭声响处老黄狗受伤了,大叫一声,滚到一个山岩上挂住了。跑过去看,使他们大吃一惊,但也没有法子收拾,只有悲叹一番。

回到家里,他们的母亲因问及黄狗,弟兄们即以实告,她便

---

* 马绍房、傅玉声:《宣威河东营调查记》,《西南边疆》第 8 期,1940 年 3 月。标题为本书作者所加。

大哭起来,乃以实情对儿子们说,于是全家都悲悼起来。过了几天,弟兄们商量好到山间去埋葬老黄狗的尸体,走到岩边,只见尸已腐烂,臭气腥人,乌鸦正啄肉吃,但人又去不得,蛆一个个地滚到岩下,他们过去都一一蹉死,并用石子投击乌鸦。这样过了几天,尸体完了,乌鸦也飞走了,今日夷人开丧时要举行"蹉蛆"的仪式,就是当日"蹉蛆赶老鸦"的意思。

彝家人为什么不吃狗肉[*]

不知是哪朝哪代的事了,有一个国王过了七七四十九岁,才得了个姑娘。姑娘出生这天,京城里出了件稀奇事,有一家的母鸡下钵头大的蛋,好事的人把它献进宫来。国王和王后看了,也很惊奇。国王抽出剑来,就向鸡蛋砍去。蛋破了,里面现出一只小狗。国王想杀死它,王后求情说:"小狗也是一个小生灵,怪可怜的。留着它,说不定日后还有用呢!"就把这只小狗喂养在宫中了。

过了很多年,有一个强大的敌国想要侵吞这个国家。消息传来,国王忙召集文武百官来商议退敌之策。但满朝文武没有一个敢领兵去迎战。国王只得向全国贴出告示,凡是敢应召前往战胜敌国的,就许下愿:"高马让你骑,高官让你做,并招为驸马。"

---

[*] 白庚胜总主编:《中国民间故事全书·云南洱源卷》,北京:知识产权出版社,2005年,第57—58页。

告示贴出来，都无人敢应召，情况十分危急。宫中那只狗忽然变成一个英俊的小伙子，前来应召，愿领兵前去打败敌国。国王听了，半信半疑，但紧急关头也顾不了那么多了，立刻答应小伙子去试试。

说来也怪，这小伙子很有一身本事。带上军队，英勇无比，不费多少力气就把敌国军队杀得大败，活捉了敌军首领。他取来首领的首级献给国王，就提出要与公主完婚。国王虽然为大获全胜而欢喜，但因为这小伙子原是狗变的，把自己的独生姑娘配与他，心里很不乐意，有心反悔。公主听后，便对国王说："人们常说，男子汉说话算数，你身为一国之王，要取信于民，怎么能轻易反悔呢？父王虽悔，我倒是下决心与他配为夫妻，至死不变。"国王见女儿铁了心，也不好强行阻拦，就把前约里的"高官让你做"偷改为"高山让你住"，打发给公主一套宫中的服装，让他们住到高山上去了。

来到深山后，小两口十分恩爱，男猎女织，勤俭过活，虽然穿的是宫中鲜艳的服装，并不迷恋宫中豪华生活。后来生了六个儿子，这就是彝族的六祖分支。据说现在彝族漂亮的服装就是从宫中带来的。直到今天，彝族人都很珍视家里的狗。历来，狗在人们的生活和狩猎中都有重要作用，彝族人家不吃狗肉，就是这个缘故。

讲述者：艾玉花　彝族
搜集整理者：李荣昌　彝族
流传地区：洱源、漾濞
1984年采录于云南省洱源大松甸

彝族为什么住在高山上[*]

彝族为什么住在高山上？这里有个故事，我是从文海彝人那里听到的。那个故事是说很久很久以前，彝人的老祖祖最早居住在平坝里，是个小伙子，这个小伙子是个好人，虽然家里很穷，但喜欢帮助他人。有一次他看见有人在欺负一个白胡子老人，就上前去说理，劝开了欺负老人的那几个地痞流氓，并把老人接到家里好吃好喝地进行了招待。老人吃喝完后现出原形，原来是个神仙爷爷。他用手指了下小伙子，小伙子立马就变成了一条狗。神仙老人说："小伙子，我看你是个厚道人。好人有好报，我让你变成一条神犬，是为了成全你的姻缘，到时候你会变回人的。"然后给他交代了后面将会发生的事及注意事项，说完这些话后老人就消失了。

第二天，小伙子在家里听到外面的议论，说是山那边在打仗，他们的王国连打败仗，敌人已经快打到王城了。国王向全国发了告示榜，说是如果有人能够杀死敌国元帅，打退敌人进攻，国王就可以赏赐封地一千里、黄金一万斤，并把他的千金公主嫁给他，让他成为驸马。告示榜出来好几天了，但没有人去揭榜。已经变成了狗的小伙子听到后，跑到告示榜那里揭了榜，然后立

---

[*] 本则神话是中国社会科学院民族文学研究所杨杰宏于 2010 年 7 月在云南丽江进行田野调查时采录的，神话是用纳西语讲述的，后由杨杰宏译为汉文。

马往打仗的方向飞奔而去。因为它是一条狗,打仗的双方都没有注意它,所以它直奔敌人的大本营。敌方元帅正端坐在中间发号施令。神犬一跃而上,死死咬住敌方元帅的脖子,一下子咬断了脖子,趁旁边将官目瞪口呆,它叼着敌方元帅的头颅跑了出来,一口气跑回到国王的王宫里,并把死者头颅放到了国王面前。国王还在惊骇时,外面的探子进来报告,说敌方的元帅被一只狗咬死了,全军失去了将帅而乱作一团,正全军后撤。

国王大喜,连叫三声:"好!好!好!"并吩咐部下用丰盛的肉食招待好这只神犬。但那只狗仍一动不动,旁边人怎么牵都牵不动。国王旁边谋士悄悄地对国王说,它是揭了榜的,是在等你赏赐呢?国王如梦初醒,拍拍脑袋说:"啊,对了!对了!差点忘了这事,但它是一条狗呀!金子也用不了,更不用说与人结婚了。"旁边的大臣们也附和着。这时,国王的女儿在旁边听到大家的议论后,从帐后走出来说:"做人要守信誉,更何况是一国之君的金口玉言。如果说话不算话,以后还会有人替国家出力卖命吗?即使它是一条狗,只要它完成了任务,我们就要信守诺言。我愿意嫁给它,请父王同意。"国王一时为难了。想了半天说,把万两黄金赏赐给它吧!却没有把女儿嫁给它的半点意思。那只狗朝着黄金叫了三声,仍无动于衷,却走到公主前面,咬住她的衣袖,示意要她跟它走。国王知道了它是一条神犬,只得同意了。大臣们问国王,让他们去哪里呢?国王说:"大河任它过,高山任它住,随它去吧。"

神犬听到国王同意把公主嫁给它,一时高兴,把国王的话听成了"高山让它住",就带着公主朝高山上走。走了三天三夜,终于爬到了最高的一座山上,山上有个大山洞,他们就住在里面。一到晚上，住在黑洞洞的山洞里，公主一想到这一辈子要与一只狗为伴，心里伤心，就哭了起来。哭了一阵子，抬起头时突然看见眼前站着一个英俊的小伙子！一问他，才知道那只狗是小伙子变的，公主也喜欢上他了，就与他过上了幸福的生活，后来生了很多孩子。这就是彝族为什么住在高山上的原因。

> **讲述者**：严子藩　男　68岁　纳西族　丽江市龙蟠乡兴文村村民
> **搜集整理者**：杨杰宏　男　纳西族　中国社会科学院民族文学研究所研究人员
> 2010年7月13日采录于云南省丽江市龙蟠乡兴文村

天涯寻谷[*]

有一个国王为国内无谷种而烦恼。于是召开寻谷大会，国王许诺谁找来谷种者，就把公主许配给他。一只白狗经过千难万险到达了谷城，时值收黄谷季节，白狗在谷田里跳啊、滚啊，全身沾满了谷子后往家走，当瘦得快成一副骨架时才回到国王面前，

---

[*] 普学旺主编：《云南民族口传非物质文化遗产总目提要·神话传说卷》（上卷），昆明：云南教育出版社，2008年，第94—95页。原载云南省南华县文化馆、民委编：《民族民间文学资料》，1986年。

国王在狗尾巴上找到了三颗谷种。可是,许婚的事,国王却翻脸不认账。聪明的公主对父王说:"国王如果说话不算话,大臣百姓就不会听你的话。"说罢就与白狗到大山洞里居住去了。几年之后,谷子获得大丰收,太子也当了国王,新国王思念白狗和姐姐,终于在大山洞里找到了姐姐。只见姐姐穿的是獐鹿麂兔皮,戴的是百鸟花羽帽,已经生了五个孩子,但说话叽里呱啦听不懂了。从此,狗受到各族人民的尊重。

讲述者:郭中玉
搜集整理者:陈维礼　周丕福
概要摘录者:李惠兰　朱琚元

藏族盘瓠神话

粮种和锅庄舞的来历[*]

传说在很久很久以前,洪水潮天冲走了粮食,连种子也没有了,人们只有吃野果、树根、树皮。皇帝看到人都要饿死完了,便出了一张告示:谁能弄回种子,就把三公主许配给他。

那时候有个规矩:谁应承告示上的事,就可以揭下告示。可是,告示贴出了很久,还是没有人敢去揭。

皇帝养了一条大黑狗,有一天,这条狗正在用前爪抓告示,臣子们看见了就来报告皇帝。皇帝亲自去看,果然大黑狗正在抓告示。皇帝把告示上写的事向狗说了一遍,大黑狗还是甩甩尾巴揭了告示。

大黑狗走啊走,翻山越岭,漂洋过海,终于在一个小海岛上发现了庄稼,有谷子、麦子、包谷和四季豆,并且这些庄稼都成熟了。大黑狗就在庄稼地里打滚,把粮食粘在身上,然后往回走,大黑狗走啊走,又翻过了大山,凫过了江河,回到了皇帝面

---

[*]《中国民间故事集成 木里藏族自治县卷》,内部资料,1987年,第21—22页。

前,把粮食抖在地上。

皇帝不得不履行诺言,把三公主嫁给了大黑狗,大黑狗带着三公主来到大森林的一个岩洞里生活,它每天出去咬野兽来养活三公主。

三年过去了,皇帝娘娘哀求皇帝派人去找三公主。派出去的人找啊找,终于找到了三公主。这时候三公主快要生产了。她的衣服都穿烂完了,只有一把伞是好的。她只好抽掉了伞轴,拿伞盖围住下身,带着黑狗回到了娘家。

过了一些时候,公主生了九个儿子。九弟兄长大后知道了他们的父亲是狗,决定要把大黑狗除掉。

有一天,九弟兄带着大黑狗去打猎,狗去撵岩羊,九弟兄坐堑口①。大黑狗把岩羊撵出来了,九弟兄不打岩羊,却瞄准大黑狗开了枪,大黑狗被打死了。他们把狗抬回家里。过了几天大黑狗生蛆了,遍地都是蛆在爬,九弟兄就牵起手跳,把蛆踩死。

传说,这九弟兄以后就成了九种民族,现在的锅庄舞就是从踩蛆开始的。妇女穿裙子也是从那把雨伞开始的。

讲述者:单玛　女　18岁　藏族　初中　固增乡妇联
记录整理者:李锦川

---

① 坐堑口:打猎时,持枪守候在野兽必经之路。

壮族盘瓠神话

蛙婆节[*]

每年农历正月末至二月初的子日[①],是天峨县云榜村纳鲁屯民众"埋蚂蜥"的传统节日。这时正当阳春,为了祈求风调雨顺粮食丰收,大家吹着唢呐,敲锣打鼓,云集在田坝,举行祭奠仪式和丰富多彩的歌舞娱乐活动。

古时候,先民每逢大年初一,男女老少到村寨旁的河边或井边洗一次脸,表示万事如意,喝一口水,祈求风调雨顺,带回些石子放在家里香火台神位上,表示招财进宝。

有一年天大旱,大年初一清早,大家照例到河边洗脸喝水,还备齐三牲,搭台燃香,虔诚跪拜,求神降雨。有位姓李的人,年近五十,无妻无儿,一人孤单度日。那天,他随众人一道跪

---

[*]《中国民间故事集成·广西卷》,北京:中国ISBN中心,2001年,第342—343页。

[①]子日,古代以天干地支纪年、月、日。子日即甲子、丙子、戊子、庚子、壬子之日。

在河边求雨，还乞求苍天保佑让他能娶妻生子。突然一只青蛙跳进他的怀里。他将青蛙放在地上让它跳走，可是青蛙又往他怀里跳，这样反复三次。他感到非常奇怪，把青蛙捧在手上，青蛙老是眨着眼睛望着他，还对他连叫几声。他把青蛙带回家精心喂养，七七四十九天后，这只青蛙变成了一个英俊后生，开口叫他"爸爸"。他非常高兴，取名"龙王宝"。

从此，父子俩辛勤劳动，吃穿有余，事事如意。

第二年，外国入侵，皇帝发榜招聘将军，谁能打败敌军，招为驸马。

龙王宝揭榜应聘，领兵出征，打败敌军，班师回朝。皇帝把公主嫁给他，封为镇殿大将军。龙王宝当了大将军，不穿朝服，照旧披着青蛙皮。满朝文武百官议论纷纷。皇太后更是不高兴，认为青蛙皮难看，有损皇家威严，趁龙王宝熟睡，偷偷地将青蛙皮丢进火里烧掉。没想到龙王宝因此一命归天。

皇帝晓得龙王宝的死讯，十分震惊，万分悲痛，为它举行了隆重的葬礼。为国家安定，为纪念这位战功显赫的爱婿，让百姓们缅怀它的功德，皇帝将火化后的青蛙骨灰分发各地安葬，号令各地每年正月末至二月初举行隆重的祭蛙活动。

讲述者：韦声姣　女　壮族　50岁　六排镇云榜村纳鲁屯农民不识字

搜集整理者：罗仁德　男　壮族　40岁　天峨县文化馆干部中学

陈祖华　男　汉族　40岁　天峨县文化馆干部中学

1985年6月采录于广西天峨县六排镇云榜村纳鲁屯

【附记】

"蛙婆节",当地又称"蚂蚜节"。蚂蚜,即青蛙。东兰县壮族农村蚂蚜节风俗如下:农历正月初一老少男子到田间找蛰冬青蛙,装进竹筒供于凉亭。日间由儿童们抬着青蛙游村,逐户贺年,夜间男女老少群集凉亭对歌陪伴青蛙。正月末葬青蛙,举行盛大的歌会。这天还打开去年所葬蛙骨,卜今年雨情农情,蛙骨金黄则风调雨顺五谷丰登;骨白色则天旱,但棉花可丰收;骨黑色则年凶。其风习来历有两个传说:一说古代一名孝子东林为母守丧,屋外蛙鸣,心烦躁,烧滚水淋蛙,蛙声断,天大旱。祷于布洛陀、妹洛甲。他们说:蛙是雷婆的女儿,蛙鸣禀告母亲,人间需雨,雷婆才下雨。今伤了天女,要厚葬赔礼。东林大年初一请天女回村坐花轿,陪她游村欢乐三十天,又请千人来送葬,万人来唱歌。雷婆见了笑,月月降及时雨。另一说,一妇女名叫牙游(亦译作"娅游"),嫌蛙鸣吵耳,热水淋死一些青蛙,幸存的青蛙告于玉帝,玉帝令人间正月礼葬青蛙。天峨县也是正月初一找蛰冬青蛙,供祭一个月。正月末至二月初的子日葬青蛙时,唱歌、跳蚂蚜舞和多种民间竞技、杂耍、游戏,活动内容丰富而隆重,与东兰县以歌会为主有所差异。

埋蚂蚜节的传说[*]

埋蚂蚜节的传说,壮语叫"托模圭"。桂西壮族人以青蛙为图腾,有许多传说。在东兰、凤山传说蚂蚜为神之子,在古代不幸被一个叫东林的壮族人用热水烫死,故以厚礼葬之,以示赎罪。而在天峨则世世代代流传着这样一个传说:

古时,某年正月初一凌晨,鸡叫头遍,壮族未婚男女争先恐后到河边取仙水,捡祥石。一位善良的李姓孤寡老人也跟随年轻人来到河边,祈求上苍给他娶妻育子。他语音未落,一只小蚂蚜跳进他怀里,他小心翼翼地把蚂蚜放回河里。谁知蚂蚜在河里游了一圈又跳至李老人怀里,反复多次,老人心想:"我无儿无女,孑身一人,想必这就是我的儿子了。"于是,他将蚂蚜装进口袋,回家放进水缸里喂养。

小蚂蚜得到李老人的精心喂养逐渐长大。七七四十九天后的一个清晨,晴朗的天空挂着一道彩虹。忽听水缸里的蚂蚜"呱呱"作响,水花飞溅,光芒四射,天际传出铜鼓轰鸣声,小蚂蚜变成一位披着蚂蚜皮衣的英俊后生。他一开口就叫李老人作爸,李老人顿时红光满面,觉得年轻了许多。蚂蚜后生拜天,天即丽日高照,风和日暖;拜地,地即万物复苏,山清水秀,到处呈现

---

[*] 罗仁德:《广西天峨县壮族埋蚂蚜节礼仪》,《民俗曲艺》(台湾)第113期,1998年5月。

一派喜气腾腾的新气象。李老人乐得手舞足蹈，笑得合不拢嘴。

从此蚂蜽后生成了老人的主要劳力。壮族人做活时愿与人互助帮工，他天天与村寨上的青年换工，非常和睦。这一年风调雨顺，禾苗无灾无害，长势很好，秋后获得了大丰收，人们一传十，十传百，认为这是蚂蜽后生带来的好年成，于是不再让蚂蜽后生帮忙干活，只要他走到谁家的田坎上，谁家的禾苗长势就好；他走到那个村寨的田峒，那个村寨就风调雨顺。蚂蜽后生深受壮民的爱戴。就这样，他和李老人走遍了红水河两岸，两岸瘟疫消除，四季如春，处处莺歌燕舞，幸福祥和。

翌年，天下大旱，田地皲裂，妖邪作乱，番厥也趁机入侵。朝廷多次兴兵征战，阵亡无数。一时间，蛇虫横行，生灵涂炭，国家遇难，社稷面临沦亡。而朝中缺勇将，邦无力兵。皇帝无可奈何，只有发榜昭示：不论职官平民，凡能领兵破敌者，封为镇殿大将军，招为驸马。

蚂蜽后生走村串寨。一天，路过一个村寨，见许多人围在一张告示前议论纷纷，他挤进人群一看，才知道国家危亡，皇上出榜招贤能救国民。蚂蜽后生便揭下黄榜说："光复社稷，匹夫有责！"于是，在众人簇拥下去皇殿受招。

皇帝正愁肠未解，忧心忡忡。众臣诸将也束手无策，嗟叹无奈。听说蚂蜽后生带领众壮民前来受招讨番，龙颜大喜，立宣蚂蜽后生进见，封为讨番大元帅。蚂蜽后生领命后，浩浩荡荡率领大军讨番去了。

蚂蜽后生历尽千辛万苦来到边关，看到番兵横行，鱼肉百姓，激起了他胸中怒火。他鼓鼓头囊，运足法气，"咻咻咻"三柱白色浓烟从股囊喷出，越喷越多，越喷越远，番兵的双眼被烟雾蒙住，晕头转向，乱了阵脚。蚂蚓后生指挥将士勇猛冲杀，番兵伤亡惨重，立即亡命逃跑，蚂蚓后生追杀了九九八十一天，最终打败番兵，收复了国土。

蚂蚓后生吩咐部将护国守关后，班师回朝。皇上得报蚂蚓后生打败番兵，命人装点宫殿迎接蚂蚓后生。一天，蚂蚓后生带领着雄姿凛凛的将士们回到京城，百姓歌舞欢迎，皇帝也出城迎会。进殿后，皇帝封蚂蚓后生为镇殿大将军，有功将士也一一嘉封，并即日招蚂蚓后生为驸马，与公主婚配。从此天下太平，人民安居乐业，人寿年丰。

蚂蚓后生被招为驸马，又是镇殿大将军，他出师征战要披蚂蚓皮，宫廷朝拜披着蚂蚓皮，民间理事披着蚂蚓皮，接宾会客还是披着蚂蚓皮。朝廷诸臣众将无不评头评足，议论纷纷，说是镇殿大将军身披蚂蚓皮实在难看，有损宫廷威严。可是谁也不敢向皇帝提议，只是流言蜚语传说纷云。皇后早就看不顺眼，只是敢怒不敢言。

初春的一天中午，蚂蚓将军为民理事归来太累了，一到内房就横倒在床上睡着了。皇后看到驸马疲惫不堪的样子，就悄将蚂蚓皮扔进火坑烧毁了。谁知蚂蚓皮就是蚂将军，也就被活活烧死了。公主见状，痛哭欲绝，皇后也后悔不及。皇帝闻讯赶来，只见一股青烟从蚂蚓将军的焦尸飘绕在宫廷中，皇帝见了十分悲痛，只听得一阵蛙声，青烟向天空远远飘去。顿时，雷鸣电闪，下着哗哗大雨，地上蛙声四起，如泣如诉。

皇帝为了悼念这位神通广大、战功显赫的大将军，亲自举行隆重葬礼，并将火化了的蚂蚓将军骨灰分发全国各地，命令全国上下祭蚂蚓将军三天三夜，载歌载舞，传颂蚂蚓将军的功德。

各地得知蚂蜴将军被皇后烧死的消息，黎民百姓无不责骂皇后。人们得到蚂蜴将军的骨灰后，特制一座七彩花轿，放置骨灰盒于轿内，敲锣打鼓，吹着唢呐，抬着轿子周游田垌和村寨，表示对蚂蜴神的崇敬和祈祷，然后选择一个当阳开朗、视野宽阔的山梁洞穴安葬。

就是在天峨县流传的关于蚂蜴神和过蚂蜴节、崇祭蚂蜴的传说和在正月要跳蚂蜴舞、抬蚂蜴轿周游田垌的习俗。

皇帝变蛤蟆[*]

很久以前，有一对夫妇生男育女总是夭折，赖说错葬祖坟，急忙托人请来一个看风水的先生追龙脉，找到了一块蛤蟆宝地，选了一个黄道吉日，就迁坟另葬。恰巧那年女的怀了孕，十月怀胎后，哇哇地生下了一只蛤蟆，女的急忙叫接生婆把它扔掉，其夫回家发现后劝阻，妻子无奈，只得勉强放在箱里暗养，一养养了十六载，蛤蟆长大了，天天对着爹妈微笑。

由于连年灾荒，番邦派兵进犯，皇帝屡派将帅抵抗不敌，番邦大军压境，势如破竹，吓得皇帝六神无主，逼得出示榜文，说是有谁能够打退番邦进犯，皇帝情愿将公主许配，把他招为驸

---

[*] 农冠品编注：《壮族神话集成》，南宁：广西民族出版社，2007年，第356—357页。原载黄明标主编：《中国民间文学三套集成·广西卷》之《田阳县故事集》，内部资料，1988年。

马。榜文一张贴，一传十，十传百，蛤蟆青年也闻其事，就请求父亲到县城撕榜文。其父为蛤蟆青年捏一把汗说："看你生得黑不溜秋，相貌丑陋，又不像人，岂能打退番邦，万一有三长两短，皇帝会降罪我等的。"蛤蟆青年胸有成竹地说："爹你不必顾虑，快进城撕下榜文，孩儿自有主张。"其父听了蛤蟆再三央求，只得硬着头皮到县城，榜文一撕，守兵就过来发问道："喂！老头子，你撕榜文作甚？"蛤蟆青年的父亲答曰："皇帝出榜招贤抗敌，我家小子敢挑重任。"说罢，那守兵就尾随蛤蟆青年的父亲到其家，要他们明天就到金銮大殿领旨出征，说罢就告辞进城。

第二天早上，蛤蟆青年就叫其父背他去京城领旨出征，一路上，群众见一老头背着一只丑八怪去打番邦，觉得真是不可思议。蛤蟆青年领旨后就雄赳赳地上战场，敌我两军摆开阵势，烟尘滚滚，杀气腾腾。蛤蟆青年不慌不忙地爬上高地，肚子鼓得胀胀的，鼻子一出气，喷出浓烟，嘴吐烈火，烧得番邦全军覆没。蛤蟆青年得胜后，锣鼓喧天，长号齐鸣，吹吹打打地班师回朝。

皇帝对蛤蟆青年鼻能吐浓烟、口能吐烈火的奇闻半信半疑，于是就招他到御花园来亲眼看个究竟。那天蛤蟆青年一表演，果真如此。可是皇帝见他相貌丑陋，如招为驸马，有失皇帝尊严；不招嘛，他又打败了番邦，这样就会失信于民。正在进退两难之时，突然想出一个赖婚的妙计，那妙计就是吩咐太监找来一百顶花轿，让公主和九十九个宫娥混杂坐在这一百顶花轿内，巧计安排妥当后，就将蛤蟆招来说："你拍中公主乘坐的花轿就招你为驸马，否则罢休。"蛤蟆青年连连点头应选。

那天，一百顶花轿混杂坐着九十九个宫娥和一个公主，摆成了一字长蛇阵后，只见蛤蟆青年三跳两跳到一顶花轿前一拍，不偏不倚地正拍中公主乘坐的花轿，皇帝的迷魂阵破了，无可奈何，只得张灯结彩让公主与蛤蟆青年结婚。更深席散后，那晚皇帝派了十个宫娥进洞房陪伴公主，蛤蟆青年也跳到洞房，守住门槛中央，吓得十个宫娥惊恐万分，一个接一个地从蛤蟆青年头上跨过逃走，最后只剩公主一人，刚要从蛤蟆青年头上跨过逃走，被蛤蟆青年紧抓手臂不放，吓得公主魂不附体，用尽平生之力，甩掉蛤蟆青年的手，一跳跳上龙床，蒙被盖头，像筛糠样地发抖。深夜了，只得宽衣解带睡觉，接着蛤蟆青年也脱下蛤蟆皮，挂在衣钩上，变成了一个英俊的青年也上龙床就寝。

五更三刻，皇帝上朝，蛤蟆驸马和公主双双早朝参见皇帝，皇帝一见这样美貌的驸马就询问缘由，公主就将昨晚睡前驸马脱下蛤蟆皮变人的事告之皇帝。好奇的皇帝叫驸马和公主带他到洞房一看，果真看见那张闪闪发亮的蛤蟆皮还挂在衣钩上。皇帝欣赏片刻，就伸手取下蛤蟆皮披在身上，蛤蟆皮一下子贴着皇帝的身体，怎样也脱不掉。从此皇帝就变成了蛤蟆，而蛤蟆驸马接了皇帝的金印管理万民。

讲述者：黄翠群　女　76岁　广西田阳县田州民族街人
搜集整理者：唐云斌　58岁　壮族　广西田阳县文化馆干部　高小

第二编 以韵文体形式流传的各民族盘瓠神话

黎族祖先歌（节选）*

（黎族创世史诗）

（侾黎调）

序　歌

呵……
去呵去呵咳！
父去儿传代，
赛人① 兴未衰，
河干海尚在，
甜从苦中来。

---

* 本文系节选，原载《中国歌谣集成·海南卷》，北京：中国 ISBN 中心，1997年，第 40—78 页。后更名为《五指山传》，于 1990 年由暨南大学出版社出版单行本。本文所据版本为单行本，仅摘录与盘瓠神话密切相关的《序歌》《天狗下凡》《五指参天》三部分。

① 赛人：黎族的自称。

第一章　天狗下凡

提要：天狗在天上很有威望，他救过南蛇和蜂王。在它们的帮助下，天狗克服了重重困难，多次治好了天帝之女婺女的脚伤。婺女不顾父皇的反对，与天狗下凡成婚。

一

初古的时代，天地不分开，
日月昏蒙蒙，山岭阴霾霾。

苍天连大海，白云伴尘埃，
天爹抢地母，生成世间来。

天宫有气派，排场盛未衰，
彩绣铺地毯，香云漫天台。

天帝是主宰，天人[①]多华彩，
天女会歌舞，天狗传令牌。

天兵守要塞，天狗看厅阶，
黄蜂酿天蜜，南蛇镇天涯。

---

① 黎语中没有"神仙"一词，统称"天人"，意为天上的人。

天狗多豪迈，天庭任钦差，
天帝极信赖，大权任他排。

天帝多宠爱，天人也吹拍，
天女更恭敬，天狗是英才。

二

一日蛇来见，蜂王伴身边，
声声恩人叫，连连拜同年①。

同年最老练，心灵眼力尖，
天人与天将，天狗最威严。

如此好条件，有肉没人腌，
快些娶婺女②，吃苦心甘甜。

蛇蜂都相劝，婺女才貌兼，
天狗娶婺女，天皇得婿贤。

天狗虽心愿，心中自量掂，
叹我位卑贱，且听人驱唤。

---

① 黎族群众对好朋友称同年。
② 婺女星是天上的星座，即"女宿"。相传此星常在海南岛黎母山降现，因名黎婺，音讹黎母，黎族人民将此星当作天帝之女下凡。

我守宫廷内，做事肯争先，
分配不公道，尚忍饥与寒。

婆女最娇艳，妙龄帝心偏，
怨侪^①容貌丑，此情难牵连。

南蛇会打点，粪箕会求签，
同年放胆做，定来好姻缘。

窍多不怕险，侪有牙儿尖，
入得隆闺^②里，更能钻珠帘。

咬她生毒癣，咬她脚发炎，
脚上疮疤发，脚与心相连。

道公纵请遍，病情只增添，
越治疮越发，疮红越拖延。

婆女气奄奄，门前打星芊^③，
拔星领圣旨，天狗入宫廷。

---

① 侪：咱、我们之意。
② 隆闺：也叫寮房，是黎族青年男女谈情说爱的地方。
③ 打星芊：黎族群众把绑树枝、草结做记号叫"打星"或"打芊"。门口打星标明有求助于人的事。他人不准进入。如果拔掉星、芊则宣告解除，而拔星人必是可以帮助解难者。

名声从此显，才情更拔尖，
婺女接回屋，晚早得相沿。

三

瞬间第二早，婺女传痛脚，
流血流脓水，痛如尖刀绞。

祭天求妙药，药如火炭烧，
天人治不好，喊母叫爹摇。

灵丹不见效，慌忙打星招，
请道来赶鬼，门头打星条。

天狗偷着笑，笑得直弯腰，
仓皇拔星出，拖来到处跑。

恭敬拜天狗，天皇派签招，
你藏啥妙药，快请去操劳。

婺女能治好，珠宝任你挑，
天皇爱玉女，天皇会慰劳。

天狗常炫耀，俫的医术高，
婺女能治好，比前更妖娆。

吉贝与珠宝，铜锣①价更高，
牛羊不稀罕，难能我动摇。

姆顿②最重要，年高要结交，
婺女做姆顿，心情最逍遥。

天皇很气恼，天狗如此刁，
打他脚骨折，警人勿生骄。

天狗心有窍，坐着看良宵，
婺女多凄惨，谁人来代劳？

"打星"找医道，无人敢应邀；
门头"星"晒干，无人瞟一瞟。

婺女声声闹，天皇心也焦；
下令邀天狗，事成再分晓。

四

天狗见天帝，不拜不作揖，
侏人性子硬，不求你天时。

---

① 铜锣：是古代黎族社会最重要的家产，铜锣多寡是家庭贫富的标志。
② 姆顿：黎语，妻子之意。

侎的话儿直，勿轻我才思，
姆顿即时治，不然就告辞。

天皇有权势，谁人敢相欺？
天狗怪脾气，人人总称奇。

如同掉大溪，浮高又落低，
天帝没头绪，难找新话题。

从无此先例，天皇把头低，
当众放声讲，条陈要定齐。

没痕如水洗，复还似原始，
不疼不嚎叫，不然剥你皮。

是难还是易，没底没心机，
口里虽答应，心头却生疑。

天狗心没底，南蛇在山溪，
谁人帮得侎，肚肠似在犁。

心虚就没力，不知东与西，
天帝带入内，慌如偷吃狸。

隆闱很齐备，远来闻香味，

天狗见婺女,满房异与奇。

满屋皆争春,粉珠五色分①,
长虹织衣领,天云绣花裙。

脸儿几光润,龙眼目生春,
白过椰子肉,鲜如山竹笋。

皮如糯米粉,鼻子几均匀,
槟榔身段细,仙人果抹唇。

见着站不稳,看了眼睛昏,
开口声颤颤,婺女几温存。

前世交好运,今日有缘分,
天帝刚做主,事成享天伦。

医好成姆顿,去住酸梅墩②。
有人替料理,有人养鸡群。

天狗话含混,听了如遭瘟。
神形声色变,婺女惊断魂。

---

① 古代黎族妇女喜欢在颈上盘有五色粉珠。
② 酸梅墩:指酸梅铺,现今三亚市梅东村。

可怜有病困，难睡也难吞，
心急无法想，点头启朱唇。

天狗走鸿运，欢喜如醉醺，
长舌舔婺女，解除衣与裙。

神女得神韵，枯木喜逢春，
伤病全不见，意情更真纯。

五

天帝多诈狡，成事不成交。
天狗含冤走，心头似火燎。

骂声天帝佬，原来也是妖。
你有出门日，追咬无处逃。

帝命天人到，天云快升高，
天狗留地下，不许再骚扰。

天皇也怕狗，驾云逃夭夭，
从此天地隔，地穷天富豪。

六

蜂王见狗跳，南蛇听狗嚣，
都想帮天狗，一齐去闲聊。

为何犯争吵？为何气难消？
婺女青春回，快来做洞寮。

同年不知晓，土狸没此狡，
天帝特欺诳，侏人白操劳。

南蛇有诀窍，同年勿心焦，
天帝凌辱侏，报仇勿宽饶。

同年你好命，事前要心定，
今夜我又咬，让你比输赢。

此行要强硬，竹筒刻记星，
折箭成婚誓①，有情路自平。

宫廷要冷静，定时定五更，
凭签去办事，准能搭喜棚。

七

过了第二日，婺女气吁吁，
脚伤又发起，难于过一时。

喊生又喊死，声寒好惨凄，

---

① 古代黎族立誓折箭，记时刻竹。

痛痕连筋骨，日夜在号啼。

婺女有情趣，专寻天狗医，
叫声天狗哥，相随勿再离。

天帝好丧气，轿抬下云梯，
同年回天府，旧仇勿再提。

求三又求四，天皇费心思，
跟上还跟下，两人在相持。

两人似游戏，看来几滑稽，
天帝急要死，天狗装哑谜。

同年给面子，从未敢相欺，
朋友该大量，宽容勿生疑。

无关侏何事，再没此心机，
你既不认侏，侏人远远离。

讲的是婚事，誓言折箭支，
婺女做姆顿，轿抬五更时。

心疼也得许，天皇无计施，
折箭做证据，竹筒刻日期。

八

婆女生危症,昏沉叫声声,
眼皮哭到肿,气神没几成。

天狗一出现,婆女血气增,
天狗舐一舐,自然就生灵。

婆女神志清,感情似风筝,
有意心先乱,有情意真诚。

心里难平静,话儿比酒清,
异性如火旺,多情就忘形。

世事多相争,天皇诡计生,
开口同年哥,尚未搭喜棚。

婚礼勿清冷,要如满天星,
派出轿两百,黑红总分平。

黑轿一百整,红的似天灯,
任你挑一架,择时上路程。

轿里有酒氇,珠宝难数清,
褊裙与衣布,婆女有轿乘。

准时路上等，任你足先登，
遇啥啥归你，看你愚与灵。

全看你的命，运气由你定，
摸不着婆女，勿疑我薄情。

九

天帝难瞒骗，天狗有箭签，
天帝慌如蚁，汗水一身咸。

天狗心不甘，声声骂贼奸，
同年帮几次，此回难周全。

几次得相牵，深情隆闺间，
婆女色情好，香甜在心田。

瞬间一个变，天皇赖箭签，
若咬多一次，天皇会猜疑。

南蛇听得喊，蜂王尽挂牵，
同年出何事？赶来看兄颜。

好事多磨碾，木圆可削尖，
今日得婆女，世前定姻缘。

既然得尝鲜，为何气冲天，
南蛇称老弟，蜂王喊同年。

十

那日凄风卷，那年大水淹，
黄水浸山岭，天同水相连。

蜂王落大难，南蛇水中翻，
任凭风雨打，难保命回还。

情景好凄惨，遇你多喜欢，
你讲不帮恶，恶人不救援。

话出如雷喊，眼睛似箭穿，
句句讲罪证，连连骂贼蛮。

想得你相牵，毒茶也心甘，
骂得风儿静，化成浪儿蓝。

侏人也悔怨，今后不为奸，
人若不惹侏，心甘躲石岩。

同年有情感，侏人得相攀，
幸亏船上躲，起死讨生还。

不分地与天，漂浮庭殿边，
偻得闲事做，欢喜如过年。

天官住得厌，个个都悭吝，
贪心又怕死，同年最心虔。

今日天皇骗，偻心受熬煎，
你事如我事，生死都帮衬。

十一

蛇蜂把心交，天狗也自招，
婆女有情义，天皇打马挠。

衣裙偻不要，珠宝没心挑，
婆女坐轿里，百人全混淆。

蜂王想出窍，同年别心焦，
婆女既有意，抹红扮妖娆。

哪架香味飘，定是情人轿，
带你去认领，抬回进屋寮。

窍出多奇妙，天狗情绪高，
搭棚来庆贺，到时请酒肴。

天狗生性拗，事成好生骄，
相遇爱夸嘴，怕人不知晓。

吉日即将到，时时把心操，
隆闺日日守，夜夜见春潮。

世事真奇巧，男女自知交，
鱼知水是屋，鸟以山当巢。

天狗添热闹，婺女也多娇，
有如鱼得水，有如鸟归巢。

十二

三月三期到，花红正开苞，
彩霞自东起，红棉满树桃。

铜锣阵阵敲，远远随云飘，
轿抬两百架，黑红总妖娆。

一百九过了，眼花神更焦，
不见蜂王影，肚肠似火燎。

过了百九九，后头最糟糕，
坏轿来充数，咕咕咯咯摇。

忽见蜂王绕，旋转来相邀，
天狗真轻快，轿帘已掀撩。

婆女几俊俏，看着痒难搔，
世间万千事，最美在今朝。

热天吃啥妙？椰子水最高，
天狗得姆顿，山姣水也姣。

十三

天帝难意料，听了跌几跤，
醒来又昏去，穷人得逍遥。

身上如火着，心头似插刀，
可气又可恼，小儿拔豹毛。

天帝怒加恼，无情下令诏，
凡界去吃苦，黎母山路遥。

万事难不倒，生来苦水漂，
天狗得婆女，不管多辛劳。

第二章　五指参天

提要：下凡的琶玛天和婺女凿山引水，造日做月，过着原始游猎生活。他们生了一男一女，儿子长大后错杀了父亲。天帝安排他们兄妹相配，但因神仙误会，使母子相婚。天帝发觉后，罚此仙成布谷鸟，造福人间。

一

风吹云片片，红云绕山巅，
下凡海胆苦①，再苦心甘甜。

我公全都变，名叫琶玛天②，
相貌生得靓，才情是天然。

世间多鲜艳，梦魂难织编，
青山配绿水，红棉满山连。

住山得方便，山岭难变迁。
山中鹿做伴，山果是命源。

好山不必选，好牛不用鞭，

---

① "苦似海胆"是当地群众常用的成语。
② 黎族在称呼男人时，习惯在名字前加"琶"，称呼女性则加"姆"。

好物勿贪恋,好人勿轻嫌。

有情遂心愿,婺女琶玛天,
住下黎母岭,侏人有先贤。

二

山梁水漫漫,山崖从未干,
吃的无处找,住的也艰难。

浪游如孤雁,惯爬树丫间,
躺在树头下,过夜大石岩。

无须怨与叹,万事从头牵,
力足不怕苦,心灵好种田。

做斧把山砍,编箩把岭搬,
山鹿来帮衬,山猴也声援。

爬高下低坎,搬土填泥滩,
大石留做岭,大水下深潭。

天人有情感,天雷来引牵,
劈山开大岭,岭与山相含。

山崩出溪岸,石填成岭弯,

分高又分矮，有水有山峦。

我婆有远见，造日挂天边，
我公谁敢比，造的月儿圆。

水晶磨两边，竹竿捅上天，
光的日头毒，暗的月公圆。

星儿如苦楝，挂满花万千，
红的似花靓，白的似木棉。

雷公一看见，火胆放上天，
雷公火性烈，日夜光又圆。

白天火胆炎，天雷酒多添，
黑夜火不见，天雷睡得甜。

雷公好帮衬，日月不差偏，
勿惹雷公恼，旱涝总相沿。

三

婆女多打点，山棚铺草编，
菠萝叶做席，干草串与连。

满山果吃厌，蛤子捉来腌，

鱼虾草芍饱，山猪猫鹿甜。

原是天人变，我祖琶玛天，
打猎最得意，世前就有缘。

猎山化作犬，回屋琶玛天，
家中婺女管，苦来又有甜。

月圆月又扁，干草又出芊①，
生得男与女，苦楚知相怜。

姆拉女妖艳，靓女会思迁，
扎哈是男子，勤劳又孝贤。

雨淋力气添，风吹血色鲜，
扎哈好男儿，肩平腰也圆。

扎哈做弓箭，竹尖削一边，
跟父去追鹿，一年过一年。

四

赶鹿两头暗，过水过山弯，

---

① 出芊：方言，长芽的意思。

追出抱劝岭①，吠吠狗声烦。

扎哈看溪岸，父哭泪斑斑，
比脚还划手，悲凉几心寒。

两个大石岩，蛇头在上端，
有舌还有眼，气吁尚未残。

玛天声声叹，蛇头摇几番，
扎哈挥刀砍，玛天将儿拦。

天帝太凶残，南蛇难过关，
搬石将蛇压，差来守山涵。

骨儿压到散，头扁脚儿瘫，
困久心就恶，舌长嘴就馋。

千万勿动转，一皮鳞甲翻，
越拔越长串，爬行都艰难。

饿久成祸患，没吃心就贪，
天帝错一次，世人多扰烦。

---

① 抱劝岭：地名，在旧崖州境内。

插箭埋土坎，玛天情感牵，
向蛇许下愿，年年祭石岩。

当年得相帮，此时好孤单，
不知侎前景，艰难不艰难。

日长路漫漫，向明得心安，
同年请指点，苦甜与暖寒。

同年有主见，祭台果多添，
地上插竹箭，周围画三圆。

试埋三日箭，若成竹笋鲜，
侎的子孙发，如同满山棉。

若是侎归天，种子埋石边，
三日青芽发，神魂见同年。

竹箭出笋鲜，机缘定在天，
埋谷稻芽发，命原定扁圆。

五

玛天老蹒跚，可怜力薄殚，
追鹿嫌鹿快，摘果嫌枝缠。

人老儿反感，吃时眼眈眈，
好话没一句，老人也心烦。

穿起天狗衫，追赶力能担，
黑狗走得快，现形勿艰难。

不得猪鹿赶，打狗也心宽，
扎哈弯弓箭，山前石后挡。

黑狗走得慢，气短喉舌干，
可怜中毒箭，登时落山潭。

一时天昏暗，黑云满世间，
鹿闯山猪走，熊跑似风旋。

天崩地震撼，风吹大山翻，
满天飞大石，树木连根铲。

天河放水灌，闪雷破天穿，
不分天与地，山转海也转。

六

只听一声喊，山倾天地翻，
玛天倒下地，事奇出非凡。

天晴花烂漫，玛天血斑斑，
木棉红似火，彩虹大山含。

玛天泪凄惨，汇成水弯弯，
流出五条水，五河①起波澜。

我祖遭大难，心明乜事端，
一手向天指，天府登高坛。

手指白云间，山高没顶端，
高高大五指②，群群凤鸡环。

一手伸涯岸，小岭出溪滩，
如今小五指，斜斜在东南。

两脚在河畔，大山不一般，
扎哈弓出箭，只余七山盘③。

身上毛乱乱，树草也弯弯，
琶玛天的口，变成山上潭。

---

① 五河：指五指山流出的五条河。
② 大五指：即我们常说的"五指山"，在海南省琼中黎族苗族自治县境内。小五指山在陵水黎族自治县境内。
③ 七山盘：指七指岭，在保亭黎族苗族自治县境内。

石头与石板，天狗身上衫，
大洞与小洞①，眼睛与鼻涵。

五指山顶端，搅得天云翻，
五条水漫漫，惹起青山蓝。

事奇天狗变，岭顶出山尖②，
扎哈傻半日，不明此根源。

扎哈全看见，对母讲新鲜，
婆女挥泪讲，隐瞒此多年。

婆女拿出箭，子女快上天，
天帝多主见，月牙会复圆。

两人听母劝，攀爬上峰巅，
五指山极顶，天庭接边缘。

上天山做垫，往来用箭签，
兄妹上大岭，天云几悠然。

---

① 指大洞天、小洞天，在现今三亚市境内。
② 五指山位于黎母山脉之上，形似五指，刺破青天，使黎母山这条俯卧在海南岛中部的巨龙更有一派腾空欲起、扶摇直上的气派。

八

天云两边散，天人也下山，
兄妹已上岭，天人没遇拦。

天人一身汗，殷勤不一般，
要绣姆拉手，要改她脸盘①。

细纹绣上脸，天云与飞烟，
手上刺花草，刺痕蓝水填。

花纹一片片，侏族的符签②，
天帝认得侏，绣成更志诚。

天帝的令签，文在姆拉面，
配给芭扎哈，子女世代连。

天人不检点，粗鲁做事偏，
姆拉不在屋，见女就挥镰。

花儿几鲜艳，婺女全都兼，
天人见婺女，绣纹不猜嫌。

---

① 指姑娘绣脸文身，是黎族社会的旧风俗。
② 符签：标记、符号。

天人太差欠，婺女受枉冤，
后事多奇异，看来是机缘。

九

扎哈到天殿，如同坐刺尖，
天帝声声赶，下岭勿拖延。

天人好声劝，天时世事迁，
姆俊南山下，花容绣面颜。

姆拉入门槛，天皇骂万千，
绣脸嫁扎哈，快赶回山前。

好的抢着拣，吃的又争先，
日日都想玩，时时想清闲。

绣脸与游天，姆拉赏新鲜，
日头起又落，月儿扁又圆。

靓的全看见，玩游到天边，
天上游三日，凡人已三年。

十

天人有期限，好男不心贪，
扎哈出天道，清闲太厌烦。

急急如鼠窜，过河过山川，
爬石沿藤下，即时到山南。

刚刚到溪岸，有人树上攀，
妹仔生得靓，哥来好艰难。

绣面多装扮，有情不用牵，
扎哈见姆顿，情来更粗蛮。

扎哈几喜欢，姆顿得心宽，
扎哈娶婆女，生仔得相传。

生男好能干，得女不简单，
男的琶玛弹，女的叫阿寒。

苦咸辣与酸，长藤接起穿，
山藤串不尽，苦情俫尝全。

人世几多关，路途几多弯，
阿寒与阿弹，过来几艰难。

十一

姆拉绣了面，从此生仇冤，
下山见有女，不晓乜根源。

随从先发现，天人已倒颠，
慌忙报天帝，绣人下错镰。

天人捉到殿，天帝喊枉冤，
婺女千金女，如何不相怜。

粗心出差欠，小事都传偏，
罚你成布谷，专门受差遣。

天下都喊遍，报明岁月迁，
叫人种稻谷，不准有差延。

十二

天长地也变，派人下箭签，
天帝收婺女，星辰回复原。

天云乱纷纷，婺女飞翩翩，
纵使不顺意，天庭执命严。

婺女多留恋，心头插刀尖，
眼泪成细雨，雨来总凄然。

婺天星常现，天狗成天仙，
天狗与婺女，与侏有因缘。

演唱者：李亚迩、苏亚强
搜集者：李和弟、孙有康
1981年春节于三亚市田独镇安罗村、崖城镇

【附记】

《黎族祖先歌》是黎族创世史诗,是目前黎族地区发现的口头创作中最长最完整的古歌,是我国少数民族史诗林里描绘人类初始、创世开元的独特歌篇之一。这部黎族人民的"祖先歌"以不同形式流传于黎族人民中间。在陵水、崖县作为仪式歌咏唱;在乐东等地当作摇篮曲咏唱;在琼中、白沙、昌江、保亭则以故事形式流传。这部《祖先歌》于1980年10月为李和弟同志在崖县(今三亚市)发现。1981年4月李和弟同志根据崖县田独公社安罗大队李亚迩传唱的《祖先歌》为蓝本,以三亚市崖城镇苏亚强传唱的《祖先歌》为补充,经他搜集、录音、翻译,经孙有康同志整理而成。经过整理而成的《黎族祖先歌》,分"序歌""天狗下凡""五指参天""布谷传种""雷公传情""海边相遇""成家立业""儿大当婚""分姓分支"和"尾歌"等部分。

蟾蜍歌*

（七字调）

清潭古是说言章，且把古言唱一场，
未唱前皇往后看，我把蟾蜍说短长。
且唱知县身出处，家住晋州永乐乡，
年少聪明又伶俐，问娶肖娘作妻娘。
利年吉月娶归宅，安排婚筵杀猪羊。
娶妻归家三五岁，全无儿子接家门，
知县心思求名字，也无六甲①上娘身。
夫妻同心买草纸②，俩人善意③拜神仙。
十五两银买草纸，香花灯筵④列成行。
十五两银买祭酒，酒埕摆了满厅堂。

---

* 《中国歌谣集成·海南卷》，北京：中国 ISBN 中心，1997 年，第 503—506 页。
① 六甲：在此指妇女怀孕。
② 草纸：指冥币、金箔之类迷信用品。
③ 善意：指对神灵的崇拜是虔诚的。
④ 香花灯筵：泛指敬神者在香案上供奉的各类祭品、灯饰。

请来道师①祭神仙,三日三夜坛打醮②。
醮罢未经得半岁,神佑六甲上娘身。
怀孕未经得半岁,任同夫主上衙堂。
丈夫起身欲登程,入房祝报他妻娘:
"娶你十岁无儿女,佛前祈祷讨儿男,
我在衙门不在屋,生儿小心养成人,
若生妖精你也养,等我回来见儿面。"
丈夫上马离家去,妻子眼泪落纷纷。
六甲怀胎十个月,生个无头无脚人。
高照明灯来看儿,看得儿子是蟾蜍。
娘怒一时想打死,又想夫妻十年春。
娘欲把它花园养,看它成怪也成人?
蟾蜍跳上娘腹上,跳上娘身娘失魂。
养得蟾蜍半个月,丈夫转头归故乡。
知县当时回到家,高头抬脚看睡房。
果问生男也生女,妻子回言说不全:
"人家便生高贵子,说俫家里生妖精。"
夫妻同去花园看,蟾蜍跳上知县身,
知县惊慌跳着走,莫交③刀斧劈头颅。
蟾蜍跳入花园里,夫妻回房哭一场:
"千钱万贯修功德,谁知生出怪妖精。"

---

① 道师:指苗族的神职人员道公和师公。
② 坛打醮:即设坛祭神,摆道场做斋,祈神赐福。
③ 莫交:举起、拿起。

一时欲思刀斩死,又惜夫妻十年春。
遇着蛮夷①起大兵,皇帝出榜挂朝门,
官人见榜心慌怕,蟾蜍含榜跳归来。
知县得闻如此话,欲将此物去生埋。
典史②上前劝知县:"你县听我说言章,
你今欲打蟾蜍死,此榜交谁送归还?
蟾蜍前日含皇榜,官吏庶民见过街。"
知县点头说在理,即派典史奏主皇。
主皇遣使到晋州:"谁人含榜上轿来!"
蟾蜍园里真灵感,嘴含皇榜跳衙前。
中军力士呵呵笑:"如何觅得此军师,
请你坐上金花轿,到京不用定生埋。"
一日去到金銮殿,蟾蜍跳上皇帝台③,
皇帝殿前开言问:"如何驱蛮出边陲?"
蟾蜍答言皇帝道:"你今听我说言章,
榜上说有第三女,驱蛮出境招为郎,
你应亲笔立字据,我才领令上沙场。"
皇帝答言蟾蜍道:"凯归嫁女有何难!
我今要你杀蛮贼,你要多少刀和枪?"
蟾蜍随即答言道:"取面红旗丈二长,
又要一只青鬃马,随身兵卒要二人。"

---

① 蛮夷:泛指边陲少数民族,在此指外国。
② 典史:官职名,封建社会县衙中管理地方治安和法制的官员。
③ 皇帝台:皇帝的御座。

蟾蜍跳上青马鞍，红旗摇曳指北方，
一时赶到蛮夷处，一阵东风难阻挡。
蟾蜍左鼻喷猛火，右鼻纷纷出火烟，
蟾蜍喷火天地动，烧死蛮夷兵全亡。
鸣金收兵快如风，击鼓迎归见帝皇：
"我已打败蛮夷国，如今前来娶三娘。"
皇帝心中思一计，捉个蟾蜍比短长：
"你俩都是一路货，如何娶得我三娘？
你生得如锅盖大，形似妖怪怎作郎？
我赠金银一百担，你带回家养爹娘。"
蟾蜍得闻怒填胸："皇帝开口会说谎，
怎能治国理万民？天下必乱民遭殃。
若你三娘不嫁我，朝内必定乱一场。"
皇帝被吓心惊慌，当时开口许诺言：
"我今订定九月九，任你差媒来娶亲。"
三娘得闻爹开口，珍珠罗帐泪双双：
"叫我去嫁蟾蜍子，我愿死了再还阳。"
生母得闻女不愿，便把好言劝三娘：
"若你不嫁蟾蜍子，放火烧城死爹娘。"
皇帝坐朝问丞相："此事如何去操办？"
丞相答言皇帝道："此女生来怨命歉，
我生为官十六岁，今见蟾蜍火力强。
蛮夷逞兵上千万，都怕蟾蜍此等强。"
皇帝得闻如此话，心中悲愁断肝肠。
此时心中思一计，此计能过海瞒山，

叫取三千宫侍女，三千侍女一样装，
三千侍女列成行，娶着谁人是命当。①
蟾蜍三更得一梦，太白星公来报讲：
"头上都插九月谷，黄蜂头上叫三娘。"
蟾蜍得梦心欢喜，五更谨记在心肠，
皇帝端坐金銮殿，叫来蟾蜍说言章：
"三千宫女一样装，任你选中我三娘，
点中宫女是你命，点中三娘是你强。"
蟾蜍跳上殿里伏，宫女列队排成行，
蟾蜍暗中细分辨，听得黄蜂叫三娘。
蟾蜍一跳攀娘手："请娘与我结鸳鸯。"
文武百官摇头叹：怪物原来烧好香。②
殿前磬乐连天响，迎接蟾蜍进洞房。
蟾蜍夜来床头仆③，三娘眼泪湿边床。
睡在三更娘眼见，蟾蜍化成俊才郎，
蟾蜍解衣床头放，三娘镜前重整装。
俩人相见春心动，携手同入绫罗帐，
春风微微罗帐里，解开扣子结鸳鸯。
睡到鸡啼天大亮，俩人房里好梳妆，
夫妻同出罗帐里，齐齐携手进朝堂。
皇帝殿前哈哈笑，只叹亲女命还长。

---

① 意为选着谁是谁的命运了。
② 意为如同丑人讨到美老婆，语带讽刺气味。
③ 床头仆：在床头趴着。

皇帝启口传圣谕:"齐齐上朝贺新郎!"
文武百官齐举杯,古磬① 动天饮酒浆。
三娘开口求皇帝:"差人去接我翁姑。"
知县夫妇齐上马,一时上马到朝前。
皇帝殿前迎知县:"我谢你儿救我身。"
皇帝殿前亲举杯,嘉奖晋州知县良。
千兵奉陪归乡里,到处人传叫亲王。
唱尽蟾蜍古一本,五湖四海得传扬。

手抄本提供者:邓文安、邓亚金
搜集者:潘先樗、王人造
1985年10月采录于海南陵水县祖关镇白水岭苗村

【附记】

此传说故事歌在苗族中流传很广,各地苗寨均有传唱,情节略有不同。通什市地区流传的《蛤蟆歌》咏唱的也是这个故事,但却是以问答的形式咏唱。关于这个故事,黎族也有民间故事讲说流传,故事梗概大体一致,但至今尚未发现有咏唱此故事的黎歌。

---

① 古磬:古代的一种打击乐器。

高皇歌（浙江）*

盘古开天到如今　世上人何① 几样心
何人心好照直讲　何人心歹侩② 骗人

盘古开天到如今　一重山背一重人
一朝江水一朝鱼　一朝天子一朝臣

说山便说山乾坤　说水便说水根源
说人便讲世上事　三皇五帝定乾坤

盘古置立三皇帝　造天造地造世界
造出黄河九曲水　造出日月转东西

---

*　原载《中国歌谣集成·浙江卷》，北京：中国ISBN中心，1995年，第565—574页。后由浙江省民族事务委员会编为单行本《高皇歌》，2016年由中国国际广播出版社出版。本文所据为2016年所出版之单行本。

①　何：畲语，"有"的意思。
②　侩：畲语，音"嗨"，会的意思。

造出田地分人① 耕　造出大路分人行
造出皇帝管天下　造出人名几样姓

盘古坐天万万年　天皇皇帝先坐天
造出天干十个字　十二地支年年行

天皇过了地皇来　分出日月又分岁
一年又分十二月　闰年闰月算出来

地皇过了是人皇　男女成双结妻房
定出君臣百姓位　大细辈分排成行

当初出朝真苦愁　掌②在石洞高山头
有巢皇帝奴奚人讲③　教人起寮④造门楼

古人无食食鸟兽　夹生夹毛血流流
燧人钻木又取火　煮熟食了人清悠⑤

三皇过了又五帝　五个皇帝前后排
伏羲皇帝分道理　神农皇帝做世界

---

① 分人：给别人。
② 掌：畲语，"住"的意思。
③ 奴奚人讲：跟人讲。奴奚，畲语，音"依"，和或跟的意思。
④ 寮：畲语，音"唠"，住房或家中称"寮"，造房子称"起寮"。
⑤ 清悠：舒服的意思。

神农就是炎帝皇　　作田正何五谷尝①
谷米豆麦种来食　　百姓何食正定场②

神农皇帝真聪明　　教人采药医病人
亲尝百草医毛病　　后来成佛做灵神

神农过了是轩辕　　造出何车又何船
衫衣亦是轩辕造　　树叶改布着巧软③

轩辕过了金天皇　　何道何理坐天堂
传位颛顼管天下　　历书出在颛顼皇

颛顼以后是高辛　　三皇五帝讲灵清
帝喾高辛是国号　　龙麒④出世实为真

盘古传到高辛皇　　扮作百姓眈田场⑤
出朝游行天下路　　转去京城做朝皇

贤皇高辛在朝中　　刘氏君秀坐正宫
正宫娘娘得一病　　三年头昏耳又痛

---

① 作田正何五谷尝：种田才有五谷尝。
② 何食正定场：有吃的才安定。
③ 着巧软：穿起来较软。
④ 龙麒：畲族族谱称龙麒为畲族始祖。
⑤ 眈田场：眈，畲语，音"太"，看的意思。看某一地方称"眈田场"。

高辛坐天七十年　　其管天下是太平
皇后耳痛三年久　　便教朝臣唰先生 ①

先生医病是明功　　取出金虫何三寸
皇后耳痛便医好　　金虫取出耳唸痛

取出金虫三寸长　　便使金盘银斗装
一日三时仰② 其大　变作龙孟丈二长

变作龙孟丈二长　　一双龙眼好个相
身上花斑百廿点　　五色花斑朗毫光

丈二龙孟真稀奇　　五色花斑花微微
像龙像豹麒麟样　　皇帝取名唰龙麒

龙麒生好朗毫光　　行云过海本领强
人人眮见心欢喜　　身长力大好个相

当朝坐天高辛皇　　国泰民安谷满仓
番边番王恶心起　　来争江山抢钱粮

番王作乱反过边　　手下兵马无万千

---

① 唰先生：请先生。唰，叫或喊的意思。
② 仰：较远地看。

争去地盘几多郡　　边关文书报上京

番边大乱出番王　　高辛皇帝心惊慌
便差京城众兵起　　众兵差去保边疆

番边番王过来争　　齐心去守九重城
京城众兵无千万　　众兵使力① 守京城

调去兵马十万人　　打了一仗失了兵
又差上将带去打　　高辛皇帝是劳心

番边兵马来的强　　高辛兵马难抵挡
打过几回都输了　　退兵回转奏高皇

高辛接本心惊慌　　便喝朝官来思量
一切办法都使尽　　挂出皇榜招贤郎

皇帝准本便依其　　京城四门挂榜词
谁人平得番王乱　　第三公主结为妻

皇榜内里表灵清　　谁人法高挂帅印
收服番边番王乱　　招为女婿再封身

---

① 使力：用力。

榜词挂在四城门　众人来眈闹纷纷
千万人子眈过了　无人何敢揭榜文

挂出皇榜三日整　龙麒晓得近前仰
随手便来收皇榜　收落皇榜在身边

朝官带其见皇帝　龙麒自愿去平西
领旨转身唔[①]见影　一阵云雾去番界

龙麒来到番王前　番王眈见快活仙
带在身边实欢喜　时时刻刻袈着行

龙麒自愿去番边　服侍番王两三年
何计何谋何本事　天地翻转是我赢

番王出兵争江山　回回打仗都是赢
拢将兵来请酒　兵营食酒闹纷天

兵营请酒闹纷纷　番王食酒醉昏昏
一日连食三顿酒[②]　散了酒筵就去困

番王酒醉眠高楼　身盖金被银枕头

---

① 唔：不的意思。
② 三顿酒：三餐喝酒。

文武朝官唔随后　　龙麒割断番王头

割断王头过海河　　番边贼子赶来多
枪刀好似林竹笋　　追其唔着无奈何

番兵番将追过来　　云露雾来似云盖
番边番兵追唔着　　其追唔着往后退

割来王头过海洋　　神仙老君来相帮
腾云驾雾游过海　　官兵接头使盘装

带转王头上殿来　　高辛眙见笑嗳嗳①
番王作乱都平服　　龙麒公主结头对②

官兵接头使盘装　　奉上殿里去见皇
皇帝眙见心欢喜　　愿招龙麒做婿郎

文武奏上皇帝知　　皇帝殿里发言辞
三个公主由你拣　　随便哪个中你意

头是龙孟身是人　　好度皇帝女结亲
第三公主心唔愿　　龙麒就讲去变身

---

① 笑嗳嗳：笑嘻嘻。

② 结头对：结姻缘。

金钟内里去变身　　断定七日变成人
皇后六日开来肽　　龙麒钟里变成人

龙麒平番是惊人　　公主自愿来结亲
皇帝圣旨封下落　　龙麒是个开基人

龙麒平番立大功　　招为驸马第三宫
封其忠勇大王位①　王府造落在广东

王府坐落在广东　　忠勇平番显威风
亲养三男一个女　　带上殿里去捋封②

亲养三子生端正　　皇帝殿里去捋姓
大子盘装姓盘字　　二子篮装便姓蓝

第三细崽③正一岁　皇帝殿里捋名来
雷公云头响得好　　笔头落纸便姓雷

忠勇受封在朝中　　亲养三子女一宫
招得军丁为驸马　　女婿本来是姓钟

---

① 忠勇大王位：高辛帝封龙麒为忠勇王。
② 捋封：求封。捋，讨或求的意思。
③ 细崽：最小的儿子。

三男一女封端正　　好棨皇帝管百姓
掌在广东潮州府　　留传后代去标名

皇帝圣旨话难收　　敕封龙麒掌潮州
皇帝若末你未末　　你棨日月一同休

龙麒自愿广东去　　皇帝圣旨讲分你
六个大仓由你拣　　随便哪仓中你意

六个大仓共一行　　金银财宝朗毫光
六个大仓都一样　　开着一个是铁仓

六仓都是金锁匙　　皇帝圣旨交付你
金银财宝使唔着　　开来一仓是铁器

问其纱帽爱唔爱　　锁匙交其自去开
纱帽两耳其唔得　　自愿拣顶尖尖来 ①

龙麒自愿官唔爱　　京城唔掌广东来
自愿唔爱好田地　　山场林土自来开

龙麒自愿去作山 ②　去棨皇帝分江山

---

① 自愿拣顶尖尖来：自愿选一尖顶笠。
② 去作山：去种山。

自耕林土无粮纳　做得何食是清闲

龙麒起身去广东　文武朝官都来送
凤凰山上去落业　山场地土由其种

凤凰山上去开基　作山打铳都由其
山林树木由其管　旺出子孙成大批

龙麒自愿官唔爱　一心闾山学法来
学得真法来传祖　头上又何花冠戴

当初天下妖怪多　闾山学法转来做
救得良民个个好　行罡作法斩妖魔

闾山学法法言真　行罡作法斩妖精
十二六曹①来教度　神仙老君救凡人

香烧炉内烟浓浓　老君台上请仙宫
奉请师爷②来教度　灵感法门传子孙

灵感法门传子孙　文牒奉请六曹官

---

① 十二六曹：畲族举行传师仪式时，有法师12人，统称"十二六曹"。
② 师爷：畲族老祖先人物，尊称为"师爷"。

女人来做西王母[①]　　男人来做东皇公[②]

盘蓝雷钟学师郎　　收师捉鬼法来强
手把千斤天罗网　　凶神恶煞走茫茫

凤凰山上鸟兽多　　若好食肉自去捋[③]
手擎弓箭上山射　　老虎山猪麂鹿何

凤凰山上是清闲　　日日擎弩去上山
乃因岩中捉羊崽　　龙麒斗死在岩前

龙麒身死在岩前　　寻了三日都唔见
身死挂在树桠上　　老鸦来喝正寻见

崎岩石壁青苔苔　　山林百鸟尽飞来
吹角鸣锣来引路　　天地灵感放落来

龙麒放落安棺掉　　大细男女泪哭燥
头戴白帽两个耳　　身着苎布尽戴孝

[①] 西王母：畲族举行传师学师仪式时，一个女法师的称谓。
[②] 东皇公：畲族举行传师学师仪式时，一个男法师的称谓。
[③] 若好食肉自去捋：如要吃肉，自己到山上去猎取。

龙麒落棺未安葬　　功德① 日夜做得忙
闾山法主来安位　　又请三清师爷官

河南祖师安两边　　超度功德做你先
天神下降来超度　　超度龙麒上西天

凤凰山上去安葬　　孝男孝女尽成行
文武百官送上路　　金榜题名占地场

金榜题名实是真　　文武百官送起身
铁链吊棺未落土　　缴去② 棺汗无官荫

龙麒坟安龙口门　　一年到暗水纷纷③
又何真龙结真穴　　荫出千万好子孙

凤凰山上安祖坟　　荫出盘蓝雷子孙
山上人多难做食　　分掌潮州各乡村

当初掌在凤凰山　　做得何食是清闲
离田三丈无粮纳　　离木三丈便种山

---

① 功德：畲族老人死后的祭奠仪式称"做功德"。
② 缴去：揩去。
③ 一年到暗水纷纷：终年下毛毛雨。

凤凰山上一朵云　　无年无月水纷纷
山高水冷难做食　　也无谷米粜何银

今下唔比当初时　　受尽阜老①几多气
朝中无亲难讲话　　处处阜老欺侮你

一想原先高辛皇　　四门挂榜招贤郎
无人收得番王倒　　就是龙麒收番王

二想山哈②盘蓝雷　　京城唔掌出朝来
清闲唔管诸闲事　　自种林土山无税

三想陷浮四姓亲　　都是南京③一路人
当初唔在京城掌　　走出山头受苦辛

收倒番王何主意　　京城唔掌走出去
唔肯龚皇分田地　　子孙无业乃怨你

山场来龚阜老争　　山无粮纳争唔赢
朝里无亲话难讲　　全身是金使唔成④

---

① 阜老：因历史局限性，畲族称汉人为"阜老"，这种称呼含有贬义。
② 山哈：畲族自称。
③ 南京：指当时的都城，不是现在的南京。
④ 使唔成：没有用。

当初皇帝话言真　　盘蓝雷钟好结亲
千万男女莫作践　　莫嫁阜老做妻人

当初皇帝话言真　　吩咐盘蓝四姓亲
女大莫去嫁阜老　　阜老翻面便无情

皇帝圣旨吩咐其　　养女莫嫁阜老去
几多阜老无情义　　银两对重莫嫁其

皇帝圣旨话言是　　受尽阜老几多气
养女若去嫁阜老　　好似细细① 未养其

当初出朝在广东　　盘蓝雷钟共祖宗
养女若去嫁阜老　　就是除祖灭太公

广东掌了几多年　　尽作山场无分田
山高土瘦难做食　　走落别处去作田

走落福建去作田　　亦何田地亦何山
作田作土是辛苦　　作田亦爱靠天年

福建田土也是高　　田土何壮也何瘦
几人命好做何食　　几人命歹做也没

---

① 好似细细：就像很小。

兴化古田① 好田场　盘蓝雷钟掌西乡
阜老欺侮难做食　走落罗源龚连江②

福州大府管连江　连江罗源好田庄
盘蓝雷钟四散掌　亦未掌着好田场

掌在福建去开基　山哈四姓莫相欺
你女若大我来度③　我女若大你度去④

古田是古田　古田人女似花千⑤
罗源人子过来定　年冬领酒担猪爿⑥

罗源是罗源　罗源人女似花旦
连江人子过来定　年冬领酒过来扮⑦

连江是连江　连江人女好个相
古田人子过来定　年冬领酒担猪羊

---

① 兴化、古田：兴化即现福建莆田县，古田现为福建的一个县份。浙江畲族有不少支族由古田迁来。
② 罗源、连江：现均为福建的县名。浙江畲族有不少支族由罗源、连江迁来。
③ 你女若大我来度：你家女子长大后，我家来娶。
④ 我女若大你度去：我家女子长大后，嫁给你家。
⑤ 似花千：形容容貌很漂亮。
⑥ 领酒担猪爿：结婚时，男方给女方送酒菜和整片猪肉等彩礼。
⑦ 过来扮：到女方摆酒宴。

古田罗源箕连江　都是山哈好住场
乃因官差难做食　思量再搬掌浙江

福建官差欺侮多　搬掌景宁箕云和①
景宁云和浙江管　也是掌在山头多

景宁云和来开基　官府阜老也相欺
又搬泰顺平阳②掌　丽水宣平③也搬去

蓝雷钟姓分遂昌④　松阳⑤也是好田场
龙游兰溪⑥都何掌　大细男女都安康

盘蓝雷钟一宗亲　都是广东一路人
今下分出各县掌　何事照顾莫退身

---

① 景宁，即现景宁畲族自治县，现有畲族 17300 余人。云和，现为浙江丽水地区的一个县份，现有畲族 9100 余人。
② 泰顺、平阳：均为温州市属县，泰顺现有畲族 15000 余人，平阳现有畲族 9600 余人。
③ 丽水、宣平：丽水即现丽水市，有畲族人口 18550 人。宣平过去为丽水地区的一个县，现已撤销，并入丽水市和武义县。
④ 遂昌：丽水地区的县名，现有畲族 13900 余人。
⑤ 松阳：丽水地区的县名，现有畲族 5400 余人。
⑥ 龙游为浙江衢州市属县，现有畲族 9300 余人；兰溪为浙江金华市属县，现有畲族 3000 余人。

盘蓝雷钟在广东　出朝原来共祖宗
今下分出各县掌　话语讲来都相同

盘蓝雷钟一路人　莫来相争欺祖亲
出朝祖歌唱过了　子孙万代记在心

盘蓝雷钟一路郎　亲热和气何思量
高辛皇歌传世宝　万古留传子孙唱

演唱者：蓝石忠
搜集整理者：浙江省畲族民族民间文艺学会
　1985年采录于浙江省松阳县靖居乡罗西村

高皇歌(广东)*

笔头落纸字算真，且说高皇的出身，
当初娘娘耳朵起，先是变龙后变人。
高辛娘娘耳里疼，觅尽无有好郎中，
百般草药都尽医，后来变出一条虫。
虫乃变出用盘装，皇帝日夜捡来养，
二十四米给它食，后来变做是龙王。
番邦造反二三春，杀尽很多好汉身，
皇帝无奈正出榜，谁人取得女招亲。
高辛皇帝发谕时，四门挂榜尽出示，
谁人取得番王头，第三闺女结为亲。
龙王听知便近前，收下各榜在身边，
直去番邦番王殿，服侍番王二三年。
服侍番王二三年，凶星为祸他不知。
龙王随王心欢喜，三餐食酒笑眯眯。
番王食酒在高楼，身着锦被银枕头，

---

* 朱洪、李筱文编：《广东畲族古籍资料汇编：图腾文化及其他》，广州：中山大学出版社，2001年，第80—82页。

文武百官无预防，即时咬断番王头。
咬死番王游过河，番邦贼子赶来时
枪刀好似林中笋，不会过来无奈何。
化作龙王一时到，众官跪倒执番头。
执人番头进来看，朝中文武人人愁。
收番龙王是惊人，好讨皇帝女结亲。
第三闺女心不愿，金钟内里去变人。
深房里面去变身，规定七日变成人，
六日皇后就去看，乃是头未变成人。
第三闺女结成亲，五年生了三个儿，
去向皇帝讨名字，好给天下传古记。
亲生三了（子）很端正，金銮殿上去讨名。
大子盘装赐姓盘，第二篮装就姓蓝。
第三儿子则一岁，正待皇上赐名来，
皇帝未讲雷先响，名字就赐他姓雷。
深房里面女一官，年龄十八似火红。
招个女婿结夫妇，女婿名字便姓钟。
三男一女甚端正，辅助皇帝管百姓，
住落潮州名声大，流于世上永传名。
龙王情愿不用田，愿请皇帝赐给山，
高田三丈免纳租，都是皇帝子孙山。
当初龙王无想长，现在他死各忧伤，
当初山林无纳租，现在应纳交公粮。
现在不比当初时，受尽官家百姓欺，
当初乃是京城内，护幼扶老好调皮。

头是大王身是龙，好讨王帝女三宫，
好讨皇帝第三女，进出盘蓝雷子孙。
殿里藏身二三年，龙王情愿去分山，
乃因打猎打羊仔，给伊吊死在岩边。
给伊吊死在岩边，七日七夜寻不见，
身尸挂在树尾上，求神问卜正觅见。
广东路上一穴坟，进出盘蓝雷子孙，
京城人多难觅食，迁入广东潮州村。
徙入潮州凤凰山，住了潮州已多年，
自种山田无纳税，种上三年便作山。
凤凰山头一块云，无年无月水纷纷，
高山种作无好食，在何粟米籴何银。
广东路上已多年，蓝雷三姓去作田，
高山作田无好食，赶落别处去作田。
赶落别处去作田，福建浙江又是山。
作田作山无纳粮，四处奔波靠天年，
蓝雷讲话各人知，蓝雷三姓莫相欺。
有事相计尔来讲，莫来传讲尔又欺，
蓝雷三姓好结亲，都是广东一路人。
今日三姓各处住，好事照顾莫退身，
三十条歌纸尾烂，流传世上子孙看。

收集整理：雷　楠、陈焕钧

盘古歌*

一、回忆

说山便说山乾坤①，说水便说水根源，
说人便讲世上事，唱出祖史世上传。

当初出朝②在广东，搬出外乡念祖宗，
算来没本转原籍③，编出歌言传子孙。

二、出征

祖宗名字叫龙麒，原是当初一朝臣，
龙麒年轻本领好，行云过海会化身。

---

* 《中国少数民族文学作品选》第三分册，上海：上海文艺出版社，1981年，第267—276页。
① 乾坤：天地、宇宙。这里含有来历、起源的意思。
② 出朝：离开朝廷。
③ 没本转原籍：意思是没有钱转回故乡。

当朝坐位高辛王，天下太平谷满仓，
感谢高辛管得好，百姓耕田笑朗朗。

番边①贼子起恶心，带兵前来打高辛，
高辛王上心慌乱，文武百官不安宁。

龙麒胆大正当年，不怕贼子打过山，
上朝奏本告王上，自愿带兵打番边。

龙麒带兵打过洋，一直打到番王乡，
番王不知兵马到，高楼吃酒笑朗朗。

割落王头过海洋，云雾弥来暗茫茫；
一时雾散渡过海，王头捧上高辛王。

王头捧上高辛王，高辛斟酒笑朗朗，
高辛看见心欢喜，愿招龙麒做婿郎。

三、成亲

高辛王上养三娘，三个公主一样相；
第三公主巧伶俐，嫁给龙麒做妻房。

---

① 番边：据畲族的历史传说，是指高辛王时的燕国。

圣旨发落是真情，送出公主来结亲；
第三公主实伶俐，结成一对好夫妻。

龙麒三子女一名，带上王朝去求姓；
大子盘装① 便姓盘②，二子清秀就姓蓝。

第三细子③ 正一岁，王朝殿来讨姓来，
凑着雷出响得好，采笔落纸便姓雷。

龙麒做官在朝中，亲养三子女一宫，
细女招亲钟姓子，女婿养子是姓钟。

龙麒三子婿一人，当初原是带过兵，
三子一婿本领好，文武朝臣生恶心。

四、隐居

不修④ 是不修，发落圣旨掌⑤ 潮州，

---

① 盘装：畲民的一种装束，以黑布巾缠头。
② 盘：传说中是畲民祖先的长房，居广东潮州地区。今浙江、福建畲民中无姓盘的。
③ 细：意为最小的。
④ 不修：不行的意思。
⑤ 掌：住的意思。

天地乃幸我不没①，我与日月共同寿。

生气真生气，白马官职不稀奇，
乌顶纱帽我不戴，自愿戴个尖头②去。

龙麒出朝起身行，请拜王上去潮州，
文武百官都来看，一直送到凤凰山③。

文武百官都来送，送落凤凰大山中，
全家住在山林内，山场田地尽我种。

作山又作田，做得有食又清闲，
家住凤凰山林内，山林荫荫遮了天。

祖住潮州大山场，旺出子孙成大行④，
四姓子孙千千万，作田作地谷满仓。

五、打猎殉身

凤凰山头鸟兽多，若要吃肉要去捋，

---

① 天地乃幸我不没：天地虽好我不要。
② 尖头：畲族男女在劳动时戴的尖顶帽子。
③ 凤凰山：据畲族传说在广东潮州，是其始祖龙麒葬身处。
④ 大行：很多很多。

开弓煎药射个死,狐狸老虎都亦有。

龙麒年老是清闲,日日拿弓去上山,
奈因岩头捉羊子,不该①斗死②在岩边。

龙麒斗死在岩边,求神问佛寻不见,
身死挂在树尾上,老鸦一叫正寻见。

凤凰山上去葬埋,男女子孙成大群,
男男女女送上山,大大小小泪纷纷。

六、迁居

住落潮州凤凰山,世世代代住多年,
旺出子孙满山住,人马多来好作田。

凤凰山上安祖坟,旺出下代多子孙,
人多田少难做食,蓝雷钟姓搬出村。

三姓搬出凤凰山,单讲作田多清闲,
开田开山做有食③,做得丰收似神仙。

---

① 不该:不幸。
② 斗死:跌死。
③ 开田开山做有食:意即开山种田才有粮食吃。

今下难比潮州村,跑出外乡气难闻①,
凤凰山上多姓住,蓝雷钟姓四处分。

七、搬福建

蓝雷钟姓搬福建,福建有田又有山,
开着地差作没食②,开着田好官来抢。

兴化、古田③住久长,三姓开基在西乡,
西乡难住三姓子,又搬罗源过连江。

福建大省管连江,古田、罗源好田庄,
蓝雷钟姓四散住,个个住着好田场。

住在福建好开基,蓝雷钟姓多和气;
你女带大郎来定,我女带大嫁给你。

搬到福建住连江,连江实在好田庄,
奈因官差难作食④,思量再搬住浙江。

---

① 气难闻:意即受压迫。
② 开着地差作没食:开垦的土地不好,收成差,没有粮食吃。
③ 兴化、古田:与下文的连江、罗源,均为县名,在今福建省境内。
④ 奈因官差难作食:无奈因为官家的欺压难以生活。

八、搬住浙江

三姓搬来住浙江，浙江是个好田场；
浙江田土好作食，开田作山① 多得粮。

三姓子孙人来多，分往景宁同云和②，
又往泰顺、平阳县，散住丽水各县有。

云和、景宁住多人，外面官府欺侮人；
三姓思量散去住，搬落宣平去安身。

九、尾声

万样世事难上难，祖公两代住半山；
一路搬来都一样，官府欺侮人世间。

官府财主没好意，歌言唱来各人记；
有话莫去通官府，官府同交虎通气③。

---

① 作山：开垦山地。
② 景宁、云和：与下文的泰顺、平阳、丽水、宣平，均为县名，在今浙江省境内。
③ 官府同交虎通气：与官府打交道如同与老虎打交道一样。

蓝雷钟氏一家亲，都是广东一路人；
今下各人住各县，有事照顾莫退身。

蓝雷钟姓出广东，广东原来住祖宗；
今下各人各府住，歌源唱来都相同。

蓝雷钟姓莫相骂，广东原来是祖家；
歌是当初古人礼，唱出歌言是不差。

蓝雷钟姓一路人，莫来相争欺祖人；
出源祖歌唱过了，万古流传子孙记。

蓝雷钟姓一路郎，亲热和气有商量；
歌是畲民传家宝，万古流传子孙唱。

搜集整理：浙江少数民族初级师范学校

狗王歌 *

盘古①开天历代来，三皇五帝②造过来。
造透帝骨立皇位，番王③造反夺位来。

当初皇帝发愿时，番王造反无进退④。
番王如若来归顺，求官一品女结配。

谁人收得番王到，第三宫女结为妻。
（注：收藏本，此处少两句）

---

* 《中国歌谣集成·江西卷》，北京：中国 ISBN 中心，2003 年，第 556—558 页。
① 盘古：神话中开天辟地的人。
② 三皇五帝：传说中的远古皇帝。三皇有六种说法：1.天皇、地皇、泰皇；2.天皇、地皇、人皇；3.伏羲、女娲、神农；4.伏羲、神农、祝融；5.伏羲、神农、共工；6.燧人、伏羲、神农。五帝有三种说法：1.黄帝、颛顼、帝喾、唐尧、虞舜；2.伏羲、炎帝（神农）、黄帝、少昊、颛顼；3.少昊、颛顼、高辛（帝喾）、唐尧、虞舜。
③ 番王：畲民历史传说中的北方部族首领。
④ 无进退：意为有进无退。

当初皇娘耳内痛,请尽天下好郎中。
百般草药都医尽,后来医出一行虫。

一行金虫捡来养,一餐饭食桶盘张①。
白饭捡来分他食,后来变成狗王相。

天生龙犬得人惊,不用兵来不用枪。
摇头摆尾三声吠,宰相回头转身迎。

皇帝三女来起因,皇帝殿上讲神明②。
谁去番边夺皇位,皇帝置出③龙犬身。

当初皇帝发愿时,东西南门挂榜枝④。
谁人收得番王到,第三宫女结为妻。

龙犬听知便近前,收落文榜在身边。
直去番边近皇位,伏事皇帝⑤两三年。

伏事皇帝三年时,三餐食酒醉迷迷,

---

① 桶盘张:桶盘,赣东北民间方言,即木桶或木盆。张,装的代音字。桶盘张,就是用木桶或木盆装饭。
② 神明:声明二字的代音字。
③ 置出:即派出。
④ 榜枝:出榜寻求支持。
⑤ 此处皇帝指番王。伏事,即服侍。

龙犬随王王宽喜①，凶星为祸都不知。

番王酒醉在高楼，身盖金被银枕头。
文武百官不随后，龙犬咬断番王头。

咬断王头直过河，番兵阵阵赶来啰。
枪刀恰似林中笋，不得过河奈我何。

化做龙身一时透，中宫②跪倒接王头。
接落王头来进奉，番边官兵个个愁。

三女思量不得变，养住龙犬溪缠相③。
宽娘④养住去嫁狗，的娘⑤不弩哪头眠。

是见龙犬是小人，好弩⑥皇帝女为亲。
皇帝三女心不愿，深房内里去变身。

深房内里去变身，议定七日变成人。

---

① 宽喜：欢喜二字的代音字。
② 中宫：皇后居住之处，亦用为皇后的代称。
③ 溪缠相：即讨债相。意为盘瓠面目垢黑，贫穷潦倒，一副叫化子貌相。
④ 宽娘：指宫女。
⑤ 的娘：即爹娘。本句译为汉语是：爹娘啊，叫我不知睡眠在哪一头啰！
⑥ 好弩：即"好佬"。历史上畲、汉两族长期杂居，畲族自称"山哈"，汉族自称"好佬"。"好弩皇帝女为亲"，即汉族皇帝女为亲。

六日皇塘打开剃（屉），奈何头变未成人。

愿求三女结为妻，九年便养三个儿。
皇帝好弩安名字，安姓天下传古令。

亲养儿子生丹（端）正，皇帝殿内去安名。
大子盘张（装）姓盘字，第二篮能（盛）就姓蓝。

第三儿子正一岁，三子姓（生）的好身材。
皇帝未话雷先响，就好名字身姓雷。

狗王又养女一宫，年丁十五似花红。
照（招）得官兵为夫妇，女婿名字有姓钟。

三男一女好名字，共同皇帝管百姓。
文武百官名声大，流传天下万传名。

世上一人难结交，恐怕下民百姓笑。
官兵田土娘无分，深山大石是娘寮。

娘住深山大石下，深山养住起成家。
皇帝殿内藏三年，好弩皇帝分般山。

官兵田土娘无分，娘那员身三枝花。①
京城人多难罗食，好入潮州凤凰山。

典内藏身两三年，狗王自愿入青山。
那因岩前捉羊子，山羊斗死在岩前。

山羊斗死岩前下，侵（寻）的三日正罗见。
身尸挂分树尾头，求神占卜正罗见。

身尸挂分树尾边，妻子今日正罗见。
凤凰鸟雀一齐闹，齐来做孝闹分（翻）天。

又请铁匠造火弓，射死山羊我甘心。
还了我爷身（生）前命，答谢将军谢龙坛。②

南京路上去安葬，孝男孝女尽成杭（行）。
文武官员来葬墓，流行天下去传扬。

南京路上葬坟林，左边青龙虎来侵。

---

① 娘（指宫女）的身边又增添了三个孩儿。
② 畲族祭祖仪式，邝露：《赤雅》说："时节祀盘瓠取……侧具大木槽群，号先献人头一枚，各员将军首级。"檪萃：《说蛮》卷四："时节祀狗王，以桃榔面为员将军先献之。"

三丈金牌①丁(钉)坟上,戚军通板来员金。②

南京路上葬祖坟,进出蓝雷贤子孙。③
京内人多难罗食,好入潮州广东村。

好入潮州凤凰山,不用纳粮亦是闲。
利(犁)田三尺无粮纳,正是狗王子孙山。

演唱者:蓝春祥
采录者:周沐照

【附记】

《狗王歌》流传在鹰潭市贵溪县及上饶地区铅山县畲族中。这首歌与《盘古歌》《高皇歌》《盘瓠王歌》《麟豹王歌》等内容大同小异。但《狗王歌》更原始,更有畲家特色。畲族没有本族文字,现通用汉字。在采录中保持了这首歌的原貌。《狗王歌》原有64条,现只采录到63条,其中有一条少二句。

---

① 金牌:丰碑。
② 戚军通板来员金:动员亲军也来共同打猎,以增加资金和收入,实为解决生计。
③ 据说畲族后来已无盘姓,而钟姓为女婿,不葬进祖坟。故这里唱"葬祖坟",只唱蓝、雷,不唱盘、钟。

畲族祖源古歌 *

盘古置立三皇帝,造天造地造人世;
造出黄河九曲水,造出日月转东西①。

话说古时高辛皇,皇后刘氏耳生疮;
请来郎中割肿物,割出金虫三寸长。

金虫外有蚕茧包,金盘装起盖上瓢②,
忽然电光雷鸣闪,金虫变成犬一条。

龙犬降生吉祥兆,五色花斑尽炫耀,
满朝文武皆欢喜,皇帝圣旨拿盘瓠③。

盘瓠豢养兵营房,一年长成五尺长;

---

* 《中国歌谣集成·广东卷》,北京:中国ISBN中心,2007年,第634—636页。
① 转东西:东升西落。
② 瓢:用瓠瓜做成的水杓。
③ 盘瓠:传说为龙犬的御赐名,是畲族的图腾信仰物。

士兵巡逻常带出，巡营跑路本领强。

边疆作乱出番王，高辛皇帝心惊慌；
下令京城众兵将，调兵平番保边疆。

边疆番王来进攻，斩关夺隘来势凶；
京城众兵难对敌，差兵把守九重门。

高辛皇帝发圣旨，贴出皇榜众人知；
谁人败得番王倒，三宫公主给为妻。

盘瓠听知走向前，高揭皇榜在路边；
朝官带犬进宫去，面君奔上金銮殿。

皇帝见了心喜欢，问犬能否去平番？
盘瓠叩头又下跪，长吠三声去边关。

盘瓠到关见番王，文武百官皆彷徨；
即请军师问祸福，军师占卜是吉祥。

番王食酒醉在楼，身盖金被银枕头；
文武朝官来侍候，龙犬咬断番王头。

咬断皇头过海洋，番兵贼子赶来抢；
龙犬翻云驾雾回，众官迎接金盘装。

众官将头金盘装，奉上金殿献君王；
皇帝看见甚欢喜，愿许公主作妻房。

高辛皇帝下圣旨，朝官传旨盘瓠知；
三位公主任你选，随你挑拣结夫妻。

盘瓠选中三姑娘，皇后却来开言章；
要娶三姑你须变，变成人身结鸳鸯。

金钟罩里去变身，订期七日变成人；
六日皇后去偷看，泄机①头难变成人。

头是龙犬身是人，要与公主结婚姻；
皇帝圣旨难更改，开创基业畲家人。

盘瓠公主结姻缘，京城民众尽欢腾；
文武百官来庆贺，笙歌送入驸马园。

夫妻恩爱十年长，合生三男一女郎；
携带儿女见皇帝，讨封姓氏世代传。

大子篮装就姓蓝，二子盘装就姓盘；
三子恰逢开雷响，以雷为姓尽欣欢。

---

① 泄机：泄漏天机，使盘瓠成了人身犬头。

驸马出朝到广东，携带三子女留宫；
女招军丁为女婿，名为志琛身姓钟。

畲家姓蓝盘雷钟，四姓同为一祖宗；
盘瓠世泽源流远，世代子孙传到今。

采录者：蓝瑞汤

采录于广东省丰顺县

【附记】

此歌是畲族祖先图腾的传说，流传于广东各地。

瑶族盘王歌[*]

试来唱,试来唱,试唱盘王出世来,
盘王原来天上赐,赐下京城内里阶①。

试来唱,试来唱,试唱盘王下凡间,
盘王原来天上赐,赐下南京皇殿前。

先有盘古置天地,置立天地置山河,
置得山河千条水,又置江河水万湾。

伏羲姐妹也出世,伏羲出世置瑶民,
又置五谷珍珠宝,养下瑶民千万年。

又置圣王金銮殿,皇爷坐殿管江山,
前代皇爷得安乐,太平安乐好宽心。

---

* 《中国歌谣集成·广东卷》,北京:中国 ISBN 中心,2007 年,第 636—637 页。
① 京城内里阶:盘古王给人间带来很多幸福。

后来平王出世管天下，遇着高王翻乱天，
高王草寇争天国，争占江山不太平。

平王出榜招兵将，招兵平叛得太平，
世上将军唔敢去，文武百官唔敢行。

盘古天助开声话，杀死高王冇几难，
不使先锋唔使将，不使军粮唔使枪。

不信且看细小仔①，孤身独胆入阵场，
奏请平王准谋计，假封高王管万乡。

平王听后极欣喜，许下立功大诺言；
要是高王杀得死，愿将三女配尔身。

盘古磕头问圣王，圣王此话真不真，
"若是真能将高杀，一言既出不食言？"

盘古磕头谢恩去，插翼如飞到海边；
有如飞燕过大海，到了高王金殿前。

高王看见心欢喜，时刻不离盘古身；
未晓盘古设计谋，一刀杀死高王身。

———————————
① 细小仔：盘古自称。

杀死高王转回朝，众人个个喜如潮，
平王念其功劳大，许下三女不改言。

平王正堂下圣旨，敕封盘古做盘王；
封了盘王议亲事，驸马宫里办洞房。

立起盘王坐圣殿，三女常伴圣帝前；
夫唱妇随管天下，天下年年享太平。

盘王三女两夫妻，生下六男又六女；
六男六女长大了，各自招婿和娶妻。

公子娶来外姓女，公主招来外姓儿，
六男六女十二姓，相亲相睦又和气。

盘王年老辞了世，葬在南京十宝山，
十宝山头风水好，背靠来龙湾转湾。

前有文峰对笔架，青龙白虎两边排，
四边来龙齐齐护，儿孙世代出秀才。

站在墓前朝前望，千条江水都朝来，
保护瑶人十二姓，姓姓子孙都发达。

平王教导子孙说，田园不足就耕山；

只要子孙多勤俭,处处都系米粮川。

平王圣帝开金口,四处山头瑶民耕,
天下青山瑶人种,青山处处是粮仓。

采录者:黄兆固、虞灵初
采录于广东省乳源瑶族自治县

跳盘王*

(乐神调)

一、唱来由

翻手打得阳手鼓,复手打得鼓噔噔,
所得鼓声咚咚响,盘古大王降来临。

来到坛前跃下马,旌旗显现哄阵阵,
入筵受领三杯酒,坐筵唱出圣原因。

日月在天是爷眼,日月双排定乾坤,
头便是天脚是地,儿孙正在腹中心。

山上树木爷头发,石头便是牙齿根,
江水长长爷肚脏,深潭鱼龟是肝心。

---

* 《中国歌谣集成·广西卷》,北京:中国社会科学出版社,1992年,第812—816页。

当初高王起来反，高王造反卷乌云，
皇帝出榜宫外挂，大小官臣议纷纷。

谁人杀得高王尽，我把三女配为婚，
盘王闻讯心中喜，当即揭榜入朝廷。

皇帝开口问盘王，你要多少马和兵？
盘王笑答皇帝道，总共才要兵四名。

前阵马军共两个，后阵马军共两人，
吉日利时爷起脚，盘王上马急如云。

当时去到高王国，高王一国闹纷纷，
盘王进宫多变化，化作犬儿急奔行。

三更来到高王殿，高王饮酒昏沉沉，
盘王趁机咬一口，咬得高王血淋淋。

回到朝廷开榜看，大臣看见失三魂，
消息传到皇宫殿，皇帝听了喜又惊。

皇帝在朝嗤嗤笑，知道盘王身有阴[①]，
除掉高王把功赏，锣声鼓声闹纷纷。

---

① 阴：指法术。

皇帝当时就封职，奖赏绫罗与金银，
盘王开言问皇帝，"三女何时来结亲？"

皇帝笑答盘王道："那件小事且宽心。"
盘王听罢好高兴，舒展眉头笑吟吟。

吉日利时合亲眷，同坐深宫春过春，
皇帝退朝来让位，盘王不愿坐朝廷。

盘王不愿当皇帝，一心要回老山林，
愿归田园度日月，种粟种禾春过春。

皇帝听罢眯眯笑，金銮殿上赐榜文①，
盘王得榜随身带，欢欢喜喜归山林。

见了几多乱世界，见了几多好恶人，
搬过几多山和岭，反反复复不安宁。

只叹圣爷去世早，儿孙世代苦万分，
倘若当初爷在世，儿孙齐唱太平春。

今日到坛来保佑，儿孙幸福万年春，
拜送盘王上马去，雨过山头慢谢恩。

---

① 榜文：指过山榜。

二、请神

开口先把盘王请,瑶家先天五圣君,
恭请圣君登宝座,灵师许愿保瑶民。

一保人丁大发展,二保瑶胞得安宁,
三保风调雨又顺,四保瑶家得太平。

盘瓠① 开天五圣君,传下十二支瑶民,
为此年年来纪念,年年还愿报恩情。

恭请盘瓠先圣君,恭迎圣驾快来临,
下临凡间同欢乐,到处欢歌唱太平。

正月请,下到凡间过新年,
家家同吃新春酒,同庆瑶家乐无边。

二月请,二月恭请五圣君,
二月有个二月二,吃完年酒好耕耘。

三月请,三月不觉又清明,
盘瓠本是瑶家祖,祭扫墓灵泪淋淋。

---

① 盘瓠:即盘王,又称盘瓠王、盘护王。

四月请，四月禾苗又转青，
托福先君来保护，盘瓠功高永记心。

五月请，恭请盘王来降临，
恭请盘瓠到下界，遍施药草救瑶民。

六月请，恭请盘王五圣君，
恭请盘瓠坐正位，瑶家纪念请尝新。

一请不是为别事，只为保苗保收成；
二请不是为别事，只为保得人安宁。

三请不是为别事，只为六畜得太平；
四请不是为别事，只为雨水下得匀。

五请不是为别事，只为五谷得丰登；
六请不是为别事，只请盘王来尝新。

恭请盘瓠来许愿，许来良愿保瑶民，
保得瑶民平安过，永记盘王道义深。

样样事情做完了，件件事情讲得明，
答应还愿在十月，十月初十答报清。

三、还愿

十月十,十月还愿正逢时,
恭请盘瓠五圣君,酬还良愿在今日。

一谢圣君多灵愉,四季保得平安日;
二谢圣君多灵验,人财两盛四方吉。

三谢五谷收成好,米粮满仓不愁吃;
四谢老少无口舌,万众团结一条心。

五谢山岭果实多,金成山来银成河;
六谢仙乐自天降,村村峒峒唱瑶歌。

谢完了,齐送君王上天池,
还望君王多显圣,千祈莫忘瑶后裔。

四、送行

盘王要回去,我们送他回,
喝不完的糯米酒,装到盘王葫芦里;
山珍海味剩不少,装到盘王菜篮里;
吃不完的糖糍粑,用不完的金钱纸,
统统送给你,千万莫嫌弃。

三份白米，翻翻^①——送给盘王吃香；
三份白米，悠悠——送盘王出州；
三份白米，欣欣——送盘王出厅。
凤凰过山尾拖拖，盘王行好莫行恶；
金鸡过山尾垂垂，盘王归去莫转回。

演唱者：邓旺裕、邓仁才、李明华
搜集整理者：李世武、梁东有
1957年10月采录于广西金秀瑶族自治县长峒乡
1986年8月采录于广西阳朔县龙尾乡佛子坳村
1986年10月采录于广西临桂县宛田乡

【附记】

　　盘瑶普遍崇奉盘王为始祖神，每年要举行崇拜祖先的祭祀活动，这种活动叫作"跳盘王"（或叫"做盘王""还盘王愿"）。"跳盘王"有"家愿""村愿"之分，"家愿"一至三天，"村愿"七天。不管是"村愿"还是"家愿"，均请师公立神坛，做法事，大家一起唱歌、跳舞，以歌舞乐神，祈福祛祸。《跳盘王》歌在"跳盘王"的日子里分段演唱，开始唱"唱来由""请神"，高潮时唱"还愿"，结束时唱"送行"。在"跳盘王"过程中，还唱各种各样的歌，这些歌内容十分丰富，有传说歌、神话歌、故事歌、情歌、农事歌、苦情歌以及滑稽娱乐的歌。这些歌统称《盘王歌》。瑶族先民早已有此种仪式，《搜神记》一书有瑶民"用糁杂血肉，叩

---

① 翻翻：语气助词。下文的"悠悠"、"欣欣"也是。

槽而号,以祭盘瓠"的记载。原先,"跳盘王"大都在冬季农闲时节择日举行,没有固定的时间。1984年8月17—20日在南宁举行的全国瑶族干部代表座谈会,议定每年农历十月十六日为"盘王节"。

瑶族师公神书"盘王护唱用"(节选)[*]

翻手你打阳手鼓	复手又打鼓纷纷
今早你在青草庙	功曹得状去传申
只有当初高王反	高王造反占朝心
从此皇帝不愿坐	皇帝不愿坐朝心
如人杀得高皇尽	便把三女结为婚
盘护得闻如此请	当时揽榜入朝心
皇帝答言盘护道	你用几多马与军
盘护答言皇帝道	你今听我说原因
不用几多军与马	前后马军两个人
盘护去到高王殿	高王殿上闹纷纷
只有盘护多变化	化作犬儿床底神(眠)
从此高皇吃醉酒	酒醉巍峨(?)不识身
第一盘护咬一口	咬杀高王在地分

---

* 吕大吉、何耀华总主编:《中国各民族原始宗教资料集成·土家族卷、瑶族卷、壮族卷、黎族卷》,北京:中国社会科学出版社,1998年,第197—198页。原载张有隽等著:《十万大山山子瑶社会历史调查》,《广西瑶族社会历史调查》第六册,南宁:广西民族出版社,1987年。标题为本书作者所加。流传于广西上思县十万大山山子瑶生活地区。

咬杀高王身到地　外集连头只外军
连时走出蛮欺国　蛮欺一国乱纷纷
如人若杀我皇死　朝内不安杀生伝
当时归到皇帝殿　声锣声鼓闹纷纷
皇帝当时就奉赏　就赏红罗金共银
金银珠宝都不要　定要三女结为婚
皇帝不舍第三女　盘护发恶在朝心
皇帝答言盘护道　你今听我说原因
金银珠宝你也要　三娘必定你为婚
皇帝就系第三女　就把三女结为婚
皇帝退朝让我坐　我今不愿坐朝心
坐朝又怕世界乱　儿孙后代怕当军
经过几多世界乱　经过几多马供军
如人斩山并种岭　万年欢喜在心中
若你阳间便有事　有事来叩我阴人
今日到坛保灯主　收除病患上天心
拜送盘王上马去　万将好士答还恩

瑶族历史源流歌*

（师公调）

树木有根枝叶茂，江水有源水流长，
皮鼓不敲不响亮，有歌莫留肚里藏。

周朝年间周平王，神州海外是东洋，
东洋有个高丽王，番丽镱谟① 逞凶狂。

发来战书反圣朝，锦绣江山起祸殃，
平王升殿召文武，文官武将共商量。

臣望臣来将看将，无人开口出主张，
当朝站出盘护爷，愿奉圣旨保家邦。

带领天兵与天将，奉命出征渡东洋，

---

* 《中国歌谣集成·广西卷》，北京：中国社会科学出版社，1992年，第916—918页。

① 番丽镱谟：番王的名字。

漂洋过海番邦去，忍饥挨饿受寒霜。

腥风血雨战沙场，杀得地暗天无光，
半月时日贼剿平，整顿征袍转回乡。

平王见了心欢喜，盘护有功定番邦，
招下盘爷做驸马，圣朝公主配鸳鸯。

当朝备办五花马，当朝备办七车厢，
盘爷不愿朝中住，想往江东会稽岗。

平王当朝写王榜，盘爷只想开山种，
过山王榜盘爷藏，盘爷不想做高官。

过山王榜作凭证，子孙万代耕荒山，
子孙万代开山种，山上安家度时光。

会稽山上遣府第，盘爷青山度光阴，
夫妻年过四十岁，湛湛青天赐麒麟。

育下六男和六女，六男六女长成人，
六男长大成婚配，六女招赘配婚姻。

平王钦赐十二姓，十二姓氏赐瑶民，
分成赵盘黄李邓，郑蒋周胡雷冯沈，

任由瑶人来招郎，任由瑶人来讨亲。

周朝平王来坐位，五十三年龙驾崩，
周朝江山八百年，春秋战国又相争。

秦朝嬴氏吞六国，三十二年汉又生，
汉兴楚败四百年，瑶民一十六代人。

人口众多难供粮，众姓子孙议纷纷，
各姓子孙分开过，分开生活把山耕。

过山王榜拿在手，离了会稽奔前程，
路经江河渡江河，路经山岭过山岭。

周游天下耕山种，过州过县带儿行，
不开船钱来过渡，不纳粮税把山耕。

五十一年分天下，魏蜀吴国又相争，
过了东晋和西晋，一百五十六年春。

一百七十二年岁，南朝北朝掌乾坤，
一百三十一年里，又是隋朝掌大印。

三百一十三年内，前唐后唐两朝人，
五代残唐五十三，又到宋朝登龙廷。

赵氏太祖登龙位，匡胤龙袍穿在身，
众姓瑶人转中原，皇帝封籍受龙恩。

北宋过了南宋承，总共三百廿一春，
元朝坐位八十九，明朝洪武坐朝廷。

瑶人素来是本分，朝廷起了不良心，
不敢逞强来打斗，退出中原度光阴。

退到南洋八万里，海外南乡把山耕，
二百七十七年久，明朝江山难延伸。

一统山河归清管，清朝顺治是明君，
三十六代盘爷后，子孙难查祖先名。

赵姓祖先名坤隆，配得三娘成婚姻，
听说明君登龙位，邀齐众姓转回程。

拖儿带女转中原，大海隔路哪样行？
瑶人回转坐船内，船到海中风不停。

船到海里风浪大，行前半步都不能，
众人喊天天不应，众人喊地地不灵。

同在船尾来下跪，同在船头来拜神，

同在船中来拜请,五旗兵马佑瑶人。

拜请祖宗十二姓,拯救子孙转回程,
三州三位盘王①圣,歌堂许愿唱书经。

海上风顺浪也平,船只破浪顺风行,
未到三朝漂过海,船漂过海靠岸停。

来到广东韶州府,罗昌县内海洋坪,
开山开地勤耕种,勤耕苦种度光阴。

树大根深分枝桠,康熙元年移广西,
迁到广西平乐府,昭平县境坡冲居。

水土不合又迁去,桂林府境度时日,
桂林县内马鞍冲,柳树坪内种粮食。

谁知有种没得收,有种无收难维持,
又迁兴安小崩江,苏聋源头来住居。

还有迁去怀永县,石界村中起屋基,
年深月久春秋逝,衰败荣华哪人知?

---

① 三位盘王:指灵州圣王、谭阳平行圣王、福灵圣王。

有的迁到灵川县，六都七都①开山地，
开山开地勤耕种，瑶民子孙勤出力。

清朝传位到康熙，瑶民移居到龙脊，
开田不交米粮税，瑶民百姓得安居，
瓜瓞绵绵子孙旺，此是瑶民起根基。

演唱者：赵定山、邓仁才
搜集整理者：邱龙玉、梁东有
1985年7月采录于广西临桂县宛田瑶族乡

---

① 六都、七都：地名。

瑶族盘王大歌(节选)*

盘王登殿瑶人出世

评王坐殿太平年,七十二国一朝天,
霸主高王争天地,多年扰乱人世间。

争国夺位扰乱天,无人能除老贼奸,
四面关卡紧把守,招贤红榜贴城前。

招贤榜贴九州城,觅将选能天下传,
谁能斩除高王贼,愿赏珠宝万万千。

红榜招贤九州传,能人好手立榜前,
摇头叹气无策计,跃马扬鞭空回转。

---

* 《中国歌谣集成·湖南卷》,北京:中国ISBN中心,1999年,第85—88页。
原载《盘王大歌》,长沙:岳麓书社,1988年,第97—111页。

评王招贤传上天,天主得知传下言,
差遣太白①来下凡,查明人间乱世源。

太白化变为盘护,跟随评王不离身,
一轮红日东山起,盘护揭榜到王前。

差人守榜不老成,盘护扯下红榜文,
差人骂护雷公胆,乱扯榜文要杀身。

盘护拿榜来王殿,奇闻奇事天下传,
老少百姓街巷议,盘护胆大包过天。

盘护来到评王殿,伏在王前唱声声,
手拿榜文拜三拜,评王开口问根源。

盘护扯榜来担承,除斩高王在你身,
杀死高贼取头回,本王厚赏报你恩。

"重重报答除恶恩,许你宫女为花英②,
天下江山送一半,赐给千金和万银。"

仙胎盘护起身行,拜别评王出了城,

---

① 太白:天上太白星。
② 花英是评王的二女。

腾云驾雾天外去，过海来到高王城。
盘护出征不歇停，来到高王大殿厅，
高王膝下行三拜，伏地叩头喊三声。

高王见护心内惊，盘护进殿是何因？
锁眉定神暗思忖：盘王来朝一统天。

盘护进朝喜来临，搭台唱戏敬天神，
高王闲游护随伴，三更半夜守床前。

盘护来到高王厅，日出日落四十九天，
杀贼除霸心如焚，时机不到难起心。

夜深人静月当天，唱歌饮酒在花园，
酒令歌声阵阵起，高王饮酒醉醺醺。

夜深明月下西岭，王宫内外静无声，
斩杀高王良机到，盘护设法进王厅。

盘护心急手敏捷，拔出高王八宝剑，
剑光一闪头落地，高王一体两截分。

朝阳未登青山岭，盘护杀贼回朝廷，
进殿拜在评王下，评王站起看分明。

评王眼前盘护伏，献上贼头血淋淋，
文武百官厅中看，真假贼头辨认清。

王殿王宫笑声盈，评王欢喜透了心，
王府厅中摆国宴，庆贺除恶大事成。

国宴席中贺功臣，评王殿上开金言，
金银财宝当厅赠，赐名盘护盘太宁。

流水下山不回源，话出金口难收言，
江山一分当厅点，王女花英配太宁。

拜别评王退下厅，文武百官送太宁，
红日当空晴万里，盘护仙身转人形。

太宁花英上路行，一份江山一份天，
来到白云王百峒，从头开基立瑶厅。

花英王女配太宁，白云山下建瑶厅，
生下六男又六女，六男六女无姓名。

评王得知好欢心，当厅赐给十二姓，
盘沈包黄李邓姓，赵胡雷唐冯周人。

十二兄妹十二姓，女人招婿男娶家，
天下江山据守好，兄妹分居守四边。

翻译者：郑德宏、李本高

蚂蚓歌 *

（师公调）

盘古开了天和地，不曾知道年月时；
人老没有年庚数，壮家无法分节气。
是谁造雨救庄稼？是谁来把四季分？
是谁除灾禾苗壮？是谁驱赶邪与瘟？

自从蚂蚓下凡尘，春夏秋冬四季分；
春种夏理秋收割，驱除灾害灭邪瘟。
壮家有个老规矩，大年初一拣祥石①。
蚂蚓降到李姓家，李氏捧着回家去；
新缸清水给它住，糯米粘饭给它吃；
日防老蛇夜防猫，天天精心来护理。

---

* 《中国歌谣集成·广西卷》，北京：中国社会科学出版社，1992年，第31—33页。

① 祥石：古时，壮人在正月初一都要到河边或井边洗脸、喝口水表示风调雨顺、万事如意；拣一颗石子回家表示招财进宝。

七七四十九天后，蚂蚓摇身变成人；
英俊漂亮龙皇宝①，能文能武万事通。
时逢国难遭外侵，国王张榜招将领；
谁能带兵平番獗，愿许爱女配成亲。

蚂蚓揭榜把旨领，披挂带兵赴征程；
三十六天平云南，四十二天收蜀岭。
六万番獗杀干净，蚂蚓班师转回程。
路过村寨百姓送，回到朝中国王迎；
公主出阁来敬酒，当日拜堂结成亲。
蚂蚓转眼成驸马，官封镇殿大将军，
文武百官齐庆贺，珠光玉彩耀宫廷。

蚂蚓当官宫廷内，黑花外衣披在身，
百官四下多议论，不穿朝服名不正。
国母更嫌皮难看，寻机丢进大火坑；
蚂蚓无皮归阴去，国王悲声哭恸天；
为将蚂蚓来纪念，散发骨灰在人间。
下令每年都祭奠，敬为雷神建社亭，
香炉不断千年火，驱瘟去邪法无边。
正月初一聚乡友，敲锣打鼓把蚂蚓寻；
头朝上的便捉住，装进彩棺置社亭。
糍粑猪肉来供敬，高篱长幡招灵魂，

---

① 龙皇宝：蚂蚓的尊称。

二月初一行葬程。家家如同办喜事，
欢送蚂蜥上天庭，从此瘟灾一扫尽，
风调雨顺显神灵。

演唱者：向保业
搜集翻译者：罗仁德
1985年8月采录于广西天峨县云榜乡

【附记】

红水河畔的巴马、东兰、天峨等县的很多壮族山乡自古以来崇敬蚂蜥（青蛙），视之为神灵之物，每年农历正月初一举行蚂歌会。歌会分找蚂蜥、孝蚂蜥、葬蚂蜥三个阶段。歌会一直延续到月底，十分热闹。

壮族蚂蚴歌 *

开天造地歌

盘古开天观光景,陆驮① 造地育山林。
雷神管天作风雨,勒甲② 兄妹造世人。
造得世人满天下,炊烟袅袅万物生。
可恨污污浊浊瘟疫重,噩噩耗耗妖气生。
阴霾密布无开泰,多灾多难殃万民。
九龙搬水淹大地,十阳③ 炙烧九州焚。
病魔袭人纷纷倒,邪疫传畜个个瘟。
尸骨遍野獭偷饱,生灵涂炭难营存。

---

* 罗仁德:《广西天峨县壮族埋蚂蚴节礼仪》,《民俗曲艺》(台湾)第113期,1998年5月。
① 陆驮:壮族传说中的天、地、人分三界。雷公管天作风雨;陆驮搬山造地管人间;龙王管地下作水。
② 勒甲:壮族传说大水淹没大地,勒甲兄妹藏进大葫芦漂浮幸存,后来兄妹成亲,繁衍世人。
③ 十阳:系指十个太阳。

蚂蜗功德歌

1. 蚂蜗神下凡

一声霹雳迎新宇,瑞气腾腾迎曙光。
七彩长虹凌空架,八位地神① 阵八方。
蛙声遍地六神动,蚂蜗飘飘从天降。
红水河畔万物喜,莺歌燕舞颂上苍。
鸟语花香歌盛世,春满人间喜洋洋。
从此春夏秋冬分四季,春种夏理秋收忙。
蚂蜗是管季节的天使,蚂蜗是造雨雷神的儿郎。
蚂蜗是护佑社稷的真主,蚂蜗是镇邪减妖的大王。

2. 蚂蜗人出世

布越② 有这样的传说,大年初一出仙光。
仙人洒下智慧水,溶在河里人争尝。
后来成个老规矩,大年初一担水忙。
抢先取来仙人水,喝了聪明又健康。
喝罢仙水捡祥石,招财进宝求发旺。
卜李③ 祥石未捡到,蚂蜗跳到他身上。

---

① 八位地神:山神、水神、火神、谷神、牛神、土地神、社神、树神。下文提到的六神,即在八位地神中除去火神与社神。
② 布越:"壮人"的壮语读法。
③ 卜李:壮语,译为"李老人"。

伏在怀里呱呱叫，卜李捧回家护养。
勤加料来勤换洗，精心喂养在水缸。
蚂蚓食住多安宁，自由自在快快长。
七七四十九天后，李家水缸放金光。
村村寨寨金鼓鸣，笙箫欢奏人欢唱。
仙女飘飘云中舞，玉皇大帝出天堂。
地上六神齐跪拜，蚂蚓变成人君郎。
英俊漂亮龙皇宝①，青色花布披身上。
光芒四射金玉体，雄姿凛凛好儿郎。
叫声爹爹李卜者②，李卜满面泛春光。
蚂蚓拜天天日丽，蚂蚓拜地地换装。
天下黎明齐欢庆，欢歌狂舞庆天王。

3. 蚂蚓后生显灵

自从蚂蚓变人郎，周游民间除害忙。
神通广大精灵显，阴霾瘟邪一扫光。
从此日暖风又和，锦绣山河人欢畅。
从此风调雨又顺，万物舒展景盛昌。
从此无灾又无害，村村寨寨粮满仓。
从此病魔不染体，人寿年丰六畜旺。
从此家家享安乐，社稷太平富又强。

---

① 龙皇宝：壮人对蚂蚓后生的尊称，意为龙王的宝珠，雷神之子。
② 壮人对爸爸尊称为"卜"，即爸爸老人。

4. 蚂蚓后生讨番厥

南国昌盛传天下，番厥早有侵南心。
装备侵兵十二万，招来法将十二名。
妖魔法术十二变，邪气瘟毒十二经。①
操练精兵十二路，精选猛将十二营。
毛人妖怪也请到，毒蛇害虫随后尘。
兵侵南国蜀领地，烧杀掳掠实残忍。
施邪使法放毒蛇，行魔耍妖害良民。
南国边军敌不住，败退蜀岭守黔滇。
侵兵追杀黔滇界，南国边塞全阵沦。
消息速报金銮殿，皇帝闻讯大失惊。
朝中勇将无几个，边关力兵无几人。
皇帝无策发黄榜，招聘民间年轻能干人。
如能领兵退番者，入朝厚封大将军。
愿将爱女许相配，招为驸马封为臣。
黄榜贴到各村寨，蚂蚓后生揭榜文。
光复社稷匹夫责，讨番安邦世人心。
众人跟随蚂蚓后生到，龙颜大喜出朝门。
迎接蚂蚓后生进宫殿，封任平番元帅大将军。
十万兵马他统领，九万民众他分程。
军民团结齐奋进，历尽艰险到黔滇。
眼看毛人施妖法，播瘟传疫尽横行。
番兵杀民尸遍野，财产牲畜全抢尽。

---

① 邪气瘟毒十二经：指妖邪念的经文。

蚂蚓将军心绞痛，将士胸中怒气升。
番兵触烟遭瞎眼，相互残杀乱了阵。
毛人见势扬刀砍，蚂蚓将军挥剑迎。
战得尘埃飞天外，战得草飞树翻根。
砍得战马栽跟斗，杀得人头地上滚。
毛人战败拍马跑，蚂蚓追杀后面跟。
毛人看看逃不了，向后吹来团黑烟。
黑烟变成无数小毛人，随后大战蚂蚓军。
蚂蚓将军蹲地叫，呱呱叫了几蛙声。
蛙声刚落雷雨下，降下无数蚂蚓人。
个个蚂蚓股囊气，屁眼喷烟毒毛人。
毛人被毒奄奄倒，番兵阵势乱纷纷。
虫蛇被熏个个死，妖魔退阵转回程。
杀得番兵无路走，杀得番将无藏身。
三十六天平云南，四十二天收蜀岭。
九万八千杀干净，蚂蚓班师转回程。
将军凯旋百姓送，回到皇都国王迎。
公主出宫来敬酒，皇后出殿慰将军。
文武百官来庆贺，加封蚂蚓为大臣。
部将兵士都嘉奖，设宴大庆赏三军。
殿前民众歌声亮，宫内舞女舞不停。
劳苦功高歌不尽，深恩大德颂不完。
皇帝命令传天下，蚂蚓与女结成亲。
从此蚂蚓为驸马，国泰民安乐天伦。
风调雨顺无灾害，六畜兴旺谷丰登。

5. 蚂蚜将军遇难

蚂蚜当官宫廷内，青色花皮披在身。
金殿朝拜仍披挂，会客迎宾不离身。
诸官四下多评议，不穿朝服名不正。
皇后更嫌皮难看，有失严威损宫廷。
口里有怨不敢议，时刻注意寻时机。
趁着驸马熟睡后，将皮丢将火坑里。
蚂蚜无皮归阴去，全身烧焦成灰烬。
公主哭夫肝肠断，国王悲泣不成声。
为将蚂蚜来祭奠，皇帝亲自行葬程。
散发骨灰遍天下，民间百姓悲沉沉。
处处都要行葬礼，家家都要祭虔诚。
人人都要行仪式，村村寨寨立社亭。
香烟不断千年火，年年逢春祭蛙神。

蚂蚜祭祀歌

要说大来地最大，要说高来天最高。
谁能比地夸海口，谁能上天量计效。
蚂蚜的功劳比地大，蚂蚜的功德比天高。
蚂蚜的神威永不减，蚂蚜的精灵常普照。
年年正月祭蚂蚜，蚂蚜节日最热闹。
正月初一集乡友，敲锣打鼓把蚂蚜找。
头朝上的便捉住，装进木棺放三炮。
蚂蚜棺材置社亭，做个灵牌把香烧。

糍粑猪肉花糯饭①，敬供蚂蚜龙皇宝。
幡篙立在村头上，招魂驱邪神灵保。
每隔三日来祭拜，时逢七天闹一早。
有的亭内把歌唱，有的篙下跳舞蹈。
有的吹奏笛笙箫，有的游戏耍技巧。
祈求来年风雨顺，祈求四季得平安。
一直闹到二月二，埋蚂蚜的节日已来到。
男女老少都赶来，远亲近友凑热闹。
画旗制轿集火把，人人动手忙不了。
忙了一天夜来临，点起火把吹响牛角号。
号角一吹铜鼓响，唢呐歌声震云霄。
轿内置放蚂蚜棺，游行前列是蚂蚜轿。
龙凤彩旗两边排，蚂蚜王旗前面飘。
小旗火把跟后面，铜鼓锣钹一起敲。
火龙蜿蜒田垌里，呼嗨欢声岭上飘。
蚂蚜的功劳比地大，蚂蚜的仙气比天高。
蚂蚜的恩德比山重，蚂蚜的情义比河长。
红水河畔壮家人，世世代代传歌谣。

骂皇后咒语歌

天上最毒是妖精，地上最毒"竹叶青"。
人间最毒算皇后，焚毁蚂蚜大将军。

---

① 花糯饭：壮人将糯米染成紫黄或黄色蒸饭祭祖。

烂心毒肠皇后婆,从头到脚烂透心。
可恨宫廷皇后女,心毒无比嫌人身。
雷劈火烧要她负重刑,滚坡落水活该死。
千刀万剐叫她不还魂,千砍万剁剁她作肉酱。
剁成肉酱不解恨,丢下红水河去喂鱼。
喂鱼又怕毒鱼身,十八地狱她该下。
恶鬼四下把她吞,把她吞食要干净。
不让还魂再重生,免得在世再害人。

第三编 汉文古籍中记载的盘瓠神话

（晋）干宝撰《搜神记》

（卷十四，明津逮秘书本）

高辛氏有老婦人，居於王宮。得耳疾歷時，醫為挑治，出頂蟲，大如繭。婦人去後，置以瓠籬，覆之以盤。俄爾頂蟲乃化為犬，其文五色，因名"盤瓠"，遂畜之。時戎吳強盛，數侵邊境，遣將征討，不能擒勝，乃募天下有能得戎吳將軍首者，贈金千斤，封邑萬戶，又賜以少女。後盤瓠銜得一頭，將造王闕。王診視之，即是戎吳。"為之奈何？"群臣皆曰："盤瓠是畜，不可官秩，又不可妻，雖有功，無施也。"少女聞之，啟王曰："大王既以我許天下矣，盤瓠銜首而來，為國除害，此天命使然，豈狗之智力哉！王者重言，伯者重信，不可以女子微軀，而負明約於天下，國之禍也。"王懼而從之，令少女從盤瓠。盤瓠將女上南山，草木茂盛，無人行跡。於是女解去衣裳，為僕豎之結，著獨力之衣，隨盤瓠升山入谷，止於石室之中。王悲思之，遣往視覓，天輒風雨，嶺震雲晦，往者莫至。蓋經三年，產六男六女。盤瓠死後，自相配偶，因為夫婦。織績木皮，染以草實。好五色衣服，裁制皆有尾形。後母歸，以語王。王遣使迎諸男女，天不復雨。衣服褊襂，言語侏僞，飲食蹲踞，好山惡都。王順其意，賜以名山廣澤，號曰"蠻夷"。蠻夷者，外癡內黠，安土重舊，以其受異氣於天命，故待以不常之律。田作賈販，無關繻符傳、租稅之賦。有邑君長，皆賜印綬。冠用獺皮，取其遊食於水。今即梁、漢、巴、蜀、武陵、長沙、廬江郡夷是也。用糝雜魚肉，叩槽而號，以祭盤瓠，其俗至今。故世稱"赤髀橫裙，盤瓠子孫"。

（晉）干寶撰《搜神記》*
（卷三，龍威秘書本）

昔高辛氏，有房王作亂，憂國危亡，帝乃召群臣，有能得房氏首者賜千金，分賞美女。群臣見房氏兵強馬壯，難以獲之。辛帝有犬名（盤瓠），其毛五色，常隨帝出入。其日，忽失此犬，經三日以上，不知所在，帝甚怪之。其犬走投房王，房王見之，大悅，謂左右曰："辛氏其喪乎？犬猶棄王投吾，吾必興也。"房氏乃大張宴，為犬作樂。其夜房氏飲酒而臥，槃瓠銜王首而還。辛見犬銜房首，大悅。厚與肉糜飼之，竟不食。經一日，帝呼犬亦不起。帝曰："如何不食？呼又不來？莫是恨朕不賞乎？今當依募賞汝物，得否？"槃瓠聞帝此言，即起跳躍。帝乃封槃瓠為會稽侯，美女五人，食會稽郡一千戶。後生二男六女，其男當生之時，雖似人形，猶有犬尾。其後子孫昌盛，號為犬戎之國。周幽王為犬戎所殺。只今土蕃，乃槃瓠之胤也。

---

* 據鐘敬文《槃瓠神話的考察》，《搜神記》另有被收錄于《漢魏叢書》《龍威秘書》等叢書中的另一版本，特作收錄。

（晋）郭璞撰《山海经传》
（《海内北经》第十二，四部丛刊景明成化本）

有人曰大行伯，把戈。其東有犬封國。昔盤瓠殺戎王，高辛以美女妻之，不可以訓，乃浮之會稽東南海中，得三百里地，封之。生男為狗，女為美人，是為狗封之民也。貳負之尸在大行伯東。

（南北朝）范晔撰李贤注《后汉书》
（卷八十六，《南蠻西南夷列傳》，第七十六，《南蠻》百衲本景宋紹熙刻本）

昔高辛氏有犬戎之寇，高辛帝嚳帝患其侵暴，而征伐不剋，乃訪募天下有能得犬戎之將吳將軍頭者，購黃金千鎰，邑萬家，又妻以少女。時帝有畜狗，其毛五采，名曰槃瓠。《魏略》曰：高辛氏有老婦，居正王室得耳疾，挑之乃得物，大如繭。婦人盛瓠中，覆之以槃，俄頃化為犬，其文五色，因名槃瓠。下令之後，槃瓠遂銜人頭造闕下，羣臣怪而診之，乃吳將軍首也。診，候視也。帝大喜，而計槃瓠不可妻之以女，又無封爵之道，議欲有報而未知所宜。女聞之，以為帝皇下令不可違信，因請行。帝不得已，乃以女配槃瓠。槃瓠得女，負而走入南山，止石室中，所處險絕，人跡不至。今辰州盧溪縣西有武山，黄閔《武陵記》曰："山高可萬仞，山半有槃瓠石室，可容數萬人。中有石牀、槃瓠行跡。"今案：山窟前有石羊、石獸、古跡奇異尤多。望石窟，大如三間屋。遙見一石，仍似狗形。蠻俗相傳云是槃瓠像也。於是女解去衣裳，為僕鑒之結，著獨力之衣。僕鑒、獨力皆未詳，流俗本或有改"鑒"字為"豎"者，妄穿鑿也。結音髻。帝悲思之，遣使尋求，輒遇風雨震晦，使者不得進。經三年，生子一十二人，六男六女。槃瓠死後，因自相夫妻，織績木皮，染以草實，好五色衣服，製裁皆有尾形。干寶《晉紀》曰："武陵長沙廬江郡夷槃瓠之後也，雜處五溪之內。槃瓠憑山阻險，每每常為害。糅雜魚肉，叩槽而號，以祭槃瓠。俗稱赤髀橫裙，卽其子孫。"其母後歸，以狀白帝，於是使迎致。諸子衣裳班蘭，語言侏離侏離蠻夷語聲也。好入山壑，不樂平曠。帝順其意，賜以名山廣澤。其後滋蔓，號曰蠻夷，外癡內黠，安土重舊。以先父有功，母帝之女，田作賈販，無關梁符傳、租稅之賦。優寵之，故蠲其賦役也。《荊州記》曰："沅陵縣居酉口，有上就、武陽二鄉，唯此是槃瓠子孫，狗種也。二鄉在武溪之北。"有邑君長，皆賜印綬，冠用獺皮，名渠帥曰精夫，相呼為姎徒。《說文》曰："姎，女人自稱，我也。音烏朗反。"此以上並見《風俗通》也。今長沙、武陵蠻是也。

（南北朝）酈道元撰《水經注》
（卷三十七，清武英殿聚珍版丝书本）

　　武陵有五溪，謂雄溪、樠溪、無溪、酉溪，案：樠溪下近刻衍力溪二字辰溪其一焉。夾溪悉是蠻左所居，案：左下近刻衍右字故謂此蠻五溪蠻也。水又逕沅陵縣西,有武溪,源出武山,與酉陽分山,水源石上有盤瓠跡猶存矣。盤瓠者,高辛氏之畜狗也。其毛五色,高辛氏患犬戎之暴,乃募天下有能得犬戎之將軍吳將軍頭者,妻以少女。下令之後,盤瓠遂銜吳將軍之首於闕下,帝大喜,未知所報。女聞之,以為信不可違,請行,乃以配之。盤瓠負女入南山,案:女近刻訛作妻上石室中。所處險絕,人跡不至。帝悲思之,遣使不得進。經二年,生六男六女。盤瓠死,因自相夫妻,織績木皮,染以草實,好五色衣,裁製皆有尾。案:製近刻訛作置其母白帝,賜以名山,其後滋蔓,號曰蠻夷。今武陵郡夷,卽盤瓠之種落也。其狗皮毛,嫡孫世寶錄之。

(唐)杜佑撰《通典》
(卷一百八十七,清武英殿刻本)

盤瓠種,昔帝嚳時患犬戎入寇,乃訪募天下有能得犬戎之吳將軍頭者,妻以少女。時帝有畜狗名曰盤瓠,遂銜其將軍首而至,乃以女配之。按:范曄後漢史蠻夷傳皆怪誕不經,大抵諸家所序四夷,亦多此類,未詳其本出,且因而商略之。曄云:高辛氏募能得犬戎之將軍頭者,購黃金千鎰,邑萬家,妻以少女。按黃金周以前為斤,秦以二十兩為鎰,三代以前分土,自秦漢分人。又周末始有將軍之官。其吳姓宜自周命氏。曄皆以為高辛之代,何不詳之甚!又按宋史,曄被收後,於獄中與諸甥姪書自序云:"夷諸序論,筆勢放縱,實天下之奇作。其中合者,往往不減過秦篇。"嘗共比方班氏,非但不愧之而已。按班、貫序事,豈復語怪。而瞱紕繆若此，又何不減不愧之有乎？盤瓠得女，負走入南山，在國之南，卽五溪之中山。止石穴中，生六男六女，因自相夫妻，織績木皮，染以草實，好五色衣服，製裁皆有尾形，衣裳斑斕，語言侏離。其後滋蔓，號曰蠻夷。有邑君長，名渠帥曰"精夫"，相呼為"姎徒"。《說文》曰："姎，女人自稱，姎，我也。"烏朗反。所居皆深山重阻，人跡罕至。長沙、黔中五溪蠻皆是也。一辰溪，二酉溪，三巫溪，四武溪，五沅溪。

（唐）樊綽撰《蠻書》
（卷十，清武英殿聚珍版叢書本）

謹按《後漢·南蠻傳》，昔高辛氏有戎寇吳將軍為患其侵暴，乃下勅曰："有人得戎寇吳將軍頭者，賜金百鎰，封邑萬家，妻以少女。"時帝有犬名盤瓠，後遂之寇所，因嚙得吳將軍頭來，其寇遂平。帝大喜，因以官爵賚賜，犬不起。帝少女聞之，奏曰："皇帝信不可失！深憂犬之為患。"帝曰："當殺之。"女曰："殺有功之犬，失天下之信矣！"帝曰："善乎！"因請匹之。帝不得已，乃以配盤瓠。盤瓠得女，負入南山，處於石室，其處險阻，不通人跡。後生十二子，六男六女，自相匹偶，緝以草木皮為衣服。帝賜以南山，仍起高欄為居止之。其後滋蔓，自為一國。案：此文與今《後漢書·南蠻傳》不同。按王通明《廣異記》云："高辛時，人家生一犬，初如小特，主怪之，棄於道下。七日不死，禽獸乳之，其形繼日而大，主人復收之。當初棄道下之時，以盤盛葉覆之，因以為瑞，遂獻於帝，以盤瓠為名也。後立功,嚙得戎寇吳將軍頭,帝妻以公主,封盤瓠爲定邊侯。公主分娩七塊肉,割之有七男,長大各認一姓,今巴東姓田、雷、再、向、蒙、旻、叔孫氏也。其後苗裔熾盛,從黔南逾昆湘高麗之地,自爲一國。幽王爲犬戎所殺,卽其後也。盤瓠皮骨,今見在黔中,田雷等家時祀之。"

(唐)欧阳询撰《艺文类聚》
(卷九十四,清文渊阁四库全书本)

《玄中記》曰:狗封氏者,高辛氏有美女,未嫁。犬戎為亂,帝曰,有討之者,妻以美女,封三百户。帝之狗名槃瓠,三月而殺女(犬)戎之首來。帝以為不可訓民,乃妻以女,流之會稽東南二萬一千里,得海中土,方三千里,而封之。生男為狗,生女為美女。

(唐)释道世撰《法苑珠林》
(卷第十一,四部丛刊景明万历本)

高辛氏有老婦人,居於王宮,得耳疾歷時。醫爲挑治,出頂蟲,大如蠒。婦人去後,置以瓠籬,覆之以盤。俄爾頂蟲乃化爲犬,其文五色,因名盤瓠,遂畜之。時戎吳盛強,數侵邊境。遣將征討不能擒勝,乃募天下有能得戎吳將軍首者,購金千斤,封邑萬户,又賜以少女。後盤瓠銜得一頭,將造王闕,王診視之,即是戎吴。為之奈何？群臣皆曰：盤瓠是畜，不可官秩，又不可妻。雖有功，無施也。少女聞之，啟王曰：大王既以我許天下。盤瓠銜首而來，為國除害，此天命使然，豈狗之智力哉。王者重言，霸者重信。不可以子女微軀，而負明約於天下，國之禍也。王懼而從之，令少女隨盤瓠。盤瓠將女上南山，山草木茂盛，無人行迹，於是女解去上衣，為僕豎之扮，著獨拗之衣，隨盤瓠昇山入谷，止于石室之中。王悲思之，遣徃視覔，天輒風雨，嶺震雲晦，徃者莫至。葢經三年，產六男六女。盤瓠死後，自相配偶，因為次（夫）妻。織績木皮，染以草實，好五色衣服，裁制著用。經後母歸，以語王。王遣追之男女，天不復雨。衣服褊褌，言語侏離，飲食蹲踞，好山惡都。王順其意，有詔賜以名山廣澤，號曰蠻夷。蠻夷者，外癡内黠，安土重賜。以其受異氣於天命，故待以不常之律。田作賈販，無關繻符傳租稅之賦。有邑君長，皆賜印綬，冠用獺皮，取其遊食於水。今即梁漢巴蜀武陵長沙廬江羣夷是也。用糁雜魚肉，叩槽而號，每祭盤瓠，其俗至今。故世稱：赤髀橫裙，盤瓠子孫。右六條出搜神記也。

（唐）徐堅撰《初学记》

（卷二十九，清光緒孔氏三十三萬卷堂本）

《後漢書》曰：帝高辛氏有狗名槃瓠，其文五色。時犬戎兵強，乃募能得犬戎吴將軍首者，賜以少女。槃瓠得之。於是少女隨槃瓠升南山，產子男女十二，自相夫妻，後繁盛也。干寶《搜神記》曰：槃瓠者，本高辛氏宫中老婦人，有耳疾，醫者挑治之。

有物大如蠒，以瓠離盛之，以槃覆之。有頃化為犬，其文五色，因名槃瓠。

（宋）乐史撰《太平寰宇记》

（卷一百七十八，清文渊阁四库全书补配古逸丛书景宋本）

盤瓠種。昔帝嚳時患犬戎之寇，及訪募天下有能得犬戎之將吳將軍之頭者，妻以少女。時帝有畜犬名曰盤瓠，銜吳將軍首而至，帝乃以女配之。盤瓠得女，負走入南山，今五溪中山也。止石穴中，所處險絕，生六男六女，因自相夫妻。織績木皮，染以草實，好五色衣服，裁製皆有尾形。衣裳班蘭，言語侏離。其後滋蔓，號曰蠻夷。有邑君長，名渠帥曰精夫，相號姎徒。《說文》曰："姎，女人稱我也。"所居皆深山重阻，人跡罕到。註：今長沙黔中五溪蠻是也。一曰辰溪，二曰西溪，三曰巫溪，四曰武溪，五曰闢溪。

（宋）李昉撰《太平御览》

（卷第七百八十五，四部丛刊三编景宋本）

《後漢書》曰：昔高辛氏有犬戎之寇，帝患其侵暴，而征伐不尅。乃訪募天下有能得犬戎之將吳將軍首者，購黃金千鎰，邑萬家，又妻以少女。時帝有畜狗，其毛五采，名曰槃瓠。下令之後，槃瓠遂銜人頭造闕下，群臣怪而診視之，乃吳將軍首也。帝大喜，乃以女配槃瓠。槃瓠得女，負而走南山，止石室中，所處險絶，人跡不至。於是女解去衣裳，爲僕鑒之髻，結著獨力之衣。僕鑒、獨力皆未詳，流俗或改鑒爲堅者，妄穿鑿也。經三年，生子十二人，六男六女。槃瓠死後，因自相夫妻，織績木皮，染以草實。好五色衣服，製裁皆有尾形，其衣裳班蘭，語言侏離。好入山壑，不樂平曠。帝順其意，賜以名山廣澤。其後滋蔓，號曰蠻夷，外癡内黠，安土重舊。以先父有功，母帝之女，田作賈販，無關梁符傳租税之賦。有邑君長，皆賜印綬，冠用獺皮，名渠帥曰精夫，相呼爲姎徒。姎，烏郎切。《説文》曰：自（女）自稱，姎，我也。今長沙武陵蠻是也。

《魏略》曰：高辛氏有老婦居王室，得耳疾。挑之，乃得物，大如繭。婦人盛瓠中，覆之以槃。俄頃（頃）化爲犬，其文五色，因名槃瓠。

于（干）寳《晉紀》曰：武陵長沙郡夷槃瓢（瓠）之後，雜處五服之内，憑山阻險。每常爲猱雜魚肉，而歸以祭槃瓠，俗稱赤髓橫（橫）裙子孫。

《唐書》曰：黄國公冊安昌者，槃瓠之苗裔也。世爲巴東蠻師，與田、李、向、鄧各分槃瓠一禮。世傳其皮盛以金函，四時致祭。黄閔《武陵記》曰：山半有槃瓠石室，可容萬人，中有石床，槃瓢（瓠）行迹。今接山窟，前有石羊、石獸，古跡奇異尤多。坐石窟，大如三間屋。遥見一石，仍似狗形，蠻俗相傳云是槃瓠象也。

《荆州記》曰：阮陵縣君居酉口，有上就、武陽二鄉，唯此是槃瓠子孫狗種也。二郡在武陵溪之北。

（宋）罗泌撰《路史》
（卷三十三发挥二，清文渊阁四库全书本）

論槃瓠之妄

有自辰沅來者云：盧溪縣之西百八十里有武山焉，其崇千仞，遙望山半石洞，鏵啟一石，貌狗人立乎。其傍是所謂槃瓠者，今縣之西南三十有槃瓠祠。棟宇宏壯，信之天下有奇迹也。予曰：是黃閔《武陵記》所志者，然實誕也。《記》云山半石室，可容數萬人，中有石牀，槃瓠行迹。今山窟前，石獸、石羊奇迹尤多。《辰州圖經》云：隍石窟如三間屋，一石狗形，蠻俗云槃瓠之像。今其中種有四，一曰七村歸明戶，起居飲食類省民，但左衽。二曰施溪武源歸明蠻人。三曰山。四曰犵獠。雖自為區別，而衣服趨向大畧相似。土俗以歲七月二十五日，種類四集，扶老攜幼，宿于廟下。五日，祠以牛彘酒鮺，椎鼓踏歌，謂之樣。樣，蠻語祭也。云容萬人，循俗之妄。樣當用養。曰：然則所謂槃瓠者非歟。曰：非也。何以言之，予稽夏后氏之書知之也。《伯益經》云："卞明生白犬，是為蠻人之祖。卞明，黃帝氏之曾孫也。白犬者乃其子之名，葢若後世之烏獿、犬子、豹奴、虎狚云者，非狗犬也。雖然世之誕妄，厥有形影，其言之不典，亦實自于《經》也。按：《經》又言：卞明生白犬，白犬有二，自相牝牡，郭氏以為自相配合。葢若今之婆羅門半釋迦者，鳥有曰鶌曰者，一身之間，自為牝牡，半釋迦者。其種有五，有具男女二體者，有半月為女者，皆偏氣所孕。而應劭書遂以為高辛氏之犬名曰槃瓠，妻帝之女，乃生六男六女，自相夫婦，是為南蠻。則知其說原衍于此，是殆以白犬為麗。至郭璞、張華、于（干）寶、范曄（瞱）、李延壽、梁載言、樂史等，各自著書，枝葉其說，人以喜聽，而事遂實矣。且其説曰：高辛氏募有得犬戎吳將軍首者，黃金千鎰，邑萬家，妻以少女。杜君卿固疑其誕，謂黃金古以斤計，至秦始曰鎰，一也；三代分土，漢始分人，古安得萬家之封，二也；將軍周末之官，三也；吳姓宜周始有，四也。佑之難亦當矣。又引其獄中與諸甥書證之，然不知其説之不出乎曄（瞱）也？伯岐同吳權之妻，而羿之友有吳賀，不可謂吳姓至周始有，謂夷狄古無姓可也。伯益為百虫將軍，玄女立五軍之將，不可謂將軍周末之官，謂夷狄古無官號可也。其説本出應氏書。夫人畜之交通世，葢每有昔元嘉中、孟慧度之婢蠻，與犬通處者，且逾年，然高辛之事常竊誕之。慧度吳興人事具宋書志等。槃瓠者，特狐之轉爾。犬尾大。按：《玄中記》槃瓠浮之東南海中，是為犬封氏，葢因本《風俗通》然，亦不謂蠻人之祖。《記》云高辛時犬戎為亂，帝曰有討之者，妻以美女，封三百戶。帝之狗曰槃瓠，七（亡）三月而殺犬戎，以其首來。帝以女妻之，不可教訓，浮之會稽東有（南）海中，得地三百里，封之。生男為狗，女為美人，是為犬封氏。玄中之書崇文總目，不知撰人名氏，然書傳所引皆云郭氏《玄中記》，而《山海經》注狗封氏事，與《記》所言一同，知為景純。曰：然則盧溪之祠，君武山之像，何彰邪？曰：見石西俯，則以為為惠遠點頭。見石東僂，則以為為秦皇赴海。木石之象，物厥類多矣。偶然喚作木居士，豈特一槃瓠而已邪！不然犬戎國之神哉。《經》亦有云："犬戎國有犬戎神，人面而獸身，非蠻人之祖也。"

（明）陈士元撰《江汉丛谈》
（卷二，清艺海珠尘本）

仁卿問蠻祖槃瓠，答曰：此贗語也。始於山海經，卞明生白犬，白犬有牝牡之説。而應仲遠《風俗通》即謂高辛氏之犬名槃瓠，妻帝之女，乃生六男六女，自相夫婦，是爲南蠻。范蔚宗《漢書》遂襲其説，又增餙之。至於郭景純、張茂先、干令昇、李延壽、樂子正等各述於簡冊，其辭益繁，而信之者益衆矣。蔚宗《漢書·南蠻傳》云：昔高辛氏有犬戎之寇，帝患其侵暴，而征伐不克，乃訪募天下有能得犬戎之將吳將軍頭者，購黃金千鎰，邑萬家，又妻以少女。時帝有畜狗，其毛五采，名曰槃瓠。下令之後，槃瓠遂啣（衔）人頭造闕下，羣臣怪而視之，乃吳將軍首也。帝大喜，而計槃瓠不可妻之以女，又無封爵之道，議欲有報而未知所宜。女聞之，以爲帝皇下令不可違信，因請行。帝不得已，乃以女配槃瓠。槃瓠得女，負而走入南山石室中。所處險絶，人跡不至。於是女解去衣裳，爲僕鑒之結，著獨力之衣。帝悲思之，遣使尋求，輒遇風雨震晦，使者莫進。經三年，生子十二人，六男六女。槃瓠死後，因自相夫妻，織績木皮，染以草實，好五色衣服，製裁皆有尾。其母後歸，以狀白帝，於是使迎致諸子，衣裳斑斕，語言侏離，好入山壑，不樂平曠。帝順其意，賜以名山廣澤。其後滋蔓，號曰蠻夷。以先父有功，母帝之女，田作賈販，無關梁符傳租税之賦。又《魏畧》云：高辛氏有老婦居王宮，得耳疾。挑之乃得物，大如繭。老婦盛以瓠，覆之以槃。俄頃化爲犬，其文五色，因名槃瓠。又黃閔《武陵記》云：

辰州盧溪縣西有武山，高可萬仞，山半有槃瓠石室，可容萬人，中有石牀，槃瓠行跡。又《辰州圖經》云：石窟大如三間屋，旁有一石似狗形，蠻俗相傳槃瓠像也。蠻種有四，一曰歸明戶，二曰施溪武源蠻，三曰山猺，四曰犵獠。種雖區別，而衣服趨向大畧相似。每歲七月二十五日，蠻種類集，宿於槃瓠廟下，以牛豕酒鮭，椎鼓踏歌，謂之樣樣者蠻語祭名也。杜君卿佑《通典》據《漢書》辯之，謂黃金古以斤計，至始皇以二十兩為一鎰，今曰黃金萬鎰非古制也。吳姓至周始有，而將軍乃周末之官，今曰吳將軍非古制也。杜君卿之辯是矣，而未得其實。余謂高辛之代本無犬戎之患，高辛都亳即今河南偃師，而犬戎在西陲，蠻土在南陲，去亳各數千里。荒服之外，以一犬之力，既能西走數千里銜吳將軍之首歸致闕下，而又能負帝女南走數千里，飛渡洞庭，棲宿於武陵之石窟，不餓死哉？此其理悖矣。羅長源《路史》云：黃帝元妃西陵氏生三子，曰昌意，曰玄囂，曰龍苗。龍苗生吾融，吾融生卞明，封於卞卞明棄其國居南，裔生白犬，是為蠻人之祖。夫卞明乃黃帝曾孫，而白犬為卞明之子，如後世名子為於菟、犬子、豹奴、虎狍之類，非真犬也。西陵氏宗國在楚，即今夷陵地，卞明乃西陵氏之胤，則徙居南土，理或有之，豈得以其子為真犬哉？既曰白犬，又安得謂槃瓠毛有五采也？又郭景純《玄中記》云：高辛時犬戎為亂，帝曰討之者妻以美女，封三百戶。帝之狗名槃瓠，去三月而殺犬戎，以其首來。帝以女妻之，浮之會稽東海中得地三百里，封之，是為大封氏，又非蠻人之祖也，總為妄誕。

（明）莫旦撰《大明一统赋》
（卷上，明嘉靖郑普刻本）

三苗國

在荆揚之間，唐虞時恃險為亂，今岳州是也。昔高辛時有犬名盤瓠，人有父爲賊所殺者，誓于衆曰："能為我復讐者，以女妻之。"盤瓠聞之棹尾而去，遂嘯賊首而還。因妻以女，入山三年，生六子。六子既長。問於母曰："吾父是誰？"母指犬曰："此是父也。"六子耻之，遂殺盤瓠。今貴州夷人父老則賣之，名賣爺苗。又有東苗、西苗、紫薑苗、紅犵狫、花犵狫。文，五溪之蠻，曰猫，曰猺，曰獶，曰犵，曰狑，曰犵狫，字皆從犬，盡盤瓠種也。

（清）鄂尔泰修杜诠纂《（乾隆）贵州通志》
（卷之七地理，清乾隆六年刻嘉庆修补本）

苗蠻

昔高辛氏有犬戎之宼，帝患其侵暴，而征伐不剋，乃訪募天下有能得犬戎之將吳將軍之頭者，購黃金千鎰，邑萬家，又妻以少女。時帝有畜狗，其毛五采，名曰槃瓠。下令之後，槃瓠遂銜人頭造闕下，群臣怪而診之，乃吳將軍首也。帝大喜，而計槃瓠不可妻之以女，又無封爵之道，議欲有報而未知所宜。女聞之，以為帝皇下令不可違信，因請行。帝不得已，乃以女配槃瓠。槃瓠得女，負而走入南山，止石室中，所處險絕，人跡不至。於是女解去衣裳，為僕豎之結，著獨立之衣。帝悲思之，遣使尋求，輒遇風雨震晦，使者不得進。經三年，生子一十二人，六男六女。槃瓠死後，因自相夫妻，織績木皮，染以草實，好五色衣服，製裁皆有尾形。其母後歸，以狀白帝，於是使迎致諸子，衣裳斑斕，語言侏僸，好八（入）山壑，不樂平曠。帝順其意，賜以名山廣澤。其後滋蔓，號曰蠻夷，外癡內黠，安土重舊。以先父有功，母帝之女，田作賈敗（販），無關梁符傳租稅之賦。有邑君長，皆賜印綬，冠用獺皮，名渠帥曰精夫，相呼為娛（姎）徒。今長沙、武陵蠻是也。

（清）茆泮林輯《玄中記》
（清十种古逸书本）

狗封氏

狗封氏者，高辛氏有美女未嫁，犬戎為亂。帝曰："有討之者，妻以美女，封以三百戶。"帝之狗名槃瓠，亡三月而殺女（犬）戎之首來。帝以為不可訓民，乃妻以女，流之會稽東南二萬一千里，得海中土，方三百里，而封之。生男為狗，生女為美女，封為狗民國。《御覽》九百五、《藝文類聚》九十四

（清）欧樾华撰《（同治）韶州府志》
（卷三十八列传，清同治刊本）

猺蠻

昔高辛氏有犬戎之寇，訪募有能得犬戎吳將軍頭者，購黃金千鎰，邑萬家，又妻以少女。時有畜狗，其毛五色，名曰槃瓠。《魏略》曰：高辛氏有老婦，居王室，得耳疾，挑之得物，大如繭，婦人盛瓠中，覆之以槃，俄頃化為犬，因名槃瓠。遂銜人頭造闕下，乃吳將軍首也。帝大喜，而計槃瓠不可妻以女。女聞之，以爲不可違信。不得已，乃以女配槃瓠。槃瓠得女，負而走入南山，止石室中，所處險絕，人跡不至。遣使尋求，輒遇風雨震晦，使者不得進。生六男六女。槃瓠死，其母歸，使迎諸子，衣裳班蘭，語言侏離，好入山壑，不樂平曠。帝順其意，賜以名山廣澤，無關梁符傳租稅之賦，有邑君長，皆賜印綬，今長沙、武陵蠻是也。《後漢書·南蠻傳》。

（清）张庆长撰《黎岐纪闻》
（清光绪三年本）

苗猺黎種相類也，黎人則居瓊山海島中，其從來不可考矣。世傳狗尾王之說，事雖近誕，而以其尻驗之，似非無據者。其俗賤男貴女，有事則女為政。

有女航海而來，入山中，與狗為配，生長子孫，後曰狗尾王，遂為黎祖。其子孫即以王為姓，故凡生黎皆王姓。至今黎人尾閭皆有贅肉，是其證也。

（清）里人何求纂《閩都別記》
（卷三，清宣統三年藕根齋石印本）

如上古本國之閩越王，因被南粵王圍困，出示曰："誰能殺退南粵王，救解重圍者，以親女招之為婿。"隨有一犬，半夜走去咬死南粵王，將頭銜回，重圍遂解。閩越王不肯失信，即將親女配犬為妻。那王女才貌俱美，聽從父命，納犬為夫，不敢違父之命，生子傳孫，開枝發葉，現今北嶺三姓，即是當年之犬種也。

（民國）劉錫蕃著《嶺表紀蠻》
（上海：商務印書館，民國二十三年四月初版）

"猺之始祖，畜一犬，甚猛鷙，一日臨戰，於陣上為某大酋所執，將殺之，刃舉而犬猛囓酋，酋出不意，竟死。猺甚德狗，封之為王，以所愛婢妻之。其後子孫昌大，遂成一族。"其又一說，則與範曄《後漢書》所云相類，惟謂"犬子長成之後，與狗父出獵，狗父老憊，墜崖而亡，子負犬還，犬時口流鮮血，沿子肩部下交於胸，子哀之，自後縫衣，即象其形另綴紅線兩條，以為紀念。"

南越王有犬名盘瓠，王被擒，其母传令有能脱王归者，当以王女妻之。盘瓠闻言，欣然往，窃负而逃，遂妻以女。盘瓠纳诸石谷，与之交媾。生子数人，曰獐、曰猺、曰獠、曰狼、曰狑、曰狪，各成一族，自为部落，不相往来。

第四编 瑶族《过山榜》中记载的盘瓠神话

瑶族《过山榜》，又名《过山照》《评王券牒》《评皇券牒》《盘王券牒》《瑶人榜文》等。它是被称为"过山瑶"的瑶族人民世代珍藏和传承的一种民间文献，目前在国内外共发现《过山榜》一百余件，用汉文书写。版本除手抄本外，还有少量的木刻印、石印和油印本；大多数券牒都誊抄或刻印于竹纸之上，也有少量誊抄于白布、绢绸之上；式样有长卷式、折叠式和书本式三种；有些券牒四周绘有精美的花纹图案，末端画有彩色神像和盖有红色圆印或方形大印。《过山榜》的流传年代久远，唐贞观二年版、宋乾德五年版、宋景定三年版、明洪武五年版、清康熙五十三年版、清光绪四年版、民国十四年版均有传抄件。《过山榜》的主要内容包括关于民族起源的龙犬盘瓠传说、瑶族的迁徙、姓氏的来源、生产生活方式、婚姻丧葬、官府赦免赋税、瑶民反抗斗争等。在湖南的江华、蓝山、道县、城步，广西的龙胜、临桂、来宾、恭城、宜山、荔浦及广东的连山均有发现。越南北部及泰国北部的瑶族地区也曾发现过数件《评皇券牒》，与广东的系同一底本。

南京平王敕下古榜文

原存：湖南省蓝山县
现存：中央民族大学民族研究所
规格：78cm×60cm，绢质

南京平王敕下古榜文一道，牒落天下一十三省。各治山头，瑶人收执为凭。先置瑶人，后置朝庭（廷）。眼见王法，如法不遵者，母死不孝丧服，杀牛不告判，养猪不杀，睂（留）长调踏踏（踏）盘古大皇（王）。子孙万代平安，管山契（吃）山。〔管〕水契（吃）水。有底处开田。除色（免）王税。眼见王说（法）。送（遗）纳朝庭（廷）。九忿（垒）岗山无粮地，赶牛不上，打马不行，捕（屙）水不上三尺之处，系是良猺（瑶）祖业。如有不遵王法，倘入猺（瑶）山科派钱粮等件，百般不许扰害粮（良）猺（瑶）王（至）今猺（瑶）人将古时盘王铁索山笒（竿）粮蔂（藤）。缠木细绷（捆绑），扭缚枷锁。解司、解县、解国、送朝庭（廷）。不许卖放。□官通知，本是猺（瑶）人，合（各）家养女，百姓（留）于自猺（瑶）人内婚配，不论同姓。但得成亲。〔瑶〕与官司（同）坐，〔与〕国王同行。此榜付与子孙后代收执为照。不许捐（折）坏，先因（国）平王，所被外国紫王战国纵横，平王朝内言问，内朝象（众）臣。及大将军，朝象（众）臣："何人收得紫王，我平王郎（即）赐二宫之女与他为妻。更（并）得被（彼）国。"平王分（吩）咐，朝内诸臣及大将军，启朝内出给三月（日），无人承领。杰计收得紫王，可得殿前龙犬。口含言语，可领给文。名唤盘王，护国之人。启告王曰："理①。收紫王易得。"平王降敕，龙犬亦言大悦，龙犬奏报，立时将身下水，游过大海去。我作平王国内小臣，尽皆结右开知，紫王每日引龙犬游过宫内。可有猛虎之威，且得国界安宁。看将龙犬，身有二点虎色，初生在东海，晋（留）引在家中养大，强恶全（如）虎。一般毛色，赐平王如是贤物，降敕回朝内从随，紫王饮酒而醉，龙犬咬左返（边）耳朵。一并不放。龙犬记得圹（泥）里居藏，上殿，有猛虎之威。平王立时倍劳待酒，广排筵席。三日三鱼（夜），庆贺王国安宁。会（食）罢，诸臣奏报，强夺龙犬二宫安身之理。我有（有我）平玉（王）在上。我金玉牙口（口玉牙）降敕在前。与诸臣告曰，降敕，与他为妻。龙〔犬〕便（变）人身。平王分付（吩咐）。我王依前出给，三月（日）无人承领。可得龙犬充领剖（剖）文，诸臣奏准，大笑呵呵，便将二宫身穿花衣，长调木鼓，六（芦）笛吹笙，铜锣笛□，惊天动地，上不犯天，下不犯地嶽（狱）。眼民见（见民）不扰不捏，龙犬愿（原）来识得二宫女，居上殿，龙犬唝（咀）咬二宫女脚下罗裙，不用二婢之子。平王笑说，虽见此犬，唝（咀）作乱瞰（？），感得龙犬护国，咬死紫王。王觧头回朝。平王赐二宫女，与他为妻。生下六男六女，极（报）具存身。准平王给咐六姓猺（瑶）人为官□。天子、将相、公侯商议，送

---

① "理"：瑶语 jiə³³，即"我"之意。

青县会稽山七贤洞,青竹林中白雪山。

　　右榜给付六姓猺(瑶)人。准下湖广道。知许(诸)王朝使。朝奉大夫文林郎。朝奉大夫承节郎。朝奉大夫承信郎。李郎中,黄郎中。平王分(盼)咐,盘万(乃)知,二宫女龙犬配合为妻,生下六男分六姓。长男姓盘,次男姓赵,三男姓郑,四男姓陈,五男姓邓,六男姓李。子孙后代官员人等。国内州县官吏乡村头目三千大户人等。太白星君天光星君证盟。

　　真(贞)观弍年岁次戊子孟春月望十五日敕下榜文一道准此付与后代子孙永远存照

过山榜文

原存：湖南省蓝山县汇源公社
现存：湖南省民族研究所

南京平王敕下古榜文一道，牒落天下十三省。各治山头，人徭收执为凭。先置徭人，后置朝廷。眼见王法，如法不遵者，母死不孝丧服，杀牛不告判，养猪不杀，留长调〔踏〕盘古大皇（王），子孙万代平安。管山吃山，管水吃水。有底开田，除包（免）王税。眼见王法，遗纳朝廷。九垒岗山无粮地，赶中（牛）不上，打马不行，捕（屙）水不上三尺之地，系是良徭祖业。如有不遵王法，倘入徭山科派钱粮等件，百般不许扰害良徭。至今徭人将古时盘王铁索、山筝粮腾（藤）、缠木细（捆）绹（绑），扭转（缚）枷锁，解司、解县、解国、送朝廷；不许卖放。□官通知本是徭人，各家养女，百姓留于自徭人内昏（婚）配，不论同姓但是成亲。〔徭〕与官同坐，与国王同行。此榜付与后代子孙收执为照，不许折坏。

先国平王，所被外国紫王战国纵横，平王朝内言问内朝众臣及大将军朝众臣："何人收得紫王，我平王即赐二宫之女与他为妻，并得被（彼）国。"平王分（吩）咐，朝内诸臣及大将军，启朝内出给三日，无人承领。急计收得紫王。可得殿前龙犬。口含言语，可领给文。名唤盘王，护国之人。启告王曰："理（依）收紫王易得。"平王降敕。龙犬亦言大说（悦）。龙犬奏报，立时将身下水，游过大海去。我作平〔王〕国内小臣，尽皆给在（右）开知。紫王每日引龙犬游过宫门，而有可猛虎之威，且得国界安宁。看将龙犬，身有二点虎〔色〕，初生在东海，留引在家中养大，强恶如虎，一般毛色，赐平王如是贡（贤）物。降敕回潮（朝）随从紫王饮酒而醉，龙犬吠（咬）左边耳朵一并不放。龙〔犬〕记〔得〕泥里居藏，上殿，有二猛虎之威。平王立时倍劳待酒，广排筵席，三日三夜，庆贺王国安宁。食罢，诸臣奏报，强拿（夺）龙犬二宫安宁（身）之理？我有（有我）平王在上，我金口玉牙，降敕在前。与诸臣告曰：降敕与他为妻。龙〔犬〕变人身。平王分（吩）咐：我王〔依前〕出给三日，无人承领，可得龙犬充（领）到剖文。诸臣奏准。犬（大）笑哈哈。便将二宫，身穿花衣，长调木鼓，六（芦）笛吹笙，铜锣，惊动天地。上不犯天，下不放（犯）地狱，眼不见民〔不〕扰不捏。龙犬原来识〔得〕二宫女，居上殿，龙犬声（咀）吠（咬）二宫〔女〕脚下罗裙，不用二婢之子。平王笑说，虽见此犬声作乱噉（喊），感得龙犬护国，咬死紫王。解头回朝。平王赐二宫女与他为妻。生下六男六女，报具存身。准平王给付六姓傜人为官。天子、将相、公侯商议，送青山会稽山七贤洞青竹林中白雪山。

右榜给付六姓傜人，准下湖广道，知诸王〔朝使〕，朝奉大夫文林郎，朝奉大夫〔承节〕郎，朝奉郎李郎中、黄郎中。

平王分（吩）咐，盘乃知，二宫〔女〕龙犬配合为妻，生下六男分六姓。长男姓盘，次男姓赵，三男姓郑，四男姓陈，五男姓邓，六男姓李。子孙后代官员人等，国内州县官吏，乡〔村〕头目，三千大户人等。太白星君，天光星君证明。

贞观三年岁次己丑孟秋月望十五日。敕下（天）天（下）榜文一道。

准此付与后代子孙，永远存照为据。

乾德五年丁卯岁盘久泰抄存

子孙流传

依古传真

榜 文

原存：湖南省江华湘江公社
现存：湖南省民族研究所

出榜为号

系前时，上界先置长脚人民，吃贩（败）泥土，洪水淹绝；又置中界人民，吃败木叶，洪水厌（淹）绝。前石壁王造天开地，伏羲置造横眼人民，盘古置田地衫裙。盘古子孙，拔座青山斗（陡）岭，牵牛不上，打马不行，白（百）鸟飞不过，居住猺（瑶）人，安生落业。开宝准平王敕言，付为（以）太子人孙，小名盘皇，平皇随代二年五月十三日，给文牒一道。牒下各处山猺（瑶）收费（执），永日凭代为照者。

先被（辈）国围平王，战国纵横，平王朝内龙犬言问，朝内臣及大将军，朝内何臣为计收得紫王，圣赐二宫女与臣为妻。更被朝内。龙犬言问，朝内臣及将军。启我朝无人计收得紫王。可殿前龙犬言人语，小名盘护（瓠），国平分。朝内诸臣及大得（将）平（军），隆赤才交龙犬也。的（即）领。龙犬悦龙奏报，立时身入水过海。护（瓠）启告王昌六收。紫王以（一）见龙犬，心欢喜，说：平王无道，败国亡家，入水过海，去（以）我作主。

大海（龙犬）去到紫王殿上，紫王每日引龙犬游宫，内（畜）有猛虎之威，且得国界安宁，便将二宫女。国内诸臣尽起。身斑点。初生在东海龙王家，刘思、刘弟称是毒先泥，不养女与他为妻。此犬五色，觅将归家里〔养〕活看待，有一般（斑）毛。自别平王，知是贤物，降敕收归朝内宗（宫）殿。徒被（遇）紫王饮醉，龙犬口咬开，口咬吃一边不放。龙犬记都（得），干泥里居藏。上放龙犬，有猛虎之威。立时置酒杀生（牲），广排宴会，三日三夜，庆贺国界安宁。会诸臣以（食）罢。启奏我王，金口降敕在前，王言何人有记（计）收得紫王，圣赐二宫女与他为妻，更被（彼）国平分。我王衣（依）前出敕给龙犬，平才（王）之诸臣奏准，呵呵大笑。更（便）将二宫女，身着好衣切缘（遮掩），龙犬色（晓）得宫女，口面硬吃之声，殿内口咬二宫女黄裙脚不放，下用他为妻。生下六男六女，报具成人。身圆端正。平王急付五姓为官员，天子将公侯商议，送入青山州相县会稽山，稽宅七宝洞，青竹林白云山脚下，鸟不认人之处，四方无邻，高岸石岩，名禹汝浯，有水底处开田。牵牛不上，打马不行之处，放免差发（役）。朝内应有州县官史（吏），乡村头目，三千大户百姓，如有不遵王法之人，乱入山猺（瑶）（瑶山）科差（派）夫役，取要物件，许令猺（瑶）老古时盘古钱，铁索如（和）良藤色草树木枷锁缚解官。依古罚钱三百贯，白米三百担，末官更当二百八十大棒。原猺（瑶）人祖居青山，河地田土，锹刀为界，以猺（瑶）人田头三锹泥为界，任便龙犬子孙，刀耕斧种，斩畲养活，畲内许猺（瑶）种作生理。诸色人等不许强取。如有不遵王法之人，乱行强取，猺（瑶）人告首到官，官司依条断罪施行。

猺（瑶）人原是前国王子孙，乐家娇子，白银千两，绫罗百匹，白米万担，铜钱三万贯，斧头二件，猫狗鸡鸭角二件。付与龙犬子孙。天下出盛之人，平王元（原）敕赐金碗银碟、钱米等各物。下领赐黄金七姓六根，永为活〔命〕养生。天子殿前，平王出敕，领三千前（钱）去青山居住。号为前国长衫大袖，长腰木鼓，斑衣赤领，琴瑟送入会稽山七宝洞白云山脚下。平王赐金银珠宝与龙犬子孙游山处庆贺。昔日犬入山捕猎，被石羊扠死，儿（跌）落石崖枣树上，儿孙逐日寻讨，克尸首将七贤洞南方葬。儿孙连手抱臂，呵呵跳唱，作乐三日三夜，惊动天地，便是平王子孙宗祖。平王封官有品，先伏父亡，葬在波州白石山，有石人、石马、石狮子、石虎、石猪、石羊；王先在青山居住。于真（贞）观二年内，蒙督府使金精先禄子子孙兵部尚书，敕对龙犬子孙，伏敕于在（代）财（才）五年五月十五日中夏节，十月十五日兴和节，在七贤洞，开具逢神御盘古大王、盘七郎、盘八郎、盘十九郎、圣增和尚圣帝。如今后代龙犬子孙宗祖，居住青山，逢节启叩，祭此神也。有（又）大（代）财（才）二年内，蒙克州司马使，经郑文二千户，死葬知州，石羊县夫人却克（去）知州作知〔府〕。有护原是克州朝散郎、紫禄大夫公斑二郎，有二千户陈克都尉，三国公上（尚）书。右牒使真（贞）观二年内，立姓（列）七姓猺（瑶）人，不得与民百姓为婚，若有强取猺（瑶）女，〔罚〕蚊子蚱三瓮，金腊子三斗，糠皮索一十二丈，无节竹三百根，狗骨梳三百六十只，拈子木船一只，阔八丈，长十二丈，若有此物，便与他成婚，若是无有，休言。

右牒猺（瑶）人移家过山，将带妻儿男女，家私什物，衣贡（笼）等物，经过州县关津去处，路付〔村〕头目、把隘巡检弓兵、民仪等军马人员，〔不得〕盘问行程。之（文）引，猺（瑶）

人居住青山，别无文引。正曰（如）有祖公盘古，将界通行，官中验看。中间无夹带，赐施行，勿令阻挡。

〔瑶人〕原是开国开天立地，大皇开国王子孙，乐家娇子，于开宝八年五月十三日出给下山功据帖榜，敕文牒，通知平王朝吏，朝散大夫文林郎，朝奉大夫承信郎，李郎中，黄郎中。

右牒付与七姓猺（瑶）人，准此敕言文牒，通知平王朝吏。右说以三锹打上，牵牛不上，打马不行，正是猺（瑶）人盘古子孙落业之处。取水开垦，田无粮，地无租。杀牛〔不〕告判，母死不顶忧。先有猺（瑶）人，后有朝庭（廷）。不得大小官府衙门，兵差科派，不得民人百姓强娶猺（瑶）女，不得强占猺（瑶）山，不得流丐擅入猺（瑶）地，挨门强讨。如违，先奏州县官吏乡村头目三千大户。如有民家百姓，不遵守王法之人，乱入猺（瑶）山科派夫役，要取物件。许令猺（瑶）老赏有木枷、铁索锁缚解官，依律问罪。如违者，罚钱三百贯，白米三百担，决不虚言。

自祖生下七男：一姓男盘大八，二姓男郑广通，三姓男沈文旺，四姓男周文昌，□□□□□，六姓男邓运安，七姓男凤进城。

计开皇拜，盘古开天立地，榜文付与七姓猺（瑶）人等，千年收执为照。

右榜付与猺（瑶）人郑广通。

代随二年五月十三给

评王券牒

原存：湖南省城步县漆树田
现存：湖南省民族研究所

正（理）忠（宗）景定元年，十月二十一日，招抚傜人一十二姓，仍照前朝评王券牒，更新出给。一十二姓各忌（记）术（述）于后。

评王券牒，其来远矣。傜（瑶）人根骨即系龙犬出身。自混沌年间，评王出世时，得龙犬一只。身长三尺，毛色黄斑，忌（意）异超群之也。忽一日，评王〔龙颜〕大怒，欲忌（意欲）谋杀外国高王。左右俱无承认，惟龙犬盘护（瓠）于左殿踊跃起身拜舞朝皇（王），惊中外。忽然语话，应答君臣。独言报王之恩，自有兴邦之志。只有（用）口牙之计，何必用万马以行藏？欲求较（杀）人之机谋，且看细心之动静。评王教（敲）掌，窃喜非常。畜类出此灵性之言，畜生（牲）或有谋杀之计。倘去他邦，必须（然）中志。世惟（情）只有防人之害，高王岂知防物〔类〕？只有深（海）水滔滔，焉能经过？横流千里，万顷洪波，非一日而可渡。虽然（能）浮游于水面，何以负〔载〕行粮？盘护（瓠）闻言，嗷〔喊〕答数句：人受一日之饿，我受七日之饥。此外(去)数朝,何须(需)负带?惟愿我主,敕誓不虚,畜当遵命。是以评王大喜,取百味赐之。汝有人性之灵,如得功劳,朕取(将)宫女配汝。盘护(瓠)顶饮(领)敕言,受食百味,拜辞而去。群臣遂(送)出朝门,盘弧(瓠)疾走如飞,浮游大海,七日七夜,经(径)到伊国。时遇高王坐朝,亦且认得盘护(瓠),是忌(意)异之物也。喜而笑曰:大国评王有此龙犬,不能畜之,今来我国,必定败也。吾常闻俗语云:"猪来贫,狗来富。"异物进朝,我国必战(盛)。朕能畜之,是兴国之祯祥也。左右臣僚皆举欢悦。是(退)朝,引盘护(瓠)入宫内,取美味待之,爱惜如玉。每坐朝,常令侍女侍之。不觉数日,忽感高王大忘国事,游尝百花,行宫乐酒,大醉不省人事。盘护(瓠)存思报主之恩,发动伤人之口,咬杀高王。截取首级,复游大海,飞去回朝。伏卧殿前,污血堕地。诸大臣僚慌忙抱起。汝乃异物之类,却有大将之劳,准奏吾主评王高封。众臣问盘护(瓠):汝去他邦,如何得其所谋?如何得其所出?护(瓠)回(曰):"畜叅(承)高王如珠如玉,当此内宫左右之间,忽遇高王大醉,得其所谋;走如云飞,得其所出。"众臣听罢详细之言,俯伏金阶之上启奏。我君即刻陛(升)殿,亲视高王之头级,始信盘护(瓠)之功劳。一身当万马之劳(奔驰),一口兑众羊(军)之粮食,不用军饷(师)之计,不须(需)元帅之剑刀,展动钢牙斩伤大命。惟愿除(深)〔深〕酹(酬)尝,合宜天下(大大)褒封。念护(瓠)不辞大海之风波,且受饥臣之寒饿。王曰:"盘护(瓠)功劳,朕知非小,封世袭之臣,勃(敕)享国公之职。"护(瓠)曰:"本是畜生(牲),公侯卿相岂图官职荣身,王有敕言在前,不失真言,当受命。"评王欢(叹)曰:"畜恋宫娥,酹(丑)天下而矣。朕亦出乎无奈，另择日期，方可成配。"且分（吩）咐群臣，将高王头用火焚化，收取骨灰于瓦瓶之内，安殡埋葬之，岗（崇奉）万人之祭祀。又吩咐群臣，收盘护（瓠）一身，遮掆其色；斑衣一件，以庶（遮）其体；绣花带一条，以缚其腰；绣花帕一条，以束其额；绣花裤一条，以藏其股；绣布一双，以裹其胫。皆所庶（遮）掆（拼）其羞也。次日方晓，吩咐宫女梳装（妆）插花，〔今〕乃吉日良辰，招赘附（驸）马。即系宫中龙犬名盘护（瓠）也。虽是畜生（牲）之类，却有灵性之志。〔盖君臣及大将莫违父王之命，配累劫（结）之姻，盘护（瓠）入宫，与女相见〕交拜成婚，宫女从依不敢违命。是时，内宫〔广〕设王宴，国婚（婿）大宾相待。次日，就安排车苑，举臣三员、夫役五百名，抬金队（银）二扛，布白（帛）一十二箕，红绒二箱、百般动用家计一付，数（鼓）乐迎送夫妻于会稽山内。许令夫妻片时房屋一所安住，夫妻永属保（深）山藏身过世。而另取奴婢二口，搬运柴水，炊爨饮食，侍奉夫妻二人不得受苦。王父又逐日（月）差使送粮马工役，〔供〕夫妻食用。自后不觉多年，所生六男六女。评王闻知，喜之。即刻传下敕旨：封盘护（瓠）为始祖盘王。敕赐六男六女为王猺（瑶）子孙。受犬之〔形〕气而生，属人之胞胎而出。为人道初，许皆自称为猺（瑶）人。猺（瑶）子猺（瑶）孙也。就要（安）十二姓：长男盘，其余沈、郑、黄、李、邓、周、赵、胡、冯、危（包）、蒲。敕令六男六女，婚聚（娶）外姓子女为妻，以全其十二姓之源也。如后（男）婚女配，分居各爨，永（承）奉一十二姓香火。开展（发）一十二姓宗支。而后必有绵远之裔，皆不可忘其盘护（瓠）之根源也。正是开发枝干如木皆本乎根，如水之奔（分）流万派本乎源。盘护（瓠）之后世子孙，犹如蚊子无穷无数，皆从一家而出，千枝万叶焉可忘其本哉？盘护（瓠）始祖受国王纳宫女之烟（姻），其福德感非常也。奈何虽如黄犬之身，食尝（嗜）山猪之味，终朝趋野，逐日奔山，〔后〕却出外数日不复归家，大男小女寻遍山林，嗷嗷而无应，眵眵①而无形迹，寻及于溪（崎）岖石山之中，见护（瓠）被凌（羚）羊角刺而死，乃不得其善终。男女悲泣，扛负回家，仍将花帕、花裤、花裙装裹其身，入于木哑（函），孝男孝女，哀声不绝。游奏评王得知，盘护（瓠）始祖命大（限）无存。奏闻我王。痛惜前敕情恩，敕下存殁均沾。评王准奏，传下敕旨：叮嘱男女莫违孝道，惟哀祭尊（奠），木衣不（？）风光，惟送死之死（事）也。敕旨条例于后：

一赐姓（敕）龙犬盘护（瓠）为始祖盘王，生前有人性之灵，死后有鬼神之德，许令男女，致（敬）奉阴魂。描成人貌之容，画出鬼神之像，应（广）受子女祭祀。永当敕赐高名。自今许（以）后，三年一庆，五年一乐，猪只成财，不许变卖，婚姻喜庆，宰杀牲口，聚集一脉男女，生熟俵散，摇动长鼓，吹笙歌教（鼓）乐，各（务）使人欢思（鬼）乐，物阜财兴。如有不遵不信者，作怪生非，自招其罪，阴中检点，不得轻恕。

一准令十二姓王猺（瑶）子孙，出〔给〕管山照（营）身，蠲免身丁夫役。评王券牒发天下一十〔三〕省，万顷江山。〔地名开具：会稽山、中南山〕、五凤山、天堂山、武当山、九龙山、大江山、中坪山、地下坪、九溪十八洞、四十八源、八百里山、东山、西山源、梅花岭、五盖山、网山、桃源洞、景仙、高良、摇头狮子源、禾（天）下山场山源田地，付与王猺（瑶）子孙耕种为

---

① 眵眵：瑶语 muang¹³muang¹³，意为"看看"。

业，营身活命，蠲免国税夫役，敛〔不得〕些需（需索）侵害良民猺（瑶），永远管山，刀耕火种。

一准令一十二姓王猺（瑶）子孙，初发于会稽山内，属旷野无计营身，正是火种粟黍活命麻豆安生。日后居住久远，人众山穷，开支分派，评王旨敕下，许各出山，另择去处，途中逢人不着（作）揖，过渡不费钞。见官不下跪，耕山不纳税。以采取所属山源，离山三尺，斥水不上之地，山田山土俱系猺（瑶）人所管。蠲免国税。其已宽田大洞田产，俱系民家。如有乡民霸占山场，不容王猺（瑶）开砍耕种安居者，仰呈评王券牒，地方州县府卫（衙），后代时官，任便区处。以何事安抚猺（瑶）人为营身之计，但若容惰，许令〔奏〕请断以闻，不得轻恕。

一准令盘王孙女，不嫁于百姓为婚者。如有豪恶以势强夺猺（瑶）人妻女为婚者，罚蚊子蚱三瓮，开通铜钱〔三〕百贯，无节竹三百根，糠粒金绳三百丈，金鸡屎三斗。入宫领纳请断。强夺猺（瑶）人妻女，罪论不得轻恕。

一准令十二姓盘王子孙，如择〔居〕山林，搬移家眷，大小男女，行动成群，沿村歇宿。不许关津渡口盘诘阻挡，勒取要粮。如有此事，许盘王子孙匦住，将棍徒锁绑送官。倚势豪强欺猺（瑶）儒（懦）弱打抢，罪论不得轻恕。

一准令一十二姓盘王子孙，各山林刀耕火种，营命活身，本分为人。毋得惹是生非。各守王法，违律犯法，罪论不得轻恕。

一准盘王子孙，右仰准知前敕令。王猺（瑶）子孙姓名、官职开具如后：

一赐长男姓盘名启龙。封助国公，食邑五千户，补充蕲州刺（刺）史。

一赐二男姓沈名贤成。封骑国公,食邑四千户,补充尧州司马大将军。

一赐三男姓郑名〔广通〕。食邑三千户,剌(刺)史。

一赐四男姓包名文敬。封光禄大夫,食邑三千户,补充尧州都尉。

一赐五男姓李名思安。封紫〔禄〕大夫,食邑三千户,补充本司侯(仆)财(射)郎官。

一赐六男姓邓名连安。封镇国大将军,食邑一千户,补充信州都尉。

一赐七男姓周名文国(旺),封都尉判官,补充信州王氏夫人。

一赐八男姓冯名敬忠。封定国公,补充国公知州杨氏夫人。

一赐九男姓赵名方品(才昌)。封定国尚书,都嘉夫人。

一赐十男姓胡名进成。封鱼(益)都将军,永氏夫人。

一赐十一男姓雷名元祥。〔封定国公……县承化夫人〕。

一赐十二男姓蒲名朝万。定国公,补充本司仆财(射)文州石羊县□□夫人。

右仰姓官议定,官品姓名:门下大学士臣林光;奉照议定,姓名冯世瑞封经国侯。门下大学士臣罗道门,获官品学士臣刘居正,奉东门大将军下全(金)骑都尉臣谢国思。奉南门大将军下云骑都尉臣罗竹。奉北门大将军下飞门尉任。奉中门大将军节骑臣刘光辉。奉中国大夫知国事臣芦节。奉给事舍事张令宗。奉正练大将军节度使臣李行林。奉紫元(光)禄大夫上住(柱)〔国〕左首舍人臣尹远昌。

右敕如前,应以一十二姓子孙,浮游天下,乃是助国之人,与圣分优,任便山居。给立评王券牒防身,蠲免身丁夫役,永远管山，刀耕火种营身活命。此字号券牒一道付照除（出）已备给外，须至（？）给由为照者。

　　右给付盘王〔子孙〕十二姓，永远批（执）照准此。

　　正（理）忠（宗）景定元年十月廿一日给

　　评王券牒号

评王券牒

原存：广西龙胜各族自治县白水地区
现存：广西民族研究所

评王券牒王徭子孙一十二姓，依照前朝准此。

评王券牒　防身永远

朕（理）忠（宗）景定元禩（年）十月廿一日，仍照前朝更此（新）出结（给）。

评王券牒，其来远矣。徭人根骨，即系龙犬出身。自混沌年间，评王出世时，得龙犬一只，身长三尺，毛色斑黄，意欲（异）岂（超）群。无（忽）且（一）〔日〕，评皇龙头（颜）大署（怒），意欲谋〔杀〕外国高皇。群臣计议，具（俱）无承应。〔惟〕龙犬姓盘名护（瓠），于左右踊跃起身，拜舞朝皇。惊外国，无（忽）言语话应答，群（独）言报主（王）之恩，自有兴（邦）之志，不必君臣而计较，何须万马以行藏，欲求浩天之计谋，且看细微之动静。

评王得悦，窃喜非常。畜类出此人性之灵，畜牲何有谋杀之计？倘去他邦，必世（有）去世之情，恐避防（旁）人之害，高皇喜之（岂知）房屋（防物）之霞（侵），只有海水滔滔，焉能横行千里？万倾（顷）洪波，非一日而可渡。谁能浮游水面，何以负载行粮？盘护（瓠）闻言答应：向（人）授（受）一日之饥，犬当七日之饿，去数朝何须负载。惟愿我主，声二（言）敕誓不虚，畜不失真言，今当受命。评王大喜，将百味赐之。与（汝）〔有〕人性之灵，人（如）德（得）功劳，朕将宫女配合。盘护（瓠）敕（领）言，授（受）食百味，拜辞而去。群臣送出朝〔门〕，盘护（瓠）即（疾）走云（如）飞，身游大海，七日七夜。径到伊国中时，遇着高皇，亦且认得〔盘瓠〕非等之〔物〕也。喜笑曰：大国评王有此龙犬，不能畜此（之），今来投我国，必定〔败〕邦（也）。吾常闻俗语云：猪来贫，狗来富。意（异）物进朝，而国必盛，胜（朕）能畜此，是兴邦之祯祥。左右群僚欣悦退朝，引盘护（瓠）入宫，将美〔味〕付（待）之。授（爱）惜如珠玉。美（每）坐朝，常念（令）〔侍女〕侍之。不却（觉）数日。高皇游赏百花行宫，酒醉不醒（省）人事。盘护（瓠）思报主之恩，发动伤人之口，咬杀高皇，捷（截）取头级，〔复游大海〕，飞去（走）回朝，复卧殿前，污血堕地。诸大臣僚慌忙付（扶）身，语（汝）系为之（犬）类，复有大海之功劳，准奏吾皇高高封赠。众臣且问如何得其所谋杀？护（瓠）曰：畜添（至），高皇惜〔如〕珠〔玉〕，常近前后左右之间。忽遇高皇酒醉，得其所谋，走入（如）云非（飞），得其所〔出〕。众臣听罢〔详〕细之言，驸（俯）复（伏）金街（阶），惟（启）奏明君郎（即）刻升殿。评王亲视高王头级，如（始）信盘护（瓠）之功劳。一身当万马之奔驰，一口兑众〔军〕之粮食，不用君（军）师之计，何使元帅之封（剑）

刀，殿（展）〔动〕刚（钢）牙，断伤大命。惟愿陛陛（深深）酹（酬）赏，合盟（宜）大小（大）补（褒）封。念护（瓠）不辞细雨大海之风高，旦（且）授（受）饥寒饿。皇（王）曰：盘护（瓠）之〔功〕非小，封势（世）龙（袭）依①臣，荣享国公之职。护（瓠）曰：本〔是〕畜牲形象，岂投（图）取贵官荣〔禄〕？吾王有敕誓在前，今当复命。评王叹曰：畜念宫娥之丑传与天下而矣。朕子（亦）出呼（乎）无奈，另择日期，方可成配。且吩咐群臣，〔收盘瓠〕一身遮撑（掩）其体，绣花一桥（条），以缚其腰；绣花帕一幅，以礼（裹）其额；绣花裤一条，以藏其股；绣花布一双，以礼（裹）其胫，皆所以遮撑（掩）其修（羞）也。又吩咐群臣。将高皇（王）头级用火焚化，取骨灰入〔于〕瓦瓶之内，安殡埋葬。刚（岗）山水秀，〔为〕万人之祭祀也。次日方纔（晓），宫女梳妆插金，乃及（吉）〔日〕良辰，招赘驸马。即日（系）宫中龙犬名盘护（瓠）是也。虽是畜牲之类，乃却灵性之人，盖群臣及大将，莫违皇父之命，配合累结之中（偶），宫女只得从依，不敢违命，交拜成婚。侍（是）时，内宫宴以婿相待。次日，就安排车轮，举臣三元（员），笃（督）立（力）夫五百名，抬金银二扛，布帛一十二柜，百般动用家计（具）一幅（付），鼓乐迎送〔夫妻〕入会稽山内，许男女即（起）房屋所安住家，永属深山藏身过世而矣。另着奴婢二口，搬运柴水，吹（炊）爨饮食，使护（瓠）夫妻不得授（受）苦。皇父逐月送钱粮与护（瓠）夫妻食用。自后不却（觉）数年，所生六男六女，评王闻之喜笑，只（旨）封盘护（瓠）为始祖盘王，六男六女为王傜子孙，受犬之形

---

① 依：瑶语 'jiə^{33}，即"我"之意。

气而授受人之胞胎也。而惟人道初，许皆称王傜子孙也。就要一十二姓，长男随父〔姓〕盘，其〔余〕姓沈、黄、李、□、赵、胡、郑、冯、雷、蒋、□。敕令六男婚取（娶）外人之婿（女）为妻，以传其后；敕令六女招赘外人之子〔为夫〕，以继其宗，皆所以传其一十二姓宗枝（香火）也，开发一十二姓香火（宗枝），而后必有帛（绵）〔远〕无穷之依（裔），正是开发千枝之木皆本呼（乎）〔根〕，如水〔之〕分派皆本呼（乎）源。而护（瓠）之后世子孙，虽蚁多者皆一穴，而出一脉，〔岂〕可忘其本哉？盘护（瓠）始祖，虽受纳王女〔之〕姻，而有福德，敢（感）非常也。奈何虽受王之身，食如（嗜）山列之味，终朝趣也（趋野），逐月（日）奔山。自后不却（觉）出外数日，不其（复）归家。大男小女，游遍山林，嗷嗷而无应哼（声），瞆瞆（看看）而无形迹。寻及如（于）山溪岖（崎）区（岖）之中，石山匡（岩）之下，见护（瓠）身被凌洋（羚羊）角而刺死，乃善终身。男女悲泣扛护（瓠）回家。仍将花衣花帕装束，绣斑衣一件，以遮其体，一身入与木函，孝男孝女哀声不绝。忧奏评王，准下请恩，敕殁均沾，依木封棺埋葬。丁属（叮嘱）男女，莫违忧（孝）道，惟送死之大事。敕赐龙犬名盘护（瓠）为始祖盘王，六男六女为王傜子孙。授犬形〔气〕生时有人性之灵，死后有鬼神之德。许令男女敬奉阴德，描成人貌之容，画出嵬（鬼）神之像，广寿（受）子孙之祭，永当敕赐之高盟（名）。自今许（以）后，三年一庆，五旬（年）〔一乐〕。养活猪只成才，不许变卖。婚男（姻）喜庆，宰杀成牲，娶（聚）居（集）一脉男女，生属百姓军民，将来迎散，遥（摇）动长鼓，吹唱生（笙）歌、鼓乐，务使人吹（欢）鬼乐，无（物）阜才（财）兴。如有不尊（遵）者，作怪生非自于其罪。

敕赐布列于后。

评王券牒发天下一十三省，万顷山河地名，开寞（具）：会稽山、中南山、鹅（峨）眉山、清凉山、南山、岳山、万阳山、凿列山、五凤山、六（天）堂山、武当山、九龙山、大江山、中坪〔山〕、九溪山、十八洞、八十里〔山〕、三百里山、东源〔山〕、西源山、梅花〔山〕、梅岭山、刚山、桃源洞、仙源山、遥（摇）头狮仔（子）山、五盖山、天下一切山〔场〕田地，付与王傜子孙耕〔管〕为业，营身活命，蠲免国税夫役。不得需索侵害良傜，永远管山，刀耕火种。

一准令王傜子孙发会稽山，正是刀耕火种粟麦活命安生。日后居住久远，人种山穷，开枝分派，圣旨敕下，许各出山另择山场。途中逢人不许作揖，过渡不用钱，见官不下跪，耕山不纳税。如有采取不具（拘）所属乡民水源，离田三尺三锹，戽水不上，各是王傜子孙耕管为业。如有乡宦势民，宽田大洞，民家所管，山场任从王傜子孙耕业营身活命，蠲免国税。

仰呈评王券牒，所属州县府衙，任便殿（区）处，安抚傜人为营身之计。

一准令王傜子孙之女，不许嫁与百姓为婚。〔违〕者罚蚊子酢三瓮、开铅（元）铜钱三百贯、无节〔竹〕三百根、糠立（粒）金绳三〔百〕丈、鸡〔屎〕三斗，入官领纳。强夺王傜妻女，罪不轻恕。

一准令王傜子孙，〔择〕居山林。搬移家眷大男小女，行动成群，入村歇宿，不许盘结（诘）勒索银钱，如有此（者），皆许王傜子孙，将根（捉）纳（拿）送官治罪。以势世（欺）凌懦弱，不得轻恕。

一准令王傜子孙，居住山林，搬移家眷，刀耕火种，营身活命。本分为人，毋得惹祸生非，各守王法。如有不尊（遵）者，罪不轻恕。

一赐男姓盘名启龙，封助国公，食邑五千户，升州刺史。

一赐男姓沈名贤成，封骑侯，食千户，尧州刺史。

一赐男姓黄名敬宗，封光禄大夫，食邑二千户，补尧州刺史。

一赐男姓李名思安，封紫禄大夫，食千户，本司候（仆）射郎官。

一赐男姓邓名连安，封大将军，补尧州刺史。

一赐男姓胡名进盛，封都鲁将军，永〔氏〕夫人。

一赐男姓郑名广道，封野侯，食三千户，补王代（化）夫人。

一赐男姓冯名敬文，封定国知州，杨化（氏）夫人。

一赐男姓雷名元祥，封都鲁侍郎。

一赐男姓蒋名朝旺，封经国知州，杨县（氏）夫人。

〔一赐男姓赵名才昌，封定国公，尚书，嘉氏夫人。〕

〔一赐男姓周名文旺，封都尉补荒（充）州刺史，王氏夫人。〕

佑（右）仰景定品姓名门下大学〔士〕臣林光。

奉照议信名臣冯世瑞。

经国侯门大学士臣罗道门。

护宫品学士臣刘居正。

奉东门大将军金骑都尉臣谢思宠。

奉南门大将军飞骑安臣何临。

奉北门大将军侍郎罗行。

奉中门大将军节骑臣卢节。

奉结（给）事舍人臣刘光辉。

奉大夫知国事臣张令宗。

奉大谏将军节度判官臣李林。

奉金光禄大夫臣□□□。

佑(右)仰旨前王傜子孙浮游天下,乃是助国之人,与望(圣)分忧,任从择山居住,准此结(给)立。

评王券牒,防身永远,蠲免〔国税夫役〕。

朕(理)忠(宗)景定元年十月廿一日,结(给)立准此。永远执照,防身过山。结(给)立一道付照除已备私,须知照者。

黄文朝请到司门口石配龄抄奉《过山榜》一张付与黄门子孙永远世代传统。

道光拾年岁次庚寅闰四月初七日完备作价银弍钱。

评皇券牒[*]

原存：湖南省蓝山县
现存：中央民族大学民族研究所
规格：396cm×39cm

  正忠（理宗）景定元年十月十一日，臣僚俱无承王认准，盘龙王大（犬）盘护（瓠）佑殿蹄（踊）跃屄（拜）舞朝王，欢伙（欣）中外，独言报主之恩，尽住（在）卑忘（志），我王敕誓或未坚。高王头级，何取之德，再誓（敕）护（瓠）纴（惟）报称之愿，不忘主之恩。誓发不虚，遂纴（往）。命宴饮金食赐之，以渶（？）其纴（？）。食罢，辞而去。大将军等各送国门外。盘王复舞走知（如）云飞，身游大海，七日七夜，到高王国中。时遇在朝认得盘护（瓠），吉（窃）古（喜）而笑曰：平王有此龙犬，今来投我国，必定取他（败也）。吾闻昔日有言，异物进朝而国必盛。君能畜此，主建昌。左右臣僚举皆欣（欣）悦。退朝，引护（瓠）入内宫，置食美味待之，情如珠玉。每坐朝，常会（令）侍侧，不离须吏（臾）。略猾（？）独奴政取高王死（花）怜王（主）大（不）

---

[*] 此件文内盖有若干圆印，并绘有十八神像。

想忘，忽遇游赏百花林行宫，湿兴侬花大醉不醒（省）人事。盘护（瓠）心思报主之恩，功赏高大，用意将口咬杀高王，截取头级。复游大海，回归殿下，污血随（堕）地，大臣僚游秦（奏）抱绁（住）问言盘护（瓠），谈因何取得高王头级，先准敕令住（在）前，不敢忘主教以前件事，急为上奏。我王坐朝，盘护（瓠）口御（衔）高王头级，舞拜朝见。陛下先推（有）敕誓，坚立不移，我有福德之分，敕令宫女插带梳装（妆）来，如花似玉，作宫女休能举出，盘护（瓠）向前将口咬住宫女裙脚不放，要汝嫁我。王见盘护（瓠）有此灵性，就将宫女嫁之为妻，入内宫排宴成亲。敕令备鼓乐就将宫女嫁之为妻，入内宫，迎引送入会稽山安住。遂（逐）月差人供奉钱粮与伊夫妻食用。黄金、白银共支八十万两供应。官赐二品都尉将军尚书。敕令诸州将军路转军司照应，放免一功（切）夫后（夫役）终已许青〔山〕之地安处。后宫女生长六男六女，王闻之喜。敕赐各姓盘、沈、包、黄、李、邓、周、赵、胡、唐、雷、冯、高梅酹（酬）尝，承奉香火万代，享受无穷，连〔绵〕不朽，合具敕牒。条律开具于后。

一准王傜子孙所〔居〕山林各以刀耕火种。山源田地已（以）下三锹之地，系百姓轮（输）纳之田；已（以）上三锹之地，不许百姓侵夺（夺）。如有夺（夺）者誽（尽）将官依牒准重施行。盘王女刀（不）嫁国，如有百姓〔强娶〕，其（甘）（罚）蚊子贴（酢）三瓮，开通铜钱三百贯，无节竹三百根，狗角梳三百六十只，糠头绳三百丈入宫，山田货物拨归王猺（瑶）承管，准令施行。

一准令各府州县官吏，不许科派诸般北雷（需索）一切身丁夫役，并与（予）蠲免。

一准令十二姓子孙各赐官品爵禄，不（原）在深处青山白云，不许杰傲呈（逞强）违例施行。

一准令十二姓子孙自行嫁娶，不许与百姓冒认外族交婚者。

一准令应诸山林不问远近丈只（尺），任便盘王猺（瑶）子孙望采竹林，埘（栽）种麻、豆、芋、茄、藤、茶、麦、禾、粟、香獬（猎）通客与贩（贩），不许刑（形）势之家，妄作各取，违律施行。

一准令天时不雨，禾稼旱焦，郦（？）盘王猺（瑶）子孙依时出县，祈求雨泽，根（报）国裕汜（民）根（振）宗庙，右仰准如前敕令。

盘王猺（瑶）奏上乞姓名门下议上各赐官爵，品看门监，尉除弇（？）等奏乞准（？）。

一赐长男姓盘王号名四龙，封助国，食邑五千户，补充滕州刺吏（史）。

一赐二男姓沈名如飞，封骑侯，食邑五十（千），补充刺州司马大将军。

一赐三男姓包名□□封野尉侯，食邑三千户，补□州刺吏（史）。

一赐四男姓黄名虎，光禄〔大〕夫旺鲁侍郎，食邑三千户，补充尧州都尉。

一赐五男姓李名应瑞，封紫〔金〕大夫，食邑一千户，补充本司侯（仆）射郎官。

一赐六男姓邓名协瑞，封镇国大将军，食邑一千户，补充信州都尉。

一赐七男姓周名元，封都尉判使佑州王化夫人。

一赐八男姓赵名瑞，封都尉补充国公，知州杨氏夫人。

一赐九男姓胡名珍，封都将军永夫人。

一赐十男姓唐名元瑞，封定国公尚书都嘉夫人。

一赐十一男姓雷名元邓（卿），封定国班鲁侍郎，食邑甚曰一县永化（氏）夫〔人〕。

一赐十二男姓冯名世瑞，封经国侯，充本司羹（？）补将支（充）州名（石）阳夫人。

谨右仰姓官一爵如前，谨（议）定宫（官）品，姓名门下大学〔士〕将军，与子士臣林光，奉照议定姓名冯世瑞封国经侯门下大士臣罗道门，议官品门下学士臣刘居止（正），奉东门大将军下金骑都尉臣轻专，奉南门大将军云骑尉臣罗竹，奉西门大将军下飞骑安郎臣何镏（临），奉北门大将军下郎飞门尉任，奉中门大将军节骑臣刘光辉（辉），奉中国大夫知国事臣庐（芦）节，奉给事舍人臣张会（令）宗，奉正练大将军节度判使臣李行林，奉金紫光禄大夫上柱国左脊（首）舍人楸（樊）宅，奉右敕知前应以十二姓盘皇（王）子孙，浮游天下随风雨，乃是助国之人，与圣分忧，任便□天下是山居，给立评皇（王）券牒，给付盘王子孙，方世代永远执存照。

景定元年十月二十一日给

押押押押

押押押押

评皇（王）券牒照验施行

押押押押

押押押押

记开普天下记名

先置猺（瑶）人，后置百姓，又置客商，为民置下平地田，民家耕作。当年盘古王开天立地，置下青山，猺（瑶）人万代盘王子孙，破砍大山，刀耕火种青山，不许民家峥（争）夺占管。先有猺（瑶）人，后有民家，先有开天立地盘古圣人，孔夫圣贤祖，置定猺（瑶）民不许百姓强占包过，妻女不许乱娶嫁如（与）百姓为妻，夫死不许州县公差强占押猺（瑶）人妻女为夫妇。古置东南西北山，置下广东海连山，广西（东）怀集山，右成铜钟山，北置通儒乡，继聚南水山，广西程家八崮（峒）山、南木山，又置流眉山，又置大罗等山，白坭山，拥动山，观音山，田唐山，田庯山，黄江山，青远山，罗浮山，西宁山，阳德山，罗遥（？），四百里山，雷公山，青溪山，侵溪山，宝害凼（？），刘溪山，万阳山，韶州六县，四据大海山，连山，上下帅百沙山，湖广柳州山，四十八里山，桂东桂南八面山。

祖置天下十三省，罗雜（杂）天下，浮州过海，无民不许百姓盘问，祖镣腰带金刀流过州县，不分讨食，不为作收，补（普）天任去耕山，木怂客商，依本主意，祖图言断，不许百姓猺峥喻（争论），猺（瑶）人十二姓盘王子孙山居奉贺。

唱山歌金银入手

万□皇帝赐恩三姓男女连手把壁（臂）

盘古王猺（瑶）人子孙砍木头、吃木尾，百姓□□种百咆（？），不许百姓占峥（争）。

盘古猺（瑶）人开天立地，建（见）官不下跪，过艇（船）度（渡）不用钱。

过山榜

原存：广东省连山壮族瑶族自治县瑶山下必冲

录自《连山壮族瑶族自治县成立纪念特刊》

盘古开天地，十二姓摇（瑶）人，以前在千家洞处住落居。高祖众族子孙，前朝在祖下山落业，未修祖途来路至今。盘王圣帝开天立地，平王一十八载，寅卯年洪水浸天，七日七夜攘（襄）天，平王发下二男，托（天）子三女，伏儳（羲）姊妹拜别怀（槐）阴树为夫〔妻〕，置百家姓。又神满（？）王二十年，平王高王占（争）天下，平王花龙犬飘（漂）湖过海，口咬高王，命故败绝。平王女许名狗头瑶，天下二十四山分点王徭子孙所管。盘王政（正）在南京十宝洞下到紫金山住居落业，又到南海佛（浮）桥头，惟（为）祖地。又于景定元年，十二姓王瑶子孙，高（商）议要过南海，度（渡）以（彼）岸，诚心执许盘王庙头育生。

汉人热心[①]，赶走王瑶子孙上山。

第一、盘四龙，第二、沈如飞，第三、包元明，第四、黄世虎，第五、李应瑞，第六、邓协瑞，第七、周元瑞，第八、赵瑞

---

① 热心：瑶语，意思是恼火。

封,第九、胡珍瑞,第十、唐元瑞,第十一、雷元卿,第十二、冯世瑞。

另有一女〔顶姓〕郑元瑞。

十二姓摇(瑶)人。八月十五飘(漂)湖过海,各分村内,就在南海小南渡,各写路途下山落乐(业)。京(景)定十三年,赵瑞封过小南渡,住居林子村落业。娶妻二人,大妻生赵宗先分下金香炉,名为大赵;小妻子生赵宗现,分下银香炉,名为小赵。以(又)到洪武皇元年,盘、赵二姓会合至桂林省落居,住二代;又到广西平乐府东门八宝村落居,住一年;又到洪武皇四年,冯姓走过连州阳(羊)古(牯)山落业三年,在后,冯姓改回鸟子凤,会合盘明月。赵宗现桂岭住一代,德(得)见洪武三年,改立江华县。又到宣德皇二年,住麻江冲落业。又到永乐皇十二年,至(住)到务江冲天师庙住居一十二年,又到洪武皇元年。万古千秋。

中华民国三十年五月二十八日,赵天财勤笔立写,抄出老古言一纸,子孙收看为据。(印)

评皇券牒

原存：广西临桂县宛田石灰窑村
抄件存：广西民族研究所

景定元年十一月十一日，给立盘护（瓠）子孙永远为照。券牒存具，万古千秋。

混沌初开，天地不分，日月不明，不分白天黑夜。寅卯二年天旱，万民得见竹木蕉枯，万民百姓，不成人伦。官仓无米，深潭无鱼，草木出烟，人民荒乱，万物不生。天柱也倒，北边天暗地崩，洪水淹天，人民掩（淹）死，吃木叶，天下人民。伏羲姊妹二人，结为夫〔妻〕，置立人民，置立田塘，置五谷。圣王先置立田塘，置立五谷。圣王先置立一十二姓傜人。天下人民三百六十姓百姓。置得雷王、信王、唐王置立金銮圣殿，天下十二姓男女配合夫妇。置种麦粟、高粱、四梗、六糯养食。凡民女栽麻，高机织布，男置网、巾、纱帽，女着油蠟（蜡）流（梳）头，平板插箭，身着花衣花带。

盘王手印十二姓傜人，置立过山榜，逢山过山，逢水吃水，斩木根、断木尾，浮游天下，漂湖过海，刀耕火种。离百姓田头三丈三尺之地，犀水不上，就是傜人所管之业。耕败过山，朝廷不敢阻〔拦〕滞问。

景定元年十一月十一日，奉臣僚随朝升殿，盘〔瓠〕龙〔犬〕左殿舞跃起身，拜舞朝王，意取高皇头级，愿下报主之恩，心发誓不虚远往。敕赐食宴食之，资其往。〔瓠〕食罢而去，敕令大将军等各宫（官）送国门外。盘护（瓠）拜走如云飞，身游大海，七日七夜。到高王国中，时遇在朝，认得至（瓠）喜笑曰：评皇〔龙犬〕来投我国必定败也。吾闻昔人有言，异物进〔朝〕而国心（必）成（盛），君能畜此，主建昌，左右臣僚举此（皆）欣阅（悦），退朝，引护（瓠）入内宫，置食美味待之，情如珠玉。每坐朝常令侍侧不离，忽遇游尝百花林行宫，酒醉不醒（省）人事，盘护（瓠）心思报主之恩，将口咬高王，截取头级，复游大海，回归殿下，污血堕地，诸大臣僚游奏，汝如何取得高王？盘护（瓠）启请（奏），先敕令在前，不敢忘主之恩，咬杀高王得归。盘护（瓠）有福德之分，敕令宫女插带梳装（妆），如花似玉。宫女出朝，盘护（瓠）进前开口咬定宫女群（裙）脚，把（咬）住不放，要宫女嫁我。王见护（瓠）有此灵性，成（有）龙虎之威，就将宫女嫁之为妻，〔引〕入宫内，排宴成亲。敕令皷（鼓）乐，至（聚）五百客迎送会稽山安住。〔逐〕月遣差人供奉钱粮，与伊夫妇食用，黄金、白米、银钱共支八十〔……〕，封二品都尉将军尚书敕令诸州军司，照应放〔行〕。不许科派，〔准〕许青山白云之地安住。〔后〕宫女生六子六女，眉貌美身，敕赐名姓。盘、沈、包、黄、李、邓、周、赵、张、雷、蒋、胡。酌（酬）尝各库爵禄。令敕山田坑处，三锹三尺之地，全系傜人耕管，不许民家扰乱。娘□□□人死亡，亦仰备礼葬于此。律令各入山居住，刀耕火种，并蠲免夫役、租税。货利麻、豆、姜、芋、薯、粟、菌，变货买通良（兴）客，兴利自荣身计，当地之人，不许豪富欺凌，侵夺山货，如有，处斩。傜人婚嫁，不与民家交婚。只居山内，不图国家所管，遂存榜文为傜人承管，万世流传。如有民家欺凌侵夺强占掠地，仰犹（伏）皇榜律。经所属地方官司理伦（论），取后代时〔官〕，传与依榜律令与皇子，蠲免夫役。盘护因处山转岑资獵（猎），被羚羊角触落石岩下身死，准此敕令，伊十二姓子孙，摇动长皷（鼓），吹唱长笛，打板坐（笙）歌，引出大男小女，连于把臂，身着斑衣，摇天动地，唱不绝，如得（？）黄金入木亟中，令子孙永祭，不忘之恩，积连绵福德，俱敕万年。

计开右仰准如前令

一准令傜王子孙，所属山林，各以耕种山源之田荣身计，不许豪民欺凌侵夺。三锹三尺，所产耕苗，傜（依）榜〔不〕交清官，依文准作放行。仰罚蚊子酢三瓮，开元铜钱三百贯，无节竹子三百根，狗角做梳三百把，糠粒金绳三丈六尺，麻塘鸡屎三斗，方许与傜女为配。入宫（官）山田，拨归王傜承管此令行。

一准令州县官吏，不许纵行科派勒索货利一切身丁夫役，并为蠲免或往来往经过山，不许盘问。

一准令一十二姓子孙，各赐归官品爵禄，俱在深处青云（山）白云，〔不〕许杰傲违逃（逞强），〔依律〕放行。

一准令天时下雨，禾黍枯黄，领师外出求雨，以兴宗庙。

一准令青山深处，不许（论）远近，离田三丈三尺，任〔由〕王傜子孙采斩竹木，栽种麻、豆、芋、瓜菜、禾、香腊，通客入山兴贩，不许当地阻挡。亦不许形势之家非作掠取，违者来（刺）配放行。（？）

王傜奏上乞赐姓名。

一赐男姓盘名启龙，封国侯，食邑五千户，补充滕州敕（刺）史。

一赐男姓沈名如飞，封骑侯，食邑五千户，补充司马大将军。

一赐男姓包名进成，食邑五千户，补充瑞州都尉。

一赐男姓黄名文敬，食邑一千户，封光禄侍郎，补尧州都尉。

一赐男姓李名瑞封，食邑一千户，本司仆射郎官。

一赐男姓邓名协瑞，食邑一千户，封国大将军，补信州都尉官。

一赐男姓周名文旺，封都尉判使，王化夫人。

一赐男姓赵名才昌，封都尉国公，知州杨氏夫人。

一赐男姓胡名进成，封都鲁将军，永氏夫人。

一赐男姓唐名元瑞，封定国公尚书，嘉氏夫人。

一赐男姓蒋名朝旺，封经国知州，杨氏夫人。

一赐男姓雷名元祥，封定国侯，永氏夫人。

右赐姓名爵如前。

景（谨）定官品门下将军〔大学〕士臣林光。

奉照议信名臣冯世瑞。

经国侯门下大学士臣罗道门。

护官品学士臣刘居正。

奉东门大将军金骑都尉臣谢思宠。

奉南门大将军飞下安臣门任。

奉西门大将军飞下骑安臣何临。

奉北门大将军侍郎臣罗行（竹）。

奉中门大将军节骑臣卢节。

奉给事舍人臣刘光辉。

奉大谏将军节度判官臣李林。

奉金紫光禄大夫臣樊宅。

右敕如前

应（任）十二姓子孙，浮游天下，随风随浪，国之娇子，与圣分忧。任便择山居住。敢（蠲）免夫役，耕种容（营）身，文道照给。右文付傜准此。

景定元年十一月十一日给。

平王券牒

原存：湖南省道县
现存：中央民族大学民族研究所
规格：210cm×43cm，文内盖有"盘王正位"朱印一颗

信忠（理宗）京（景）定元年四月初八日，奉〔……〕臣僚俱岁壬子年抄录，功据世代流传已（祀）典。昔日高王与平王峥（争）国，公据文〔凭〕，盘食丁（瓠）使辞王父，即而去，遂逾过连锦（绵）海洋，七日七夜，直〔到高〕皇殿前。高王见平王殿前龙犬，犬是盘大护，到投高王殿下，大喜悦。遂将饭食与之，言：平王无道者内心变也，得其殿前龙犬来进，是盘王大护（瓠）逃投陛下，平王自分明，高王有徃也。每日将盘大护常行出外完（玩）宫，高王不误（悟），一日饮醉不知，盘护其时咬煞高王，取得高王头〔级〕来。遂复逾过大海，七日七夜，〔回〕归至平王殿前，唱哔（喏）。平王大悦喜，遂令诸臣相迎，煞过高王（牲犒尝），护会特本，大护不食，王问若何意？我自不食，若何得。诸臣相瓠及大将军答曰：常日之时，被高王欲来峥（争）国，陛下投（救）问，旨曰朝内诸承（臣）相，有人取得高王头来者，令分国共理，并给赐宫女三为妻。此侍（时）臣相无大计，

杂有盘大护（瓠）自有一计，使（便）在殿前发言，须去取得高王头来，陛下有誓愿。今盘大护（瓠）定有此言意。平王愿见臣相奏至，复装暴（点）宫第三女，身有斑衣，头插梳装，以带准来如花似玉，作宫女林能拿出朝，护（瓠）集（趋）前开口咬定宫女裙脚，把住不〔放〕，要女嫁我。皇见护（瓠）有此灵性，取成（猛虎）之威，就将宫女嫁之为妻。放排宴成亲，敕令备皷（鼓）乐，集至五百客迎送出会稽安居。逐日移者，差人共（供）送钱粮与伊夫妻，用黄金、白银共之万八共用，赐官二品都尉大将军尚书阁阁，敕令诸州军知转司照应，放急（免）夫投（役）科配（派）已计居青山白云之地安住。后生六男六女，眉儿（貌）美正身尾狗，王问（闻）之喜，敕赐各姓盘、沈、冯、黄、李、邓、周、赵、胡、唐、雷、蒋，高梅酹（酬）赏各补官爵，永晓世务。令敕耕山田坑处，三锹之地全系傜人耕管，如有死亡亦备礼葬（葬），于三锹已午之地，牛马不到，就系猺（瑶）人耕管去处。当年先置猺（瑶）人，后置百姓，又客商为民，置下平田民家耕作。当年盘古开天立地，置下青山，猺（瑶）人万代，盘王子孙，破砍刀耕火种青山，不许民家哖（争）夺占管。先有猺（瑶）家，后有民家。先有开天立地盘古圣人，孔夫贡（圣）祖，置定猺（瑶）民，不许百姓强占包过。妻不许乱嫁娶与百姓为夫妻，亦不许州县公差强押猺（瑶）人妻女为夫妇。古置东南西北山，置下广东海建山、广西（东）怀集山、古城铜钟山、北置通儒乡继黎南水山、广西程家八崀（峒）山、南本安置流眉山、大罗山、白坭山、动拥山、观音山、田塘黄山、青远罗浮山、西宁山、阳德山、罗违四百里山、雷山、青溪山、侵溪山、宝宰（寨）山、阳图江山、道州十面山、蒙（蒙）里曲江山、凼列二溪山、万阳山、韶州六县四处大海山，连山上下二帅白沙山、湖广柳（郴）州山、四十八里山、桂东桂南八面山。祖天下一十三省，罗杂天下，浮州过海湖，无（傜）民不许百姓盘问。挑枪捏斧，腰带金刀，流海过州，不分讨食，不为作反，补（普）天下任去耕山。本忿（分）客商作本生意，祖言断不许百姓峥（争）论。猺（瑶）人十二姓子孙在于青山，所居山林各以刀耕火种，奉贺万〔年〕，□圣恩三姓男女，连手拍辟（抱肩），〔对〕月唱歌，金银入手。一准令王猺（瑶）子孙在青山所居，〔山〕源水田，系以农民耕作纳粮之田，不许豪〔强〕峥（争）夺三属（？）三斗，入官田地，贺归王猺（瑶）所管，承准此令〔施〕行。一准令应州县官吏，不许诶人科诸般索（索）役（需）贷化（物），如有一切身夫丁〔役〕并与蠲免。或往来经过山谷，不许闻当（横挡），违列施行。一准令十二姓子孙各赐归（官）品爵禄，不（住）在深处青山白云，不许杰做（傲）逞强，违列施行。一准令应诸山〔林〕不问〔远〕近丈尺，任便王猺（瑶）望青山砍斩竹木，栽种麻、豆、芋、茄、藤、香腊、茶、麦、禾、粟、通客贩担归家，不许行势之〔家〕，安（妄）作各（索）取掠，违〔例〕刺配施行。一准令祭盘大护命祭用鈹（鼓）笛歌板会禾（乐），不许别人安（妄）谭（谈）。一准令应天下用（因）禾稼旱（旱）煌（黄），仰皇系（瑶）依时出县，锤（？）根（振）国与（兴）〔邦〕所各（祈求）雨水，以报（振）宗庙。

后仰准如前王猺（瑶）奏乞姓名门下各赐一姓，并官爵，看〔门〕监尉奉，一赐长男姓盘曰（四）龙，封取国侯，食邑五千户。耳（并）补充藤（滕）州刺史、尧州都尉、住奏者，一赐二男姓沈名如飞，封武歌（国）侯，食邑五千户，互补充。一赐三男姓冯名曰（四）处（虎），封野侯，食邑三千户，补充瑞州刺史。一赐四男姓黄名曰虎，光禄夫郎，食邑三千户，补充饶州都尉。一赐五男姓李名应瑞，封青备柴（精紫）大夫，食邑一千户，补充信州都尉。一赐六男姓邓名协瑞，封国大将军，食邑一千户，补充信州都尉。一赐七男姓周名元都（卿），封尉州使信江化（氏）夫人。一赐八男姓赵名曰瑞，封都尉国补充知府，杨氏夫人。一赐九男姓胡珍，封鱼部将军，充儒州夫人。一赐十男姓唐名元瑞，定公（国）尚书，食邑街都补禄喜夫人。一赐十一男姓雷名元聊（卿），封定国侯，班侍郎，食邑甚昌县承化夫人。一赐十二男姓蒋名世瑞，封京国侯，本囗补将知州石阳县夫人。亦赐姓名官爵如前。谨定官姓门下大将军与士臣林光，奉照议定姓名蒋世封京国侯门下大将军士罗逍，奉门下议官品门大学任（士），臣刘居正，奉东门下大将军，全骑都尉，经奉南门下大将军，即追奉西门下大将军下骑安节臣可（何）临，奉北门下大将军下骑节尉任，奉中门下大将军节骑刘光辉，奉结峥（争）舍人臣张令宗，奉中国大国知事臣节，奉节广判使臣李林，奉令紫光禄夫柱国右手舍凡（樊）宅，奉右敕如前，应以十二姓盘古万代子孙，逢州过县，不许百姓刁姓（难）。恶民、官差排年徒（途）中，小人强豪打枪。祖公山图番（留）子孙，浮佘过海流入县，朝歹谐（答）应，不许天下半徒（途）小人盘问，依祖公收照，徒任照自身佘海随浪花，不怕生死，不许侵夺。

大隋午（五）年五月初五日午时给付塀眈（？）一女公主娘，与犬为妻，封官三十四相公侯，较钱粮八十万，送入项天府会稽山七源洞，起立都殿一十八间，行衙一十三所，大小文武官员三千，锣皱（鼓）应盘王大帝一统坐国安邦，黎民同掌江山，宋

（送）一十三者（省）布政司，迎年巡历催贡四（回）朝，逢州过县，各衙迎接迎送，不得迟违。如有延滞阻程者，〔……〕

楚平王敕下三千条律法，斯祖盘古子孙请敕，先斩后奏。遇山开路，逢水安桥，违者先斩后奏。逢龙锯角，逢虎拷牙，盘古子孙，世代不入社坛，不同庶民交婚筵酒，如有宴酒者先斩后奏。游山打獵（猎），掠把山坡，不许庶民近前，如有庶民近前争分先斩后奏。具有违者即斩即奏。各省青山乃是盘古之地，离田一丈三尺，乃是庶民之地，京（输）国税送纳朝廷。

楚平王分与江界驸马，东至红娘，南至低水，西至项微，北至风门。任从盘王子孙游山转岭，养活妻儿，生依死塟（葬）。行程关津，过渡无钱，问取者先斩后奏。地不上租，盘估（古）子孙世袭，并无当差杂役，永不纳税，如有御敕金榜者准此。盘估（古）子孙世代永远收守为凭。付照□□楚平王奉敕盘、沈、包、黄、李、邓、赵、冯、祝（胡）、郑、雷、蒋，共十二姓，世袭巡历十王（三）者（省）连人（？）连交扯（趾）等山头千万户，猺（瑶）民盘古子孙，过司不见，过县不跪，指敕者即奉光禄大夫。或有外故者，收得骸骨带回七源洞，向西殡塟（葬）者，拜堂坟石人、石马、石狮仔（子）为记。

楚平王放税平地三千户，盘王子孙一十二姓，代代不纳国税。开化元年生盘古，周祖元年造人民，周祖三年生太子，室社民周祖三年卢山开大学，周祖七年七月初七日午时〔……〕

一名盘公明，戊戌年正月七日辰时建生

二名男通应班带，壬午年正月初七日戌时建生

三名男通清花衣，壬寅年五月初十日戌时建生

一名公主娘，戊戌正月初七日辰时建生，生男女七口

一名副妹，戊申年五月初六日戌时建生

一名蔡妹，戊辰年五月初七日辰时建生

一名隙（奈）妹，庚申年六月初六日寅时建生

一名礼部尚书起案左大殿

一名兵部尚书看案文武易君

一名七承信郎君

一名通部郎君

一名初授镇国将军

一名肖部尚书押案

一名御带郎君

一名刑部尚管案右殿大学士

大隋午（五）年五月十五日午时御敕金榜给付盘古子孙管守一十三省连交扯（趾）等布政司，项至敕给金榜，晋（留）与子孙，永远执照。

过山图（节选）

原存：湖南省蓝山县荆竹公社
现存：湖南省民族研究所

皇书　奉批

龙飞康熙五十三年正月二十四日重修评王券牒。

正忠（理宗）景定元年十月二十一日，准臣奉为（惟）高王犯界，朕心甚忧，命臣征伐，俱无承认。准

盘护（瓠）佑殿龙犬，跃舞踊跃朝王拜舞，三（欢）欣中〔外〕，独言报主之恩，尽心在俾职。我王〔敕〕誓不虚。遂主惟命。摆（罢）宴金食次（赐）之。资其食，饮罢大醉。自敕赐大将军汝卿等，各送盘护（瓠）〔出〕门外。护复拜舞而去。逢日飞身游大海，七日七夜，经到高国。盘护（瓠）至此，加笑符评王有此龙犬不能畜之，今奏报我国，他平国心则一之矣。吾闻此畜定有主建唱（昌）。左右臣僚主举皆欢悦。退朝，引护（瓠），命宫制（置）酒，美味待，情如珠玉。每坐朝时，常全（侍）侧，次感高王，他怜公主，忘恩迁游，尝有（百）花园，林竹行宫，湿芥（在）酞，花酒大醉，不醒（省）人事。盘护（瓠）深恩（思）报主

之恩功尝，高王之田，咬杀高王头级，身浮游大海，迴（回）归评王殿前，污血堕地。臣急游奏报，符（复）食问言，盘护（瓠）汝何取得高王头报（级）？臣先承命在前，不敢忘之。更以前件事结告为奏。我主坐朝，盘护（瓠）口衔高王头级，舞矣（于）启（殿）下，先准敕命誓言。竖立虚言，我福之分。敕令宫女梳妆，撞（穿）带（戴）如花似玉。宫女与代态齐齐出朝，盘护（瓠）上前咬住裙脚不放，要宫女许配我为妻。我主见盘护（瓠）有灵感，成龙位，就将宫女招为婿。逐日差入宫内，排宴成亲。备办乐诗，集军下五百名迎送，引入青山白云之中安居。遂（逐）月差人赍送钱粮、黄金、白银进上，盘护（瓠）夫妻供应。赐官二品都尉将军。敕令各州军路运转司马照应，蠲免夫役，不得科派。许以天下青山白云之中安居。后宫女美貌，身生六男六女。评王龙颜大喜，敕赐各姓派名如左：盘、沈、包、黄、李、邓、周、赵、胡、雷、唐、冯。高梅酬尝，各祈官爵，永晓事务，任耕山田，坑造处所。夼（离）田三尺三锹，水流不到之地，全系王猺（瑶）子孙耕管，养生送亦（死），无输纳税课，不充军兵、差役，刺牛无判等。因坪田原系农民所管，准纳上税，以充国课。三锹以上田面，任从猺（瑶）姓栽种竹木，货殖等项。任卖通客与（兴）贩，自管营身计。尚（若）有豪民游棍，不许欺凌谋夺。如违者，准令猺（瑶）人扭送该管有司究（究）治。后代时官，身本朕（朕）一脉之人，盘护（瓠）子孙一十二姓一之高也。永远刀耕火种，一切文内凭行蠲免。一（日）后盘护（瓠）子孙，游山转岭打猎，身带弩铳鸟枪，任游天下，过关该无租税，过渡无钱，属官不许盘问，任凭放行，毋得异词投文。但猺（瑶）子孙，排立鸟枪炮铳鸣放，调动长沙（衫）木鼓，歌乐六（芦）笛笙筒，引出六男六女，连手把肩，身着花衣花裆（裤）惊天动地，吹唱欢歌酒圆（还）愿，酬天地不纪，收得黄金〔骨〕入于（木）函之中，任伊王猺（瑶）子孙，承折奉春（香）大（火），经历万代堂管，受享无穷。

国报之恩，功祯（绩）总连不朽。合与（以）条例开列如左。

准令猺（瑶）人所居山林，各以刀耕火种，山源荒田营身计，以三锹地田系是一十二姓王猺（瑶）借种货物，伐（罚）客税租，归猺（瑶）取收。不许汉民夺取。如违者，汝扭禀时官，重究公罚。蚊子蚱三瓮，开通铜钱三〔百〕贯，无节竹三百六十根，狗骨梳三百六十把，糠皮搭绳三丈六，金〔鸡〕屎三斗。当官领纳入官。山田货利拨归王猺（瑶）子孙承收。无异放行。各赐官品爵禄，虽在青山白云之中居住，不许汉民持势逞进夺占，递律灰叔建行不货（贷）。

一准令朝庆贺酬恩了愿。不与民同乐，右历命因载帕，花帕，结采歌乐，不许姓外人妄谈怪异。

一准令十二姓王猺（瑶）内行嫁，不许族内（外）配婚。亦不娶农民，毋容汉民违历（例）谋娶，如违，以前照例公罚，定不宽如（恕）。

一准令诸处山林，不问远近丈尺，任便王猺（瑶）节往，天下青山采斩火种，栽种百物地货，代卖通客，不许农民作害，刑（持）势妄议名色取。如违者，剌乱施行。

万福攸同　兰桂腾芳（节选）

原存：湖南省蓝山县荆竹乡新寨村
现存：中央民族学院民族研究所
规格：52cm×26.5cm

　　正忠（理宗）景定元年十月廿一日臣僚俱无承认准盘龙王犬护（瓠）佑□踊跃拜舞朝〔王〕，欢欣中外，独言报主之恩，尽在卑志，我皇敕誓恐或坚□□□□□高皇头级何再誓报护（瓠）往报称之愿，不忘之恩，发誓不虚筵宴饮，金食赐之，以资其往。食罢辞而去，大将军各送国门外。

　　盘皇役舞走如云飞，身逄（游）大海，七月七日夜行〔至到〕高皇国门外。国中时遇在朝认得盘护（瓠），即喜而笑曰：评皇有此龙犬，来投我国，他国必定败也。吾闻昔日有言，异物进朝而国必盛，君能畜主建昌。左右臣僚举皆欣悦，退朝引护（瓠）入内宫。置食美味待之。晴（情）如玉，每日坐朝之时，侧以郎须臾，晷猾（猎）奴政取（？）

　　高王花怜〔公〕主犬想高皇，忽遇逄（游）尝百花林行宫，湿与浓花，大醉不醒（省）人世（事），盘护（瓠）心思报主之恩，功赏大用无意，盘护（瓠）将口咬杀高皇，截取头级，复回大海。

归殿沥血随(堕)地，大臣僚迖(游)报往问言，盘护(瓠)汝因何敌得〔……〕高皇，祖级花怜主〔□□□……〕

敕令在前不敢忘主之情〔……〕

（未完，保有材料的是荆竹乡老寨赵贵普）

过山牒[*]

原存：广西贺县沙田狮东大冷水村
抄件存：广西民族研究所

　　奉普国天下之（一）十三省，南北两京、浙江、福建、江西、湖广、陕西、河南、山东、山西、云南、贵州、广东、四川、广西省止，盘〔三〕六公龙护出榜为号，系前时先置上界常〔长〕脚人民，喫〔吃〕败泥土，洪水厌（淹）绝。又置中界〔直眼〕人民。喫（吃）木叶。前后（石）〔壁〕王造天，地王造地。盘古开天立地，斯人之初，凿开混汾（沌）天地，伏羲置横眼人民，义和造日，当义造月，史区造星，伶伦造律名，此隶（？）首作美，数造火造甲子，盘古置田衫袖，舜（神）农王帝教人耕种。盘古子孙橙（拨）座五湖四海，青山封为瑶地，任游天下落业。逢山吃山，逢水吃水，离田三尺，离水三寸，付（胕）水不上，任从瑶人耕管，阳鸟飞得过，船车马行不到，安生瑶人乐业。开宝准平王敕言太子人孙小名盘王，平王随（隋）代三年五月十三日给文牒一

---

[*] 此件在湖南省蓝山县荆竹公社、湖南省江华县两岔河、湖南省江华县五区水口乡亦有发现。

道，付下各处山瑶，收赍永日凭代为照者，先被（辈）国王，平〔王〕许战国踪（纵横），平王朝内，龙犬言问朝内诸（诸）臣及大将军，朝内何臣为计，收得紫王，胜牒，赐二宫女与臣为妻，与国平分，朝内诸臣及大将军，启我朝内并无人无计，将得紫王，可在殿前龙犬，口出人语，小各（名）盘护（瓠），启告吾王曰：吾收得紫王，以得平王降齐才文，龙犬也领，〔即〕时奉报，立身佥过大海去紫王殿上，见龙犬必心中欢喜，称说平王无道，败国忘（亡）家，龙犬佥过海，去与我国为主，国内诸臣尽堵（皆）起自〔身〕紫王每日引龙犬游宫内，有猛虎之威，且得国界安宁。此天（犬）有色斑点，畜生在东海龙王家被刘弟男、刘称是毒卮不养，将去都落口抛叶（弃），有一如不见将家里养活看待，见处斑毛色自别平王，知事（是）贡（贤）物，降敕收回朝内宗（宫）殿。从被紫王饮醉酒，龙犬开口咬耳躲（朵）一边不放，龙犬记得却鞟（乾）坏里居藏，伏身〔殿上〕，〔浮游大海〕有猛虎之威。平王立时杀牲置酒，广排筵会，三日三夜，庆贺国家安宁。会摆（食罢）诸臣启〔奏〕我王，金口降敕在前，王言后有人有计收得紫王，赐二宫女以（与）他为妻，与国平分，我王前出敕给龙犬，平王听诸臣奏语，呵呵大笑，便将二宫女，以身着得好衣切（遮）犬色，得二宫女，口面哽吃之声，上殿内，口咬二宫女黄裙脚下不放，下用他为妻，生下六男六女，报具成人，身员端正，平王急付八姓为官，四姓为将，天子张公侯送入青州县会稽山七宝洞，青山竹木林白云山脚，凤凰山脚，任游普天之下，百鸟不识人之处，四方无伶（邻）高岩平岸，一后壁坏岩，汝有水底处开田，牵牛打马不行之处，除免王税夫役钱米等件各物，勤耕徭田。出峒（峒）望船车马行得到，皆系国王地面，养生百姓，连世纳粮，送入山内。利（理）应当差，有高山厚岭，日听飞禽之语，夜听饿鬼哭声，坭岩〔石〕壁狐狸之收（怪）名。为傜户先居住，无人说着，自耕自种，尽许瑶人为业，不与民人同居住。于（如）有汉民百姓军民人等，进入瑶崗（峒）居住，强占瑶田瑶地，科上下征杂项税粮，瑶人之地，不以（与）军民争夺。本内瑶人本分为人，刀耕火种，并不非违，亦矢（无）隐藏。右牒下一十三省布政司，各府县军民人等，与瑶不同，各有山水分界。天下置有东南西北，乾坤艮巽，金木水火土，但有山岭界至。盘古子孙所占榜文，东南西北，天合地，地合天为界。原有五谷凄凄（婆婆），养活盘古子孙，此一清水流源不乾（干）。第一坡场，第二坡田，坐落深山白云之地，王瑶子孙所管大小地田，禽鸟飞得过，船车马行不到，尽是瑶人所管。青竹木林，不行（许）民人占夺。若有百姓夺占，依律问罪。第二坡田水流下，亦为瑶人所管，田地山中（冲），山崗（峒）鱼塘，江河山岭，不得军民乱取鱼肉。乃是盘古瑶子孙，三年歌乐朝会应用。如违者瑶人耳（甘）罚。百姓民人取鱼纳税，瑶人苗（描）水开垦田地，只望了（年）年丰收，五谷养活盘古子孙。自耕自种，即系瑶人管业，民人与瑶人不同，各有山水分界，茆（荒）山后（厚）岭，尽系盘古子孙世代管业。上不纳粮，下不纳税，不得百姓强占田地，升科纳税，分上耕种瑶田，若有不遵王法，强占入山各冲，乱作非违（为）。勒要银钱，打骂，无事生端，乎风吓咋，瑶人执出盘古榜文告上，问罪施行。但有平水流下大田洞，禽鸟飞不过，弓箭打不过，便是军民田地。住偕民人管业田地不同瑶人地面，〔瑶〕田山水，各立尺寸，民人不得争占。若有不依律令，强占瑶人〔田地〕，通仍存（执）出盘古定律为界。如有不许定界，许令盘古榜文告发，开国王帝官司，定律令民人依从，所有榜文牒，以盘古子孙世代永远为照。免除差役，朝廷国内，应有州县，官乡，村头目，三千大户百姓道师人等，如有不遵王法，乱入瑶山，大科差役，〔侵〕害瑶人田地，取要税需索物件，许令瑶老盘古铁索、〔如良藤、巴豆〕木枷锁缚解官，依古罚钱三百贯，白米三百担，更当三百十大棒。无嗣〔嗣〕瑶人居住青山江河田土，以上三锹垅土为界，便是龙犬子孙刀耕斧种，斩畲（畬）养活，畲内许种生理，诸色人等，不许强取，如有不遵强取，瑶人告首道（到）官，依律问罪施行。瑶人源（原）是前国王子孙，乐家娇子，百（白）银千两，绫锣百皮（匹），百（白）米百担，万古铜钱三百万贯，谷种三百担，锹、刀斧二件，狗猫鸡角梳三百六十只。民人无嗣（嗣），山岭田地山源水口，付与龙犬子孙耕管。天下出盛之人，平王无敕赐山源水口田地。金银（铜）锅、碗碟、钱米等件各物，领赐黄金五姓六根，永永（远）为活养生。天子殿前，国王长衫大衱（袖），长腰木鼓，斑衣赤领，琴瑟吹唱，送入会稽山七宝山峒、白云山角等处。平王赐金银珍珠宝贝，以龙犬子孙游山处用。庆〔贺〕。日昔犬入山捕猎，被石狳（羊）叉死落石岩枣树〔上〕增，儿孙遂〔逐〕日寻讨（找），充（将）尸首于七贤洞南方安葬。儿孙连手抱臂，呵呵唱跳作乐三日三夜，惊天动地，便是平王盘王子孙宗祖。平王出内封官有品，先伏父亡在坡州石狳（羊）县白石山，有石人、石马、石狮子、石虎、石猪、石牛、石狳（羊）、石王，先在青山小岗（峒）居住，于贞观三年，蒙督府资（金）精先子禄子孙，兵部尚书，作龙犬子孙。伏敕令于代（？）财（？）五年五月十五日仲夏节，〔十月〕十五日兴和节，在〔七〕贤（峒）开具各神御盘古大王、盘十七郎、盘十八郎、盘十九郎、甬（贤）

会和尚圣帝。如令后代龙犬子孙，祖居青山，逢节启叩，祭此神也。有于代（？）财（？）二年内，蒙充（兖）州司马使经郑女（文）二千户，死知州石猙（羊）县夫人，却去充（兖）州作知府，有护原是充（兖）州朝散郎紫禄大夫。公班二郎有二千户，大昌元府狭（敕）充都尉三国尚书。石（右）牒使贞观二年内立例十二姓山瑶，不得与民人百姓为婚，若有强取强婚者，蚊子酢三公（瓮），开通铜钱三百贯，金腊三斗，糠绳索三百六十丈，无节竹三百根，狗猫鸡角梳三百六十只，枯子木船一只，阔八尺，面长十二丈，若有此物，便与他为婚。若无者休言。右牒〔傜人〕移家过山，将带妻儿男女，家私计物，衣笼等件，经过州〔县〕省城，买津去处，路村头目，把隘弓兵，民仪军马人员，盘问行程文引，瑶人居青山，别无引文，正日有祖公盘古将界通程，官中检（验）看，中间无夹带，乞赐施行，不得州县省城毋许阻挡。原是开天立地，盘古大王开国子孙，乐家桥（娇）子，于开宝八年五月十三日，出给下山功处贴榜敕言文牒，通知平王朝吏，朝散大夫文林郎，朝奉大夫承节朝奉大夫信郎，李郎中。三锹打下，税家男女耕种，三锹打上竹木，龙犬子孙所管。若有民人百姓者取竹木，不问龙犬子孙，强占田地山岭，许盘古子孙，申奏州县官员问罪施行不便（？）。天王兄弟十一人，地王兄弟十一人，人王是狗，凡九头九兄弟分九州。相传一百五十四万六百秋，三十以后有巢构木为巢，食木实，有巢氏后代人来赞遂（钻燧）取火教食。前王三千七百二十四圣旨，里太玄因祜祐两广平乐府贺县姜八里，梧乡梧县地方等处，为因大老黄巢贼作反，屡打劫村寨，百姓男女无安身处。有排年会议府京申奏，有招至排年朱三哥、蒋子万、朱狗第六，前去广东清州大巷口，火后观村，抬到土人舌（设）

狼（良）瑶狼（良）日盘管七、盘第幼、盘第护、盘第八、赵贵一、李做三、邓宗华、王第五、凤贵七等。器械灰厌（盔）甲。药弩一千余百，前耒梧州府，东安上山口立营屯筈（扎）立在（寨）。于至道元年九月初四日入老君峝（峒）麻子狼立营，十月初一日，入牛寨巢（漕）杀死李郭第十一，李第四，胡第八，牛崗后巢（漕）杀死欧公烟、叹入堡、辜白鸽巢（漕）杀死胡覃清，老大人铁将军，又入冷水巢（漕）杀死大王，又入白马巢（漕）杀死直将军，点得五百九十五，明州解府，申奏三院军门。于至道元年十月初九日，当冯参将彭总兵谕大人当官班尝，给峡箚村（付）与盘管七、赵贵一、李做三、邓宗华、盘宗满、盘宗弟、盘弟幼子孙为照。管来地方二十四山头，入川侠（陕）。至道二年正月，参田九桶赵贵一牛崗（峒）冲，大箩小箩田桶三不曲田李网田，共粮三石二升。李做三、赵海祥，开碗田大平田两合口，李一门、牛角田、赵贵一开为崗（峒）田，邓宗华开冷水落带，田粮米册，太公入到冷水立籍住居。各有山岭，东方土名六桥界，横冲恼箪架岭顶，三官岭一路，界上大叶顶。南方土名人烂恼，洪连恼，猪屎顶。西方土名老李恼，青付恼，三叉顶，六逢界、土部地恼，给六桥界落带冲口断。外田平地民人耕管。瑶人耕管以田离水三三尺，付（㟍）水不上，任从徭人耕管，东南西北，山崗（峒）为业之地，不以（与）民人耕种。具山岭河源水口，不拘大小之山，任从瑶山（人）耕种，平水流下大田平地，偕（皆）系民人耕管。民不娶瑶妻，瑶不种军田。如有民人强占田山岭，不遵王法、乱入瑶处，将帖告首到官，依律问罪施行。积祖向后，瑶人居住青山，并无非违（为），安生乐业，保安家于敕赐。绍兴三年五月十三日给榜为照。盘王子孙，永古滕（腾）出瑶榜万万代存照。

猺(瑶)人出世根底

原存：湖南省江华瑶族自治县两岔河公社
抄件存：湖南省民族研究所

奉国王普天之下，一十三省，南北两京，浙江、福建、江西、湖广、陕西、河南、山东、山西、云南、贵州、广东、四川、广西省，正盘三六公龙护出榜为号：系前时先置常（长）脚人民，吃贩（败）泥土，洪水淹绝。又置中界人民，吃贩（败）木叶，洪水淹绝。前石壁王造天，地王造地，盘古开天立地，斯人之初，凿〔开〕混沌天地。伏羲置造横眼人民，六术义和占日，常羲占月，史区造星，伶伦造卫（律）吕，隶首作美数，大挠作甲子，盘古置田衫袖，舜农皇帝教人耕种。盘古子孙拨座五湖四海青山，封为猺（瑶）地，任游天下落业。逢山吃山，逢水吃水，离田三尺，离水三寸，付（斧）水不上，任从猺（瑶）人耕管。阳鸟飞得过，船车马行不到，安生猺（瑶）人落业。开宝准评王敕言，太子人孙小名盘王。评王隋代二年五月十三日给文牒一道，付下各处山猺（瑶）收执永日凭代为照者。

先辈国王评王许战国疑（纵）横，评王问朝内何臣为计收得紫王，胜牒赐二宫女与臣为妻，与国平分。〔俱无承认〕。评王朝内龙犬言问朝内诸臣及大将军，朝内何臣为计收得紫王？朝内诸臣及大将军，启我朝内并无将军计〔收〕得紫王。可在殿前龙犬元口（口言）人语，小名盘护（瓠），启告王曰：吾收得紫王。以得评王降齐才文，龙犬也领，即时奏报。立身佘过大海，去紫王殿上，〔王〕见龙犬，心中欢喜，称说：平（评）王无道，败国家亡，龙犬佘过海去，与（以）国为主。国内诸臣尽皆起身。紫王每日引龙犬游宫内，有猛虎之威，且得国界安宁。此犬有色斑点，畜牲（初生）在东海龙王家，被刘弟男刘（留）称（住），是毒厄不养，将去都落口抛叶（弃），有如（日）不见家里养活，〔……〕评王知是贤物，降齐（旨）收国朝内宗（宫）殿。自别评王从彼紫王，饮酒醉，龙犬开口咬耳朵一边不放。龙犬记得却干圢里居藏。〔……〕放伏殿上，平王立时杀牲置酒，广排筵会，三日三夜，庆贺国界安宁。会罢，诸臣启〔奏〕，我王金口降齐（旨）在前，何人有计收得紫王，赐二宫女以（与）他为妻，与国平分。我王前出敕给龙犬平（降）文（齐）才文，诸臣准奏。〔王〕呵呵大笑，便将二宫女，身着好衣，切（时）龙犬色（见）得二宫女，口面哽吃之声，上殿内口咬二宫女黄裙不放，下用他为妻。天子将公侯送入情州县会稽山七宝洞，后生六男六女，报具成人，身圆端正。评王急付八姓为官，四姓为将。青山竹木林白山脚，凤凰山脚，任游普天之下，百鸟飞不到，认人之去（处），四方无邻，高岩水岸，石壁泥岩底，有水底处，牵牛〔不过〕，打马不行之处，〔任由〕开田，除免王税夫役钱米等件各物。望船车马行得到，皆系国王地面，养生百姓，连世纳粮，送入山内，利应当差。有高山后岭，日听飞禽之语，夜听饿鬼哭声，泥岩石壁狐狸之怪，名为猺（瑶）户先居住，无人说着，自耕自种，尽系猺（瑶）人为业。不与民人同居住。于（如）有汉民百姓军民人等进入猺（瑶）洞居住强占，猺（瑶）田猺（瑶）地科不上征杂项税粮，猺（瑶）人之地不与民人争夺。本内猺（瑶）人守（本）分为人，刀耕斧（火）种，并无非违（为），亦无阻滞。

给下十三省布政司，各府各县军民人等与猺（瑶）人不同，各有山水分界。天下置有东南西北，乾坤艮巽，金木水火土，但有山岭界至盘古子孙，此一清水源流不干。第一坡场，第二坡田，座（坐）落深山白云之地，王猺（瑶）子孙所管，大小田地，禽鸟飞得过，弓箭打得过，车马行不到，尽是猺（瑶）人所管，青山竹木林，不得民人占夺。若有民人夺占者，依律问罪。第二坡水流下亦为猺（瑶）人所管田地、山冲、小洞、鱼坊塘、江河、山岭不得军民乱取鱼肉，乃是盘古子孙年欢乐会应用。如违者，甘罚百姓民人取鱼纳税。猺（瑶）人描水开垦田地，只望年年丰熟，五谷养活盘古子孙，自耕自种即系猺（瑶）人管业。民与猺（瑶）不同，各有山水为界，前山后岭尽系盘古子孙管业。上不纳粮，下不纳税。不得百姓强占田地，升科纳税。若有不遵王法，强占入山各冲，乱作非为，勒要银钱，打骂无事生端，平风赫吓猺（瑶）人，执出盘古榜文告上，问罪施行。但有水流水下大田大洞，禽鸟飞不（得）过，弓箭打不（得）过，便是军民田地，系皆民人管业。田地不同猺（瑶）人地面。猺（瑶）田山水各立尺寸，民人不得争占，若有不依强占，猺（瑶）人通仍执出盘古定律为界，如有不依定界，许令盘古榜文告发。开国王帝官司，定律令民人依从。所有榜文帖以（与）盘古子孙世代永远为照。除免差役。朝庭（廷）国内应有州县官吏，乡村头〔目〕，三千大户、百姓、道师人等如有不遵王法，乱入猺（瑶）山大（派）科差役，所害猺（瑶）人田地取要租税，需索物件，许令猺（瑶）老盘古铁索，如银藤、芭豆、木枷锁缚解官司，依令古罚钱三百贯，白米三百担，更当三百十大棒。无嗣。猺（瑶）人居住青山江河以上〔三〕锹泥关为界，便是龙犬子孙刀耕斧（火）种，斩木养活。凭种生理。诸色人等不许强取。〔若强取〕，猺（瑶）人告首到官，依律问罪施行。

猺（瑶）人原是前国王子孙，乐家娇子，白银千两，绫锣百匹，白米百担，万古铜钱三百贯，谷种三百担，锹刀斧二件，狗猫鸡角梳三百六十件，民人无嗣者。山岭田地，山源水口，付与龙犬子孙耕管。天下出（圣）之人，评王原敕赐山源水口、田地、金银、铜锅、碗碟、钱米等件各物，领赐黄金、金银珍珠宝贝以（与）龙犬子孙游山庆贺处（之）用。

日昔犬入山捕猎，被石羊叉死，而落石崖枣树上塌，儿孙逐日寻讨，充尸身将七贤洞南方安葬，儿孙连手抱肩，呵呵唱跳，作乐三日三夜，惊天动地，便是评王盘王子孙宗祖。先伏父亡在波州石羊县，有石山、石马、石狮、石虎、石猪、石牛、石羊、石王。

先王在青山小洞居住。于真（贞）观二年蒙督府金精先子禄子兵部尚书作龙犬子孙伏敕令于代财五年五月十五日仲夏节十月十五日兴和节，在七贤洞开具各神御：盘古大王、盘十七郎、盘十八郎、盘十九郎、圣会和尚圣帝，如今后代龙犬子孙祖居青山、逢节启叩、祭此神也。又于代财二年内蒙充（兖）州司马使经郑文二千户死葬青州石羊县夫人，却去充（兖）州作知州，有护原是充（兖）州朝散郎紫禄大夫公班二郎，有二千户在昌〔州〕充先府陈充都尉三国公尚书。再牒使贞观二年内到十二姓山猺

（瑶）人不得与百姓为婚。如有百姓强娶猺（瑶）人，甘罚蚊子鲊三瓮，龙角一对，糠腊索一十二丈，枯子木船〔一只〕，八尺阔，一十二丈长。若有物件齐，便与成婚。无者，休言。又猺（瑶）人移家过〔府〕，携带妻子男女，私计什物、衣笼、刀弩等件，过州县府城、关津水口，去处路途，乡村头目人把守要硬隘巡检民仪功兵、军马、大小官员〔不许〕问实行程文引，猺（瑶）人居住青山，别无文引。执出盘古将界通程，官中检实。中间并无夹带，甲（准）此放行，不准停留阻挡。

代隋二年五月十三日，给下山功处帖榜敕言文牒，通知平王朝吏朝散大夫文林郎，朝奉大夫承节郎，朝奉大夫承信郎，李郎中、黄郎中，三锹打下税家男女耕种，三锹打上竹木，龙犬子孙所管，若有民人百姓取竹木，不问龙犬子孙，强占田地山岭。许盘古子孙申奏州县官员，问罪施行不便。

天王兄弟十二人，地王兄弟十二人，人皇是狗，九头九兄弟分九州，相传一百五十四万六百秋，三十以后有巢构木巢为食，有巢氏后代人来赞（钻）燧改火教食。前王三千二十四帝，王神器已有归。任由榜牒浮游天下五湖四海落业万代，逢山吃山，逢水吃水，任游天下乐业。

自祖生下十二姓猺（瑶）人，一姓男盘三六公，二姓男沈文敬，三姓男包容亮，四姓男黄进成，五姓男李思安，六姓男邓运安，七姓男周文旺，八姓男赵才昌，九姓男胡广通，十姓男雷伸鸣，十一姓男唐德禹，十二姓男冯万德。自祖生下十二姓猺（瑶）人分流天下东南西北，不同民人耕种。山岭河源水口，不拘大小之山，任从猺（瑶）人耕种，平水流下尽系民人耕种。民人不娶猺（瑶）人妻，猺（瑶）人不种军田。如有民人强占猺

（瑶）人山岭田，不遵王法，乱入猺（瑶）处，将告首到官，依律问罪。□先于敕赐绍兴三年五月十三日给榜为照，照验施行。

盘王榜文王猺（瑶）子孙永远万代存照。

评皇券牒[*]

原存：湖南省蓝山县
现存：中央民族大学民族研究所
规格：283cm×70cm，木刻印刷

正忠（理宗）景定元年十月二十一日，准臣奏为高王犯界，朕心甚忧，命臣征伐，俱无承认。准盘护（瓠）佐殿龙犬耀舞踊跃朝王拜舞，叁（欢）欣中外，浊（独）言报主之恩，尽〔心〕但愿我王敕誓不虚，逐丞（主）惟命饮宴金食肠（赐）之，次资其金，饮罢大醉昏，敕赐大将军汝卿等各送盘护（瓠）门外，盘护（瓠）复拜舞而去。逢（走）如〔云〕飞，身游大海，七日七夜，经到高王国。□盘护（瓠）至此令加笑（窃笑）滒（高王笑谓），评王有此龙犬，不能畜之，今来投我国，他国必则（败）定矣。吾闻曹（昔）异物进而恩盛，吾能畜此犬，定主建昌。左右臣僚举皆欢悦退朝，引护（瓠）入内宫，置酒食美味待之，情如珠玉。王坐朝时常全（令）侍侧，次感高王他怜公主〔之〕壱（恩），忽遇游赏百花园林行宫，湿荵（藏）浓花酒大醉不醒（省）人事。盘

---

[*] 此件文内盖有圆印，并有图案、画像。此件在湖南省蓝山县存有三份。

护（瓠）深思报主之恩，功赏高王之甲（用），咬杀高王头级，身游大海，回归殿下，污血坠（堕）地。臣急游奏报符食问言，盘护（瓠）汝因何故得高王头级。臣先承命在前，不敢忘主之恩，更以前件事结告，结为奏我王座朝。盘护（瓠）口衔高王头级，舞全（矣）启（陛）下，先准敕令誓言（竖）亲（不）虚，我有福德之分。敕令宫女梳妆，插带如花似玉，宫女体态齐之出朝，盘护（瓠）向前开口咬住裙脚不放，要女嫁我为妻。我王曰：护（瓠）有此灵性感成龙位，就将宫女招之为婿。遂（逐）日差人宫内排宴成亲，备办乐器，点集军丁五百名，违（迎）送引入青山白云之中安处，逐日差人赍送钱粮、黄金、白银进与盘护夫妻供应。赐官二品都尉将军。敕令各州军路转运司马照应蠲免夫役，毋得科派，计已（许以）天下青山白云之地安居。后宫女美貌，身生六男六女，转奏评王，龙颜大喜，敕赐各姓派盘、沈、包、黄、李、邓、周、赵、胡、唐、雷、冯、高〔梅〕酬赏，各祈官爵，禾（永）赐（晓）达（世）务，耕山田坑造处所，离田三尺三锹，水流不到之地，全系王瑶子孙耕管，养生送〔死〕。以下三锹之地田，农民耕管，输纳王赋。三锹以上田面，任从瑶人白（自）种竹木等项。任卖通客与贩自管营身计。尚（倘）有豪民游棍，不许欺凌谋夺，而有谋夺，准令瑶人扭送该管有司寀（处）治。后代时官躰（体）朕一脉之人，准臣盘护子孙一十二姓，一之髙也，永远刀耕火种，一切文内凭行蠲免。后盘护（瓠）游山转岭打猎，身带弓弩鸟枪，任游天下，过关无税，过渡无钱。不许所属官民盘问，任凭放行，无得异词。但秋冬□祭拜盘王，伊一十二姓子孙，摇动长鼓、吹笛笙歌，引出大男小女，联手把肩，身着花衣花裆（裤）惊天动地，唱歌不绝，收得黄金〔骨〕入于木亟之中。任伊王瑶子孙承奉香火，经历万代堂管受呈无穷罔报之恩，功祯（绩）绵连不朽。合具条例开列于后：一准令瑶人所住山林，各以刀耕火种，山源荒田营身计，以三锹之田，系一十二姓王猺（瑶）耕种。三锹以上，若有客人伐林，农民耕山种土，俱系王猺（瑶）子孙所管收税，不许豪民谋夺，者（若）许汝扭禀时官重究。仍罚蚊子蚱三瓮，开通钱三百贯，无节竹三百六十竿，苟（狗）头梳三百六十把，糠粒金绳三丈，食（金）鸡屎三斗，当官领纳入宫。山田货利拨归王猺（瑶）子孙承管，无异施行。各赐官品爵禄，虽在天下青山白云住居，不许恃势逞进，而有遍（违）律灰怾（？）行不贷。一准令一十二姓内，自行嫁娶，不许与族内（外）交婚及农民，若与族内（外）农民交婚，公罚定行不恕。一准令诸处山林，不问远进（近）丈尺，任便王猺（瑶）节往（居住）天下青山，采斩竹木，栽种等项，通兴贩不许外民诈害，形势妄以名色取棕（？），而有违者，刺配施行。一准秋冬月祭拜盘护（瓠）命内伐板笙歌乐会，不许外人妄谈怪异。

一准天时不雨稼旱苗，仰王猺（瑶）子孙依时出州府县□□求雨泽，以振忠（宗）〔庙〕。右仰准前令王猺（瑶）落支□准者门外议上各赐姓品官爵看门蓝（监）尉徐举等奏？乞准右

一赐长男姓盘名龙，一封助国侯，食邑五千户，补充藤（滕）州刺史。

一赐二男姓沈名飞凤，封武骑尉卫侯，食邑五千户，补充珠州司马大将军。

一赐三男姓包名凤，封野尉侯，食邑二千户，补充扬州刺〔史〕。

一赐四男姓黄名虎，封光禄大夫，圣鲁侍郎，食邑三千户，

补充饶州都尉。

一赐五男姓李名应瑞，封镇国大将军，食邑一千户，补充本司侯（仆）舍郎官。

一赐六男姓邓名协瑞，封镇国大将军，食邑一千户，补充信州都尉。

一赐七男姓周名元，封都判使，食邑三千户，补充韶州王氏夫人。

一赐八男姓赵名元瑞，封都尉镇国公，食邑二千户，补充哀州，杨氏夫人。

一赐九男姓胡名珍，封都尉镇部将军，食邑二千户，补充虎州永大夫人。

一赐十男姓唐名瑞，封定国公，为书御禄库杨（南）嘉〔夫人〕。

一赐十一男姓雷名元卿，封国眠（服）鲁侍郎，食邑甚〔……〕。

一赐十二男姓冯名世瑞，封镇国侯尚书，补充大司〔……〕。

右赐姓名官爵如前

景定品姓名门下大将军学士林光，奉　议官品门下学士臣剌（刘）居王（正），奉东门大将军下骑都尉臣钦奉□南门大将军下飞安钠（端）臣何临任，奉西门大将军下云骑尉臣罗行（竹），奉北门大将军下节骑尉臣品任，奉中门大将军节骑臣刘光辉，奉中国大夫知国事臣卢节，奉给事舍人臣农（张）令宎（宗），奉正谏大将军节度判使李行林，奉金紫大夫人光禄在周（国）右有今人臣樊进宗，奉右敕如前应以一十二姓王猺（瑶）子孙，游遍天下，随风逐浪，乃是助国之人，与朕分忧，任便择居天下山林，各州府县不许扰害科派。凡有势力之家，不得侵夺而有抗违，异臸（有）荒岁，亦在赈济之利。朕即安集抚（忧）虑王猺（瑶）等各得平治，不及（反）有疑欤尉口右如前件事理故牒运司今得王猺（瑶）等状，赴准给评王券牒，隋□□员夫役，各管山场朝具（王）券牒一道，给与王猺（瑶）子孙收执，永远为据存照。

正忠（理宗）景定元年十月二十一日

评王券牒

评王券牒[*]

原存：湖南省蓝山县
现存：中央民族大学民族研究所
规格：76cm×6.8cm

龙飞康熙五十三年正月吉日，重修评王券牒示。

正忠（理宗）景定元年十月廿一日，准臣奏为高王犯界，永远收据头报，伏诚朕心甚忧，命臣征战，俱无承认。惟盘护（瓠）佐殿龙犬，踊跃朝王拜舞。欢欣思余中外，独言报主之恩，尽心在于卑职，我王敕誓不虚，遂唯命饮宴，金玉赐之。饮罢大醉而归，敕赐大将军众卿等，各送盘护（瓠）门外。盘护（瓠）复拜舞而去。起如云飞，身游大海，七日七夜径到高王国中，时高王在朝，认得盘护（瓠）至此，喜动颜色。评王有此龙犬不能畜之，今来投我国中。吾闻异物进国而必盛，吾能畜此龙犬，定主建昌。左右臣僚举皆欣悦。退朝，引护（瓠）入内宫，置酒食美味待之，情如珠玉。每坐朝时，常令侍侧。次感高王花翎公主，忽遇高王游赏花园，林行官，湿蒁（藏）浓花美酒，大醉不

---

[*] 此件在广西罗城亦有发现。

醒（省）人事。不知盘护（瓠）深受主之恩，功当报复，时值高王一人，乃咬杀高王头级，身游大海回归殿下，污血堕地。臣急跪奏，上问：盘护（瓠）汝因何敢取得高王头。盘护（瓠）答言：臣先承命在前，不敢忘主之恩。更以前项事告结为奏，我王坐朝，盘护（瓠）口含高王头级朝拜。启奏陛下，先准盘护（瓠）择吉成亲，我有福德之分，敕令公主梳粄（妆）插戴如花似玉，宫女体态整齐朝端，盘护（瓠）向前婚配。我王见护（瓠）有此灵敏，感动龙位，就将宫女招之为婿。逐日命入宫内排宴成亲。备办禾（乐）器，点齐军兵〔五百名〕，递送引入青山白云之中安处。逐日差人赍送钱粮黄金、白银，送与盘护（瓠）夫妻供应。一品都尉将军，敕令各县州府军路转运司马照应，蠲免捐派，一切差役毋得科派。许以天下青山白云之地安居。后宫女生身六男六女。转奏评王，龙颜大喜。敕赐各姓派名等盘、沈、包、黄、李、邓、周、赵、唐、雷、冯、胡，齐相赏酬，各补官爵，永脱（晓）世务；任耕山林田土，全系王猺（瑶）子孙耕管为（业）自种山货等项，任通客商贩买经营身计，豪民游棍不准欺凌谋夺。如有谋夺，准令猺（瑶）人扭送该官有司究治。后代时官体念朕〔一〕脉之人，准臣盘护（瓠）子孙一十二姓承（永）远刀耕火种，一切夫役悉行蠲免。后盘护（瓠）子孙游山打猎，身带弓弩、鸟枪，任游天下，过关无税，过渡无钱，不许所属官兵人等盘问，任凭放行，无得异词。但新正春夏秋冬祭拜盘王，伊一十二姓子孙摇动长鼓，吹笛笙歌，引引（出）大男小女，联手把肩，身着花衣花班（裤），惊天动地，唱不绝声，收得黄金〔骨〕入于水火之中，任伊王傜（瑶）子孙承奉香火，经历万代掌管，深受无穷罔极之恩，功绩绵连不朽。合具条例开列于后一准令猺（瑶）人所居山林田土，各以刀耕火种。山源荒田营谋生计。不准豪民侵占。如谋夺者许汝扭禀时官重究。

一准一十二姓各赐官品爵禄，任天下青山白云居住。不许农民恃势逞凶，而有违律灰（非）法，定行重究不贷。

一准一十二〔姓〕内自行嫁娶，不许族内（外）交婚，以及农民。若与族内（外）农民交婚公罚不恕。

一准令居处山林，不问远近丈尺，任便王猺（瑶）等往游天下青山采伐竹木栽种等项，外民诈害形势妄□施行。

一准新禧春夏秋冬祭拜盘〔王〕，命用皷（鼓）板笙歌乐会，不许外人妄谈异怪。

一准天时不雨，禾稼旱黄，仰王猺（瑶）子孙行动长皷（鼓）依时各州府县市镇赈济乡村，祈求雨泽，以振忠（宗）庙。右仰准此前令，王猺（瑶）奏上各乞准者，门下议上各赐姓名官爵，看门监尉徐举等奉乞准者。

一赐长男姓盘名护龙，封助国侯，食邑五千户，补充腾（滕）州刺史。

一赐二男姓沈名飞凤，封武骑尉侯，食邑五千户，充赣州司马大将军。

一赐三男姓包名成，封光禄大夫，圣鲁侍郎，食邑三千户，补充饶州都尉。

一赐四男姓李名应瑞，封镇国大将军，食户（邑）二千户，充本司仆舍（射）官郎。

一赐五男姓黄名虎，封光禄大夫。圣鲁侍郎，食邑三千户，补充饶州都尉。

一赐六男姓邓名琏，封尉左右大将军，食邑二千户，补充向

（河）南府陈氏夫人。

一赐七男姓周名元，封州判使，食邑三千户，补充韶州府王氏夫人。

一赐八男姓赵名元，封都尉镇国公，食邑五千户，补充袁州杨氏夫人。

一赐九男姓唐名瑞，封定国公，尚书御禄库杨家（氏）夫〔人〕。

一赐十男姓雷名世元，封定国公鲁侍郎，食邑盛县永化夫人。

一赐十一男姓冯名世瑞，封经国侯尚书，补充大司仆射杨县夫人。

一赐十二男姓胡名世珍，封〔都〕尉镇部将军，食邑三千户，补充流州永大夫人。

景定年间，门下大将军学士臣林光，奉议官品门下学士刘居正，奉东门大将军下骑都尉臣钦，奉南门大将〔军〕〔下〕安节使臣何临任，奉西门大将军下云骑尉臣罗竹，奉北门大将军节骑尉臣刘光辉，右赐姓名官爵。奉中国大夫臣卢节，奉给事舍人臣张令宗，奉正谏大将军节度判使臣李竹林，奉金紫大夫光禄柱国臣樊巡宅，奉右敕前应以十二姓盘王猺（瑶）等任游天下，随风逐浪，乃是助润之人，与朕分忧任使（便）择居天下山林，各州府县不得扰害科派，而有抗违，万一不行，若值荒岁，亦在赈济之例。朕即安享无虞，王猺（瑶）等各得平治，右于前项事理，故牒准给评王券牒，给与王猺（瑶）子孙，收执为照。

照旧抄白

评王券牒*

原存：广西罗城县
抄件存：中央民族学院民族研究所
规格：184.8cm×825cm

龙飞康熙五十三年正月吉日重修评王券牒示：

正忠（理宗）景定元年十月二十一日准臣奏为高王国犯界永远收据头报。

伏　诚

朕心甚忧，命臣征伐，俱无承认，为盘护（瓠）佐殿龙犬踊跃朝王拜舞，欢欣恩余中外，独言报主之恩，尽心在于卑识（职），我〔王〕敕誓不虚，遂命饮宴，金玉赐之。饮罢，大醉而归，敕赐大将军，众乡（卿）等各送盘护（瓠）〔门外〕，后拜舞而去。起如云飞，身游大海，七日七夜，经到高王，时高王在朝，认得盘护在此，喜动颜色，评王有此龙犬，不能畜，此之来投我

---
* 此件在湖南省蓝山县亦有发现。

国,中国必定拜(败)取矣。吾闻异物进国而物(国)必盛,吾能畜此龙犬,定主建昌。左右臣举皆欣悦。退朝。引护(瓠)入内宫,置酒食美味待之,情〔如〕妹(珠)玉。每坐朝时,常令侍侧,次感高王花翎宫主。忽遇高王游赏花园林行宫,湿荙(藏)浓花美酒,大醉不醒(省)人事。不知盘护(瓠)深受主之恩,功当报复。时值高王一人,乃咬杀高王头级。〔……〕盘护(瓠)答言,臣先承命在前,不敢忘主之恩,更以前项事情告结为奏。我王坐朝,盘护(瓠)口衔高王头级朝拜,启奏陛下。先准盘护(瓠)择吉成亲,我有福德之分,敕令宫女梳数种(装插)戴如花似玉,宫女体态整齐朝端。盘护(瓠)向前开口咬住裙脚不放,要女嫁我为妻。我王见护(瓠)有此灵性,感动位将宫女招为婿。逐日命人宫内排宴成亲,办备禾(乐)器,点齐军兵五百名,送引入青山白云之中安处。逐日差人赍送钱粮、黄金、白银,送与盘护(瓠)夫妻供应。一品都尉将军敕令各州运军路转运司马照应,蠲免夫役,〔一切〕毋得科派。许以天下青山白云之地安居。后宫女美貌,身生六男六女,转奏评王,龙颜大喜,敕赐各派名等盘、沈、包、黄、李、邓、周、赵、唐、雷、冯、胡,齐相优赏,各补官爵,承(永)脱(晓)世务,任耕山林田土,所离田三尺三锹流不到之地,全系王猺(瑶)子孙耕管为业主送以三锹之地,农民耕管,输纳王猺(瑶)税,三锹以上地面猺(瑶)人自耕山背等项,任通客商贩买营身计,倘有豪民游棍,不许欺凌谋夺,如有谋夺,准令猺(瑶)人扭送设官有司究治,后代时官体念朕之人准臣盘护(瓠)子孙一十二姓永远刀耕火种,一切夫役悉行蠲免,后盘护(瓠)游山打猎,身带弓弩鸟铳,任游天下,过关无税,过渡无钱,不许所属官民盘问,任凭放行,无得异词。但春夏秋各祭拜。

盘王护（瓠）一十二姓子孙，摇动长鼓，吹笛笙歌，引引（出）大男小女，联手把肩，着上花衣花裤，惊天动地，唱不绝声。收得黄金〔骨〕入于水火之中，任伊王猺（瑶）子孙承奉香火，经历万代掌管，深受无穷回极之恩，功绩绵连不朽。合其条例开列于后：

一准令猺（瑶）人所居山林，各以刀耕火种，山源荒田管谋身计。以下五（三）锹之田，系农民百姓耕种，输纳国赋。三锹以上，若有客人伐木，农民耕山种地，俱系王猺（瑶）子孙所管收税，不准豪民侵占。如谋夺者许汝扭禀时官重究，仍罚蚊子酢三瓮，开通钱三百贯，无节竹三百六十竿，狗头梳三百六十把，糠粒金绳三首六十，鸡屎三斗，当官领纳。山田货利拨归臣王猺（瑶）子孙承管，无异施行者。

一准一十二姓各赐官品爵禄，任游天下青山白云居住，不许农民持势逞竞，而有违律，非法定刑，重究不贷。

一准一十二姓内自行嫁娶，不许族内（外）交婚以农民交婚，公罚定利（律）不恕。

一准今居处山林，不问远近丈尺，任便王猺（瑶）等经游天下，青山采伐，竹木栽种等项，外民诉雷行势妄配施行。

一准春夏秋冬祭拜盘皇，命用鼓板歌禾（乐）会不许外人妄〔……〕。

一准天时不雨，禾稼旱黄，仰王猺（瑶）子孙行动长鼓依时各州县、市、镇赈济乡村，祈求雨泽，以济宗庙。右准此前令王猺（瑶）奏上各乞准者门议上，各赐姓名官爵看门监尉徐举奏乞准者。

一赐长男盘姓名护（瓠），封助国侯，食邑五千户，补充胜（滕）州刺史。

一赐二男姓沈名飞凤，封武骑尉侯，食邑五千户，充辑州司马大将军。

一赐三男姓包名成虎，封光禄大夫、圣鲁侍郎，食邑三千户，补充饶州都尉。

一赐四男姓黄名虎，封光禄大夫、圣鲁侍郎，食邑三千户，补充饶州都尉。

一赐五男姓李名应瑞，封镇国大将军，食邑乙（一）千户，补充本司仆舍（射）官郎。

一赐六男姓邓名琏，封尉左右大将军，食邑二千户，补充河南府陈氏夫人。

一赐七男姓周名元，封判使，食邑三千户，补充韶州府王氏夫人。

一赐八男姓赵名元，封都尉镇国公，食邑五千户，补充哀州袁氏夫人。

一赐九男姓唐名瑞，封定国公尚书御禄库杨氏夫人。

一赐十男姓雷名世元，御封定国公鲁侍郎，食邑盛县永氏夫人。

一赐十一男姓冯名世瑞，封经国侯尚书补大司仆射杨县夫人。

一赐十二男姓胡名世珍，封都尉镇引将军，食邑三千户，补充流州永大夫人。

景定年间，门下大将军学士臣林光奉议，官品门下学士臣刘居正官奉，东门大将军下骑都尉臣钦奉，南门大将军下安节使臣何临任奉，西门大将军云骑尉臣罗竹奉，西门大将军节骑尉臣刘令宗奉，正谏大将军节度判使臣李行林奉，今十大夫光禄柱国右仆舍人臣樊宅奉，右敕前应以十二姓盘皇猺（瑶）等应游天下，随风逐浪，乃是取国之人，与朕分忧，使泽居山林，天下各州府县，不许扰害苛派，凡有势力之家不得侵夺，而有抚远，若值荒岁，亦在赈济之例，朕则安享无虞，王猺（瑶）等各得平治右于前件事理故牒运司令得猺（瑶）等状赴准给评皇券牒随身，以免夫役，各管山头货利营身，券牒一套给与王猺（瑶）子孙收执据永远为照。

景定元年十月廿日给付评皇券牒：

立付帖人李林中、周正榜、艾光鸡，今为正德年间，临蓝二县为贼寇所害，一年出入三次，打劫临蓝二县，攻城劫库，不得平安，田土抛荒，空纳钱粮，时日难容。临蓝二县良民会议，欲招猺（瑶）民剿除群寇，蓝山招主之人李林中、李中正、李洞天、李洞地、王义先、雷元才、李明士；临武招主之人周正榜、艾〔光〕鸡、艾朝凤、周德横等，以在广西贺县鸡笼山招德（得）猺（瑶）民来邑，猺（瑶）人努力有功，一箭射死十八名恶匪，将群寇剿灭后，猺（瑶）人安心住居，来东山把守边界。养猺（瑶）人听信果致轻轻太平，广东道宪陈、湖南宪韩、二道会衔上奏，准年例恩饷绞（纹）银二十四两，金银协助，又白米二十四担，又蓝山年派饷谷十八担二斗，临武年派饷谷十五担五斗□升，列年交猺（瑶）人安身度活，住守边界之地，实付山场荒拎纳粮不当差，又元抅号，永不抽壮丁正役。

蓝山马子颈起打进漕溪河，牛栏岭、天鹅寨、千斤挡、界头山、黄洞界止；临武晨尾崎起打进涧头山、西水山、分水坳、聋冲坪、箕洞塔山界止；上下山场以为养猺（瑶）之地，农民不得

侵占,倘有欺猺(瑶),一切招主之当,所付是实,立付帖

为 据

正德二年二月初七日结(接)来此照

评王胜〔牒〕与付山帖刘国钱亲手,依照旧抄白

公元一九五二年六月二十八日置

过山榜[*]

原件存：广西宜山县面别区
抄件存：广西民族研究所

当初原有盘古王置天地人民，先有傜人，后有朝廷。

永远照验

李大护姓（胜）牒榜文传名天下府县通知十殿阎王

  一殿秦广王 二殿楚江王 三殿宋帝王 四殿五官王 五殿阎罗王 六殿变成王

  七殿泰山王 八殿都市王 九殿平等王 十殿转轮王十殿总管把笔断命政王

  十一殿王公爷爷大王 十二殿王母娘娘圣母王

又到（列）开记

  开天立地盘古王，傜民之图牒榜文，先有傜民，后有朝廷百姓汉家

---

[*] 此件在广西来宾县大里公社雷山大队亦有发现。

盘古大护，招兵买马，保护飘（漂）遥（洋）过海，十二姓徭丁，过州府县，寻田塘水土，耕种谷禾，养儿女性命。穷苦艰难，盘古徭永无租税。存留与儿孙代代耕种为证。

盘古徭永无当兵，只有出重补戬（职）官员，就做大将军，庇（批）有牒文为记。

开天盘古出世住在东京道，东（西）岳昆仑，天里宫中金石现，盘古大护盘婆夫妻二人结配成婚，得三男三女。

李大护出世在西京道西岳〔昆〕仑，天内行豹，出能将军，同盘〔王〕三女结配成亲，生下六男六女，又生百万千千户。陛下〔……〕

盘古三郎，盘绍七郎，开宝元年八月十五给牒文一道分明。

洪武五年岁次壬子，抄录公据，世代留传天下，记典昔日高王与平王争国，公据文凭。

盘古王食丁便辞王父却去连踰连绵洋海，七日七夜，徭王（至到）高王殿前，龙犬是盘古大护，到投高王殿下，多人喜悦，遂将军食与文言父。

平王无道，若内心变也，得盘古大护逃投陛下，高王自杀分明。

平（高）王有徭民，每日将盘大护常行出进宫院，平（高）王不悟，一日饮酒，酒醉不知。盘古大护急时咬杀高王，取得高王头来，速复过海，七日七夜回归，值（直）到平王殿前唱喏。平王大喜悦。遂令诸臣相迎，杀头（牲）犗〔赏〕设作会时待，李大护不食。问王欲有何意，我自不食居何得，请臣相护及大将军答曰：常日之时，被高王欲有何来（事）争国，陛下敕问曰：朝内请（诸）臣相有人取高王头来，合分国共理，给并赐二宫第三女为妻。此时诸臣相无大计，惟李大护在三界。

李傜克（尧）杨县人丁，明、民广军无道散从官张武具（县）龙恐（忍）等，诸州司词曰：帖巡厨户动充（客）夫妻分散于人家钱共轮倾见贫穷至今年伏州叮顺〔化〕伤张得遇（过）大朝山场赏州抚恤生灵，得太平〔年〕以顺〔须〕准前若酞夫得不近月下有写不公妨念一女嫁从李傜民共谕（论）大护则是备为呈尺为拾高王祀已惟会请书人代投写立文凭录抄白状于呈乞赐官叮给召大时赐于李傜民，安存青山乞料（科）配，谨具如前，伏后载上曰李傜民子孙永远为照，考□谨状开度（庆）光十月初旬，李录状敕开具如后，代粮为官。

第一祖令倾光彩抄白状俱呈为官矴叮大夫，第二祖南郡敕（刺）史，第三祖安定郡守吏，第四祖东京郡守吏，第五祖汤州守吏，第六祖龙州敕（刺）史，第七祖汝南太伾守吏，第八祖右丞相公吏，第九祖天黎（黎）州太守吏，第十祖洞州判守吏，第十一祖国公太守吏，第十二祖御天吏大夫，十三祖振威大将军，十四祖高书右丞相太守容吏，第十五祖洪都太守吏，第十六祖太常郡官太守吏，第十七祖镇国大将军守吏，第十八祖右丞相公守吏，第十九祖红邻府太守吏，第廿祖中令司大夫使，第廿一祖生生生灵县守吏，因（第）廿二祖长安都司守吏，第廿三祖韶长月守吏，第廿四祖守吏部侍郎，廿五祖江下府太守吏，廿六祖东京六部侍郎总司督正官右丞相，第廿七祖踪足盘李大护傜民子孙世代相传，日中求趋（？）不得违（建）滞第一教恭

大隋元年五月十三日奉王敕照

开庆光元年己未岁十一月午时，李傜一女与左右曾诗曰：万山深处架紫扇，旌〔敕〕婚姻荡议知，〔随时〕依装宜杂掠（采），

与人言语下（不）兜离，火田耕种鄙（割）草蒻，新石留生撩催钝，长头坭准花〔纳〕舞，世间真禾（乐）抡（？）轮仍（能），住青山万年季，刀耕火种胜如旧，班彩花领常收着，长腰木鼓答家先，儿孙饮酒连歌〔唱〕，不里东西各自眠，手便（使）硬弓求野肉，恐有二人收税钱，若有人来取讨税，柴头火棍擗头檀，驴声说道马瘦毛长，殿前发言愿去取高王头得来，陛下先敕有誓愿，今李大护定有此言意，平王愿见臣相奏，至复装暴（扮）二宫第三女，身着穿衣裳，将婢身着好衣裳，同出向前与李大护认识，二宫第三女左脚有记，口咬定二宫第三女裙脚，平王复嫁二宫第三女，既见李大护是龙犬之身，护居三乡理后知衹一二宫第三女与李大护为妻，自有宫女居会成合结三日三支（交），会后令诸臣相就书帖牒补克（装）长成，李大护三乡（卿）国公尚书。食邑八千户，官封三品，后着改（教）乐邓从我将若二百余唱，送往清山西昆仑七宝大洞住，差八千户供食，赐送粮纳食，李大护取二宫三女为妻，合生六男六女，共友（有）一十二人。身连（圆）端正，四体具全，成人长大。平王各将补职吏耕种陆水田地到处一锹之地，如死亦依礼葬送。此一依三千条罪，依并领入入山居住，离田地三寸（尺），便系傜人（人）山睡皆（背）是郎宛黄日月皆上是郎床，洞人争山，无节竹，你系争我傜民山洞田地土水竹木，山边有三迹闵子骞便来争我傜民山，原系肇庆山，投宿广东至白坭头大山，（一）西至奉州海连为二山，（一）南至西土怀集洞中补城为三山，（一）比（北）至通儒乡山，（一）又至维犁南水为四山，（一）又至古城流眉完（虎）烟为五山，（一）又至大罗等为六山，（一）又至面宏堪雄洞为七山，（一）又至观音田塘岭为八山，（一）又至黄江经皮为九山，（一）又至青国怀

第四编　瑶族《过山榜》中记载的盘瓠神话

远雷公为十山，（一）又至青溪荣里府为十一山，（一）又至乳押木府为十二山，（一）又至湖广长沙府柳（梛）州四十八里为十三山，（一）又至恭城府正为十四山，（一）又至鄜府万杨为十五山，（一）又至桂林府东八面为十六山，（一）又至桂杨（阳）道府城县大龙江西南营为十七山，（一）又至及系南宁紫微府为十八山，（一）又至猺（瑶）安府为十九山，（一）又至大明山天台大洞田土为廿山。

天下朝嵩山场仍须安处傜民，盘古王陛下（印）安居刀耕火种田地水土，自供身口，国内诸州府县官员应从是有敕胜牒榜呈者，护牒文存留徒州府县（一）（印）朝廷怜悯李大护傜民子孙十二姓至游过州府县信牒文开天立地，盘古王傜民李大护慨邑（一）卯（印）。

黄、邓、周、赵、胡、沈、郑、唐、雷、潘、廖、覃、刘、莫、祝、罗、张、韦、全等子孙傜民已授齐怜对亲安居全有，（一）平王给胜付牒文为凭据，（一）卯（印）后便（使）族中一众天下共计三百六十二姓数内

李傜分作傜民十二姓，内外子孙已授胜牒榜文，其口不解书记者，则请养性自供身口，何去官司军民过往不得争夺，问及往有（一）李大护傜民子孙免方租税之人，一准（一）三千条罪去处，李傜分已祖授（一）

平王敕下只姻（因）争国有功，政得安康，敕分二宫第三女为妻，生有六男六女，李大护儿女名名端正，安居合婚，已（以）后只因入山捕猎，寻好（牲）物执为国补充司马大将军峐久红沙开国公，食邑五千户，后作曹州府（一）印敕吏庶朝散大丈夫人充国公尚书，食邑六千户，死葬在青龙大旐龙大地基，作有

499

狮子、石马、石牛、石羊、石人、石将、石鱼、石杯、石印、石碑，现在坟前常游腊（猎）为料，居人进入外有将县则近县姓明（名）官司给付公据文牒，白宫（官）作生书相传后代，并准政授有七万六千代人，生已过相传记与后代，又补充诸州路府县郡乡都保土谢官司长者，押名花字，取计给付上件（一）

李傜胜牒由任从作营生，一锹之下，三锹之地，刀耕火种营生，所供身口定克（兑）（一）李傜民一门相万万三（之）代子孙胜牒榜文为凭，押下龙爪花卯（印）时号（一）卯（印）

大隋元年五月十五日，置示告与平王继李大护万万之代傜民子孙，日供（一共）有十二姓傜民人丁千千万万之户作记，永国家有比（地）出给胜牒榜文，自南八万山，青山刀耕火种，田地水土为活，生据并无数目，永免租税，盘王取收五省之粮，文凭自依旧一依祖本抄写牒胜（券）留传后代傜总，给（一）卯（印）盘古王户下傜民长生人丁子孙给世分世据胜牒文一道，胜官照（一）卯（印）施行所是□李傜有功

李大护傜民子孙，只（各）姓分居，婚姻合十二姓猺（瑶）民为两内婚不得与度五姓汉家土家眷使为婚，节合如世青山居住，不出入百姓土家，使并无夫役门闭户游，快乐之人安居，留传代代子孙依给，准三千条罪，此胜牒榜并依准（一）

李傜民自古至今，任从青山田地水土居住，营生耕种，供（但）有豪富五姓土家不得欺凌沽（占）夺，定行籍没家产依条罚，（一）李大护国内有功，一日入山赶猎，在流野处被洋（羊）沙（叉）落梓木中，□□廿□（身）死之后（一）平王達（遗）理竹〔做笛〕将梓木作鼓，取石羊〔皮〕棚（蒙）鼓，〔……〕打吹唱连宵一夜，忍（因）柾（狂）风吹落身尸，子孙收拾黄金骨，作石铁

作板安葬青龙大山两边，作有石狮仔（子）、石人、石将、石牛、石马、石羊、石虎、石鱼、石卯、石碑，两边排满等苍（项）齐全，件件备元（完），子孙身穿花衣领班衣，连宵吹唱弹琴，弹曲跳踏。三日三夜角用长腰木鼓、口琴、吹〔长〕笛、小画桐等件件是有备，（一）卯（印），李大护傜民。子孙作备有胜牒文记与乐，（一）卯（印）平天大王，造天大王，造地大王，高祖大王，高真大王，唐法大王，唐高大王，盘古大王，求应进宝天（大）复（一）卯（印）

李大护又安葬金骨〔在〕青龙大山，坐向东南方仙人之地，地有件金银财宝物件，归回富贵，家家承授，人红曾记许三年补职三领安城上都大人，尉银（金）咣（光）系（禄）大帝夫人，以面御献宫拜皇帝见之喜悦，并有功也，（一）卯（印）又言称送普于是愿此将在东京古城培家犬，狗子在此都洛头有妇人归养育，是鲊鱼犬之身，有胜一百二十班点妙着，平王闻知差军入中，□□□□□取回，进殿昌盛也。

有便将黄金银，珍珠宝王帝邑八千户，封官职有六品补职，充都皆（背）将军，尚书，本法是（一）卯（印）平王有敕只许安青山角近，十二姓傜民子孙飘徭山，侍书记与（一）卯（印）平王给下胜牒，得系国家家惩政税，免租自供身口，听（所）系乡村既王至虽时席元号发初一年，投来文始一见于政，李傜子孙属此森石十政，祖先系广西贺州监（临）贺县东山住人口，一母曰（一）卯（印）求趁只粉不给。至元五年（一）李洞上祖公沈石（右）十政，（一）卯（印）又庞叔文姓拖带妻儿粉十年太子孙兄弟家家门口，前往广南东路肇接（庆）得庆连庆州、四会、青远、大朝通于怀集，往来居住营生，角（各）有置东至四会黄牛头为界,〔南至福山大罗为界〕西至石牛白崖山为界,北至深洞白沙怀集为界,来来往往,任从昨日营生,逐年整别无百姓汉家同居。(一)卯(印)

李傜角(各)离田三尺三寸,入山取竹斩木,问过傜民。斩山无税,过渡〔无〕钱,任从昨日营生,傜民人自斩,至淳祐照圣元年(一)卯(印)又开具祖宗录由抄白,出身文字,十二姓傜民子孙兄弟准此朝给出公据胜牒榜付与后代傜民子孙。任便据去安居,不得处处开歇。如有过经(往)军民人等,无得恐吓取授财钞物件。准(一)卯(印)朝廷敕令如日有功,乞科就是讨钱,户户三百贯,又罚蚊子鲊三瓮,又罚无节竹三百六十根,后将人从条施行朝廷敕令(一)卯(印)大夫人兰氏在庆州敕吏又房稻(一)卯(印)自安写六年敕州敕与散大夫〔人〕桃录金鱼部尚书侍郎,食三千户,死葬在信杨县。大夫王氏补充作内金舍人,又房总管圣大夫尉三司议洞光禄大夫,又天魏国公尚书,左右〔二〕虎在见总频王大夫人,房山高例剥政年真居二年,补充夜州都尉,上将军三司,上任周亮洞,食邑五千户,食(死)后墓(葬)在破州松枚树处。房没元年,(一)卯(印)补充荆州尉金精紫光大夫,大鱼部部尚书,本交南公有邑五年迁尸葬在大州双龙青山莲花大地,立有石狮仔(子)、石人、石将、石马、石羊、石牛、石虎、石鱼、石碑、石印件件护坟堂,留传代代傜民子孙,补考补领中状元、探花、榜眼,补考文武将军官员,补睹(腊)为料午源在州府县,括给乡司军,将给民官付文凭,(一)卯(印)自作营生也。又七年补充处州府,敕鱼部尚书,定国公乡(卿)食邑排大将军,食邑五千年(户),尸葬在音州府。大夫人董氏,又房明政补左右使财尚书,定国公乡(卿)食邑徘徊库将军，共行葬（葬）皮州府。杨氏大夫人，补充大将军合也。立造天开地源本，抄过字同子孙永远常存记，供逞之付公据与李奴，不被罪责，冒犯不干。（一）卯（印）李傜民喊巌，伏乞召大造待赐详（许）贤属沈一奴身，是木任属马待政内时无要钱米，天没中是刀耕火种，禾苗供过主（至）辛亥年，（一）卯（印）被广〔军〕侵入本州路，借从官朝有瑭犯是庆（压）广州入内狱，乞放下本州帖押长，〔不〕敢嘶，屋病（漏），更遭连夜雨，斜花又被打头风，贫人乍富被人嘶（欺），十道轮回来定期，过（迁）上贫人及苦难，花竹林中贫人栖，生人世上多忧虑，春笋出林嫩枝枝，卧落虎穴遭犬欺，龙虎相交出身时（一）卯（印）

李傜民凭据（一）卯（印）〔盘傜住处〕笠（壁）无离瞥（壁），风吹雨水湿床席，妻儿男女哭涟涟，雨水满山缠吹调，矛察（叉）都见天主人，忧虑无处所全（无投）靠，烧起（香）立，从报吾先祖欲得风雨将顺，朝把烘干被席眠，天光早起企望，无人，红日见东天，住（主）人无有相〔投〕托，妻儿〔庭前男〕女哭喧喧，又得日头晒被席，爷娘祝付亲（儿女）雨淋，雨湿一床令被干，〔生〕时活杀自有天，（一）卯（印）

盘古大王多爱授，敕封造天立地王，帝在天前代代傜民子孙多受苦，大小明官员齐护驾，离途不用相争夺。（一）卯（印）

口中说出好金言。富贵荣华万万年。

当初盘古立天地。原有本牒永流传。

天下远远傜孙媳。逃荒过州府县元。

世代开山为凭古。记得盘倍胜牒文。

一道一千四版押。龙爪花卯（印）押万年。

> 牒文代出李大护。傜民子孙行游先。
> 逃荒过州肚饥饿。逢山吃山无人拦。
> 逢水吃水无人问。过州府县看官员。
> 大小官员管五姓。不得争夺傜民权。
> 高望青天大官员。龙肚详情叩上天。
> 清官保护傜民驾。托得青天福绵绵。

送盘王李大护，傜民养男女过路行游寻地方，有荒田地土耕种，谷米养儿女。

盘古傜民过山牒文元（光）

又讲到原因话傜〔姓〕子孙记此根由

开天立地盘圣王，置立地山，置立十国十三省。高王置天，平王置立地，置立山源水口，置立田塘水土，置立阴阳神圣，置有人民傜人，先后置五姓土家。（一）卯（印）

景定元年四月初八日，洪水发过改换天下人民，阴（淹）死灭万万人民，天下无人，重有伏羲兄妹二人，结配夫妻过人民，置得天下万万之人，先置傜民子孙（一）卯（印）后置五姓百家土人，朝廷百姓（一）又圣王出世置（一）金仑（銮）宝殿，圣王坐位，生下六男六女，结配夫妻，置〔芽〕麻，置有〔高〕机织布，男人置有头巾帕，女人置有帕乖前，油蜡梳头，歌刘三姊妹，置得五谷米粮，（一）卯（印）雷祖圣王，置白米，刘〔王〕种竹木，五婆种花竹，置银钱，鲁班师付置房屋，孔夫子置书文，立学堂读书章，教子孙。置立州府县衙门，官人管粮，二管万乡人民百姓，明朝王出世，横贩天下，杀死万万人民。重有盘古圣王在世，著五色旗兵马，随后救生。卯（印）圣王坐位一千七百五十年完。(印)又六男分作六姓，六女分作六姓，分出五音〔五〕郡，商者（音）清水郡，角音天水郡，徵音江夏郡，雷音禄水郡，羽音白水郡，置有榜牒文，龙爪花卯（印）十三面，把押牒榜花号（卯）（印）。

十二姓傜民子孙承领为记，圣王归天。

洪武王出世，大反天下，改快（换）军（君）王。洪武王分傜民子孙下广东，进南海岸八万山傜水洞八万里，随山耕种田地水塘，养傜儿孙性命（印）又寅卯二年天下大旱，三年官仓无米，水河深浑无〔鱼〕，醮木出火，格木出烟，人民荒乱，咬吃万物。卯（印）又〔红〕苗大反，君吃君，民吃民。卯（印）

又十二姓傜民子孙漂湖过海，一千里路途，过七天七夜，船路不通，水路不通，十二姓傜民子孙无奈何，叩天无路，叩地无门，又怕大风吹荡海底龙门，住在船中思量，言语记作。卯（印）

当初开天立地，盘古傜王前有杀死，后有救生，四月初四日住在船中，求劝五旗〔兵〕马，转来

上等人讲（许）大朝良愿

中等人讲（许）祭兵良愿

下等人许三为三保良愿

傜民许了愿，头船路也通，水路也通，行到出岸。七月十三日盘古王子孙还愿，答谢神恩。

十二姓傜民付（行）到广东道龙（韶）州府落（乐）昌县，随山耕种地田水土，并无有租，水田纳粮不归傜民，干旱庄地土未纳记，此准猺（瑶）民子孙代代照榜呈后，永远存留为据。州府县请官员准大护傜民牒文，开山荒田地土，随种为记。卯（印）牒文完毕榜文

平王胜〔牒〕榜文给照（印）

原存：广西来宾县大里公社雷山大队
抄件存：中央民族大学盘承乾同志处
规格：24.5cm×17cm

徭 民

正忠（理宗）景定元年（印）十月十三日，臣僚俱无承应，龙夫（犬）盘护（瓠）主登位跃拜舞朝王，〔惊〕中〔外〕独言报主恩准，急我王敕誓恐灭（？）未坚。紫王头级何取，敕护（瓠）造开国榜于文牒卯（印），盘王三郎排立王位。

祖宗准画付与开国王帝，二娇儿子，盘王盘太祖。

高王帝开天立地，盘古三郎，盘六绍七郎卯（印）

开宝二年八月十五日，给榜文牒一道，牒下各山领收清原日山田水土，凭代为先被（辈）国界（印）平王以（与）紫王争国开战，国占朝开国无胜，盘护（瓠）王陛下朝内大将军，何臣为计取斩紫王头级，可将三宫女许配为殿卯（印）〔……〕平王吩咐朝内诸臣及大将军，何人安策并无启奏，（一）横（平）王朝内龙犬顺口设奏，（一）小龙犬领指（旨）斩紫衣来才（一），〔……〕平王护龙颜大悦，陛下圣音（旨），龙犬接旨施行，不敢忘主之恩，发誓不虚，陛下排筵，饮罢领令，辞别众臣大将，开城门送出教场，拜别而去，如〔云〕飞身游过大黄洋海，七日七夜，遊（游）到紫王国内，紫王认得原是横（平）王殿下龙犬，而投我国。（一）平王无道，国必定败，吾开（闻）首（昔）日，有异物进朝，我国必定胜，王家龙犬走过海来投吾为主。朝内诸臣大将欢喜，紫王每日引龙犬进宫，有猛虎之威，犬有廿四班（斑）（一）点，教初生在东海刘家，所被刘家男女弟称生丹光梳不养将去都落，一日跟紫王路中过一妇人，犬大叫一声，紫王左右臣大说（悦），进引入朝内宫，饮食美味得（待）不浅，紫王坐朝廷常令侍侧，以大将安计再战（印）〔……〕平王斩取头级，可国界，是夜排筵饮酒，大醉昏迷不醒，人事不管，龙犬身思报主文（之）恩威猛功劳，心生一计策，是夜走到龙床，一口咬定颈中，咬脱头级，咬定不放，偷出外边，拖头过海，回味（归）朝内，污血全身，大臣僚拖住问言，龙犬汝自得口御（衔）（印）紫王头级，到殿前朝见平王，盘护（瓠）乞陛下，小龙犬奉旨施不行，不敢违命，斩取紫王头级在此，乞我主恕罪。平王大悦，见犬身威猛，立时陛下杀牲备酒大排筵席，三日三夜庆贺，似咬安众。诸臣设奏。盘护（瓠）王陛下无别因，我金口令若有何，臣取斩紫王头级，愿三宫许配之事，呵呵大笑，陛下将三宫女装扮衫，插带梳装，备办齐整，来到盘王殿前，深深恭拜。龙犬看见，向前一口咬定三宫黄裙脚下不放，要与以我龙犬配合，我等奉父亲之令，遊（游）海取斩紫王头级回朝，你父将你配合我等卯（印）为妻，三宫女准令父令当凭卯（印）亳州河南省〔……〕平王为月老，就入宫内排宴成亲，敕令备处锣鼓送入〔会〕岱（稽）山安位（住），每年差人供奉钱粮夫妻食用，黄金白银共交八十万供应，官赐二品尚书，敕令文武官员照牒放免一切。前后只许青山白云之地安〔居〕，后宫女育生四男四女，八姓龙、蓝、卜、刘、唐、奉、戴、文，八姓龙犬子孙，花衣红傜搬移居住王为业，永远子孙悉存照。先因盘护（瓠）王妻，平王一宫女前配合为妻，育生六男六女，后征伐海外，龙犬取斩紫王头级国界安宁卯（印），盘护（瓠）王不愿佐殿为将，主愿将男女分姓为花领板傜〔……〕平王殿前陛下急付五姓天子人孙，公侯商议，敕令赐名姓盘、沈、包、黄、李、邓、周、赵、湖（胡）、潘、郑、凭（冯），高弩酬偿，各补官禄，饮奉钱粮黄金白银二十四万，王傜子孙年年完纳供应，官赐一品都尉，护国尚〔书〕盘王将愿十二姓，发处青山安住，正为盘傜子孙，永居山地田为业。平王准令。盘傜置榜卯（印），开国文牒给照，真（贞）观三十，先绿子伏兵部尚书，敕封盘傜子孙家宗祖各敬香火，七月十四所为泪（目）连大节，十二月三十日为大年节，永在青山洞具之神，请动三清盘傜王圣帝，盘十七郎、盘九郎、盘十郎、禾花姊妹，圣僧和尚，行郎把伞，圣圣于今，后代王傜子孙，祖居青山，逢节设祭此神也。有灵显护，金银财宝祈保千年万代，蒙先州司马使经郑文，尸死在知州石祥县，夫人部唱悟先府充都尉尚书，在于山内。真（贞）观三年内置十二姓王傜子孙，永晓世胜（务），分耕青山田源各处山场，三锹以上之地，离田以〔三〕丈三尺不到，离水三〔丈〕六尺，沪（戽）水不上，乃是傜人之地，承受（管）以下三锹之地乃是农民耕种，送纳皇粮。三锹以上，文乃养生送死安〔葬〕，一依三千条罪律令施行。入山居住，刀耕火种，山田坑处管业，蠲免国税夫役，各照律令。入山冲岭田，拨归王傜子孙承管，敕无粮无税,准照令(一)国家普天下万顷山洞,青山芳(茅)坡,仍系朝廷山场,仍须皇瑶子孙承耕,青山〔荒〕〔茅〕田园,自置山货藤、豆、旱禾、糯米、粟、麦、芋头、老姜、瓜菜、茶叶、竹木、桐子油百物等件,与客通贩荣山,准客民浮游贩货,不许五姓汉民家,豪富强欺,凌侵〔山〕货,配(肥)身利己。如有百姓霸占山林,前官一切休卯(印),官有究治,不许差后(役)镇徭民,徭王永居青山,挖塘山田地土,属国家所管,遂给胜牒付与卯(印)。

皇徭永远万代存留,代时管文主正有立地,盘古王徭子孙将国分界,通呈官司胜念之人,观中有无华文字,将与依律令出世代子孙,代代祈恩施行,右牒上奉十二姓徭王子孙永远为照卯(印)。

右牒十二姓板徭,搬移家丁妻儿男女,衣箱笼簀,走行过路,担铳弩刀斧炮火旗号,有阴兵阳将随前跟后,百衍等件游过寻访山场耕种,经过各省布政司、府、县、乡村、路头关津、隘口、军巡补兵,盗贼犯(把)截去路,不许行凶盘问,开关放行,切莫〔阻挡〕行呈(程)。右牒盘古王子孙,搬移由恐缺少盘费,任从逢州饮州,逢县饮县,逢乡饮乡,徭民人寻地方青山荒林田地水土,立居管耕为业,呈有徭皇榜牒〔为〕照卯(印)。

右牒十二姓徭皇子孙,永远管山,刀耕火种,山田地土,余得活命,后日盘护(瓠)王处山转山,领青补(捕)猎不详,不料脚被石羊角徒(撬)落石崖,梓木打伤将而死,子孙遂(逐)日找寻死尸,将归七贤大洞,南面安葬,而连手把首(肩)声响呵呵,唱跳作乐,三日三夜,惊天动地。因前便是平王子孙,宗祖平王敕伊十二姓王徭子孙,敬奉卯(印)盘王圣帝子孙,使动长腰木鼓，吹笛笙簧，唱歌随声鼓响，板傜身穿花领衣，头上梳装，引出男女，摇天动地，世绝（？）代代。〔收〕得黄金人于木亟铜银（银），王傜子孙侍奉香火，大享寿无疆，功勋连绵不朽。行令具敕令律条列于左卯（印），准令王傜子孙所居青山冲岭，田园荒地土，刀耕火种，山源水口，田地以上三锹之地，不许五姓土家客民霸占。三锹之地，原系百姓汉家，轮（输）纳税夫户役不免卯（印）。

平王陛下敕令傜子孙耕山，不许上税，耕山田地土莫上粮租，似以原系卯开国平王田地山林石水，倘若犁（离）田三丈六尺，沪（户）水不上，总是傜王所管之业。准律施行（印）。准令民不许娶傜女为妻，民不许百姓土家为婚。盘王子女不嫁五姓国汉土家。倘若不遂（遵）律令，处备蚊子作酢三瓮，开通金铜钱三百贯。黄金铜钱〔……〕，无节竹三百枝，狗头出角唱（梳）三百付，想（枯）木板〔船〕入（八）天（尺）宽，十二寸厚，长十二丈，若有与卯（印）百姓为〔婚〕者，备此六件，定言入到官凭理论依律除之。山田格陈（拨归）王傜卯（印）准令施行，官吏公事〔不〕许科派，诸盘夫后（役）并以蠲免税粮，或往来山岭，〔不〕许盘查，准令施行。卯（印）准令十二姓傜民，三考各省州府县，赐官戠（职），照取奉令居住青山，不许傜〔……〕准令施行（印）。准令王子孙永代所入各省南敢（布政）府县，见官不准王傜子孙下跪，清官父母病游（逝），何爱（忧）三年不当杀牲告判，逢水过渡不使文钱，如有不遵，参究偿施行。卯（印）准令十二姓子孙自行嫁娶，不许与族内（外）配合为婚，倘若不遵，禀官依律施行卯（印）。准令王傜子孙出入搬移，任从可带子女角帽、花衣、弩刀铳、炮火旗号，不准官府军兵、盗贼、巡补、百姓盘查阻挡，准令施行卯（印）。准令施应承王傜子孙，代代耕种山林田地荒园水土，不问原由、广阔、远近、水源、天丈，付与王傜子孙世代管业，逢山刀锹（砍），过水开田，地土栽种等件山货，生理通客贩卖，不诬傜傜行凶强取，倘若不遵，任从王傜刑罚，依律施行卯（印）。准令任从习学百行手艺，不许府县官员派傜民当差兵役，一准令施行卯（印）。准令天时不雨，大旱禾苗枯焦，任从王傜师道赴出府县祈求风雨，俗（裕）国民〔振〕宗庙天廷（庭），开天立地，圣众盘王，高山公祖，众王见吾道德普奉卯（印）。

准令普护开天盘古圣帝，所管百万山田，皆是傜山管业，但有高山厚岭，山林高坪，荒地芳（茅）坡，离田三尺，离水六寸，各依分界，不管土民之事，离上下左右三尺，王傜安葬之地，百姓不许阳（阻）当（挡），青山荒地，刀砍火种，禾五谷撒粟麦粸包谷，栽种白菜为食，三月清〔明〕下秧本，夏月耘苗除草，秋禾胎，冬月收回家藏，世代〔不〕入祖（租）税。王傜子孙各户待奉（印）

盘王大帝、三庙大王、长腰木鼓，吹笛笙歌，鼓板随唱，男女连夜达天转地，傜人世代家家业禾（乐），居住山林，日抿（拱）青山，对坐夜有鸟供栖，男人吹笛学师，女人学针花线习歌，日日欢乐眷（到）五谷栽种杂粮、种田、种苴（豆）、老姜、芋业（头）、苴（豆）角、茄茶所为活命。以民开之事，仍按朝廷官地，燕飞不过，平田平水船，皆国王地面，百所耕养祖（牲），敬奉盘王免纳钱粮当夫役、壮丁、兵役免取等件。卯（印）皇傜子孙居住高山，草岭养牲，敬奉盘王圣帝，但有高山厚岭，日月照临，听向（闻）禽兽之语，青山石壁所（听）饿免

（鬼）之啼（声），荒地冲中常开闻野狸之啼（声），仍系傜民之业，栽种养活，永伐（代）本份，倘有贪官军民兵保差役生计，便入傜山补（捕）捉，指傜为盗，横生祸端，诬害傜民，不准律罚卯（印）。

平王牒文开列于左卯（印）：右牒皇傜子孙，由恐犯过王法律条敕令，各省府县官轻宙，忽得杖打赏命，充徒，查〔明〕原放归山准牒〔右牌〕。下天下十三省布政使司，各府州县军民人等，以山内盘傜人不同，各均山水地界，普天下置东、西、南、北，乾冲（坤）、艮、巽、金、木、水、火、土，但有青荒之地，茅坡草岭，东西南北方竖（竖）立千万茅房瓦屋，西至九牛等处，有神农五谷，与卯（印）傜民人养生性命，乃此清水源，水流不干，敕令卯（印）。

第一山场田地卯。第二山岭田荒地冲田皆与傜人管业之地，但有竹木等件，不许百姓土家别人乱斩卯（印）。

第三坡水下民家管业，春旱时百姓开水入田，即系民家所管，纳粮以民不同，各有〔山〕水分界，地面不同卯（印）。

盘王子孙之业，百姓土家客民之田卯（印）。

傜民人山田岭水，百姓平坦之田，各立尺过量过，土家不得〔争〕占，倘若土家、汉民倚强诬为，傜民人所执行照卯（印）。

盘王仍立为始，置文牒，倘若民等不依定界，禀究治呈上（卯）〔……〕，官有准究除强，定律（印）。

平王盘古大护榜文照牒，付与王傜子孙，万古传留为照卯（印）。

计开傜民人老名下押榜号

〔□□□……〕。高太祖皇卯（印）

盘护男女大小三千七百五十四号敕令卯（印）。

计开十〔二〕姓盘古皇傜民人姓名开列于后：

盘王公第一男子，姓盘六郎公，名才振，封助国护主，食邑五千户，补充腾州刺史卯（印）

第二男子，姓沈名贤成，封国侯，食邑五千户，补充刺州司马大将军卯（印）

第三男子，姓包名进承，封都尉，食邑三千户，补充排州刺史卯（印）

第四男子，姓黄名文敬，封光禄大夫，食邑二千户，补充饶州都尉卯（印）

第五男子，姓李名思安，封财禄大夫，食邑二千户，补充本司侯（仆）射郎卯（印）

第六男子，姓邓名连宴（安），封镇国大将，食邑一千户，补充腾州都尉卯（印）

第七男子，姓周名有旺，封都尉大将军，王氏夫人

第八男子，姓赵名朝昌，封都尉国公，杨氏夫人

第九男子，姓胡名通广，封〔都〕尉总将，永氏夫人

第十男子，姓雷名万朝，封定国将军，喜氏夫人

第十一男子，姓郑名富有，封护国公，都杨氏夫人

第十二男子，姓冯名德忠，经国门下大学士，知柳氏夫人

佑仰准于前令包恩议定（印）十二姓名门下护立敕令

官各赐名品尚书都尉，奉令准傜人人科取考者准令

佑仰姓名爵官于前，议定官品，门下大学士臣林光，〔奉〕照议姓名大学士冯德忠，封经国侯，门下大学士臣罗道，上奉官品大学士臣刘〔居正〕上奉

东门大将军金骑都尉臣经惠上奉

南门大将军雷骑都尉臣罗行上奉

西门大将军飞骑都尉臣何临上奉

北门大将军节飞都尉臣刘奉上奉

中门大将军节骑都尉臣刘运、中国大夫知国事臣灵（芦）节上奉，给事策令宗奉

正练大将军节度判使臣李行林奉

金紫光禄夫人上柱国佐首舍人奉名皇名拎左

景定元年（印），圣（至）充三年（印），元后二年（印），大德十一年（印）

至太四年（印），皇庆四年（印），正德元年（印），乾文八年（印）

泰道五年（印），知政十六年（印），开宝二年（印）

普天下各省布政司〔一千九〕百零四处田，傜民人永远，傜民人过往搬移情执此照为宝（实），钦差官员巡补（捕）总兵人等官，于（印）〔廷〕隆一年（印）八月初六日，山东布政使司青州府，相县同出给照（印）。但有青山四方山林、山坡，荒土四至千万山田，生有树林，冲中岭田，皆归开国王子孙管业，蠲免王税、天马（？）科派，卯（印）

皇傜原有田地，栽种五谷，青山生有山猪、山羊、山牛、山熊、山麋、山鹿、山猢、山猴、山鼠、山野狸、白鸟、湾（溪）河水鱼、峨山开国。皇帝敕令

准与婚（娇）儿子孙，任从铳弩打猎射兔禽兽，可以有种有收，可无耗食五谷，便为养活干轮（？）兔朝廷府县粮税，倘有军民、乡村里老、百姓出头三千户，如有不遵律令之人，乱入山科

派夫役，强取物件，收税纳（粮）敕令傜老傜目所收，右特（持）盘王敕赐铁链绳索、木枷、木押，将强歹之人，捆绑锁溥（缚）扭，解官究治，依律刑罚当官取讨银钱一百。盘王之令，如有百姓强争地界，（唆）诈盗倚强婪棍，强阳（占）山林荒山田地，各有定规，巫（诬）害王傜子孙后呈官吏究治，准令评王律施行。始祖王居住地方，不敢为非为歹，并无盗心横强，可保全身安生落业，王傜原系善人，牒文为照。建条六年、朝德五年、开宝八年、端德三年、淳化九年、端楼五年、天禧六年、盛平六年、景德四年、祥符四年、乾旦一年、天圣九年、明远二年、嘉庆八年、治平四年、景祐四年、宝元二年、康麿八年、皇祐五年、元礼十年、元祐六年、乾宁八年、治圣四年、端国二年、元符三年、开喜十二年、庆元六年、淳悯（？）十六年、全通一年、童和一年、宝应三年、绍兴三年、乾宝九年、端平六年、绍定六年、嘉泰四年、淳祐三年、宝祐六年、宣和十年，皇帝同使使傜人宗（原）曰（是）开国皇帝娇儿子孙。王傜于绍兴十六年十月十三日出照，发下各处地方，据实怡（抚）钦蒙偿示赐，该王傜忧户三千七百五十四号，勘合洞山偿赐金银万两，绫罗绸缎千匹，白米百万石，铜钱千万贯，五谷米五万石，弩、锹、刀、斧、锄、猪、牛、马、狗、羊、鹅、鸭、铣（铁）锅、碗、碟、盘、盏，金银等件各物，偿赐付与王傜子孙，永代茂盛。

皇帝敕赐蒙养活性命，开天子殿前敕令所发王傜前去青山安居，各号养活，长衫大袖，傜男使打长腰木鼓，傜女身穿花领清（青）依（衣），日在青山之地，赐有金银宝贝，子孙游山之处，养生病逝，葬在神石虎、石婆、石麒麟、狮子口、龙头、龙口、龙身、龙尾，任从葬立。右有赐十二姓王傜子孙，任从游天下,随风雨浪,逢山吃山,逢水吃水,有山砍山,有田耕田,无〔田〕耕地,十二姓傜人来不代米,去不分家,世代本分,乃是助国之人,以(与)圣分忧,应使四方居住,给立。

过山照

原存：广西恭城县三江街

抄件存：广西民族研究所

评皇　券牒

〔理〕宗景定元年十月二十一日

……臣僚俱无承认。龙犬盘护（瓠）登位，踊跃拜舞朝王，欢欣中外。独言报主之恩，至〔取〕高王头级，发誓不虚往。〔敕〕赐宴食饮之，食罢，辞而去。大将军等各送国门外，盘王走如云飞，身游大海。七日七夜到高王国中，时遇在朝，认得盘护（瓠），喜而笑曰：评王有此龙犬，今来投我国，必定败也。吾闻昔日有言，异物进朝，而国必胜，君能畜此，主建昌。左右臣僚举皆欢悦退朝，引护入内宫，置食美味待之，情如珠玉。每坐朝常令侍侧，不离须臾。忽遇〔高王〕游百花林行宫，〔饮酒〕大醉不醒（省）人事。盘护（瓠）心思〔报〕主之恩，用意将口咬杀高王，截取头级，夏（复）游大海回归殿下，污血堕地。大臣僚游奏问言，盘护（瓠）汝因何取高王头级。先准敕在前，不敢忘主教以前件事，急为上奏，我王坐朝，盘护（瓠）口衔高王头级，舞拜朝见陛下。先准敕誓竖立不移，我有福德之分。敕令宫女插带梳装（妆），如花似玉，休能举出，盘护（瓠）向前，将口咬住宫女裙脚不放。我王见盘护（瓠）有此灵性，就将宫女嫁之为妻，入内宫排宴成亲。敕令备鼓乐迎引送入会稽山安住，逐月差人供奉钱粮，与伊夫妻食用。黄金白银共支八十万两供应。官赐二品都尉将军尚书。敕令清州将军路转运司照应。放免一切夫役，已许青山白云之地安处。后宫女生长六男六女，王闻之喜，敕赐各姓。盘、沈、包、黄、李、邓、周、赵、胡、唐、翟、冯，犒劳酬赏，各补官爵，永晓世务。令耕山田源处，三锹以上之地，离田三尺，离水三寸，戽水不上，乃王傜子孙耕管，三锹以下之地，乃农民耕种，送纳王租。三锹以上，养生送死。一依三千条罪律令，各入山居处，刀耕火种，山田坑处，并与蠲免国税夫役，赏各照仰律令。入山源田地，拨归王傜子孙承管，准令施行。国家普天之下，万顷山河，乃系朝廷山场，仍须王傜子孙安居，刀耕火种山田。自置山货、麻、豆、粟、麦、苎、藤种类，通客兴贩，自营生计。当地之人，不许恃豪富欺凌，侵夺山林货苗利。如有百姓夺山林，傜人无靠，该赴官参究。不许差人交婚寄居。山内不属国家所管。遂给券牒与王傜子孙，万世流传后代，特与依牒律令。

出世子孙十二姓，永远管山，刀耕火种山田，营生活命。后盘护出山转岭打猎，被石狂（羊）撞落石崖〔……〕十二姓子孙摇动长皱（鼓），吹笛笙歌皱（鼓）板，引出大男大女，连手把肩，穿花赤领，摇天转地，唱歌不绝。收得黄金〔骨〕入于木函中，令伊子孙承奉香火，万代享受无穷，功绩不朽。合具敕牒条律开后。

第四编　瑶族《过山榜》中记载的盘瓠神话

一准王傜子孙所居山林，各以刀耕火种。山源田地以下三锹之地，系百姓输纳之田，以上三锹之地，不许百姓侵夺。请如有夺占者，将官将依牒准重施行。

盘王女不嫁〔百姓〕，如有嫁百姓者，罚蚊子蚱〔酢〕三瓮，开通铜钱三百贯，无节竹三百根，狗角梳三百六十只，糠头绳三百丈。入宫山田货，拨归王傜承管。准令施行。

一准令各府州县官吏，不许科派诸般粮税，一切身丁夫役，并与蠲免，或往来经过山谷，不许〔盘〕问，违例施行。

一准令十二姓子孙，各赐官品爵禄。不在深处青山白云，不许杰傲逞强。违例施行。

一准令十二姓子孙，自行嫁娶，不许与族〔外〕交婚。

一准令应请山林，不问远近，任便王傜子孙采斩竹木，栽种麻、豆、苎、茄、藤、茶、麦、禾、粟、香腊，通客兴贩。不许形势之家，妄作名取。违律施行。

一准令天时不雨，庄稼旱枯焦，仰王傜子孙，依时出县祈求雨泽，襄国裕民，振宗庙祖，仰准如前。敕令王傜奏上乞姓名人门下议上，各赐官爵品，看门监尉徐举等，奏乞者准。

一赐长男姓盘名启龙，封助国公，食邑五千户，补充藤（滕）州刺史。

一赐男姓沈名如飞，封骑侯，食邑五千户，补充刺州司马大将军。

一赐三男姓包名进成，封野尉侯，食邑三千户，补充州刺史。

一赐四男姓黄名文敬，封光禄大夫都鲁侍郎，食邑三千户，补充尧州都尉。

一赐五男姓李名应瑞，封紫禄大夫，食邑一千户，补充本司仆射郎官。

一赐六男姓邓名协瑞，封镇国大将军，食邑一千户，补充信州都尉。

一赐七男姓周名文旺，封都尉判使佐州，王氏夫人。

一赐八男姓赵名才昌，封都尉，补充国公知州，杨氏夫人。

一赐九男姓胡名通广，封都鲁将军，永氏夫人。

一赐十男姓唐名元瑞，封定国公尚书，嘉氏夫人。

一赐十一男姓雷名元卿，封定国班鲁侍郎，食邑甚昌县，永氏夫人。

一赐十二男姓冯名世瑞，封经国侯，本司仆射郎，石杨县柳氏夫人。

谨右仰官爵如前，谨定官品姓名。门下大学士将军与子士臣林光。奉照议定姓名冯世瑞。封国径侯门下大学士臣罗道门。议官品门下学士列臣居上。奉东门大将下金骑都尉臣经专。奉南门大将军云骑尉臣罗竹。奉西门大将军飞骑安臣何临。奉北门大将军下郎飞门尉任。奉中门大将军节骑臣刘光辉。

奉中国大夫知国事臣芦节。

奉给事舍人张令宗。

奉正谏大将军节度判使臣李行林。

奉金紫光禄大夫上柱国令首舍人樊宅。

奉右敕知前应以十二姓子孙浮游天下，随风随雨，乃是助国之人，与圣分忧，任便山居，给立评皇券牒，子子孙孙永远收执存照。十一月二十一日给立券牒，照令施行。

评王券牒书传为记

原存：湖南省道县
现存：湖南省民族研究所

正（理）忠（宗）景定元年十月二十一日，臣僚俱无承认。准（惟）龙犬盘护（瓠），佐殿踊跃拜舞朝王。欢欣中外，独言报主之恩，尽在卑志。我王敕言誓□或未坚，高王头级，向取之德。再誓敕护（瓠），在报称之愿。不〔忘〕主恩，发誓不虚。□率□命宴饮，金食赐之，次□其往。食罢。辞而去。大将军等各送国门外，盘护（瓠）舞（疾）走如云（飞），飞身游大海，七日七夜，竟到高王国中。时遇在（坐）朝，认得盘护（瓠）。至今（此）喜而笑曰："评王有此龙犬，不能畜之，今来投我国，必定败也。吾闻昔日有言：'竟（异）物进朝，而国必盛。'君（吾）能畜此〔犬〕，言必建昌。"左右臣僚举皆欣悦。退朝，引护（瓠）入宫，置食美味待之。情如珠玉。每坐朝常令待（侍）侧不离。须（数）（日），略猎独奴政取高王。花（他）怜（公）主，大相忘。忽遇游赏百花园林，竹（行）宫湿兴浓，花酒大醉，不醒（省）人事。盘护（瓠）心思报主之恩。功赏（利用）高王之用，将口咬杀高王。截取头级，复游大海，回归殿下。污血随（堕）地。奉

（众）大臣僚，急游奏报主。食（且）问言盘护（瓠）："汝因何取得高王头级？""先（王）准敕令在前，不敢忘主。"更（便）以前件事情，急为上奏，我王坐朝，盘护（瓠）口卸（衔）高王头级拜舞起复：陛下先准敕誓，坚立不移，我有福德之分（份）。敕令宫女插花梳装（妆）来，如花似玉，作宫女〔全〕体，一齐出朝。盘护（瓠）向前将口咬住宫女裙脚不放，要汝嫁我为妻。我王见护（瓠）有此灵性，敢成（？）〔龙〕位。就将宫女赘之为妻。送入内宫，备办乐〔器〕，点集军丁五百名，遂引入会稽山安住。逐月差人赍送钱粮、黄金、白银共支〔计〕八十万两。与伊夫妇供应。赐官二品都尉军尚书。敕令诸州军将、路转运司照应；放（蠲）免一切夫役，毋得科派。已许白云青山之地安处。后宫女生长（下）六男六女。王闻之喜。敕令赐名（各）姓：盘、沈、包、黄、李、邓、周、赵、胡、唐、雷、冯。高梅酬尝，各补官爵，永晓事务。今耕山田原处，三锹以上之地，离田三尺，离水三寸（锹），付（戽）水不上，乃王猺（瑶）子孙耕管。三锹以下之地，乃农民耕种，送纳王租。三锹以上养生送死，一依三千条罪律，令各入山中居处，山〔田〕刀耕火种，山田坑处并与（以）蠲免国税、夫役。尝各照仰。律令入山田地，拨归王猺（瑶）子孙尽管。准令施行。国家普天之下，万顷山河，九〔州〕朝廷山场，仍须王猺（瑶）子孙安居，刀耕火种，山田自置山货麻、豆、粟、麦、苎、藤种卖，通客兴贩。自营计。当地之人，不许恃豪倚富欺凌，侵夺山货苗利。如有百姓侵夺山林，许令猺（瑶）密（奏）报，依券〔牒〕，准令主斩施行。

准令猺（瑶）人自行婚嫁，不许差人交婚。只居山内，不属国家所管。遂给券牒与王猺（瑶）子孙传奉香火，万代流传。

后代时官之主，念券〔朕〕一脉之人，特与（以）〔牒〕，依律令世世子孙十二姓，永远管山，刀耕火种山田，营身活命。后盘护（瓠）处（趋）山转领（岭）次猎，被石猿猙（羚羊）叉落石岸（崖）身死。勒（敕）令十二姓子孙，摇动长鼓，吹笛笙歌，〔打〕鼓板，引出大男小女，连手把肩，身穿花衣亦（赤）领，惊天动地唱歌不绝。收得黄命金〔骨〕，入于〔木〕函中。令伊子孙承奉香火，万代享受无穷功绩，连绵不朽。合具勒（敕）牒，条律开具于后：

一准令王猺（瑶）子孙断（所）居山林，各以刀耕火种。山源地以下三锹之地，系百姓输纳〔税〕之田。以上三锹之地，不许百姓侵夺。如有侵夺占者，请官依牒，准重施行。盘王女不嫁国〔民〕。如有嫁百姓等，罚蚊子〔鲊〕三瓮，开通钢（铜）钱三百贯，无节竹三百根，狗骨梳百六十把，糠头绳三百丈，石（金）鸡屎三斗。当官送入官。山田货利，拨归王猺（瑶）子孙承管，准令施行。

一准令各州府县官史（吏），不许科派诸般〔拜敛〕，些（索）需一切，身丁夫役并与（以）蠲免。或往来经过山谷，不许盘问。为（违）例施行。

一准令十二姓各赐官品爵禄。只在深处青山白云〔居住〕，不许杰傲势逞，速（违）例施行。

一准令十二姓子孙自行嫁娶。不许族内（外）交婚者。

一准令应（所）诸（居）山林，不问远近丈尺，任便王猺（瑶）子孙，望（往）青山斩竹木，栽种麻、豆、麦、芋、茹、藤茶、禾粟、香猎，通客兴贩。不许刑（形）势之家，妄作明取，违例施行。

一准令祭会盘护（瓠），命（应）用鼓板，笙乐会，不许外人妄谈巽者。

一准令天时不雨，禾稼旱焦，仰王猺（瑶）子孙依时出县，祈求雨泽，粮（报）国裕民。大振宗庙。

右仰准如前敕令，王猺（瑶）奏上，乞姓名门下，议上名赐官爵品，看门监尉徐举等，奏乞者准：

一敕（赐）长男姓盘名四龙。封助国侯，食邑五千户，补充滕州使（刺）史。

一赐二男姓沈名如飞，封五尉骑侯，食邑五千，补充勒（尧）州司马大将军。

一赐三男姓包名封野。尉侯，食邑三千户，补充勒（刺）吏（史）。

一赐四男姓黄名虎。光禄大夫，胜（旺）免（鲁）侍郎，食邑三千户，补充尧州都尉史。

一赐五男姓李名应瑞。封紫金大夫，食邑一千户，补充本司仆射郎官。

一赐六男姓邓名协瑞。封□国大将军，食邑一千户，补充攸州都尉。

一赐七男姓周名元。封都尉判使，佑州王化（氏）夫人。

一赐八男姓赵名瑞。封都尉，补充国公知州杨氏夫人。

一赐九男姓胡名珍，封都鱼都将军，永夫人。

一赐十男姓唐名元瑞。定国公尚书都嘉夫人。

一赐十一男姓雷名元卿。封定国班鲁侍郎，食邑甚昌县，永化夫人。

一赐十二男姓冯名四瑞。封经国侯，充本司充文州石羊县夫人。

右谨仰爵如前。诸定官品姓名，门下大学士将军与士子臣林官奉。照议姓名冯世瑞封国经侯。门下大学士臣罗道门，下议官品门下学士臣刘居正奉，东门大将军下金骑都尉臣轻专奉，南门大将军云骑尉臣罗竹奉，西门大将军下飞骑安郎臣何临奉，北门大将军下郎飞门尉任奉，中门大将军节骑臣刘光辉奉，中国大夫知国事臣芦节奉，给事舍人臣张令宗奉，正练大将军节度判使臣李行林奉，金紫光禄大夫上柱国左首舍人樊宅奉。

右勒（敕）如前，应以十二姓子孙，浮游天下，随风随雨，乃是助国之人。与〔朕〕分忧，任便山居，给立评王券牒，子孙永远〔为〕照。

评王券牒

景定元年十月二十一日，给出山图凭据，世世流传，记典昔日高王与评王争国天下。公据文凭。

评皇券牒[*]

原存：湖南省江华县第五区濠江乡
抄件存：中央民族大学民族研究所
规格：208cm×27cm

评皇券牒

正忠（理宗）景定元年十月廿一日，臣僚俱无承认，唯盘龙王犬盘护（瓠）佐殿踊跃拜舞朝王，欢欣中外。独言报主之恩，尽在里志，我王敕誓恐咸（或）未坚，高王头级何取德（得），再誓敕护往报称之，头（愿）不忘主之恩，发誓不虚。遂往，命宴饮金食赐之，以资具往。食罢，辞而去，大将军等各送国门外。盘王复舞（疾）走如云飞，身游大海，七日七夜，高王国中时遇在朝认德（得）盘护（瓠），喜而笑曰：评王有此龙犬〔不能畜之〕，金（今）来投我国必贩（败）也。吾闻昔日有言：异物进朝而国必盛。君能畜此主建昌，左右臣僚举皆欢悦。退朝，引护

---

[*] 此件与广西恭城县三汀街、广东省连山县瑶山六冲尾、湖南省道县及湖南省蓝山县荆竹公社发现的相同。

（瓠）入内宫，置食美味待之，情如珠玉。每坐朝常令侍侧，以（不）离须臾。略猎独奴政取高王，花怜主大想忘。忽遇游赏百花林行宫，湿兴侬花大醉，不醒（省）人事。盘护（瓠）心思报主之恩，功尝高大，用意（计）将口咬杀高王，截取头级，复游大海，回归殿下，污血随（堕）地。大臣僚游春（奏）抱往（住）问言，盘护（瓠）汝因何取得高王头级？花怜主敕令在前，不敢忘主，教以前件事急施行。王坐朝，盘护（瓠）口衔高王头级，舞拜朝见陛下。先准敕誓，坚立不移，我有福德之分，敕令宫女插带梳装（妆）来，如花如玉，作宫女休能举出，盘护（瓠）向前将口咬住宫女群（裙）脚不放。要女嫁我。王见盘护（瓠）有此灵性，孰（遂）将宫女嫁之为妻。入内宫，摆宴成亲。敕令备鼓乐迎引送入会稽山安住。遂（逐）月差人供奉钱粮与伊夫妻食用，黄金、白银共文（支）八十万两供应。官赐二品都尉将军尚书，敕令诸州将军路转军（运）司照应，放兑（免）一切夫役，已许青山白云之地安处。后宫女生长六男六女，王闻之喜，敕赐各姓盘、沈、包、黄、李、邓、周、赵、胡、雷、冯、唐，高尝（梅）酹（酬）赏，各补官爵，永晓世务。金（今）耕山田源处，三锹以上之地，离田三尺，离水三十（寸），付（厝）水不上，及（乃）王傜子孙耕管；三锹以下之地，农民耕地，送纳王租。三锹以上，养生送死，一依三千条罪律令，各入山居处，刀耕火种，山田坑处，并与蠲兑（免）国税夫役，尝各照仰律令入山内（田）地拨归傜子孙承受，准令施行。国家普天之下，万项（顷）山河，乃系朝廷山场，仍须王傜子孙安居，刀耕火种山田，自置山货麻、豆、粟、麦、羊（洋）芋、藤种卖通客与（兴）败（贩）自营身计。当地之人〔不〕许待（恃）豪富欺凌，侵夺山货苗利，如有白（百）姓夺山林，傜人无靠，当该赴官叅（参）究，〔准令傜人自行婚嫁〕不许差人交婿（婚）。只居山内，不属国家所管，遂给券牒，与王傜子孙，万世流传，后代时官之主，念朕之人，特依牒令。出世子孙十二姓，永远管山，刀耕火种山田，荣（营）身活命。后盘护（瓠）处（趋）山转领（岭）次猎，被石羊撞落石崖。敕伊十二姓子孙，摇动长鼓，吹笛笙歌，鼓板引出大男小女，连手把眉（肩），身穿花衣领，摇田（天）〔转地〕唱歌不绝。收得黄金〔骨〕入于木函中。令伊子孙，承奉香火，万代亨（享）受不穷，功绩连〔绵〕不朽，合具敕涞（牒）条律开具于后：一准王所居山林，各以刀耕火种，山源田地己（以）下三锹之地，系百姓轮（输）纳之田；己（以）上三锹之地，不许百姓侵夺。如有夺占者，尽将（请）官依涞（牒）转（准）重施行。盘王女不嫁国，如有嫁百姓耳〔者〕，罚蚊子鲊三瓮，开通铜钱三百贯，无节竹三百根，狗角梳三百六十只，糠头绳三百丈，〔当面纳之〕入官，山田货〔利〕拨归王傜承管，准令施行。一准令各府州县官史（吏）不许科派诸船（般）些（索）需，一切身丁夫役，并与蠲兑（免），或往来经过山谷，不许问，违例施行。一准令十二姓子〔孙〕各赐官品爵禄，不在深处，青山白云，不许杰傲呈（逞）〔强〕，这（违）例施行。一准十二姓子孙自行嫁娶，不许与族〔外〕交婚。一准令应〔诸山林，不问远近丈尺，任便王傜子孙往青山斩竹木，栽种〕麻、豆、苎、茄、藤、茶、麦、禾、粟、香猎通客兴败（贩），不许形势之家，妄作名取，违例施行。一准令天时不雨，禾稼旱焦，仰王傜子孙依时出县，祈求雨泽，粮（禳）国裕民，〔大〕振宗届（庙），右仰准如前敕令。

王傜奏上乞姓名门下议议各赐爵品看门监尉徐举等奏乞者

准，一赐长男姓盘名四龙，封助国〔公〕，食邑五千户，补充滕州刺史。一赐二男沈名如飞，封骑侯，食邑五十（千户），补充刺州司马大将军。一赐三男姓包名□□，封野尉侯，食邑三千户，补〔充〕州刺史。一赐四男姓黄名虎，光禄大夫，旺鲁侍郎，食邑三千户，补尧州都尉。一赐五男姓李名应瑞，封紫〔荆〕大夫，食邑一千户，补充本司侯（仆）射郎官。一赐六男姓邓名协瑞，封镇国大将军，食邑一千户，补充信州都尉。一赐七男姓周名元，封都尉判史，佑州王化夫人。一赐八男姓赵名瑞，封都尉补充国公知州，杨氏夫人。一赐九男姓胡名珍，封都无（鱼）都将军，永夫人。一赐十男姓唐名元瑞，封定国公尚书，都嘉夫人。一赐十一男姓唐名元卿，封定国班鲁侍郎，食邑甚昌县，永化夫人。一赐十二男姓冯名世瑞，封经国侯充本司补（仆射）将餮州石阳县夫人。谨右仰姓官管爵如前。谨定宫官品姓门下大学〔士〕将军与子士臣林光，奉照议定姓名冯世瑞，封国经侯门下大学士臣罗道□门，议官品门下学士臣刘居止，奉东门大将军下金骑都尉臣轻专，奉南门大将军云骑尉臣罗竹，奉西门大将军飞骑安郎臣何监（临），奉北门大将军下郎飞门尉任，奉中门大将军节骑臣刘光辉，奉中国大夫和国事臣差茬郎（芦节），奉给事含（舍）人臣张令宗，奉正练大将军节度判使臣李行林，奉金紫光禄大夫上柱国左苜（首）舍人礬（樊）宅，奉右敕知前应以十二姓子孙浮游天下，随风随雨，乃是助国之人，与圣分忧，任便山居，给立许（评）皇券牒，子孙永远执照。

景定元年十月廿一日给

评皇券牒　照验施行

第五编 国外流传的盘瓠神话

日本冲绳犬婿故事 *

讲述者：具志川市丰原　男

在宫古，通常说起与狗崽相关的词，大多指犯人的孩子。如今我们通常会说起监狱。在过去，根据犯罪的轻重流放。犯了较重罪的人，会被流放到宫古、八重山，长达几个月之久。犯了较轻的罪，会被送到周边的离岛、桃源等地，算是赶走吧。为何在宫古岛会有狗崽这样的言语，是因为宫古岛上的人确实与狗崽有关联？狗崽一词是指向犯人的子女的，并非说宫古人真的是犬的后代。所以这个词有双重指向。

在冲绳，一户人家妻子得了重病，寻遍医生都没有能够治好她的病。这户人家有只名为"阿卡"的狗。主人说道："阿卡，咱们的婆婆病重，周边所有的医生都无法治愈她的病。煎药服下也不管用。如果你能治好我们母亲的病，我们会竭尽全力满足你的心愿。"狗听闻后"汪汪"叫着，说道："那么我去找一下。"并摆

---

* 原题：《宫古人是犬的后代》。[日]稻田浩二、小泽俊夫主编：《日本昔话通观》（日文），26卷，冲绳篇，日本株式会社同朋舍，1983年，第281—285页。由中国社会科学院民族文学研究所莎日娜译为汉文。

出一副"真的会达成我的心愿吗"的样子。听到"会给你想要的东西"的答复后,狗冲出去,跑到山里,寻觅到草药叼了来。之后告诉家人把草药放入小锅,加入水,煎好服用后会病愈。并强调"之前说的是真的吗?无论能否治愈,都要把药煎好服下"。母亲服药后病逐渐好转,最终康复。病好后,主人问道:"阿卡,你喜欢什么?"递过去肉,它摇摇头,并不食用。买来鱼喂它,依然摇头不吃。原来这条狗想要他们的女儿。入夜后,姑娘睡下,狗掀开蚊帐,进入后靠在了姑娘身上。"你怎么会进来呢?阿卡,赶紧出去。"姑娘边说边敲打着它,狗被赶出去了。但是没有办法,来来回回进来好多次,最后姑娘无奈,和双亲说道:"这个阿卡总是掀开我的蚊帐钻进来靠着我。我连喊带打把它赶出去,可它总是钻进来。这样不行,把它杀死吃了就省事了。"双亲听了说道:"啊,那样好像不合适,如果它再钻进来,你假装表现得很喜欢它如何?"之后,狗还是靠过来,动手动脚,还宽衣解带。由于姑娘还穿着内衣——古代的内衣与今日的内衣不同——可这个阿卡的爪子已经触到了内衣,姑娘迫于双亲的命令,无奈接受。由此脱去内衣成为夫妻。

之后姑娘怀孕,双亲担忧道:"我们的女儿出了大事,如果让人知道生育了狗的孩子,我们的女儿就无法在这里待下去了。"于是赶紧造了船,装满食物和衣物,送别道:"你们二位在船靠岸的地方生活吧。"船似乎到了宫古,他们抵达的时候还是无人岛,姑娘与狗在此生活,生育了孩子。那个孩子一半是狗,一半是人类。一日阿卡对妻子说:"我会消失一周时间,我不在时绝对不要寻找我。到第八天的时候我会回来,会变成真正的人类,所以绝对不要寻找我。第八天我会回来,绝对不要寻找我。"说毕离开。第四天过去了，第五天过去了，到了第六天，妻子开始担心，便四处寻找，结果在树林一侧的白色沙滩处看见阿卡把自己埋在白色沙滩下，只露出鼻尖，沙子覆盖在身上，可以看出一半已经变成人的模样。妻子等不及，寻找到了阿卡。阿卡说道："说好不让你找我的，还有一会儿我就变成真正的人类了。我想从神变成人类。由于你不到一周就找到我，所以我的脸还残留着狗的模样，身体已经变成人了。"

如果说宫古、八重山真的有狗的后代，就如同指犯人或今日的黑社会、入狱者一样，是人们比喻的说法。当地有神来到岛尻的说法，也有一些供奉的东西。所以可以去宫古、八重山看一看。我没去过，如果去了宫古，据说可以看到山洞里供奉着制作好的女人和狗的照片，子孙长期祭拜。就这样。（具志川）

相同故事类型 1

讲述者：具志川市江洲　女

两军交战后，武士对狗说道："如果你能够击败敌人，就可以满足你的任何愿望。"果然狗击败了对手。武士问狗的愿望，狗将爪子搭在了武士独女肩上，武士只好让女儿和狗乘船漂走。船漂到宫古，女儿和狗在那里生活下来。狗很想成为真正的人类，躲避到洞里隐藏起来，最终还是被妻子寻到。狗说道："还有一两日我便可以变成真正的人类，可被你发现了，已无法变成真正的人类，将来孩子们只能屈身睡觉。"因此宫古人都屈身睡

觉。(具志川稿)

相同故事类型 2

讲述者：具志川市丰原　男

裁判官的妻子有个女儿。妻子身体非常虚弱，丈夫对叫阿卡的狗说："如果你能找到使我妻子健康起来的药物，我会满足你的任何愿望。"狗奔向山里取回草药。妻子服用丈夫煎好的草药后，身体果然康复。他们询问狗："你想得到什么呢？"狗钻入女儿的被子中。狗与女儿结为夫妻，女儿怀孕了。父亲想到："世人得知后会很麻烦。"便让女儿与狗搭船离去，船到达宫古白滨。狗变得可以说话，姑娘还生了小孩。有天狗说道："一周之内不要寻找我。"之后狗外出。姑娘没能遵守约定，外出寻找，发现狗从沙子中露出头部。狗说道："被你发现了，我已无法变成人类。"所以，宫古人是狗的子孙。(具志川稿)

相同故事类型 3

讲述者：具志川市丰原　男

由于很久不下雨，村长很困惑，却看到家里的狗游泳归来。村长在狗的引领下寻找到了水源，村长问狗："你的愿望是什么?"狗答道:"希望得到你的女儿。"村长将女儿给了狗,女儿怀孕后,村长让他们乘船离去。船到达宫古,生下的孩子是人类,可是睡觉的姿势却像狗。(具志川稿)

相同故事类型4

讲述者:中头郡读谷村大湾　女

两位大将争斗,一方大将由于只有三个女儿和一条狗所以即将战败。狗悄悄外出,第二天将敌人大将的首级带回。大将问道:"你有什么愿望吗?"狗坐到了大女儿身上。大女儿说道:"我决不成为狗的媳妇。"次女儿也同样拒绝。三女儿同意成为狗的媳妇。双亲担心把女儿嫁给狗后遭人批评,花费大量金钱造了船,说道:"在船靠岸的地方生活吧。"便送船离港。船到达了宫古八重濑的巨大岩石上。狗进入池子中,过了许久从里面出来一位英俊青年,想牵走姑娘时却遭到姑娘的拒绝。青年为了证明自己就是那条狗,给姑娘看了尾巴,姑娘想:"原来是神啊!"从此他们在这儿生活。二人生了孩子,他们的后代建造了宫古岛。姑娘为了不忘记丈夫曾经是狗,三餐中放入狗尾熬成汤,叫作"jiu"。(九州二)

相同故事类型 5

讲述者：中头郡读谷村高志保　女

主人对家中的公狗说道："你要一直清理我女儿的粪便，将来就把女儿给你。"公狗每日将姑娘的粪便吃掉。姑娘到了成年，开始相亲，这个狗总是不停地打扰。母亲问姑娘："你想要和谁结婚？"姑娘说道："想和狗在一起。"并向狗抛去石子。姑娘和狗结了婚，生了孩子。那个孩子是宫古的祖先。（荻堂稿）

相同故事类型 6

讲述者：宫古郡依良部村　女

可爱的小狗杀掉了气势汹汹的敌人，主人说道："我要报答你，有什么愿望？"狗答道："请把独生女嫁给我。"女儿接受后，狗说道："我会消失七天，不要寻找我。"之后离去。主人实在难耐寂寞，第六天要求女儿去寻找狗，狗变成了俊美青年坐在茅屋中，说道："还有一日我便可以完全变成人类，现在留下了尾巴。"并摇了摇尾巴。狗请姑娘给他做了可以把尾巴隐藏起来的衣服，接受了大家的结婚祝福。二人生育了一儿一女，孩子们虽然长有尾巴，但都是杰出的孩子，他们幸福地生活下去。（冲绳）

泰国清莱府清堪县瑶族的
犬祖的故事*

在很久以前,我们住在遥远的地方。据说我们是皇帝神犬的子孙。啊,怎么说是犬呢!当然,你们对这神犬是一无所知的。在太古时代,苗族的一个土王统治着这个地方。中国的皇帝对这个土王很忌避。有一天,皇帝向神犬下了命令:"为朕去到苗王之处,将其咬死,必对你有所嘉奖。"神犬回答说:"是,遵命!但以何相赐呢?"皇帝说:"褒奖之物此时言之尚早。总之,如能依朕之命,褒赐之物唯汝所取。"此犬即渡大海,到苗王之地,终于咬死苗王。事后,此犬复渡大海,回至皇帝之处。皇帝说:"果真如此!"神犬回答说:"谨如使命。"皇帝又问:"朕之忠犬,所欲何物?"犬所望者乃贤明之皇女。皇帝仅有一女,嫁与此犬,内心颇为不忍,但亦无如之何。因业已公之于众,则皇帝必须信守诺言。故而遂行结婚。神犬伴此皇女,回到苗族故地,所生众多子女。吾等瑶族,即其子孙也。

---

* [日]竹村卓二著,金少萍、朱桂昌译:《瑶族的历史和文化——华南、东南亚山地民族的社会人类学研究》,北京:民族出版社,2003年,第246—247页。

后　记

开始接触盘瓠神话是在 2017 年加入中国社会科学院登峰战略民族文学研究所重点学科"中国神话学"课题组之后，当时按照课题组成员的分工，由我负责盘瓠神话的资料汇编。最开始还真是有些茫然，当时大概只能想到苗、瑶、畲三个民族会有一些神话资料，内容可能比较单薄。在与课题组同仁一次次的研讨中，我才逐渐明晰了方向。我们拟定盘瓠神话类型界定以流传最为广泛的东晋干宝所著《搜神记》中的文本作为底本，凡属包含有"许诺—立功—嫁女—繁衍后代"四个线性发展情节单元链的神话都可归于这一类型。这样就解决了资料梳理过程中遇到的很多问题，比如说壮族神话中是青蛙（蛤蟆、蟾蜍、蚂蚜）立下了战功，台湾澎湖马公岛上的一则神话则说是猴子，像这样动物主角不是狗的神话就都可以纳入进来。还有关于立功方式，除了传统的立战功之外，替人类取谷种、替人类治病这两种立功方式也比较常见，后来又发现了擂鼓和找玉印（玺）的立功方式，这些其实是因为不同地域的讲述者考虑到情节的熟悉与常见，或者是出于个人偏好与讲述方便所做的改变，但只要作为故事基干的主要情节单元链结构稳定，符合盘瓠神话的线性逻辑结构发展，我们仍把它们归入盘瓠神话这一类型。这些思考也促使我写下几篇关于盘瓠神话的学术论文,收入本书导论部分。

在查找资料的过程中,我得到了许多老师的帮助。所资料室的吴英老师为我提供了最大的便利,不仅可以随时去查阅资料、陪我加班,还给我冲香醇的蒙古奶茶解乏提神。吴晓东、王宪昭两位老师将手头积累的相关资料悉数交付给我,帮我节省了大量的时间和精力。毛巧晖、李斯颖、杨杰宏几位同事给我提供了关键性的资料,让我不致遗漏重要信息。夏敏老师、孟令法同学特意从外地给我邮寄书籍资料,还有参与盘瓠神话研讨会的诸位学界同仁也给了我很多启发,恕不一一致谢。

在编写《盘瓠神话资料汇编》的过程中,我们还进行了多次田野调查,难忘去广西金秀大瑶山上古陈村时往返九个多小时的崎岖山路,难忘在广西灌阳千家峒前溯溪而上时的互相挽扶,难忘在浙江景宁郑坑乡第一次见到传承人拿出轻易不肯示人的畲族祖图时的兴奋激动,难忘在湖南湘西泸溪为了寻找传说中的盘瓠洞披荆斩棘绕山数圈却不得其门而入的失落遗憾……这些宝贵的经历让那些一开始只是从书上读来的故事成为亲身体验过其存在语境的"知识实践",内化到自己的研究中。

《盘瓠神话资料汇编》一书于2018年10月初版,2019年10月修订再版。2020年底,学苑出版社陈佳编辑提议继续完善修订,正好我也积累了18篇新材料,其中很多篇目都有重要的学术价值,能为研究盘瓠神话的流传广度与文化生境提供一些新的论据:如新发现1则藏族盘瓠神话文本,流传于四川木里藏族自治县。藏族与彝族同属汉藏语系藏缅语族,之前只在云南的彝族地区收集到盘瓠神话,藏族文本的发现扩大了盘瓠神话流传的地域,增加了流传的民族;前版苗族盘瓠神话多为湖南、贵州等地的文

后 记

本，此次补充了3篇四川苗族盘瓠神话；新收集到的流传于广东潮州地区的畲族《高皇歌》与浙江本有很大区别；清代里人何求所纂《闽都别记》中的记载与南粤王与闽越王之间的战争产生关联；等等。

本次修订还得以改正前版的一处错误：之前因为没有找到关于朝鲜族盘瓠神话流传地域的详细材料，误将其归入国外流传的盘瓠神话。后经多方查证，发现这则神话最早刊登在1913年7月发行的《间岛时报》252号，系由吉林延边龙井村普通学校校长川口卯橘采录，前版原文缺失的关键字为"满洲"，所讲述的是流传于当时在延边居住的朝鲜人之间的关于满洲人始祖出生的故事。特此说明。

感谢本书责编陈佳女士为此付出的辛劳与心力，同时也感谢学苑出版社对本书出版的慷慨支持！

周　翔

2021年3月于北京

附图

浙江省景宁县鹤溪街道敕木山村蓝氏横轴祖图长联

（丽水学院中国畲族文献资料中心藏，复制品，绘制年代不详，分上下卷）

    畲族民间用文字和图画来记载盘瓠神话，以文字形式记载盘瓠神话的有《高皇歌》歌本、族谱谱序等；以图画形式表现盘瓠神话的有祖图。畲族"祖图"，又称"太公图""永远图记""长联""长连""环山轴"等。迄今为止，全国各地已发现畲族祖图数十幅，多留存于闽东、浙南一带。从绘制年代看，浙江丽水遂昌县妙高镇井头坞村钟氏横轴"盘瓠王开山祖图"长联绘制于明崇祯七年，为目前所发现的祖图中年代最早的，其余绝大部分祖图绘制于清朝时期。祖图以麻布、土布或纸质为底，平图勾勒，浓墨重彩，以条状横幅长卷居多，也有直幅多屏组合而成。一般画面配有说明，图文并茂，以盘瓠传说为依托，展示畲族历史发展、社会生产、文化习俗等。畲族祖图平时珍藏起来，不随便供人观看，按传统惯例，除了本族人家"传师学师"外，只在祭祖时才能展示。

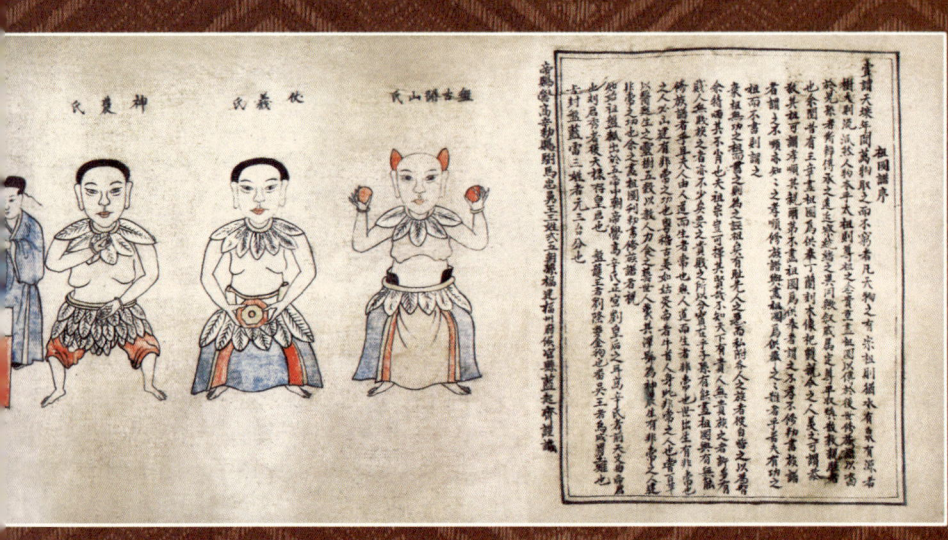

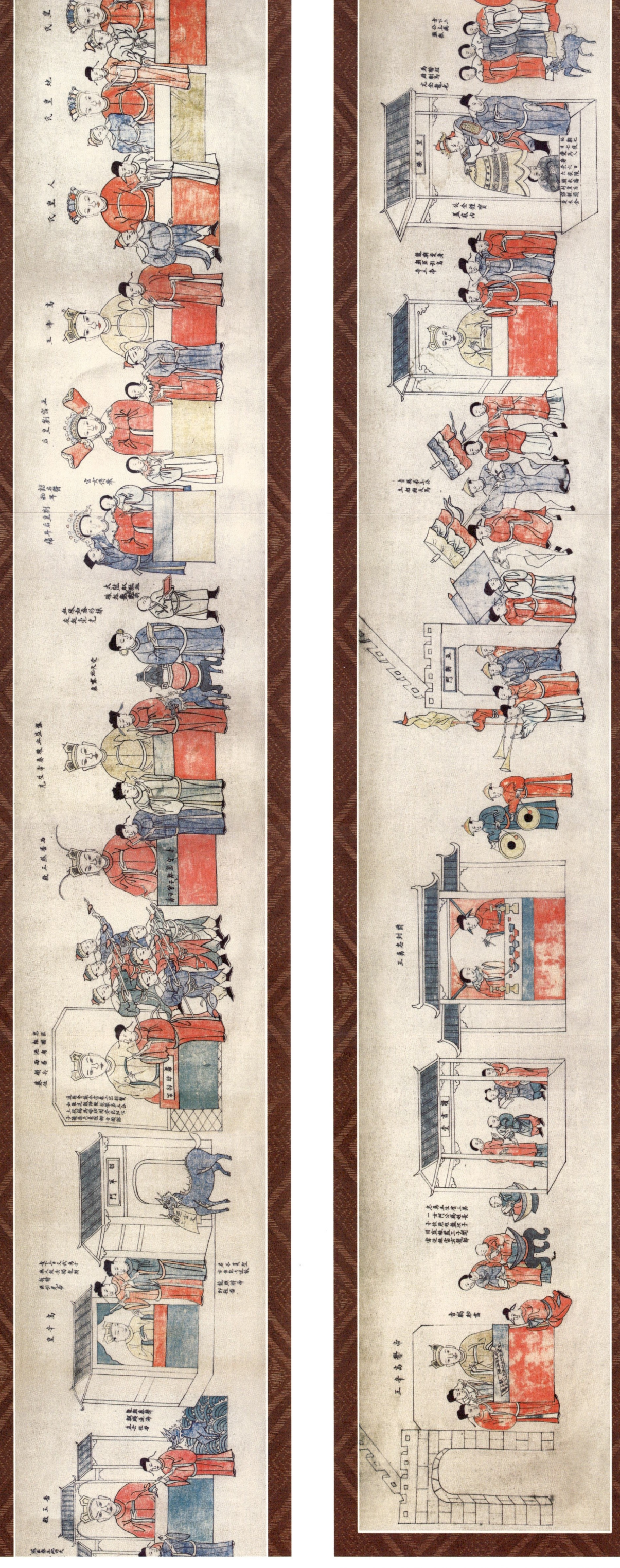